양창국 장편소설

덤 인생

지구문학

| 책을 내며 |

온 나라가 베이징 올림픽 열기로 뜨겁다.

우리 선수들이 유도, 역도, 사격, 수영, 양궁……, 등 종목에서 금메달을 건져 올리며 온 국민을 들뜨게 하고 있다.

사격에서 우승한 진종오는 지난 4년 동안 14만발이나 사격 연습을 했단다. 수영에서 우승한 박태환은 하루 절반 이상을 물속에서 살았으며, 역도에서 우승한 장미란은 수없이 바벨을 들어올렸다.

그들은 세계 최고가 되기 위하여 타고난 신체 조건을 바탕으로 엄청난 지원을 받으며 피나는 훈련을 쌓았다. 그 결과 한 분야에서 세계 최고라는 영광을 얻었다.

그들에게 어느 날 몇억 원을 쥐어주며 총을 놓으라고 하고, 물 근처에는 얼씬도 하지 말라면…(?)

농경 사회, 산업화 사회, 정보화 사회로 바뀌어 가며 산업 · 정보는 더욱 분업화, 세분화 되고 있다. 산업 · 정보를 뒷받침하는 과학기술도 더욱 좁고 깊은 전문분야로 세분화 되어 각 분야의 성취가 모여 더 큰 성취를 이루며 문명을 발전시키고 있다.

우리나라 R&D의 메카인 대전직할시 소재 대덕연구단지에는 여러 연구소가 있다. 연구소마다 각 분야의 전문가들이 좁고 깊은 분야의 연구에 몰두하며 나름대로 일가를 이루어 가고 있다. 그들은 국가 · 사회의 지원을 받으며 타고난 재능을 끊임없는 자기 노력으로 키워 세계 일류, 메달감이 되어간다. 그런 메달감들이 모여 우리나라를 선진국으로 이끌어 간다.

그곳에 종사하던 전문가들, 메달감들이 IMF라는 병에 걸린 국가의 치유 방편으로 내민 구조조정이란 잣대에 걸려 명예퇴직금 몇억 원을 받고 퇴출당했다. 연구의 장을 빼앗기고, 새로운 세상으로 내쳐졌다. 그들은 박사 학위와 기술사 등 최고급 자격증으로 할 수 있는 일을 찾지 못하고, 총을 놓은 사격 선수, 물을 잃은 수영 선수마냥 헤매고 있다.

필자는 2000년~2006년간 대덕연구단지에서 근무하며 학문에는 유능하나 생활에는 더 없이 무능한, 퇴출된 여러 동료 후배들을 보면서 가슴이 아팠다.

그들의 방황을 편린이나마 알리고 싶어 한 퇴출당한 전문가를 주인공으로 '덤인생' 을 써서 『지구문학』에 연재하였다.

지난 4년여 동안 지면을 할애해 주신 지구문학 김시원 님에게 감사드린다.

2008년 8월

양 창 국

1...

1997년 1월 1일, 정축년, 소의 해.

일찍 잠에서 깬 나는 바로 침대를 빠져 나와 내복 차림으로 거실로 나갔다. 거실은 창밖에서 스며드는 불빛으로 어스름했다. 나는 거실의 불을 켤 생각도 않고, 팔짱을 끼고 거실을 왔다 갔다 하며, 금년에는 꼭 진급을 하고, 지난 2년 동안 개발해 온 수명관리 전산프로그램을 완성하여 내 필생의 걸작으로 남기겠다는 각오를 다졌다.

으스스 어깨로부터 추위가 온몸으로 밀려 왔다. 나는 몸을 움츠리며 침실로 들어가 20년 가까이 동고동락한 아내, 허영란이 잠에서 깨지 않도록 조심하며 바지와 티셔츠를 챙겨 들고 거실로 나와 전등 스위치를 올렸다. 나는 갑자기 밝아진 주위에 눈을 반쯤 감았다 뜨며 주섬주섬 옷을 입고, 습관적으로 현관으로 가서 출입문의 문고리를 따고 어깨로 문을 밀었다.

찬 바람이 휙 얼굴을 스치며 집안으로 밀려 왔다. 나는 어깨를 움찔하여 추위를 털고 복도에 내팽개쳐져 있는 신문 뭉치를 집어들고 거실로 들어와 소파에 앉았다.

해돋이 장면이 컬러로 신문 첫 면을 환하게 장식했다.

'정축년, 소의 해. 벌써 내 나이 50줄에 들어서는구나. 금년은 소같이 일하며 내 인생에 한 획을 긋자!'

나는 신문지면 한가운데에 붉게 박힌 해를 응시하며 주먹을 꼭 쥐며 다짐했다.

언제 나왔는지 영란이 어깨 너머로 신문을 내려다보고 있었다.

"좋은 꿈꿨어?"

나는 고개를 돌려 영란을 올려다보며 물었다.

"이 나이에 무슨 꿈."

영란은 아무렇게나 대답하고 부엌으로 갔다.

나는 새해 첫날에 새 맛도 없이 평상시와 같이 대답하는 영란의 무감각에 기분이 상해 부엌으로 가는 그녀의 뒤통수를 힐끗 흘겨보며 쯧하고 입맛을 다시고 다시 신문에 코를 박았다.

나는 155년만에 홍콩이 7월 1일부로 중국에 반환된다는 특집기사를 보며, '중국 친구들은 정말 대국민다워' 하다가, 1990년부터 마이너스 경제성장이 계속되는 북한의 김정일이 유훈정치를 털고 연내에 권력 승계를 할 것이란 기사를 보며, '북한에 김일성이 가고 새로운 신(神)이 등장하나' 했다.

1위 박찬종 22%, 2위 이회창 18.9%, 3위 이홍구 9.6%, 4위 이인제 4.1% 등 여권 대통령 후보 여론조사 결과 보도에 잠시 눈을 두다가, 소의 장점을 기사화한 글도 읽었다.

"여보 우리 해맞이 갑시다."

신문을 대강 훑어본 나는 부엌에다 대고 소리쳤다.

"해맞이? 이 추위에 무슨?"

다시 침실로 들어가려던 영란이 탐탁치 않게 대답했다.

"춥기는, 동해안은 못 갔으니 우성이산이라도 가야지."

나는 고압적인 말투로 말했다.

"우성이산?"

영란은 나에게 고개도 돌리지 않고 반문했다. 우성이산은 대덕연구단지 중앙에 위치한 해발 200미터가 약간 넘는 산이다.

"아직 해 뜨려면 한참 있어야 하니 우성이산이라도 가서 해돋이 보며 희진이 대학 붙게 해달라고 빌어야지."

나는 새해 아침에 우성이산이라도 올라 뜨는 해를 향하여 나를 위한 소원을 빌고 싶었으나 차마 그렇게 말을 할 수가 없어 고3인 희진이의 대학 입학 기원을 주워댔다.

"어떠……, 알았어요."

영란은 내 말에 꼬리를 달려다 희진이의 입학을 빌자는 말에 반대를 할 수가 없었던지 마음을 바꿨다.

우성이산 등산로의 입구 길목 좌우 도로에 차들이 빼곡히 주차되어 나는 차를 세울 공간을 찾을 수가 없었다.

나는 등산로 입구에서 한참 떨어진 음식점 골목에 차를 세웠다.

"우성이산도 산이라고 해돋이 가는 사람들이 많네."

영란이 차에서 내리며 좋알거렸다.

"우성이산도 산이야."

나는 그녀의 불평에 옴이 붙어 새해의 내 소망이 깨질까 저어하며 말했다.

"이제 당신 나이가 마흔 아홉이 돼요. 내년이면 오십. 허……, 오십! 어떻게 노인 냄새가 난다."

방한모자에 두꺼운 옷으로 무장한 사람들의 뒤축을 밟고 산을 오르며 영란이 중얼거렸다.

"노인이라니. 아직 청춘인데."

나는 그녀의 말에 불만을 터트렸다.

"엄마가 당신 마흔 아홉 된다고 아홉수 조심하라고 했어요."

그녀는 불만을 담은 내 목소리를 무시하고 말을 던졌다.

"그런 건 다 미신이야."

"그래도 아홉수 조심하라고 하니 조심해요."

"조심은. 당신 왜 아홉수가 나쁘다는지나 알아?"

"그거야 아홉이 꽉 찬 수니까 그렇겠지."

"그런 게 아니라 우리나라 사람들이 3이라는 숫자를 무척 좋아하잖아. 뭣을 해도 삼세판하고. 9는 우리나라 사람들이 길수라고 여기는 3이 그것도 세 번이나 겹쳐 있으니 너무 좋은 숫자라 자칫 호사다마라고, 너무 좋아 액이 낄 수도 있다는 거지. 그래서 특별히 조심하라는 거야."

"나도 뭐 특별히 아홉수에 신경 쓰는 것은 아니고. 아홉이 되면 다음 10년으로 넘어가니 좀 감상이 있을 수 있겠고……, 어쨌든 당신 장모님께서 당신을 생각하여 아홉수를 조심하라고 하니 조심해요."

영란이 내 팔을 툭 치며 말했다.

"알았어. 뭐 특별한 일이 일어날 것도 없는데 월급쟁이 생활에."

나는 정초부터 그녀가 내 소망에 초를 치는 것같아 기분이 언짢았다.

우성이산 정상에 자리 잡은 정자, 도룡정 위는 말할 것 없고 그 주위를 사람들이 뒤덮었다. 능선의 해돋이가 잘 보일 공간은 사람의 장벽에 가려 앞으로 뚫고 들어갈 수가 없었다.

나와 영란은 아예 도룡정에 오를 엄두도 못 내고, 인파의 앞줄에도 나설 수가 없어, 사람과 사람의 고개 사이로 아침 해가 떠오를 동쪽, 계족산 등성이를 올려다보았다. 어둠 속에 계족산 정상이 구름 띠로 뒤덮여 있다.

"웬 사람들이 이렇게 많이 왔어, 사람에 가려 해돋이 못 보겠네."

영란이 발돋움을 하며 쫑알거렸다.

낯 모를 덩치 큰 사람의 등이 내 시야를 가렸다. 나는 발돋움을 하여 구름 밑에 희미하게 선을 그리는 계족산을 멀리 올려다보며 두 눈을 감고, 두 손을 모으고 정축년 새해에 내 목표가 이루어지기를 간절히 빌었다.

'새해 내 소망은 단 두 가지뿐입니다. 단 두 가지, 금년에 진급되고, 수명관리 프로그램, PLTMP를 완성케 하소서!'

나는 마주 잡은 두 손에 힘을 주었다.

나는 내 소망만 열심히 빌다가 가족에 대한 소망을 빌지 않은 것이 마음에 걸렸다.

'희진이 수능시험 잘 보게 해 주시고, 수진이가 원하는 고등학교에 들게 해 주소서.'

참, 하며 나는 소망을 추가했다.

'마누라 건강 지켜 주시고, 장모님, 어머님 건강도 지켜 주시길…….'

나는 1996년을 보내는 제야의 종소리를 들으며 1997년 목표로 딱 두 가지만 정했다.

하나는 1직급 처장으로 진급하여 50대 후반 경영진으로 진급하는 발판을 마련하는 것이고, 하나는 지난 2년간 심혈을 기울여 개발하고 있는 전산 프로그램 'PLTMP(Plant Life Time Management Program)'를 완성하여 해외에 의존하던 기술을 국산화하여 회사에는 월급 값을 하고 기술을 수출하여 국위를 선양하는 것이었다.

나는 정부투자회사 재투자기관인 한국엔지니어링 주식회사에 입사한 후 신입사원 딱지가 겨우 떨어졌을 때 이미 최고 경영간부로 진급하는 꿈을 접었다.

회사의 경영진은 항상 구름 위에서 낙하산을 타고 내려왔다. 경영 간부의 자리가 빌 때마다 모회사(母會社)의 퇴직을 앞둔 고급 간부나 정부에서 밀려난 고급 공무원이 자리를 꿰차고 날아왔다. 때로는 별을 달고 군을 호령하던 퇴역 장성도 날아왔다.

회사 정관상 사장의 임기는 3년이었으나 임기를 채우고 물러나는 사장은 드물었다. 새 사장이 부임하면 항상 자기 나름대로 색깔이 있는 경영을 하겠다고 큰 소리를 치며 회사를 온통 휘젓고 들쑤시다가 그 뒷수습도 제대로 못하고 허둥대다 물러나곤 했다.

사장뿐만 아니라 감사, 부사장, 전무도 모두 낙하산을 타고 내려왔다. 그래도 양심은 남았던지 회사에서 경영간부 대우를 해 주는 연구원장 자리 하나는 전문성 때문이겠지만, 유일하게 회사 내부에서 승진을 시켰다. 내가 입사를 한 후 회사에서 최종 승진목표로 정한 자리는 바로 연구원장이다.

금년 4월이면 내가 회사에 입사한 지 꼭 20년이 된다. 회사 정년이 60세이니 나는 아직 10년은 더 회사를 다닐 수가 있다. 금년에 1직급 처장으로 진급을 하면 7, 8년 처장으로 근무를 하다 정년을 2, 3년 남겨놓고 원장으로 진급하여 대우지만 경영간부를 한 번 해볼 수가 있다.

연구직 진급 대상자 중에 내가 가장 입사가 빠르고, 나이도 많다. 나는 박사 학위와 기술사 자격증을 가지고 있고, 진급 서열도 1위이다. 나는 올해에 틀림없이 진급이 될 것이라고 믿고 있으나 인사는 뚜껑을 열어 봐야 아는 것, 혹시나 하는 일말의 불안감을 떨쳐 버릴 수가 없다. 나는 무슨 일이 있어도 금년에는 진급하고 싶다.

나의 또 하나 신년 목표는 시설 수명관리 프로그램인 'PLTMP'를 완성하는 것이다. 우리나라의 산업화 과정 초창기에 대부분의 공장시설은 해외에서 도입한 기술로 건설되었으며 시설을 운영하는 기술도 해외에 의존하였다. 산업화가 진전됨에 따라 건설기술을 자립하고 그 기술을 중동을 비롯한 해외에 수출하고 있다. 주요 산업시설 건설 운영기술도 점차적으로 국산화를 이루어 1990년대에 들어서 대부분의 산업시설의 건설과 운영을 국내 기술로 수행할 수 있게 되었으며, 수출까지 하게 되었다. 우리나라에서 건설 운영 중인 시설 중 가장 규모가 큰 시설 중 하나인 발전소도 우리 기술진에 의해 건설 운영되고 있으며, 그 기술을 해외에도 수출하고 있다.

나는 2년 전부터 개발을 시작한 발전소 수명관리 프로그램, PLTMP의 검증을 포함한 시운전을 연내에 마치고 정부의 인허가를 받고 특허도 출원할 예정이다.

일출 예정시간인 7시 50분이 되었으나 해가 계족산 위를 덮은 구름에 얼굴을 가렸다. 추위를 이기며 초조하게 일출을 기다리던 사람들이 투덜대며 산을 내려가기 시작했다.

"우리도 그만 내려가요. 추워요."

영란이 쫑알거렸다.

"조금만 기다려. 구름 위로 곧 해가 올라올 거야."

나는 해가 뜨는 것을 보지 않고 이대로 하산을 하면 두 손 모아 빈 금년도 소원이 깨어질 것같아 산정을 덮은 구름 위에 떠오르는 해라도 보아야겠다고 생각하며 고집을 부렸다.

"추운데, 얼마를 더 기다려요? 당신 평생 해돋이 보자고 안 하더니 금년에는 무슨 일이야?"

"무슨 일은."

나는 마음 속의 비밀을 들키지 않으려 얼버무렸다.

8시가 넘어서자 해돋이를 보러 왔던 대부분의 사람들이 하산했다. 나는 자리가 빈 정자에 올라 동쪽, 계족산 쪽을 보다가 몸을 돌려 대덕연구단지를 내려다보다가 하면서 초조하게 해가 나타나기를 기다렸다.

구름 위로 붉은 띠가 보이기 시작했다. 구름 띠 차광막의 한 쪽 가장자리의 경계가 터지며 찬란한 햇빛이 하늘로 치솟았다. 구름 띠 경계의 색깔이 황금색으로 바뀌고, 태양이 초승달만큼 얼굴을 내밀었다. 나는 막 떠오르는 정축년의 첫 태양과 마주서서 다시 한 번 간절히 금년 소원을 빌었다.

'제발 진급되고, PLTMP를 완성하게 해 주소서!'

순간 태양이 다시 구름 속으로 사라졌다. 내 소원을 태양이 거부하는 것 같아 가슴을 철렁했다.

나는 눈을 감고 다시 처연히 빌었다. 눈꺼풀에 강한 광선이 와 닿았다. 나는 눈을 떴다. 절반 이상 태양이 구름 위로 올라왔다. 나는 눈이 부셔 태양을 마주 볼 수가 없어 눈을 감았다. 현란한 빛을 눈동자에 느끼며 소원이 이루어질 징조 같아 뿌듯한 희열이 가슴을 가득 채웠다.

"여보. 너무 멋있어요."

영란이 내 팔을 툭 치며 환호성을 질렀다.

"기다리기 잘 했지?"

태양이 구름 위로 완전히 모습을 나타낼 때까지 우리는 그 자리에 서 있었다. 눈을 두어 번 깜짝일 사이에 구름 위로 태양이 완전히 모습을 나타냈다.

"이렇게 빨리 해가 뜨나?"

영란이 내 팔을 잡고 매달리며 말했다.

"정말 빨리 해가 뜬다."

"해 뜨는 것도 봤으니 내려가요."

영란이 내 팔을 끌었다.

"그럽시다."

비록 구름 위이지만 새해 첫 번째 뜨는 해를 본 우리 부부는 상큼한 기분으로 하산했다.

"여보, 엄마가 토정비결을 보니 당신 올해 득남할 수래."

영란이 내 손을 잡으며 다정한 목소리로 말했다.

"득남? 이 나이에. 당신 아들 또 하나 낳고 싶어?"

"에이 징그러워, 이 나이에. 그것 당신 운수가 대통한다는 뜻이니 금년에는 진급할 것 같은데. 작년에도 진급 못하고 속상해 하더니."

"작년에는 우리 연구원에서 진급이 없었잖아."

나는 주위를 의식하며 내 손을 잡은 영란의 손을 떼어내며 말했다.

"금년에 꼭 진급해. 이렇게 해돋이도 보았잖아."

그녀가 다시 내 손을 잡았다.

"진급? 그것 내 마음대로 되나?"

입으로는 그렇게 말하면서도 나는 금년에는 틀림없이 진급될 것같아 가슴이 부풀었다.

2...

강당에서 1997년도 시무식이 거행되었다.

국민의례에 이어 임덕호 사장의 신년사가 이어졌다. 임덕호 사장은 다가오는 21세기 지식정보화 시대에 살아남기 위한 패러다임의 변화를 강조하며, 창조적 지식을 창출하여 지식을 자산화 하는 것만이 기업의 가치를 높이고 생존경쟁에 이기는 길이라고 역설하며 새해의 중점사업을 열거했다.

"우리나라는 1980년대 고도성장을 이룩하면서 자본도 빈약하고 기술도 빈약하여 해외에 의존할 수뿐이 없었습니다. 그러나 이제 우리나라는 국민소득 만불 시대에 접어들어, OECD에도 가입하고 명실 공히 선진국 대열에 들어섰습니다. 국가 위상에 걸맞게 우리 회사도 기술자립은 물론 우리 기술을 해외에 수출하여 국력의 신장에 보탬을 주어야 합니다. 우리 회사에서 역점을 두고 개발하고 있는 수명관리 프로젝트는 대표적인 기술자립 프로젝트로 기술자립과 수출의 의지가 담겨 있는 프로젝트입니다……."

사장이 신년사에서 대표적인 기술개발 프로젝트로 내가 개발하고 있는 수명관리 프로그램을 언급하자 내 등골을 타고 찌르르 전류가 흘렀다.

시무식 후에 바로 강당에서 신년 하례식이 이어졌다.

강당 입구에 임덕호 사장, 김병렬 노조위원장, 윤덕승 감사, 이인성 부사장, 김성호 관리본부장, 조인택 사업본부장, 김성수 연구원장이 서열에 따라 한 줄로 늘어서서 시무식을 마치고 강당을 나서는 직원들과 일일이 악수를 하며 덕담을 나누었다. 한꺼번에 신년 하례 행사를 함으로써 직원들이 신년 첫 근무일에 상사의 방을 기웃거리며 인사를 다니는 허례를 덜 수가 있다.

직원들이 한 줄로 길게 늘어서서 경영진과 악수할 차례를 기다렸다. 나는 긴 행렬의 앞쪽에 서서 내 차례를 기다렸다.

"건강하십시오."

내 차례가 되자 나는 황송한 듯 어깨를 움츠리고 임덕호 사장의 손을 잡았다.

"아, 우리 손 박사. 금년에도 잘 부탁해요. 꼭 프로젝트 성공하고."

임덕호 사장이 내 손을 잡고 손등을 토닥거리며 다른 직원과 하례를 할 때보다 긴 시간 치하의 말을 하며 애정을 표시했다.

나는 순간 사장의 인정을 받고 감격스러웠다. 사장의 자상한 치하가 금년에 나를 진급시켜 주겠다는 신호로 느껴져 얼굴이 달아올랐다. 나는 사장이 나에게 던진 격려의 말을 주체하지 못하고 흥분된 상태에서 사장 옆자리의 노조위원장과 경영간부들에게 "건강하십시오" 인사말을 되풀이 하였다.

"손 실장. 금년에 좋은 일 있겠어."

신년 하례를 마치고 나오며 나철수 실장이 내 팔을 툭 건드리며 활짝 웃으면서 말했다.

나철수 실장은 나와 입사동기로 품질관리부서에 근무하고 있다.

"무슨 좋은 일?"

나는 붉어지는 얼굴을 감추려 한 손으로 볼을 쓸었다. 나도 모르게 목소리가 커졌다.

"신년사, 신년 하례 때 특별히 손 박사를 챙기던데."

"그랬나?"

"미리 진급턱 사지."

"진급턱? 김칫국부터 마시라고?"

나는 싫지 않는 목소리로 말했다.

"두고 보라고. 틀림없이 진급될 테니."

"미리 진급시켜 줘 고마워."
나는 나 실장의 덕담을 싫지 않은 기분으로 들으며 진급이 된 것 같은 착각에 빠졌다.

신년 하례를 마치고 김성수 연구원장 방에 기술연구원의 실장급 이상 간부들이 다 모였다.
"손 실장, 용꿈 꿨나?"
김성수 원장이 나에게 농담을 던졌다.
"네. 용꿈은 못 꿨고 금년에 잘 부탁합니다."
나는 원장의 농담을 정면으로 받았다.
"그래? 사장이 신년 하례 때 손 실장에게 특별히 애정을 표시하던데."
"그러셨어요?"
박정호 실장이 긴장된 얼굴로 말했다. 그는 나보다 2년 후배다.
"공연히 농담하는 거야."
나는 쑥스러워져 말을 막았다.
"손 실장. 어쨌든 금년에 잘해 보자고. 우리 연구원에서 처장 한 사람 나와야지. 작년에도 없었는데."
"잘 부탁합니다."
나는 엉겁결에 고개를 숙여 인사를 하며 진급을 공식적으로 부탁하는 것 같아 멋쩍었다.
"사장님이 특별히 챙기셨으면 손 실장님 금년 진급은 따 놓은 당상이겠는데요."
박정호가 시샘이 섞인 말투로 말했다.
나는 박정호의 질투하는 목소리에 기분이 언짢았다.
월급쟁이들이 사장의 단순한 제스처 하나에도 예민하게 신경을 쓰는 것을 보며, 힘없는 월급쟁이의 비애를 느꼈다.
"PLTMP 코드는 곧 인가신청할 거지?"
김 원장이 화제를 바꿨다.
"네. 금년 5월에는 인가신청을 할 예정입니다. 연말까지는 인가를 받아야죠."

"그래, 연말까지는 인가를 받아야지. 그럼 우리 기술로 시설 관리할 수 있는 프로그램이 완성되는 건가?"

"네. 2년이나 걸렸는데요."

"그 동안 수고했어. 처음에는 반대가 심했는데. 특히 사업본부에서 우리가 개발한 프로그램을 쓰는 것을 반대했었는데 그 친구들 코를 납작하게 해줘야지."

"그래요. 그 친구들은 무조건 외국에서 들여온 것만 쓰려고 한다니까요. 우리 기술력을 너무 무시해요. 아직도 우리가 후진국인 걸로 아는 모양이지."

박정호 실장이 원장의 말에 맞장구를 쳤다.

"알았어. 사장님이 우리 노력을 잘 알고 계시니 열심히 해서 우리 실력을 과시하자고."

김 원장이 결론을 내렸다.

"오늘 시무식은 잘 끝났어요?"

온 식구가 식탁에 둘러앉아 식사를 하며 영란이 나에게 물었다.

"잘 끝났어."

나는 시무식에서 사장이 나에게 보인 호의와 연구원에서 금년 진급 대상자로 나를 찍은 원장의 언질을 떠올리며 활기차게 대답했다.

"당신 얼굴이 굉장히 밝은 것을 보니 오늘 좋은 일이 있었던 모양이지요."

영란이 나를 빤히 쳐다보았다.

"장모님이 토정비결에 금년에 득남수가 있다고 했으니 아들이라도 하나 낳을지 알아. 장모님 그렇지요?"

나는 마누라가 20년을 같이 살더니 귀신같이 내 기분을 잘 아는구나, 생각하며 딸네 집에 들르러 온 장모에게 말했다.

"그래. 손주 하나 더 낳아라. 내가 키워줄게."

장모님이 거들었다.

"아빠, 내 동생 낳을 거야?"
중학교 3학년에 올라가는 딸 수진이 눈을 크게 뜨며 물었다.
"무슨 동생? 엄마 농담이라도 그런 말 말아."
영란이 그녀의 어머니에게 눈을 흘겼다.
"어쨌든 금년에는 아홉수를 잘 넘기고, 건강하고, 회사에서도 좋은 일 있어야지."
장모가 숟가락을 식탁에 놓고 두 손을 모으며 기도하는 자세로 말했다.
"감사합니다. 장모님도 건강하시고 새해에 모든 일 잘 되시기 빕니다."
나도 진지하게 장모의 말을 받았다.

3…

"이미 보고 드린 바와 같이 지난 2년 동안 발전소 수명관리 프로그램에 대한 기초 및 세부 작업을 마쳤습니다. 수백만 종이나 되는 발전소 기기 중 수명관리 대상이 되는 기기의 선정을 마쳤으며, 각 기기의 부품 중 크리티컬한 부품을 확인하고 손상에 대한 20가지 메커니즘도 확인하였고, 해외 유사 프로그램의 자료도 입수하여 비교도 마쳤습니다. 크리티컬한 부품을 교체할 것인지 수리할 것인지 그 때 비용은 얼마나 드는지도 검토하였습니다. 전계통에 대한 종합 검토 결과를 바탕으로 운전기록과 정비기록 등을 참조하여 당초 설계와 비교하여 바뀐 사항도 전부 확인, 분석을 마치고 지난 해 5월부터 코드 프로그램에 들어가서 연말에 프로그램 작업이 끝났습니다. 지금은 검증 작업을 하고 있습니다. 5월까지는 검증 작업을 마치고 특허 신청을 하는 한편 정부에 인증 신청을 할 예정으로 연말까지 정부 승인을 받도록 하겠습니다."

임덕호 사장에게 각 부서의 새해 업무보고를 하는 자리에서 김성수 원장은 열기 띤 목소리로 보고를 하였다.

발전소 수명관리 전산코드는 현재 정부로부터 40년 수명으로 운영허가를 받은 발전소의 수명을 20년 더 연장하여 운영할 때 어떤 부품을 교체 또는 수리하여야 하는지를 점검할 수 있을 뿐만 아니라 주기적으로 실시되는 발전소 정기 정비 때 종전까지의 정비 기록과 기기의 이력을 종합하여 어떤 종류의 정비를 하여야 하는지를 알려준다. 예방 정비 관련 사항도 모두 포함되어 있다.

사장이 진척 사항을 다시 확인하였다.

"손 박사. 금년 말까지 PLTMP를 마칠 수 있다고?"

"네, 사장님과 약속한 3년 기한을 6개월 앞당겨 마칠 예정입니다."

나는 사장의 질문에 답하며 얼굴이 상기되는 것을 느꼈다.

"그래, 내가 취임하여 심혈을 기울여 지원하는 프로젝트이니 꼭 기한 내에 마치도록 해요. 내 임기도 이제 일년 남짓 남아있으니 이 프로젝트 완성을 보고 나가겠군. 미국 친구들이 코드를 팔아먹으려고 로비가 대단하던데, 그런 것은 신경 쓰지 말아요. 조인택 사업본부장은 아직도 우리 기술로 그런 거창한 작업을 끝낼 수 있을까 반신반의하는 눈치이던데 기회 있을 때마다 설명을 해서 신념을 갖도록 해 줘요. 연구원에서 개발에 성공하면 쓸 사람들은 그 사람들이니."

"네. 그렇게 하겠습니다."

김 원장이 연구원을 대표하여 대답했다.

"잘 해 봐요. 김 원장, 손 박사 잘 지원해 줘요. 그럼 다음 보고 계속 하세요."

나는 사장이 내가 수행하는 프로젝트에 깊은 관심을 가지고 내 상사에게 적극 지원하도록 내 앞에서 직접 지시를 하자 전신에 힘이 솟았다. 나를 믿고 지원하는 사장을 위해서도 꼭 수명관리 프로그램을 완성해야겠다고 다짐했다.

연구원 간부들은 임덕호 사장에게 업무보고를 마치고 홀가분한 기분으로 회의실을 나섰다.

"오늘 보고 잘 됐지? 사장님이 저렇게 적극적으로 나오실지 몰랐는데. 신년사에서 언급하시고."

김 원장이 보고를 마치고 나오며 복도에서 나를 돌아보며 말했다.

"네, 저도……."

"저녁에 내가 한턱 쏠게. 보고도 잘 끝났으니."

"감사합니다. 원장님도 쏜다는 말 아세요?"

"응, 우리 아들한테 배웠지."

"실장 이상 참석하는 거지요?"

"그렇게 해야겠지."

"아, 오랜만입니다. 새해 복 많이 받으십시오."

미국 최대 감리 용역회사인 피어슨사 한국지사장인 이일호가 2층으로 올라오며 계단을 내려가는 김 원장과 연구원 간부들에게 몰아서 인사를 하였다.

"아, 오랜만이요. 새해 복 많이 받으십시오."

김 원장이 이일호의 손을 잡고 흔들었다.

"아, 손 박사님. 새해 복 많이 받으세요."

이일호가 나에게 손을 내밀었다.

"네, 새해 복 많이 받으세요."

나는 마지못해 그의 손을 잡고 흔들며 인사를 하였다.

나는 이일호 사장을 좋아하지 않았다. 그는 지금 내가 심혈을 기울여 개발하고 있는 PLTMP의 개발을 막고 피어슨사에서 개발한 같은 기능의 프로그램을 팔려 로비를 하고 있다.

"저 친구 정초부터 웬일이야?"

김성수 원장이 짜증 섞인 말투로 말했다.

"또 신년 인사 핑계대고 내 프로그램 방해하려고 왔겠지요."

나는 적의를 담아 투덜댔다.

"걱정 마. 지금 검증 단계인데……. 사업본부에서 자꾸 딴죽을 거는데 내가 방해하도록 놔두지 않을 거야. 사장님도 열성이고."

"무슨 일이 있어도 꼭 성공할 겁니다."

나는 다시 결의를 다졌다.

"선배님. 새해에 건강하시고 부사장으로 진급하십시오."

이일호 사장이 조인택 사업본부장 집무실에 신년 인사차 들러 녹차를 마시며 덕담을 하였다. 이일호 사장은 조인택 본부장의 고등학교 후배이다.

"고마워. 이 사장도 금년에 좋은 일 많고."

조인택은 부사장으로 진급하라는 후배의 아부에 싫지 않은 표정을 지었다.

"참 발전소 수명 연장 프로그램 말입니다. 좀 전에 복도에서 손 박사 만났는데 그 친구들 벌써 2년째 죽을 쑤고 있다면서요? 이미 외국에서 개발해 놨는데 사 오면 될 걸, 기술도 없는 친구들이 왜 개발한다고 그 고생을 하는지……, 우리 피어슨사에서 개발한 FALTEP를 싼 값에 드리겠습니다."

"그건 나도 동감이야. 그런데 지금 사장이 자기 임기중 실적으로 남겨 놓을 사업 중 하나로 그 코드 개발을 밀고 있어. 지금 사장이 있는 한 별 수 없어. 나는 박사 놈들이 20여명이나 붙어서 개발한다고 큰 소리 치는데 실컷 돈들여 만들어 놓고 써 먹지도 못할 프로그램 만드는 것 아닌가 걱정이야. 결국 그 프로그램 쓸 부서는 우리 본분데……, 사장이 기술개발의 상징적인 프로젝트로 밀고 있으니……."

"그 얘기는 들었습니다. 오늘은 그냥 선배님께 새해 인사차 왔습니다. 다음에 들러 박사 놈들 기를 꺾을 묘책을 말씀드리겠습니다."

"그래? 그런 방법이 있나?"

"네. 있지요. 금년에 꼭 부사장 되십시오. 저도 미력을 보태겠습니다."

"허허허, 부사장은……."

조인택은 이일호가 그의 진급에 힘이 돼 주겠다는 말에 기분이 좋아졌다.

"선배님. 이번 주말에 스케줄 있습니까?"

"산에나 갈까 하는데. 왜?"

"시구회나 하시지요."

"시구회? 춥지 않을까?"

"예년보다 춥지 않은 것 같은데요."

"작년보다는 덜 추운 것 같기는 한데. 지구 온난화 덕분인지."

"오전 10시 티업입니다. 제일 좋은 시간입니다. 제가 댁으로 아침 8시까지 모시러 가겠습니다."

"시구회를 한다?"

"네. 누구 한 사람같이 나오시지요. 마음에 맞는 사람."

"그럴까?"

"시간 내주셔서 감사합니다. 다른 손님 계신 것 같으니 이만 가보겠습니다."

이일호가 자리에서 일어서며 말했다.

"그래, 일요일에 봐."

조인택이 자리에서 일어서서 이일호를 배웅했다.

일요일 오전 7시 55분.

검정색 그랜저가 조인택 본부장이 사는 한밭아파트 21동 현관 앞에 멈춰섰다. 승용차를 세우자마자 기사가 날쌔게 차에서 내려 승용차 뒷문을 열었다. 콤비 차림의 이일호 사장이 차에서 내렸다.

아파트 경비실 앞에 서 있던 사업본부 박호철 처장이 이일호 사장에게 다가오며 환한 표정으로 손을 내밀었다.

"오늘 날씨가 좋지요?"

이일호가 박호철의 손을 흔들며 말했다.

"네. 이렇게 초청해 주셔서 감사합니다."

골프광인 박호철 처장이 활짝 웃으며 이일호의 손을 잡고 흔들었다.

"본부장님께 연락 드리겠습니다."

박호철이 이일호의 손을 놓고 경비실로 갔다. 박호철은 경비원에게 1003호를 불러주라고 말했다. 경비원이 인터폰을 연결했다.

경비원이 수화기를 박호철에게 넘겼다.

"본부장님, 저 박 처장입니다. 이 사장 오셨습니다."

박호철이 인터폰에 대고 황송한 듯 목소리를 저음으로 깔았다.

"그래? 왔으면 진작 연락을 하지. 바로 내려갈게."

조인택이 한 손에 골프채를, 한 손에 손가방을 들고 엘리베이터 문을 나서자 이일호가 날쌔게 달려가 골프채를 받았다. 박호철은 손가방을 받아들었다.

"아니, 내가 들고 갈게."

조인택이 사양하는 체하였다.

승용차 기사가 날쌔게 골프채를 받아들었다.

"선배님과 라운딩을 하려니 오늘 날씨 기가 막히게 좋습니다, 춥지도 않을 것 같고. 새해에 좋은 일이 있을 징조 같습니다. 정말 오늘 다른 약속이 있으셨는데 이렇게 시간을 내주셔서 감사합니다."

승용차 조수석에 앉은 이일호가 뒤를 돌아보며 아부를 하였다.

"별 말을. 이 사장 덕에 좋은 날에 시구를 할 수 있게 됐는데. 나는 월말쯤이나 시구를 하려고 했는데."

"부사장 임기 언제지요?"

이일호가 화제를 바꿨다.

"내년인데."

"연말 되면 정권도 바뀌고 하는데……. 승진하셔야지요. 제가 적극 밀겠습니다."

"장사는 잘 되나?"

조인택이 부하 앞에서 승진 이야기를 하는 것이 뭐하여 화제를 돌렸다.

"선배님이 잘 도와주셔야지요."

"내가 힘이 있어야지. 오늘 또 같이 치는 사람은 누구야?"

"외국인인데 괜찮지요?"

"외국인?"

"선배님도 아시는 분입니다. 리차드 브룩스."

"그 친구가 왔나?"

"네. 본부장님이 몇 번 만나신 적도 있고 토요일에 입국했는데 주말에 할 일이 없이 심심한 것같아 같이 가자고 했습니다. 다음 주 월요일에 회사에 들러 박 처장을 만나도록 약속이 되어 있습니다. 본부장님께 인사는 아직 말씀드리지 못했습니다. 시간을 내주시면 더없이 영광이고."

"그 친구 술도 잘 하고 미국 친구치고는 화통한 편이지. 장사할 줄 알아. 잘 데리고 왔군. 다음 주 우리 회사에 오면 내 방에도 데리고 와."

조인택이 박호철 처장을 쳐다보며 말했다.

"그렇게 하겠습니다."

이일호 사장은 박호철에게 리차드 브룩스의 본부장 면담을 요청하면서, 나도 경영진의 면담을 주선할 수는 있지만 박 처장이 주선해 줬으면 좋겠다는 암시를 줬었다. 박호철은 조 본부장에게 차마 피어슨사의 부장급 직위인 리차드 브룩스를 만나 주십사고 말할 수가 없어 면담 주선을 망설이고 있던 차에 조인택 본부장이 먼저 자기 방으로 그를 데리고 오라고 하자 짐을 던 것같아 마음이 홀가분해졌다.

온도계는 영하 2도를 가리키고 있었으나 필드에서 느끼는 체감온도는 그보다 훨씬 차가웠다. 얼어붙은 페어웨이에 공이 탕탕 튀었다. 그린에 떨어진 공은 통통거리며 그린 밖으로 굴러 나갔다. 얼어붙은 그린 위의 눈을 제대로 치우지 않아 제대로 퍼팅을 할 수가 없었다.

그들은 그늘 집에서 따끈한 정종 대포를 마시며 알코올의 힘을 빌려 추위를 막으려 하였으나 알코올의 연소만으로 추위를 쫓기에는 역부족이었다. 그들은 추위와 싸우며 이미 낸 비싼 그린피가 아까워 경기를 포기하지 못하고 18홀을 돌았다.

"오늘 몸이 얼었는데 가서 몸을 녹이며 한 잔 하는 것이 어떻겠어요?"

먼저 목욕을 마치고 로비에서 기다리던 이일호가 조인택이 추위에 얼었던 몸을 욕조에서 녹이고 느긋한 표정으로 로비에 나타나자 그를 유혹했다.

"클럽 하우스에서 간단히 먹고 가지."

조인택이 부드럽게 이일호의 제의를 거절했다.

"본부장님, 아직 저녁 먹기는 이르고 시간 한 번 잡기도 어려운데 시내로 나가시지요."

이일호가 매달렸다.

"본부장님, 이 사장이 모처럼만에 본부장님 모시는데 이 사장이 하시자는 대로 하시지요."

박호철이 이 사장을 거들었다.

"그럼 브룩스는 어떻게 하고?"

조인택이 이일호를 건너다 봤다.

"호텔로 가라고 하지요. 낮에 잘 놀아줬잖아요."

이일호가 아무렇지도 않게 대답했다.

"그래도 돼?"

"네. 걱정 마십시오. 그리고 오늘 시구회 기념으로 이 고장 특산품 하나씩 선물로 차에 실었습니다. 사모님이 좋아하실 거로."

"과용하는 데. 내가 도와준 것도 없는데."

"별 말씀을, 선배님 모시는 것만도 영광인데."

"알았어. 그럼 간단히 하는 거야?"

"네. 염려 마십시오. 간단히 모시겠습니다."

이일호는 룸살롱, '황제' 앞에 차를 세웠다. 황제는 강남역과 역삼역 사이 특허청 골목으로 백 미터쯤 들어가서 있는 5층 건물 지하에 있다.

이일호가 앞장서서 건물 안으로 들어갔다. 그는 지하 1층으로 내려갔다. 두 사람은 그를 따라 계단을 내려갔다. 복도 왼쪽엔 이발소 간판이 보이고 오른쪽에는 황제라는 간판이 보였다. 이일호는 깔끔하게 하얀색 페인트를 칠한 문을 밀고 안으로 들어갔다. 조인택은 그를 따라 안으로 들어섰다. 실내로 들어서는 순간 벽과 바닥을 장식한 대리석에서 반사된 불빛이 조인택의 눈을 현란하게 하였다. 그는 실내의 호화스러운 분위기에 움찔하며 공직자가 이런 집에 오면 안 되는데 생각하며 입구에서 멈칫 섰다.

"어서 오세요. 사장님."

몸에 착 달라붙은 꽃무늬가 있는 녹색 실크 원피스를 입은 나이를 짐작할 수 없는 마담이 어디선가 나타나 이일호에게 아양을 부렸다. 엉덩이가 착 달라붙는 원피스의 가랑이 한 쪽 단을 터서 만든 틈새로 노출된 그녀의 다리가 미끈했다.

"좀 전에 전화한 귀한 분이셔."

이일호가 입구에서 주춤거리는 조인택을 마담에게 인계했다.

"들어가시지요."

마담이 조인택의 팔을 잡고 끌었다. 조인택은 그녀에게 끌려 실내로 들어섰다.

룸의 장식이 초호화판이었다. 조인택은 최고급으로 보이는 테이블과 소파를 둘러보며 골프장 클럽 하우스에서 간단히 저녁을 먹고 헤어질 걸 공연히 이 사장을 따라왔구나, 하고 후회하며 주춤거렸다.

마담은 조인택의 손을 끌어 상석에 앉혔다.

"김현정입니다."

조인택의 옆자리에 앉은 마담이 자신을 소개했다.

"내가 말한 아가씨들 준비 됐어?"

"누구 말씀이라고? 술은 발렌타인으로 할까요?"

김 마담이 얼굴에 애교를 가득 담고 이일호를 쳐다보며 물었다.

조인택은 몸에 밴 애교를 떠는 김 마담을 흰눈으로 건너다보았다.

퇴물로 가는 길목에서 마지막 불꽃을 당기는 그녀의 아름다움이 석양의 황혼을 보는 것같아 가슴이 아릿했다.

"우리 운동하고 왔는데 아직 저녁을 안 했어. 이 집 스테이크 잘 하던데 먼저 스테이크하고 수제비 주지. 수제비 괜찮지요, 회장님?"

마담과 주문을 하면서 이일호가 조인택에게 물었다. 조인택은 회장님이라는 호칭이 듣기에 어색했다.

"수제비 좋아. 술은 국산으로 하지. 비싼 외제 할 것 없이."

조인택이 술을 국산으로 낮추었다.

"그럼 임페리얼로 하지요."

김 마담이 결론을 내렸다.

"좋아."

이일호가 시원스럽게 대답했다.

룸의 문이 열리며 꽃 같은 아가씨 세 사람이 룸으로 들어섰다. 날씬한 몸매에 앳된 얼굴의 아가씨들이 한 줄로 늘어섰다.

"너 수진이, 회장님 잘 모셔."

김 마담이 서구식 마스크를 한 아가씨를 조인택에게 배정했다.

조인택의 눈에 그녀의 오뚝한 코가 먼저 눈에 들어왔다. 그녀는 어깨가 완전히 노출된 원피스를 입고 있었다.

조인택은 박호철에게 배당된 아담한 얼굴의 아가씨가 서구식 얼굴의 수진보다 마음에 더 들었으나 파트너를 바꿔달라고 할 수는 없었다.

좌석 배정이 끝나자 김 마담이 너스레를 떨며 양주잔에 술을 따랐다.

"오늘 우리 만남을 기리는 의미에서 회장님 건배를 하시지요."

김 마담이 조인택을 빤히 쳐다보며 애교를 부렸다. 조인택은 중년으로 접어드는 김 마담의 농염한 매력을 빤히 쳐다보며 건배를 외쳤다.

텅 빈 위 속에 부어진 알코올이 기승을 부리기 시작했다. 알코올이 조인택의 경계심을 흐트렸다. 조인택은 이왕 고급 룸살롱에 끌려 왔으니 몸 사릴 것 없이 그냥 즐기다 가자고 생각을 바꾸며 옆 좌석에 앉은 수진의 노출된 어깨를 토닥거렸다. 알코올이 적당하게 이성을 마비시키자 그는 그녀의 앞섶에 거침없이 손을 밀어 넣고 유방을 터트렸다.

술로 시작한 파티가 노래로 이어졌다. 노래에 맞추어 춤도 췄다.

조인택은 모처럼만에 그의 나이에 비해 엄청나게 어린 여인을 품에 안고 하체에서 꿈틀대는 젊음을 포상으로 즐기며 흐느적거렸다.

밤 열두 시가 넘어 파티가 끝났다.

이일호는 김 마담과 음모(?)를 꾸며 조인택이 수진의 꽃봉오리를 터트릴 기회를 마련했으나, 조인택은 마지막 관문만은 넘지 않고 룸살롱을 빠져나왔다.

조인택은 차에서 내려 비틀거리며 그의 아파트 현관으로 걸어갔다. 운전기사가 한 손에 골프백을 들고 한 손에 이일호가 사준 선물을 들고 그를 따라왔다.

아파트 문을 열어주며 조인택의 부인이 밤늦게 귀가한 남편에게 투덜댔다. 부인이 남편의 콤비를 받았다. 부인은 콤비를 옷장에 걸려고 옷걸이를 찾다가 무게를 느끼고 축 처진 안주머니를 만졌다. 두툼한 봉투가 손에 잡혔다. 그녀는 봉투를 꺼냈다. 그녀는 직감적으로 봉투 속에 현금이 들었다는 것을 알았다. 그녀는 현금을 꺼냈다. 만원짜리 지폐 묶음 세 다발이 들어 있었다. 그녀는 그 사실을 남편이 술이 깨면 내일 아침에 말하기로 하고 돈 봉투를 장롱 서랍에 챙겼다.

4...

나는 일과 시간이 끝나자마자 바로 퇴근하여 집으로 갔다. 영란이 외출 준비를 하고 나를 기다리고 있었다. 장모 생신잔치에 가기로 되어 있었다.

"선물은 샀고?"

나는 아파트 현관에 들어서며 물었다.

"내복 한 벌 샀어요."

"내복? 너무 빈약한 거 아냐?"

"10만원이나 줬는데. 내년 칠순 잔치 때 좋은 것 해 드려요. 우리 같은 월급쟁이 형편에……."

영란은 선물을 싼 봉투를 내보이며 말했다.

"기철이네는 큰 것 사올 텐데."

나는 손아래 동서를 의식하며 말했다.

"기철이 아빠는 돈 잘 벌잖아."

영란이 심드렁하게 말했다.

매제인 김문기는 6급 지방공무원이었으나 나보다 훨씬 돈을 잘 벌었다. 나는 20년 직장생활에 겨우 아파트 한 채를 마련하였으나, 김문기는 아파트 세 채에 여기 저기 땅도 가지고 있다고 했다. 김문기나 나나 부모에게 물려받은 재산이 없이 거의 맨땅에서 신혼생활을 시작하였으나 그는 무슨 조화를 부렸는지 월급이 훨씬 많은 나보다 윤택하게 잘 살고 재산도 더 많다.

그는 자주 그가 탱탱하게 살고 있는 것을 나에게 자랑하고 싶어 했으나, 재산 모으기에는 별 관심이 없는 나는 그의 말을 한 귀로 흘렸다.
"그래도 자기 어머니 생신인데 내복 한 벌은 심했다."
"무슨 말을. 희진이 고3 되고 수진이 중3 됐어. 돈이 얼마나 들어갈 건데. 당신은 김 서방같이 용돈 가져오는 재주도 없잖아요."
"알았어. 가자고."
나는 영란이 이상한 방법으로 돈을 벌어오지 못하는 나를 원망하는 말을 하자, 자리를 피하려 빨리 가자고 독촉했다.

"어, 손 박사 어서 와."
내가 아파트에 들어서자 버선발로 뛰어 나온다는 과장이 어울릴 만큼 호들갑을 떨며 장모가 나를 맞았다.
"건강하시지요?"
나는 신을 벗으며 말했다.
"그럼. 건강하고말고. 어서 들어와."
장모는 내 손을 잡아끌었다.
"오셨어요?"
처남댁이 목례를 하고 바로 부엌으로 갔다.
"형님 오셨어요?"
먼저 와서 소파에 앉아 있던 김문기가 어색한 표정으로 자리에서 일어섰다. 나는 그와 가볍게 악수를 나누었다.
"처남은?"
나는 거실을 두리번거렸다.
"본점에서 지점장 회의가 있어 가셨대요."
김문기가 대답했다. 처남 허영호는 조흥은행 남대전 지점장이다.
"엄마는 기철이 아빠 왔을 때는 소 닭 쳐다보듯 하더니."
처제 허영숙이 불만을 터트렸다. 그녀는 장모가 그녀의 남편을 무시하고 박사인 나만 편애하는 것에 불만이 많다.
"내가 언제 그랬냐?"

장모는 소파에 앉으며 말했다.

"요새 회사 생활이 어때?"

나는 분위기를 얼버무리려 의례적인 질문을 김문기에게 던졌다.

"그냥 그렇지요. 형님은 곧 또 미국 출장 가신다면서요?"

"응. 다음 주에. 겨우 일주일. 어떻게 알았어?"

"형님은 우리 집안의 등불이잖아요."

김문기가 비꼬는 투로 볼멘소리를 냈다.

"우리 손 박사는 미국을 제집 드나들 듯 하잖아."

장모가 나섰다.

"제집 드나들 듯이 하기는요."

나는 동서 앞에서 나만 챙기는 장모의 편애가 부담이 되었다.

"지난번 희진이 집에 가서 사진 봤는데 우리 손 박사가 미국 사람 수백 명을 앉혀놓고 연설을 하던데. 그것도 영어로."

장모는 지난 9월 미국 기계학회에서 내가 논문을 발표할 때 찍은 사진을 본 모양이다.

"엄마. 미국 가서 영어로 하지 한국 말로 해?"

영숙의 말에 가시가 돋쳤다.

"벌써 대통령 선거로 신문이 난리던데."

나는 화제를 돌렸다.

"야당에서는 김대중이가 나오는 것 같은데 여당에서는 박찬종이 나올지 이회창이 나올지. 박찬종은 너무 독불장군인 것 같고."

김문기가 내 말을 받았다.

"나도 그렇게 생각해. 대통령이 되려면 덕이 있어야 하는데……. 그런 점은 이회창이도 똑 같은 것 같은데. 너무 차가워 붙일 데가 없는 것같아."

"우리 종필이도 나오는 것 같은데 충청도 표 가지고 되겠어요? 경륜이야 그들 중 최고지만."

"어쨌든 또 선거판이 시작되니 시끄럽겠지."

"물가도 들먹이고 수출도 잘 안 되는데 선거판이 본격적으로 시작되면 정부에서는 그런 것 돌볼 짬이 없을 테니 경제가 더 어려워질 것같아요. 참

형님, 돈 좀 있으면 투자하실래요?"

"투자, 어디에?"

"지난 몇 년간 부동산 값이 잠잠했거든요. 연말 되면 많이 오를 겁니다. 선거도 있고. 좋은 땅이 노원지구에 나왔는데 한 100평만 잡으시지요. 몇 천이면 되는데."

"몇 천? 그런 돈 없는데."

"형님은 그렇게 외국을 자주 드나들고 큰일을 하시면서 항상 돈타령이야. 요령을 부려 돈을 만드셔야지요. 노후도 대비하고. 이제 50을 바라보시면서."

"노후? 아직 정년이 많이 남았는데. 나는 기술자니 퇴직하고도 좀 더 써먹을 데가 있을 거야."

"그래도 사람 팔자 모릅니다. 갑자기 무슨 일이 일어날지. 항상 대비하셔야죠."

"돈이 없는데."

나는 퉁명스럽게 말했다.

나는 김문기가 무슨 재주를 부려 어디서 돈을 마련하는지 모르지만 여기저기 부동산에 투자하며 나더러 투자하라는 것이 마음에 들지 않았다. 나는 아직 노후에 대해 생각해 본 적이 없었는데, 나보다 연상이기 하지만 김문기가 노후 운운하는 것도 마음에 들지 않았다.

식사가 끝나고 과일을 들면서 선물을 전달했다. 처제는 여우목도리를 선물로 내놨다. 장모는 여우목도리를 목에 걸며 좋아했다. 동생이 사온 비싼 선물을 본 영란은 달랑 내의 한 벌뿐인 선물을 차마 내놓지 못하고 망설였다.

"손 박사, 이거 삐틀이네한테 자랑해야지."

삐틀이네는 장모와 한 동네에 사는 할머니로 그의 아들이 판사를 하고 있다. 사위가 박사인 장모와 아들이 판사인 삐틀이네는 노인정에서 라이벌 관계이다.

김문기와 영숙은 비싼 선물을 한 그들을 제쳐놓고 장모가 지난 번 해외

출장 갔을 때 사온 로얄제리를 꺼내 들고 흔들자 묘한 표정을 지었다.

"엄마 저 이것 밖에 못 사왔는데……, 내년 칠순 때 좋은 것 사드릴게."

영란이 내의를 담은 봉투를 내밀었다.

"이거 쌍방울표잖아. 비싼 것 사왔네……. 지난 번 손 박사가 미국 갔다 오면서 로얄제리 사와서 삐틀이 할망구 코를 납작하게 해줬지. 지 아들놈 판사 하지만 우리 손 박사같이 미국 제집 드나들 듯할 수 있어?"

나는 비싸고 더 좋은 선물을 사들고 와서도 장모로부터 푸대접을 받는 동서에게 미안한 마음이 들었다.

"정말 여우목도리 멋있는데요. 굉장히 따뜻할 것같아요."

나는 멋쩍은 표정으로 앉아 있는 동서가 안 돼 보여 그가 사온 선물을 추켜세웠다.

"김 서방이야 돈 잘 버니 이보다 더 비싼 것도 사올 수 있지."

장모는 김문기가 사온 선물이 양에 차지 않는다는 말투로 말했다.

순간 김문기의 얼굴이 일그러졌다.

"엄마는 김 서방은 사위가 아니야?"

영숙이 톡 튀어나오며 항의를 하였다. "누가 사위가 아니라고 했니. 너한테 잘해 주지, 나한테도 잘 하는데."

장모가 노인 고집을 부렸다.

"기철이가 금년에는 주전 되겠네."

나는 얼른 화제를 돌렸다. 김문기의 큰 아들, 기철은 고등학교 야구부에서 피처를 하고 있다.

"그럴 것같아요."

김문기가 마지못해 대답했다.

"박찬호가 하루 버는 돈이 내 일년 연봉이야."

나는 장모의 나에 대한 편애에 속이 상한 김문기를 위안하려 과장된 몸짓을 하였다.

"당신 엄마는 좀 지나치셔. 김 서방이 참 잘 하는데 너무 무시하는 것같아."

나는 집으로 돌아오는 차 속에서 영란에게 말했다.

"응. 엄마가 결혼을 반대했었거든. 나이 차이 많이 난다고."

"그건 나도 알아. 그래도 이왕 사위가 됐는데. 내가 뭐 특별히 잘난 것도 없잖아. 당신이 장모님께 이야기 좀 해. 그러시지 말라고. 그래도 김 서방이 착하니까 참지 뭐한 사람이면 장모 안 보려고 할 거야."

"그건 그래요. 김 서방 착하지요. 말했는데 엄마가 안 그런다고 하시면서 또 그래요. 이제 나이 드신 것같아요."

"장모님이 내년이면 칠순이라 세월 빠르다. 내가 장가왔을 때는 한참 젊으셨는데."

"당신도 이제 내일 모레 오십이예요. 나도 곧 오십 되고. 애들 큰 것 봐요. 세월이 너무 잘 가지요?"

"그래……, 그래……, 너무 잘 가."

"지난 번 서울 갔을 때 상숙이 집에 들렀었는데 어머니가 초췌해지신 것 같아. 주말에 당신이랑 한 번 같이 가야겠어."

영란은 대꾸를 하지 않았다.

어머니는 맞벌이를 하는 여동생 상숙이 집에서 손자들을 돌보신다. 대전 우리 집으로 모시고 싶었으나 영란이 탐탁치 않게 여겼으며 어머니도 손자라도 볼 일이 있는 맞벌이하는 딸네 집에 계시겠다고 하여 나는 용돈만 보내드리고 있다.

"엄마가 희진이 아빠만 챙겨 속상하지요?"

영숙이 집으로 돌아가는 길에 남편 김문기를 위로했다.

"처음에는 섭섭했는데 이젠 그러려니 해. 나이 어린 손위 동서한테 예 예, 하는 판에 그 정도야."

김문기는 손위 동서보다 세 살이 더 많다. 장모는 나이 차이가 나는 영숙과의 결혼을 극구 반대했었다.

"당신 속도 좋다."

"그럼 어떻게 해. 손 박사가 그 방면에서는 권위자라고들 하니 기분이 나쁘지 않고. 하여간 손 박사는 제털 뽑아 제구멍에 꼽는 재주뿐이 없어. 세상

일 모르는데 그러다 무슨 일 당하면 어떻게 하려고."

"그땐 당신이 큰 소리 칠 수 있겠네."

"그런 일이 안 일어나야지."

김문기는 입으로는 그렇게 말하지만 내심 언젠가 손 박사가 그에게 아쉬운 소리 할 날이 오기를 바랐다.

5...

오후 3시를 지나자 조인택 본부장은 어제 골프 접대를 받은 후 밤늦도록 퍼마신 술의 여독이 어느 정도 풀렸다. 그는 특별히 해준 것도 없이 이일호로부터 받은 비싼 접대가 마음에 걸렸다.

지난 주말 기술연구원 박정호 실장이 신년인사를 핑계로 그의 방에 들러 수명관리 프로그램의 개발이 검증과정에서 문제가 생겨 계획보다 늦어질 수도 있다는 첩보를 흘리고 갔었다. 조인택은 최소한 그런 현황이라도 확인하여 이일호에게 알려주는 것이 어제 얻어먹은 술값을 하는 것같아 담당 실장을 그의 집무실로 불렀다.

"손 실장. 수명관리 프로그램 제대로 잘 진행되지요?"

"네. 계획대로 진전되고 있습니다. 공기를 앞당겨 완성하겠습니다."

"그럼 다행이고. 내가 수차 말했지만 지금 손 실장이 개발하고 있는 프로그램은 미국을 비롯한 선진국에서는 이미 개발되어 상용화된 코드예요. 손 실장이 여러 번 나한테 강조한 것같이 외국에서 개발한 코드보다 더 국내 실정에 맞고 더 앞선 거라니 할 말 없지만."

"네. 누차 말씀 드렸지만 외국에서 개발한 코드는 외국 산업기준에 따라 개발된 것입니다. 제가 개발하고 있는 것은 KS 기준은 물론 국내 관련 법규, 전력산업 기술기준에도 맞는 겁니다. 외국에서 개발된 코드를 사 오면 원타임 기술료(주 : 일시불)만 천만불 이상 지불해야 하며, 매년 코드 업그레이드 비용으로 백만불 이상을 지불해야 합니다. 우리가 개발하면 그보다 훨씬 적은 돈으로 개발할 수 있을 뿐만 아니라 한두 사람의 노력으로 매년 업그레이드 할 수 있어 비용절감이 가능합니다. 더구나 우리 시설, 우리 기준에 맞는 입력 데이터가 들어 있어 바로 적용할 수 있고요."

"그 말은 알겠는데 수명관리 프로그램의 성패는 기초자료를 얼마나 충실히 확보하고 있느냔데 우린 그런 데이터가 부족하잖아요? 선진국 회사들의 기술이 우리보다 나은 것은 사람이 우수한 것이 아니라 데이터가 우리보다 많아 우리보다 앞선 거예요."

"네. 데이터가 부족한 것은 사실입니다만 우리나라도 산업화를 추진한지 거의 30년이 넘었어요. 산업화 초창기에는 자료관리가 미흡했습니다만 품질관리 체제가 갖춰지면서 우리 자료도 많이 쌓였습니다. 잘 해내겠습니다. 본부장님은 쓰시는 입장이시니 걱정하는 것은 이해가 되지만 우리 인력이 해외 어느 용역회사 인력보다 우수하다는 것을 자부합니다."

"나도 우리 인력이 우수하다는 것은 알아요. 워낙 데이터가 부족하여 절름발이 코드가 될까 노파심에서 말하는 거요. 국내에서 많은 돈을 들여 개발한 코드가 내용이 빈약하여 제대로 쓰지도 못하고 다시 해외에서 코드를 도입하게 되면 이중으로 돈이 들어가잖아요? 개발이 당초 생각보다 어려워 문제가 이제 막 불거진다는 소문도 돌고."

조인택은 마지막 말을 던지며 나를 빤히 쳐다봤다.

프로그램의 검증과정에서 사소한 문제가 발생하여 연구팀은 원장에게도 보고하지 않고 내부에서 해결책을 찾고 있었다. 나는 누군가 그 정보를 조 본부장에게 흘린 것같아 기분이 나빴다.

"절대 그런 일은 없습니다. 그렇게 큰 프로그램을 개발하다 보니 사이사이 시행착오는 있습니다만 공기 내에 마칠 수 있습니다."

"그러면 다행인데 사서 쓰면 될 것을 왜……."

조인택은 마지막 말을 접었다.

"본부장님은 모회사에 계실 때 주로 해외에서 사다 쓰던 관습이 있어 국내 기술개발을 높이 평가하지 않는데 남의 것은 항상 남의 것입니다. 며칠 전 이일호 사장이 새해 인사차 왔다고 하면서 은근히 제가 코드 개발하는 것이 실패했으면 하는 눈치였습니다만 그런 자기 잇속만 챙기는 장사치 업자들 미워서도 꼭 성공하겠습니다."

나는 열이 받쳐 이일호의 이름까지 들먹이며 게거품을 품었다.

내가 이일호 사장의 이름을 거명하자 순간 조인택 본부장의 얼굴이 일그러졌다.

"남을 그렇게 매도하면 안 되지. 알았어요. 그만 가 봐요."

조인택은 불쾌한 감정을 숨기지 않고 나를 내쳤다.

그날 저녁, 조인택 본부장은 회사 간부들과 저녁을 마치고 9시쯤 사택에 들어섰다. 그의 가족들은 서울에 거주하며 그는 대전에 단신으로 내려와서 사택에서 혼자 살고 있다.

그는 세수를 하자마자 서울 집에 전화를 하였다. 그는 매일 퇴근 후 의무적으로 집에 전화를 했다.

"나 집에 들어왔어."

조인택은 무덤덤하게 말했다.

"당신 어제 술 많이 드셨던데 새벽같이 내려가시고 안 피곤하세요?"

평소 사무적인 목소리로 그의 전화를 받던 때와는 달리 애교가 찰찰 넘치는 부인의 목소리를 들으며 조인택은 눈이 커졌다.

"차에서 자면서 왔어."

"여보. 당신 나 용돈 줘서 고마워요."

"그게 무슨 소리야?"

"어제 당신 콤비에 돈 들어있던데."

"내 콤비에 돈이?"

"그것도 3백만원이나."

"3백만원? 어떻게 했어?"

조인택은 그 돈이 이일호가 그에게 술을 먹이고 그도 모르게 그의 콤비에 살짝 집어넣은 쥐약이라는 것을 알아채고 허겁지겁 물었다.

"그 중 50만원은 아버님 생활비로 보내드리고, 나머지는 아람이 입학 기념으로 옷 한 벌 사주고, 지금 한 백만원 좀 더 남았어요. 한 푼도 헛돈 쓰지 않았어요. 나 착하지요?"

"무슨 소리를 하는 거야. 그런 돈이 있었으면 나한테 미리 말을 해야지."
조인택은 벌컥 화를 냈다.
"당신이 아무 말도 없이 새벽에 대전 가시길래 나더러 알아서 쓰라고 하시는 줄 알았는데요."
"내가 언제 그런 돈 받는 것 봤어?"
조인택이 고함을 쳤다.
"이제 전무님 되셨으니 달라진 줄 알았지요."
부인은 그의 큰 소리에 전혀 놀라는 기색이 아니었다.
"그 돈 돌려줘야 해."
"거의 다 썼는데."
"이달 월급에서 그만큼 깔 테니 그리 알아."
"안 돼요. 그럼 뭐 먹고 살라고."
부인이 화를 냈다.
"그래도 안 돼."
"당신은 거저 생긴 돈도 못 먹어요?"
부인이 대들었다.
"안 돼. 월급에서 깔 테니 그리 알아."
조인택은 탈칵 전화를 끊었다. 그는 이맛살을 찌푸리며 허공을 노려봤다.
그는 오늘 꼭 뇌물을 먹고 손상호 실장을 그의 사무실로 불러 수명관리 프로그램 개발에 딴죽을 건 것같아 기분이 상했다.
조인택은 선배를 어떻게 보느냐, 당장 돈을 돌려주겠다고 호통을 치려고 이일호 이동전화 번호를 눌렀다.
이일호가 전화를 받지 않았다.
조인택은 응답이 없는 전화벨 소리를 들으며, 당장 돌려줄 돈도 없는데 월급날까지 참았다가 그때 그를 불러 돈을 돌려주며 조용히 타이르는 것이 선배의 금도라며 스스로 결론을 내리고 전화를 끊었다.

6...

3월로 접어들자 봄기운이 완연했다.

"손 실장, 최근 조 본부장하고 다툰 일 있나?"

오전 열시가 넘어 경영간부 회의를 마치고 나온 김성수 원장이 나를 그의 방으로 불러 내가 자리에 앉기도 전에 물었다.

"없는데요."

"차 한 잔 할까? 앉지."

김 원장은 비서에게 녹차 두 잔을 가져오라고 인터폰을 통해 지시했다.

"무슨 일이 있었습니까?"

"오늘 부사장실에서 차를 마시며 곧 있을 정기인사에 대하여 의견을 나눴어."

"진급문제도 이야기 됐습니까?"

나는 귀를 쫑긋이 세우며 물었다.

"응. 그래서 나는 손 실장 진급 운을 뗐지. 인사위원회 하기 전에 사전 공작으로."

그 때 여비서가 녹차를 들고 방으로 들어와서 잠시 대화가 중단됐다. 나는 긴장된 눈으로 원장을 응시했다.

"부사장이랑 관리본부장은 긍정적인 반응이었으나 조 본부장이 좀 삐딱하게 말하는 것같아서."

"조 본부장은 우리가 개발하고 있는 수명관리 프로그램에 대하여 못마땅하게 생각하고 있어요. 이미 해외에서 개발하여 상용화 된 것을 사다 쓰면 되지 되지도 않게 국내에서 개발한다고. 또 사소한 오류로 검증이 늦어지자 개발 실패한 것으로 몰아부치려 해요."

"그것은 나도 알고 있어. 그러나 계속 해외에서 기술을 사 오면 언제 기술 자립을 하나, 또 그렇게 큰 프로그램을 하다 보면 시행착오라는 것도 있을 수가 있지. 그 문제로 조 본부장과 다툰 적이 있어?"

"지난 연초에 본부장께 보고 드린 것은 원장님께 말씀 드렸었잖아요? 부정적이라고."

"그랬지."

"한 보름 전에 다시 불러서 진척사항을 보고해 달라고 해서 보고 드렸습니다. 검증 중에 오류를 발견하고 그것을 고치느라 당초 계획보다 다소 늦어지고 있다고 솔직히 말씀 드렸습니다. 그러나 연내 정부인가를 받는 데는 지장이 없을 거라는 것도 강조했습니다. 보고를 듣고 난 후 그 프로그램 제대로 될지 모르겠군, 우리 부서에서는 검증도 안 된 그런 프로그램을 쓸 수 없다고 감정적으로 말씀하시면서 그 많은 돈을 들여 성공 여부도 확실치 않은 프로그램을 계속 개발할 거냐고 막 핀잔을 주는 거예요. 그래서 걱정 마십시오, 연내에는 무슨 일이 있어도 개발 완료하고 정부 인가신청과 특허 신청을 내겠다고 단호히 말을 했더니, 잘해 보라고 비웃는 투로 말을 하여, 제가 업자들이 외국 기술 못 팔아먹어 안달하고 로비하는 것은 알지만 그 친구들 보기 싫어서라도 꼭 성공시키겠다고 한 마디 던지고 방을 나왔습니다."

"손 실장은 진급심사가 얼마 안 남았는데 말을 조심해야지. 그렇잖아도 조 본부장이 고등학교 후배인 이일호 사장과 짜고 피어슨사가 개발한 프로그램을 도입하려고 한다는 루머에 시달리고 있는데……."

"죄송합니다. 너무 조 본부장이 우리 기술을 우습게 보는 것같아서."

"그런 일로 진급에 누락되지는 않겠지만 앞으로 조심해요. 다음 주에 인사위원회를 할 것 같으니. 내가 사장께 미리 말씀 드릴게. 사장님은 이 연구개발에 적극적이잖아. 또 연초 시무식 때 언질도 주셨고."

"감사합니다. 제가 조 본부장에게 사과할까요?"

나는 원장의 배려에 감격하여 순진하게 말했다.

"아니. 사과할 것 없어. 뭐 잘못한 것도 없잖아."

"원장님만 믿습니다."

"손 실장 실력이야 세계적으로 알아주는 데……, 걱정 마."

나는 원장 사무실을 나오며 공연히 조 본부장의 비위를 거슬러 금년 진급에 누락이 되는 것 아닌가 하고 일순간 정신이 아찔했으나 그럴 리가 없다며 자신을 다독거렸다.

7...

매년 4월에 하는 정기 인사철이 돌아와 회사가 정중동으로 술렁댔다.

인사위원회가 열리고 진급 예정자 정수가 발표되었다. 부처장에서 처장으로 진급할 인원이 사무직 한 명, 기술직 3명으로 확정됐다.

기술직 중 두 명은 사업본부에서, 한 명은 연구원에서 진급시키기로 했다는 소문과 함께 연구원에서 진급할 일순위 후보로는 당연히 내가 꼽혔다.

동료들은 나에게 미리 진급턱을 사라고 농담을 던졌다. 나는 당연히 이번 진급은 내 차례라고 믿고 있었지만, 몇몇 진급 대상자가 정치권에 로비를 하고 다닌다는 소문이 나돌고, 조인택 본부장이 나에 대해 부정적이라는 김 원장의 귀띔이 마음에 걸려 진급에서 탈락하면 어쩌나 불안감이 싹을 텄다.

진급 대상자를 심사하는 인사위원회가 끝난 후 김성수 원장은 나를 그의 방에 불러 비밀을 지키라고 당부하며 내가 연구원에서 진급 대상 일순위로 추천됐다고 알려줬다. 대상자를 복수로 사장에게 추천해야 하기 때문에 별 수 없이 박정호 실장을 2번으로 추천했으나, 사장이 손 실장을 잘 보고 있고, 박 실장은 들러리이니 걱정 말라는 말도 덧붙였다.

나는 사장의 최종 결정만 남은 진급발표를 기다리며 설레는 가슴을 쓸어내렸다.

그날 저녁 7시, 나는 삼수회 모임 약속시간에 정확히 맞추어 중식집 산동반점에 들어섰다. 대전에 직장을 가진 산청고등학교 동기동창 중 잘 나가는 친구 다섯 명이 매달 세 번째 수요일 저녁에 만나고 있다. 만나는 날을 기억하기 쉽게 모임의 이름을 삼수회라 붙였다. 모임 때 식비는 돌아가면서 부담한다.

여종업원이 나를 '항주' 라는 이름이 붙은 방으로 안내했다.

"손 박사 정말 칼 같구먼. 자기가 유사면 좀 먼저 나와 친구들 기다리면 안 돼?"

생명연구소 책임연구원으로 근무하는 채동만 박사가 손을 내밀며 반겼다.

"시간은 금이다. 그 동안 별고들 없고?"

나는 호북대학교에서 경제학을 가르치는 이필성 교수의 손을 잡으며 말했다.

"어 좀 늦었나?"

창성공업사 전무라는 직함을 들고 다니는 정보기관에 근무하는 최인규가 방에 들어서서 양복을 벗어 여종업원에게 맡겼다.

"오늘 재성이는 못 온다고 했다. 구청장이 호출했대."

모임의 총무격인 채동만이 보고했다. 이재성은 지방공무원이다.

"곧 좋은 소식 있을 것 같으니 손 박사 오늘 저녁은 좀 거하게 사지?"

채동만이 나를 쳐다보며 호들갑을 떨었다.

"무슨 일? 손 박사 진급했나?" 이필성이 물었다.

"아니. 곧 진급 발표가 있어."

나는 엉거주춤하게 말했다.

"손 박사 진급할 거라고 소문이 쫘하게 나 있던데."

채동만이 내 말을 받았다.

"그래? 그럼 거하게 사라."

이필성 교수가 합세했다.

"내가 거하게 내는 것은 어렵지 않지만 아직 진급자 발표하지 않았다. 미리 초치지 마라."

나는 엄살을 떨며 코스 요리를 주문하고 기분을 살려 대만산 죽엽청주를 반주로 시켰다.

"요사이 경제 돌아가는 것이 영 말이 아니다."

술이 한 순배 돌자 이필성이 그의 전공인 경제문제로 화제를 돌렸다.

"정부에서 펀다멘탈이 튼튼하니 걱정 없다고 하던데."

나는 고개를 갸웃하며 그의 말에 토를 달았다.

"그거야 정부 나리들의 입에 발린 말이고 실제로는 무척 상황이 안 좋아. 지난 해 무역수지 적자가 240억 달러가 넘었고 며칠 전에 발표한 자료를 보니 1/4분기 적자가 74억불이나 되었어. 더구나 단기부채 비율이 너무 높아. 외국 투기꾼들이 그 돈을 당장 갚으라고 하면 무슨 돈으로 갚나? 정부에서는 공연히 펀다멘탈이 튼튼하다고 큰 소리 치면서 장밋빛 무지개를 띄우며 소비만 부추기며 국민소득 만불 넘어섰다고 선전에만 열을 올려. 지금이라도 이렇게 무역적자가 심화되면 원화절하를 해서 수출환경을 만들어 줘야 하는데 고환율정책을 고집해. 하기야 원화를 평가절하하면 국민소득 만불이 깨지니 지금까지 게거품 품고 만불 소득 진입했다고 선전했던 정치 쇼가 물거품 되겠지. 그래서 계속 시장기능은 외면한 채 정부가 환율을 조작하고 있는데 이렇게 정치논리가 경제를 지배하면 장차 더 큰 문제가 생겨."

이필성이 게거품을 품었다.

"그렇게 심각하니?"

채동만이 술잔을 이필성에게 넘기며 말했다.

"심각하지. 더구나 그 동안 곪아온 정경유착의 고리가 계속 터지잖아. 시장경제 원리를 무시하고 정치자금과 연루되어 사업을 추진한 정경유착의 표본이 최근 언론에 시끄럽게 오르내리는 한보철강 사태야. 금융기관 대출이 3조가 넘는데 그중 2조 3천억이 부정대출이야. 정태수야 감방에 가서 좀 살다 병보석으로 나와 몇 년 조용히 지나면 또 사면 받을 거고, 정태수로부터 돈 받았다고 요사이 신문에 이름이 오르내리는 정치인 나리들은 무슨 핑계로든지 자기들끼리 봐줄 테니 유야무야 될 거고, 결국 그 돈을 받을 재간이 없으니 그 돈을 빌려준 은행들만 부실이 될 거고, 그러면 은행은 살려야 하니, 우리나라에서 은행은 무슨 일이 있어도 망하지 않는 것으로 되어 있잖아. 정치가들이 먹은 돈까지 합쳐서 우리 주머니에서 갚아야지. 우리 주머니에서 갚는다는 말은 결국 세금에서 보충해 줘야 한단 말이야. 니네들 주머니에서 나간단 말이야."

"그걸 왜 세금에서 보충하지? 공장 팔면 되지."

내가 어수룩한 발언을 하였다.

"너는 국영기업에 다니더니 한가한 소리 하는구나. 그 공장 지을 때 돈을 로비하러 반 이상 빼돌렸으니 공장을 팔아야 빌린 돈의 절반이나 나오겠냐? 또 누가 살 놈도 없고. 한보철강 건은 지금까지 부실로 운영해 오던 우리 경제의 환부가 터진 거야. 앞으로 몇 건 그런 건이 더 터지면 감당할 수가 없어. 눈 덩이같이 커지는 무역적자에 부실 금융이라, 우리 경제에 큰 위기가 다가오는데 정부는 펀다멘탈 타령만 하고 있어."

"내가 청문회 중계 잠시 봤는데 정태수가 국회의원들을 가지고 놀더군. '모른다', '기억이 안 난다', '재판중이니 말할 수가 없다.' 정말 모르쇠 자물통이라 하더니……."

채동만이 대화의 방향을 바꿨다.

"김 대통령이 귀찮겠던데. 아들을 잡아넣으라고 하는 것 같던데 잡아넣기도 그렇고."

내가 말했다.

"현철이는 잡아넣어야지, 김통을 위해서도. 무소불위 간섭을 안 한 데가 없잖아, 소통령 행세를 하면서. 정부 요직은 물론 국영기업 임원들 인사에도 다 개입하고."

이필성이 게거품을 품었다.

"이번 우리 원장으로 온 친구도 그쪽 줄을 댔다는 소문이 쫘하고 퍼져 있어."

채동만이 말했다.

"그럼 요사이 줄 안 대고 되는 것 있어? 손 박사, 너 진급때 됐다면서 줄은 잡았어?"

이필성이 나를 보며 말했다.

"무슨 줄을. 우리 같은 기술자들은 서열을 잘 지켜. 줄 안 대도 돼."

"너 공연히 그렇게 태평하게 있다가 발등 찍힌다. 줄을 잡아라. 딴 놈에게 추월당하고 그때 후회해도 늦는다."

이필성이 핀잔을 주었다.

나는 진급 대상자들이 줄을 잡으러 다닌다는 소문을 헛소문으로 치며, 로비를 해 봐야 효과가 없을 거라고 믿고 있지만, 정말 로비의 약발이 선다면 진급서열만 믿고 태평하게 있다가 진급에 탈락하는 것이 아닌지 순간 등에서 진땀이 났다.

"야! 이 교수. 근무 잘 하는 우리 손 박사 공연히 겁주지 마. 느네 사장 당분간 괜찮겠더라."

아무 말도 없이 술만 마시며 우리들의 대화를 남의 얘기처럼 한가하게 듣고 있던 최인규가 끼어들었다.

"우리 사장이 어때서?" 나는 순진하게 물었다.

"당에서 니 사장 밀어내고 오려는 친구가 있었거든. 김통 임기 말인데 끝나기 전에 마지막으로 챙길 사람들이 좀 많아. 손 박은 자기 사장 흔들거리는 것도 몰랐나? 임 사장도 벌써 2년 됐으니 오래 했잖아."

"그런 소문은 있었지만 아직 임기가 일년이나 남았는데."

"임기가 무슨 소용이야? 임 사장이 열심히 뛰어 우선 불을 끈 모양이더라. 임 사장이 너를 잘 본 모양이던데."

최인규가 지나가는 말투로 말했다.

"어떻게 그런 것을 다 아니?"

나는 남의 회사 돌아가는 속사정을 속속들이 파악하고 있는 정보기관의 정보력에 놀라며, 개인의 사생활까지 정보기관에 노출되는 것같아 기분이 나빴다.

"자식! 다 아는 수가 있지. 연구단지 기관장 몇 사람이 비리에 연루되어 비공식적으로 조사를 받고 있어. 응용기술연구소 소장이 측근이었던 김필두 실장을 얼마 전 인사에서 한직으로 밀어내자 투서를 했어. 김 실장이 소장한테 가끔 용돈 좀 마련해 주면서 지가 소장 노릇을 하려고 했거든. 그러니 소장으로서 안 짜를 수 없었고. 그 치가 골프채 상납한 것 그런 것을 까발렸어. 잘못 수습하면 소장이 옷벗어야 할걸. 너네 사장도 완전히 끝난 것은 아니야. 우선 미봉된 거지. 틈만 보이면 침 흘리는 친구가 다시 밀고 들어올걸. 겉으로는 허허 하지만 잔뜩 긴장하고 있을 거야."

최인규는 자기 정보능력을 숨기며 대수롭지도 않게 말했다.

"그래? 우리 사장이?"

나는 눈이 커져서 물었다.

지금 사장이 바뀌면 큰일이다. 내 진급이나 시키고 나가야 한다.

"그렇다는 거지. 나도 모르겠다."

최인규가 한 발 뺐다.

"야, 그런 재미 없는 이야기 치우고 조훈현이 대단하더라."

아마 5단 바둑실력의 채동만이 화제를 돌렸다.

"그래 그 나이에 동양증권배 먹겠던데."

바둑을 좋아하는 내가 그의 말을 받았다.

"고바야시 사토루 정도가 상대가 되겠어? 2연승 했으니 타이틀 따는 것은 따 놓은 당상이지."

"정말 대단해. 라이벌 서봉수는 벌써 노쇠해 가는데."

"서봉수뿐만 아니라 유창혁이도 벌써 젊은 기사들한테 밀리던데. 안조영이나 김만수에게 펑펑 나가떨어져."

"조훈현이는 아직 안 밀리잖아. 체력 관리에 철저한 것같아. 등산도 열심히 다니고."

"요새 황수관이 뜨더라. 신바람 건강강좌를 하면서."

이필성이 화제에 끼어들었다.

"그 친구 사우나에서 빼는 땀은 건강에 도움이 안 된다고 떠들던데 나같이 바쁜 몸이 언제 운동가나, 사우나에서 땀 빼는 것이 낙인데."

최인규가 투덜댔다.

"그 친구 자기가 호적상 나이는 50인데 건강나이는 29세라고 큰 소리 치던데. 어쨌든 입심 하나는 타고 났어. 그것도 재산이지만."

이재성이 결론을 내렸다.

"우리도 이제 50줄에 들어서니 건강 조심해야지. 그런 의미에서 한 잔 죽 들이키자."

채동만이 잔을 들며 호기를 부렸다.

"참 손 박사. 너희 회사 노총각 많다고 언제 얘기했지?"

이필성이 나를 보며 물었다.

"그래 많지. 왜?"

"내 동생 승연이 중매 좀 해라."

"니 동생 승연이? 대학교 교수잖아. 대학에서 구하면 되지."

"안 되니까 그렇지. 이제 40줄에 들어섰다."

"그렇게 나이 많은 노총각은 없어. 예쁘게 생겼었는데. 초등학교 때 보고 못 본 것 같다."

대학교 3학년 여름 방학, 나는 고향에 들러 이필성의 집을 찾았다. 동네 초등학교 학생 여러 명이 이필성의 집 뜰에서 줄넘기를 하고 있었다. "필성이 오빠 집에 있어?"

나는 줄을 돌리고 있는 승연에게 물었다.

"안 계셔요."

그녀는 수줍음을 타며 기어들어가는 목소리로 말했다.

긴 머리로 반쯤 얼굴을 가리고 수줍음을 타는 그녀가 순간 초등학교 6학년 학생이 아닌 여인으로 보였다.

"집에 안 왔어요?"

나는 당황하여 말을 올렸다.

"놀러나갔어요. 오시면 오빠 왔다 갔다고 할게요."

그녀는 깍듯이 존댓말을 썼다.

"그래. 잘 놀아."

나는 얼굴이 홍당무가 된 그녀를 빤히 쳐다보며 언제 재가 저렇게 컸지. 퍽 예쁘네, 연애하자고 해도 되겠네, 하는 실없는 생각을 하며 손을 흔들었다.

그 후 몇 번 승연의 성장한 모습이 떠올랐으나 나는 초등학교 6학년 학생에게 무슨 흑심이야, 하며 황당한 내 자신을 질책했었다. 그리고 그녀를 잊어버렸다.

나는 이필성으로부터 그녀가 외국어대학 일본어과에 들어갔다는 이야기를 들었고, 한참 후, 일본 동북대학교에서 박사 학위를 받았다는 이야기도 들었다. 귀국 후 대전에 있는 대학의 교수가 됐다는 이야기를 들었으나 특별히 관심을 둘 처지도 아니어서 승연의 소식은 잠시 귀에 머물다가 사라졌다.

"40이 꺾어지기 전에 시집보내야 하는데 좋은 신랑감 없을까?"

"넘고 처지는데."

"어머님 독촉이 심하다. 대학에서 찾아보던지 연구단지에서 찾아보라고. 오빠가 대학교수면서 동생 몽달귀신 만들 거냐고. 내 동생 보증수표이니 신랑감 있으면 소개해라. 내 중매턱 톡톡히 살게."

이필성이 진진한 목소리로 말했다.

"참, 신은경이가 음주운전으로 집행유예 받았던데."

채동만이 이필성의 대화에 초를 쳤다.

한달에 한 번씩 만나는 죽마고우들은 주제도 없는 이야기꽃을 피우며 우정을 다졌다.

8...

금요일 오전 10시경.

임덕호 사장이 인사위원회에서 배수로 추천한 진급 후보자중 진급 예정자를 최종 낙점하고 결재를 한 후 관리본부장에게 퇴근 시간에 맞추어 발표하라는 지시를 남기고 서울로 출장을 갔다는 소문이 사내에 쫘하고 퍼졌다.

나는 그 소문을 듣는 순간 내가 이제 정말 1직급이 되는구나, 하는 기대감으로 가슴이 뻐근해지고 온몸이 경직되었다. 나는 일손이 잡히지 않아 퇴근 시간이 빨리 오기를 기다리며 신문을 뒤적이다 잡지를 뒤적이다 하였다.

오전 11시 반, 김창수 실장이 내 방을 찾았다.

"손 박사님. 이야기 들었어요?"

김창수가 내 눈치를 보며 조심스럽게 물었다.

"무슨?"

"원장이 말 안 했어요?"

"아무 말, 없었는데."

"그랬어요? 정말 모르는 거요? 이상한 소문이 돌던데……."

김창수는 내 눈치를 잠시 살피다가 말을 매듭짓지 않고 내 방을 나갔다.

"원장 방에 가보시지."

순간 뭐가 잘못된 것 같은 불길한 예감이 내 온몸에 쫙 퍼져 나갔다.

'혹시 잘못 됐나?'

'그럴 리가……, 그랬으면 원장이 나를 불러 이야기했겠지. 아니 1순위로 추천된 것도 바로 알려줬는데 아무 소리도 없는 것을 보면……. 박정호가 내 대신 진급될 리는 없잖아. 2년이나 입사도 늦고 진급도 늦은데.'

다른 진급 대상자들이 열심히 진급 운동을 하러 뛰어다닌다는 소문이 뇌리를 쳤다.

'박정호가 진급 운동을 했어? 나도 진급 운동을 했어야 했나? 뭐가 잘못됐으니 김 실장이 내 방에 와서 슬쩍 눈치만 보고 가지.'

내 진급을 당연히 받아 놓은 밥상으로 여기고 나는 전혀 운동을 하지 않았었다. 실은 나는 어떻게 누구에게 진급 운동을 하여야 하는지를 몰랐다.

마흔 아홉수를 조심하라고 연초에 말하던 장모의 말씀이 떠올랐다.

'이거 재수 없게 마흔 아홉수에 걸렸나?'

나는 초조해서 더 이상 내 자리에 앉아 있을 수가 없었다. 나는 혹시 원장이 진급에 누락됐다는 말을 할까 봐 겁이 나 차마 원장을 찾아가 사실을 확인할 용기가 나지 않았다.

'점심시간 다 됐는데 점심이나 먹고 원장 방에 가 보지.'

나는 내 진급을 확인하는 것을 늦추고 초조하게 좁은 사무실을 빙빙 돌았다.

점심시간이 되자 나는 초조한 마음을 감추며 회사 구내식당에 갔다. 동료들이 이상하게 나를 피하는 것같아 제대로 밥이 목에 넘어가지 않았다.

점심식사를 마친 나는 한참을 망설이다가 커피를 마시러 왔다는 구실을 대고 원장실을 찾았다. 원장은 어색하게 나를 맞았다. 나는 그가 어색해 하는 태도를 보며 내가 정말로 진급에서 누락된 것이 아닌가 하고 가슴이 덜컥 내려앉았다.

"사장님이 진급자 명단에 사인을 했다는 소문이 있던데요."

나는 커피를 찔끔 마시며 초조한 마음을 숨기며 운을 뗴었다.

"그런 것 같은데."

원장은 창밖을 보며 방관자같이 말했다.

"저 어떻게 됐어요? 아직 원장님도 모르세요?"

나는 마구 뛰는 가슴을 진정하며 단도직입적으로 물었다.

원장은 대답을 않고 잠시 뜸을 들이며 나를 건너다보았다.

순간 내 불길한 예감이 적중한 것같아 등골을 타고 찬 바람이 휙 흘러 내렸다.

"발표해 봐야 알겠지만 뭔가……."

원장은 말끝을 흐렸다.

"네?"

나는 반사적으로 물었다.

"뭔가 이상해. 내 뜻과 다르게 된 것같아."

"네?"

"우리 원에서 박정호가 됐다는 이야기가 있어."

"네 박정호가요?"

"그래. 발표해 봐야 알겠지만 사장님이 서울 가시기 전에 나를 불러 미안하다는 투로 말했거든. 손 실장을 잘 다독거리라고."

원장은 허공에 대고 말했다.

"그럼 내가 떨어졌어요? 박정호가 되고."

나는 조급한 목소리로 물었다.

원장은 대답을 하지 않았다.

나는 정신이 아찔했다. 가슴이 쿵하고 꺼졌다.

'후배한테 밀렸어? 그럴 리가.'

정신이 아찔했다. 온 전신이 떨려 왔다.

"사장님이 서울 가셔서 다시 말씀을 드릴 수가 없어. 전화도 안 받으시고. 오후에 전화 통화되면 다시 한 번 말씀 드릴게. 아직 포기하지 말고 기다려 봐."

원장은 창밖을 내다보며 사장에게 재고를 부탁하겠다고 중얼거렸으나, 상사로서 체면치레를 하는 것같아 그의 말에 전혀 신뢰감이 가지 않았다.

나는 더 이상 그 자리에 앉아 있을 수가 없었다. 나는 휘청거리는 다리에 힘을 주며 자리에서 일어섰다. 나는 멍청해진 상태에서 원장 방을 나왔다. 내 발길이 나를 내 연구실로 끌고 갔다.

내 연구실로 가다가 복도에서 박정호와 마주쳤다. 그는 나를 바로 쳐다보지 못하고 고개를 돌렸다.

박정호가 나를 외면하고 고개를 돌리자 순간 그에게 적개심이 불타 올랐다.

'자식! 빽을 써서 선배를 제쳐?'

나는 주먹을 불끈 쥐었다. 순간 온몸이 경직되고 숨이 가빠 왔다.

순간 후배에게 밀리고, 그 후배에게 적개심을 품는 내 자신에 대한 모멸감이 밀려 왔다. 전신의 힘이 쭉 빠졌다.

나는 박정호를 완전히 무시하고 그를 못 본 척하며 내 연구실에 들어섰다. 나는 연구실에 들어서 자리에 앉지 못하고 두 손으로 책상 모서리를 잡고 눈을 감고 팔을 뻗었다 움츠렸다 하며 몸을 앞뒤로 왔다 갔다 했다.

'내가 떨어졌어', '아니겠지' 하는 단어가 반복적으로 내 머리 속을 오갔다.

'그래 떨어진 거야.'

나는 받아들일 수 없는 현실을 반쯤 인정하며 의자에 털썩 주저앉았다.

아무 것도 보이지 않았다. 아무 소리도 들리지 않았다. 식물인간이 된 나는 전문서적이 가득 꽂힌 책장을 물끄러미 쳐다보았다.

나는 연구실에 더 이상 머물 수가 없었다. 연구실에 더 머무르기가 싫었다. 연구실이 나를 몰아내는 것 같았다.

나는 주차장으로 갔다. 주차장으로 가는 도중 만난 동료들이 아는 체를 했다. 그들이 나를 비웃는 것 같았다. 그들이 무서웠다.

나는 승용차의 시동을 걸고 차를 출발시켰다. 회사 정문을 지났다. 정문 경비가 내 차를 향하여 거수경례를 붙였다. 그가 꼭 나를 비웃는 것 같았다.

회사를 나서자 막상 갈 곳이 없었다.

후배에게 진급에서 밀린 패배자가 대낮부터 집에 갈 수는 없었다. 찾아갈 친구도 생각나지 않았다.

나는 대청호 쪽으로 차를 몰았다. 산업공단 앞 6차선 도로에 들어서자 길이 펑 뚫렸다. 나는 마구 차를 달렸다. 자동차의 속도감에 막혔던 가슴이 조금은 뚫리는 것 같았다. 신탄진 시장 앞에 이르자 도로 양쪽 차로에 주차된 차들로 도로가 2차선으로 줄어들었다. 차들이 거북이걸음을 하였다. 나는 긴 행렬의 뒷자리에 섰다. 신호를 기다리느라 차가 움직이지 않았다. 너무 답답했다. 나는 내 진로를 가로막고 서 있는 차들을 발로 차서 날려 버리고 싶었다.

10분을 더 기다려 나는 병목 구간을 빠져 나왔다. 나는 대청호를 향하여 차를 직진했다. 매운탕 집을 끝으로 인가가 끝이 났다. 대청호로 가는 2차선 길이 한산해졌다.

나는 조금 전 병목구간에서 머뭇거린 시간을 만회라도 하려는 듯 차를 몰았다. 내 차가 커브 길을 돌아서자 교통경찰이 내 차를 정지시켰다. 나는 교통경찰의 정지 수신호를 무시하고 몇 미터 더 차를 진행시켰다. 교통경찰이 손을 흔들며 달려오는 것이 백미러로 보였다. 나는 차를 갓길에 세웠다. 교통경찰이 내 차로 뛰어왔다. 나는 창문을 열었다.

"속도위반하셨습니다."

교통경찰이 거수경례를 하며 말했다.

"네?"

나는 멍청한 목소리로 물었다.

"이런 좁은 길에서 80킬로 이상 달리면 어떻게 해요?"

"80킬로요?"

"네. 속도제한 50킬로 구역입니다. 30킬로 위반하셨습니다. 면허증 좀 주시겠어요?"

"면허증?"

"네."

나는 교통경찰과 다툴 기분이 아니었다. 나는 순순히 지갑에서 면허증을 꺼내 교통경찰에게 넘겼다.

"제일 싼 것으로 끊겠습니다."

내가 아무런 저항도 하지 않고 면허증을 건네자 교통경찰이 인심을 쓰듯 말했다.

나는 경찰이 내미는 서류에 아무렇게나 사인을 해줬다.

"조심해서 운전하십시오."
교통경찰이 나에게 딱지를 넘기며 거수경례를 부쳤다. 나는 딱지를 뗀 것을 전혀 실감할 수가 없었다.
'50킬로 구간을 80킬로로 달렸다고? 박정호 녀석! 50킬로 구간을 80킬로로 달린 것 아냐? 그 녀석 딱지를 떼야지!'
나는 울컥 화가 치밀었다. 나는 창문을 닫고 숨을 고르고 차를 천천히 출발시켰다.
길 양편에 줄 서서 피어 있는 개나리의 노란색과 벚꽃의 흰색이 눈에 확 들어왔다.
'이 길에 꽃이 피어 이렇게 아름다운가?'
나는 회사 일에 매달려 일에 몰두하느라 봄날에 한 번도 대청호를 찾은 적이 없었다. 이 도로에 이렇게 화사하게 개나리가 피고 벚꽃이 피는 것을 몰랐었다.
'이 길에 이런 화려한 벚꽃 행렬이 있는 것도 모르고 일만 했는데…….'
배신감이 뭉클 가슴을 치받았다.
'개새끼들!'
나는 허공을 향하여 욕을 내뱉었다.
모퉁이를 돌아서자 눈앞에 긴 자동차 행렬이 나타났다. 나는 그 행렬의 뒤꽁무니에 다가갔다. 차의 속도가 시속 20㎞로 떨어졌다. 나는 길이 막힌 영문도 모른 채 차를 천천히 몰 수밖에 없었다. 속이 탔다. 나는 서행하는 차량의 행렬을 추월하려고 계속 왼편 도로를 힐끔거렸으나 끊임없이 차가 달려와 추월을 할 엄두를 낼 수가 없었다. 한참을 인내하며 앞 차를 따라가다 자동차들이 서행하는 이유를 알게 되었다. 노란색 운전 연습용 승용차 한 대가 차량 행렬 맨 앞에서 자동차 행렬을 선도하고 있었다.
'운전 연습용 자동차 한 대도 추월 못하는데 후배한테 추월을 당해? 내가 초보 운전수보다 못하단 말이야?'
나는 운전대를 주먹으로 쾅쾅 쳤다. 빵빵 경적이 울렸다. 나는 깜짝 놀라며 주먹을 내렸다.

대청호 댐 하부 주차장에 차를 세웠다. 주차장은 상춘객들로 붐볐다. 매점에서 틀어놓은 뽕짝 소리에 귀가 어지러웠다.

'우라질, 주중에 웬 사람들이 이렇게 많아?'

나는 상춘객들을 무시하고 바로 댐으로 오르는 계단을 올랐다. 나는 회사에 대한 분노, 나에 대한 분노를 짓이기며 주먹을 힘껏 폈다 오므렸다 했다.

나는 하나 둘 계단수를 세며 계단을 올랐다. 열여섯을 세자 계단의 폭이 일 미터로 넓어졌다. 나는 뒤쪽을 한 번 내려다보고 다시 계단을 오르기 시작했다. 열네 계단을 오르자 계단이 넓어졌다. 열다섯 계단을 오르자 계단이 또 넓어졌다.

'계단 설계한 친구들 산수 할 줄도 모르나? 계단을 만들려면 규칙이 있어야지? 자기 멋대로야. 꼭 선후배도 모르고 진급시키는 우리 사장 같은 친구가 이 계단을 설계한 모양이지?'

내 나이인 49계단까지 올랐다. 나는 49계단에서 멈춰 섰다. 나는 밑을 내려다보고 위를 올려다보았다. 이미 오른 계단의 높이와 남은 계단의 높이가 비슷해 보였다.

'내가 살아온 49년 인생이 남은 인생과 비슷한데 여기서 죽을 쑤고 막을 내린다!'

나는 모든 희망을 잃고 암흑 속을 걷는 기분으로 남은 계단을 올랐다.

계단을 다 오르자 댐 위에 광장이 나왔다. 광장 왼편으로 물 홍보관 건물, 광장 중앙에 대청다목적댐 준공기념탑이 보였다. 여기 저기서 상춘객들이 사진을 찍는 장면이 눈에 띄었다.

나는 사진을 찍거나 즐거운 괴성을 지르는 상춘객을 외면하고 곧장 광장을 가로질러 댐 뚝 끝에 설치된 보호 철책으로 갔다. 나는 두 손으로 철책을 붙들고 눈 아래 파랗게 일렁이는 호수 물을 내려다보았다. 파란 물 위에 구획선을 그리며 부표가 줄서 있고, 호수 반대편으로 물에 잠겼던 산자락이 벌겋게 몸체를 드러내 놓고 누워 있었다.

나는 철책을 두 손으로 꽉 잡고, 눈을 감고 패배자가 된 내 자신을 비참해하다가, 눈을 떠서 잔잔히 출렁이는 호수 물을 내려다보면서 인생은 흘러

가는 거야, 하며 내 자신을 달래다가 하면서 마음 깊은 구석으로부터 밀려오는 좌절감과 싸웠다. 나를 진급에서 탈락시킨 보이지 않는 힘을 저주했다.

'이대로 회사를 그만 두자!'

나는 나를 밀어낸 거대한 힘에 저항하며 부서지고 싶었다. 내가 죽지 않고 살아있다는 것을 보여주고 싶었다.

'참아야 해?'

호수의 물결이 잔잔하게 일렁였다. 나만 믿고 의지하는 가족들의 얼굴이 그 위에 떠올랐다.

'마누라를 어떻게 보지?'

한숨이 절로 나왔다.

'희진이, 수진이는?'

나를 끔찍이 위하는 장모의 얼굴이 떠올랐다. 서울 엄마는?

'인생만사 새옹지마라고 하는데…….'

'새옹지마는 패배자의 변명일 따름이야.'

'진급에 떨어진 놈이 나 혼자야? 그렇다고 회사를 그만 두면 완전히 패배를 인정하는 거잖아. 버텨야지. 그래서 내가 살아있다는 것을 보여줘야지.'

나는 눈을 감고 나 자신을 학대하다가 눈을 뜨고 봄이 피어오르는 산을 보고 일렁이는 물을 보며 분노를 삭이다 하면서 차차 현실과 타협해 갔다.

토요일 나는 회사에 갈 기분이 아니었다. 나는 하루 종일 집에서 칩거를 했다. 아들 희진과 딸 수진은 내 눈치만 보며 집안을 겉돌고 영란은 마흔 아홉수를 때운 것으로 생각하라고 나를 위로하려 애썼다.

그날 저녁, 김성수 원장이 우리 집에 들러 강제로 나를 끌고 술집에 갔다. 술이 몇 순배 돌자 그는 나를 진급시키지 못한 자신의 무능을 미안해 하며 이렇게 외압에 인사가 흔들리는 풍토에서는 회사 더 이상 다닐 맛이 없어졌다며 대학교에 자리를 알아봐야겠다고 울분을 토했다. 원장이 진급에 떨어진 나보다 더 울분하며 직장까지 옮기겠다고 하자 나는 더 이상 할 말이 없어 멍청하니 울분을 토하는 상사의 입을 바라보며 술만 마셨다.

월요일, 나는 어색한 기분으로 출근했다. 아무도 내 방에 들르지 않았고 아무도 나에게 전화를 하지 않았다. 나는 화장실을 가는 외에 내 공간에 박혀 신문을 뒤적이다 컴퓨터 게임을 하며 오전을 보냈다. 오전 11시 쯤 이인성 부사장이 나를 불렀다. 그는 이번에는 어쩌다 그렇게 됐지만 내년에는 꼭 진급시켜 주겠다는 언질을 주며 나를 위로했다.

나는 내년에 정권이 바뀌면 당연히 바뀔 부사장의 언질을 들으며, 나를 인정하고 말로라도 위로하는 그에게 180도로 고개를 숙여 인사를 했다.

"감사합니다."

점심시간이 되었다.

"빽에 밀렸다며? 사장이 혼자 공정한 체하더니."

회사 동료들이 나의 탈락을 남의 일로 여기지 않으며 결정권자에게 조소를 보냈다.

"지금까지 우리 회사는 실력에 따라 연공서열이 잘 지켜졌었는데 박정호가 정치권에 줄을 댄 모양이야. 정치권 실세의 부탁을 받은 정부 고위 관리가 사장에게 직접 압력을 넣었대. 사장은 목을 쥐고 있는 관리 말을 안 들을 수 없었고. 박 박사 그 친구 어떻게 이 회사에서 근무하려 그런 짓을 했지? 박 박사는 절대 청탁을 안 했다고 변명하지만 그렇지 않았으면 어떻게 손 박사가 밀리나? 조인택 본부장도 박 박사를 밀은 모양이던데. 사장이 자기 자리를 지키기 위해서 청탁을 들어줘야 했는데 조 본부장이 강력하게 박 박사를 밀어 사장의 고민을 덜어줬대."

동료들의 위로의 말에 나는 전혀 위로를 느끼지 못했다.

9...

1997년 11월 중순. 수명관리 프로그램을 완료하고 정부에 인가를 신청했다. 김성수 원장은 불고기 집에 자축연을 마련하였다. 기술연구원의 실장급 간부와 나와 함께 그 개발에 직접 참여했던 20여명의 연구원이 회식에 참석했다.

"지난 3년 가까이 손상호 실장을 비롯한 여러 연구원들이 피땀 흘려 개발한 수명관리 프로그램 개발을 성공적으로 마치고 오늘 정부에 인허가 신청을 한 것을 자축하는 의미에서 이 자리를 마련하였습니다. 그 동안 데이터도 부족하고 외부에서 개발을 반대하는 목소리가 거셌음에도 불구하고 프로그램을 완성한 손 실장을 비롯한 연구원들의 노고에 다시 한 번 감사를 드립니다. 실증과정에서 문제점을 보완하느라 당초 계획보다는 약 반년 정도 지연 되었습니다만 오히려 프로그램을 다지는 데 더 좋은 계기가 되었습니다. 본 프로그램은 원자력과 화력 등 발전소의 적기 정비와 안전 운전에 크게 기여할 것입니다. 이 프로그램은 해외에서 기술을 도입할 때와 비교하여 원 타임 기술료만 천만불 이상을 절감하였을 뿐만 아니라 매년 프로그램 업데이트 비용 백만불 이상 절약할 수 있게 되었습니다. 더구나 우리나라 실정에 맞는 데이터를 입력함으로써 우리 시설 정비 및 운영에 크게 도움이 될 것입니다. 이 프로그램 개발에 모든 정열을 바친 연구원 특히 개인적으로 어려운 시련을 극복하며 프로그램 완성에 매진한 연구 책임자 손상호 실장의 노고에 감사하며 이 프로그램이 우리나라 발전소 운영에 획기적인 기여를 하기를 기원하며 건배를 제의합니다. 건배!"

김성수 원장이 일장 연설을 마치고 건배를 제의했다.

나와 지난 3년간 동고동락하며 프로그램 개발에 열과 성의를 쏟은 연구원들이 한 목소리로 건배를 외쳤다.

"그동안 수고한 손 실장도 한 마디 하지."

김성수 원장이 술잔을 나에게 권하며 말했다. 박수 소리가 터져 나왔다. 나는 비시시 자리에서 일어섰다.

"이렇게 자축 파티를 열어준 김성수 원장님과 이곳에 축하하려 참석해 주신 실장님들에게 감사드립니다."

나는 인사말 꺼내면서 감격에 북받쳐 가슴이 꽉 막혔다. 머리가 찡해 왔다. 나는 순간 할 말이 생각나지 않았다.

"제가 목이 마르니 술 한 잔 마시고 말하면 안 될까요?"

내 목소리가 떨렸다.

"좋습니다."

웃음 소리, 박수 소리가 터져 나왔다.

"그럼 앞에 있는 잔을 한 잔씩 쭉 드시지요."

나는 내 잔을 비우고 빈 잔을 머리 위로 올려 뒤집어서 탈탈 털었다.

"자 다시 한 잔씩 따르시지요."

나는 잠시 뜸을 들였다.

"지난 3년 간 우리는 때로는 격려를 받으며, 때로는 질시를 받으며, 이 프로젝트를 추진하였습니다. 그리고 완성하였습니다."

'완성하였습니다.' 라는 말에 나도 모르게 목이 메어 왔다. 눈물이 앞을 가려 눈앞에 뽀얀 안개가 서렸다. 나는 꿀꺽 침을 삼켰다.

"저와 같이 이 프로젝트를 추진하는 데 힘써 주신 모든 동료 여러분들에게 감사를 들이며, 끝까지 성원해 주신 원장님에게 깊은 감사를 드립니다."

지난 3년간 프로그램을 개발하면서 겪었던 희비의 순간이 눈앞을 스쳐 갔다. 지난 봄 진급에 누락하고 나를 이겨내려 몸부림쳤던 처절한 순간이 스쳐 갔다. 검증과정에서 문제점을 해결하려 밤낮을 잊고 고민하던 순간이 떠올랐다. 나도 모르게 내 목소리가 떨려 나와 나는 애써 감정을 억제했다.

"우리가 완성한 이 프로그램이 우리나라 발전소 운영기술을 한 단계 도약하는 계기가 되기를 빌며 건배를 제의합니다. 건배."

나는 목소리가 떨려 더 이상 말을 할 수가 없었다. 나는 서둘러 건배를 제의하였다. 내 감정을 전달받은 동료들이 숙연한 목소리로 건배를 외쳤다. 잠시 침묵, 우렁찬 박수 소리가 터져 나왔다.

"그래, 그래도 금년 목표 50%는 달성했네. 진급에는 탈락했지만 PLTMP는 완성했잖아!"

"그 동안 손 박사 고생했어. 개인적으로도 힘든 판에 검증 과정에 에러를 고치느라 밤잠을 설치면서 애쓰는 것을 보고 어떻게 위로해야 할지 정말 옆에서 보기 정말 미안했다."

김철한 실장이 술잔을 나에게 권하며 위로했다.

"손 실장님이니까 해냈지 다른 사람이면 못 해냈을 거요."

박정호가 나에게 아부를 하였다.

나는 나를 추월하여 진급한 박정호의 입에 발린 칭찬을 들으며, 그를 동물 쳐다보듯 건너다보았다.

지난 봄 박정호가 나를 추월하여 진급한 이후 서먹서먹한 관계가 회복되지 않아 공식적인 자리 외에는 같이 자리를 하지 않는다.

"손 실장님 고집 대단하시더라. 프로그램이 늦어져 주위에서 실패한 것이 아닌가 눈총을 받는데 우선 완성했다고 인허가 신청해 놓고 고쳐도 되는데 완벽하지 않으면 안 된다고 사소한 것까지 끝까지 챙기는데……, 정말 질렸다."

연구원 한 사람이 두어 잔 들어간 술에 취하여 칭얼거렸다.

"우린 기술자야. 그런 완벽주의가 없이 어떻게 설계를 하나. 장인정신이 없이 어떻게 일류가 되나? 기계는 대강 대강이 없어. 그냥 설계한 대로 제작되고 동작되는 거야."

공순택 실장이 정색을 하였다.

"맞다 맞아. 우리 기술자는 하나 더하기 하나는 둘이어야 해. 정치하는 놈들같이 열도 되고 스물도 되면 안 돼. 정부 관리들 펀다멘탈이 좋다고 떠들어 대는데, 오늘 환율이 천대 일까지 올랐어. 환율이 어디까지 오를지 모르겠어. 이거 나는 앉아서 이달만 40만원 날렸다."

아들을 미국에 유학 보낸 김창수 실장이 푸념을 늘어놓았다.

"그래. 정부에서는 경제의 기초가 튼튼하다고 하는데 신문을 보면 우리나라 경제가 말이 아닌 모양이야. 우리 같은 월급쟁이는 잘 모르지만."

박정호 처장이 나섰다.

"이러다가 아이엠에프 가는 거 아닌지 몰라. 오늘 신문을 보니까 아이엠에프로 가서 단기 금융위기를 해소해야 한다는 주장도 있고, 아이엠에프로 가면 우리나라 경제 주권을 포기해야 하는 불행한 사태가 온다고 하면서 슬기롭게 이 외환위기를 극복해야 한다는 주장도 있는데 나는 경제를 전공하지 않아 어느 것이 더 좋은지 잘 모르겠어."

김성수 원장이 말을 받았다.

"요즘 정치판 돌아가는 것 봐요. 12월 대선만 의식해서 어떤 결정이 국가를 위한 것인지는 뒷전에 미루고 그냥 이전투구 쌈박질이잖아요. 국회에서 법안 통과가 미뤄지는 바람에 금융개혁안이 무산되고, 노동 유연성에 융통성을 주는 노동법 개정도 어렵고……."

나도 대화에 끼어들었다.

"그렇지. 정치하는 놈들이야 정권 외에 뵈는 것이 없지. 지금 이회창이 하고 대중이 형님이 박빙의 승부라 예측 불허잖아. 여론조사 32%, 33%로 1% 내외로 비슷하던데, 이인제가 변수인 것같아…. 나는 우리나라 국민들을 이해할 수가 없어. 룰을 안 지키는 정치가들이 큰 소리를 치는 것을 보고만 있단 말이야. 보고만 있는 것이 아니라 다음 선거에 또 뽑아주거든. 이번만 봐도 이인제 하는 꼴 좀 봐. 자기 당에서 정정당당히 경선을 해서 졌으면 다음을 봐야지 자기 당에서 후보가 된 사람이 아들 군대 안 보냈다고 인기가 좀 떨어지니까 자기가 나오겠다고 당을 뛰쳐나와? 거기다가 그 친구 따라 나오는 치들은 또 뭐야? 그렇게 룰을 자기 마음대로 주무르는 놈들이 대통령 돼 봐, 나라가 어떻게 되겠어? 운동선수가 룰을 안 지키고 심판 말을 안 들으면 퇴장에다가 벌금도 물리는데 정치판은 퇴장도 없고 벌금 물리는 것도 없단 말야. 그렇게 룰을 안 지키는 풍토가 만연하니 정치가 개판이 되고 정치가 개판이 되니 경제가 개판이 되어 나 같은 서민 자식 하나 미국 유학 보내 놨더니 환율이 올라서 앉아서 몇 십만 원씩 손해를 보게 되고."

김창수가 게거품을 품었다.

"그건 맞아요. 미국 같으면 케네디가 여비서 물에 빠진 것 안 구했다고 아예 대통령 나오는 것 포기했는데. 사회를 지탱하는 룰이 깨어지고 사회정의가 썩어 빠졌어요."

박정호가 말을 받았다.

나는 박정호가 정의를 외치며 떠드는 것을 보며, 회사의 룰을 깨고 외부의 힘을 동원하여 나를 밀어내고 진급을 한 친구가 사회정의를 외치는 것에 기가 찼다. 사회정의를 운운하는 박정호의 뺨을 갈기며 사회정의가 무엇인가 묻고 싶었다.

"참. 손 실장. 정부인가는 문제없겠지?"

김성수 원장이 박정호의 말에 내 안색이 변하는 것을 보고 화제를 돌렸다.

"네. 계속 김 사무관과 프로그램 개발 때부터 진행 상황을 협의했습니다. 김 사무관도 아주 적극적으로 우리 프로젝트를 지원하고 있습니다."

나는 사무실에서도 몇 번이나 보고 드린 내용을 술좌석에서 다시 확인하는 김 원장의 뜻을 읽고 목소리를 높여서 큰 소리로 대답했다.

"그래 손 박사야 내가 믿지. 항공우주연구소에서 99년에 인공위성 쏘아 올린다는데 그러면 우리도 이제 우주 시대에 한 몫 끼는 거지? 요 근래 신문에 매일 어두운 얘기만 나왔는데 모처럼만에 희소식이야."

김 원장이 밝은 화제를 꺼냈다.

"저도 신문 봤어요. 1960년대 첫 번째 인공위성을 쏘아 올렸으니 한 30년 늦기는 했지만 쾌거지요. 지난 30년 동안 우리 경제가 국민 소득 백불도 안 되던 시대에서 만불 시대로 접어든 것 정말 실감이 나는데요."

김창수가 받았다.

"그런데 국민 소득은 만불 시대로 접어들었는데 우리 관료들의 사고방식은 아직 5천불 시대도 못 따라가요. 나라를 부흥케 하는 것은 결국 과학의 힘인데 과학자를 말로만 우대하지 우습게 알잖아요?"

술이 오른 박정호가 기염을 토했다.

나는 박정호의 열변에는 동감을 하면서도 그가 싫어 고개를 외면했다.

"맞아 지엔피의 5%를 과학기술개발에 투자한다고 현 정부도 선거공약으로 내걸더니 지금 얼만지 알아요? 겨우 3% 넘었어. 정말 현대 산업경쟁에서 이기려면 기술의 힘이 없으면 안 되는데."

박정호가 계속 좌중을 사로잡았다.

"그러려면 공무원 사회가 바뀌어야 해. 국장급 이상 공무원 중에 기술자가 몇 명이나 있어? 전부 법대 아니면 상대지. 언젠가 이런 이야기를 들은 적이 있지. 왜 정부 주관 대형 공사가 늦어지고 부실이 많은가 했더니 정책을 결정하는 사람이 기술 내용은 전혀 모르는 문과생이 앉아있고, 잘못했다고 감사를 오는 감사원의 높은 사람도 전부 문과생이래. 그러니 기술을 모르는 친구가 결정을 하고 기술을 모르는 친구한테 감사 받고 이래가지고는 제대로 될 수가 없지. 더구나 요새 기술은 하루가 다르게 바뀌고 있는데."

박정호가 계속 열을 올렸다.

"중국이나 대만을 봐요. 높은 관료들이 다 기술자야. 강택민은 전기과 출신이야. 주은래도 그랬고. 그러니 계획 경제체제지만 경제 성장률이 매년 10%를 넘어서고 있지."

기술자들이 모이면 항상 하는 기술자 푸대접, 기술 경시 풍조에 대한 성토가 이어졌다.

나는 기술자들끼리 모여 앉아 메아리 없는 하소연을 하는 광경을 강 건너 불 보듯 하며 술만 마셨다.

2차로 노래방에 가자는 유혹을 뿌리치고 나는 바로 집으로 들어갔다. 영란이 현관문을 열어주며 팔자 좋네요, 하며 비아냥거렸다.

"웬 시비야? 저녁 먹고 들어온다고 했잖아?"

나는 손을 씻으러 화장실로 가며 볼멘소리를 하였다.

"희진이가 당신 오기를 눈이 빠지게 기다리고 있어요."

"무슨 일로?"

"어느 대학 갈 것인가 정해야 하잖아요."

"그래? 이제 수능 봤는데 뭐 그리 급해."
"꼭 남말 하듯 하네."
"알았어. 바로 손 씻고 나올 테니 나오라고 그래."

내가 세수를 하고 거실로 나오자 희진과 수진이 소파에 마주 보고 앉아 나를 기다리고 있었다. 영란은 부엌에서 차를 탈 물을 끓이고 있었다.
"수진이도 나왔니?"
나는 소파 가운데 자리에 앉으며 말했다.
"네. 오빠 진학 문제는 바로 3년 후 내 문제라서……."
수진이 당돌하게 말했다.
"그래 수능 363점 나올 것 같다는 이야기 엄마한테 전화로 들었다. 고생했다."
나는 희진을 쳐다보며 말문을 열었다.
"당신은 시험 못 봐서 화난 애한테 부채질이요? 평소보다 10점은 못 나와 울상인데. 더구나 금년 수능이 쉽게 나왔다는데. 당신은 수능 점수가 작년보다 10점은 높아지고 고득점자가 전년보다 엄청 늘 거라는 신문도 못 봤어요?"
부엌에서 내뱉는 영란의 뾰쪽한 말투가 내 고막을 찢었다.
"시험 잘못 봐서 죄송해요."
희진은 머리를 긁적였다.
"그 정도면 잘 한 것 아니냐?"
"서울의대 가려면 최소 380점은 넘어야 한다고 신문에 났어요."
슈바이처를 숭배하는 희진은 의대를 목표로 공부를 하고 있다.
"그래 서울의대는 어렵고 연대나 고대 가려면 가능하겠던데 의대를 꼭 가려면 충대에 가는 것이 어떠니? 그러면 국립대니 학비도 싸고 또 집에서 다닐 수 있고."
나는 희진의 눈치를 보며 조심스럽게 권했다.
"내가 그렇게 권했는데 희진이가 악착같이 서울로 가겠대요."
영란이 녹차 잔을 탁자에 내려놓으며 희진을 대신하여 내 말을 받았다.

"점수가 연대나 고대도 간당간당할 것 같은데. 너 논술 잘 쓸 자신 있어? 아빠는 공대생이라 영 논술 같은 것은 자신 없거든. 연구보고서를 쓸 때 정말 어렵다."

"네. 아빠. 저 글짓기 잘하잖아요. 초등학교 때 백일장에서 장려상도 받았고."

"희진이 날 닮아서 글 잘 써요."

영란이 틈새를 비집고 자기 자랑을 하였다.

"당신 닮아서? 너 글 쓰는 것 못 봤는데."

"그 후에도 틈틈이 썼어요. 아빠, 저 서울로 가고 싶어요. 금년에 시험 쳤다가 안 되면 재수하고."

나는 시험도 치루기 전에 재수라는 말을 아무 거리낌 없이 꺼내는 아들을 물끄러미 쳐다봤다. 희진이가 어리다고 하더라도 너무 생각이 얕은 것 같았다.

'이 녀석아 아빠가 1직급 재수한다고 너도 재수할 거야?'

나는 아들의 말에 아픈 상처가 떠올라 마음이 무거워졌다.

"아빠 걱정 말아요. 난 논술 자신 있으니 서울로 시험 치러 가게 해 주세요."

희진이 자신만만한 목소리로 우겼다.

"너희 담임 선생님은 뭐라고 그래?"

수능 성적과 지원대학간 상관관계를 잘 모르는 나는 자신 없는 목소리로 물었다.

"원서 쓰려면 한참 남아 아직 상의 못 드렸어요."

"그래? 그럼 당신이 같이 가서 상의 드려 보지?"

나는 영란을 쳐다보며 말했다.

"알았어요. 당신 학원 하는 친구 있다고 했잖아요?"

"응. 대성학원 하는."

"그럼 친구하고도 상의해 봐요. 아들 진학 문제를 꼭 남의 말 하듯 하시지 말고."

"알았어. 그런데 내 생각에는 공대생 아들이 논술을 잘 칠 것 같지 않고 너 재수 얘기하던데 재수가 쉽나, 내 생각에는 그냥 안심하고 갈 수 있는 충대 갔으면 좋겠다."

"당신은 그 얘기 꺼내지 말아요. 상의도 안 해 보고. 내일 가서 담임 선생과 상의해 볼 테니 당신도 대성학원 있는 친구와 상의해 봐요. 그리고 주말에 당신 정신 멀쩡할 때 다시 이야기해요. 지금 취하신 것 같은데."

"알았어. 내일 전화해 볼게."

나는 주눅이 든 목소리로 말했다.

10...

1998. 2. 25. 제 15대 김대중 대통령이 취임하고 국민의 정부가 들어섰다. 전라도에 뿌리를 둔 새천년민주당은 충청도에 뿌리를 둔 자민련과 공동정부를 구성하고 국무위원 등 정부 요직을 서로 나눠가지며 새 정부를 출범시켰으나 영남에 뿌리를 둔 원내 다수당인 한나라당의 반대로 김종필 국무총리의 국회 임명동의에 실패하여 만년 2인자, 김종필 국무총리는 '서리' 꼬리를 달고 집무를 시작했다.

1997년 말 불어온 아이엠에프 여파가 온 나라를 거세게 뒤흔들었다.

환율이 벼락같이 뛰고, 금리가 하늘 높은 줄 모르게 오르고, 주식시장이 폭삭 가라앉고, 부동산 시장도 무너졌다.

온 나라가 공황에 빠졌다.

사기업, 공기업할 것 없이 구조조정 바람이 거세게 불었다. 기업들은 살아남기 위하여 이합집산을 거듭하고, 퇴출을 면하고 살아남은 기업들도 조직의 몸집을 줄이기 위한 피나는 진통을 계속하였다.

기업들이 구조조정 1순위 대상으로 손을 댄 분야는 당장 돈이 되지 않는 연구개발 분야로 대덕연구단지에도 구조조정의 찬 바람이 거세게 불어왔다.

마흔 아홉수를 진급에서 탈락하는 아픔을 씹으며 우울하게 넘긴 나는 새해, 50대의 첫 해를 맞이하였으나 어렵게 돌아가는 나라 사정에 기우뚱하며 뚜렷한 새해 계획을 세우지 못한 채 엉거주춤한 자세로 사회가 흘러가고 회사가 흘러가는데 몸을 맡기며, 나는 구조조정의 대상에서 제외되겠지, 하는 막연한 희망을 가지고 하루하루를 보냈다.

지난 해 진급에서 탈락한 것으로 마흔 아홉수의 액운은 다 때웠겠지 자위하며 새해를 맞았으나 아직 삼재가 덜 풀렸는지 음력으로 신년이 되기 전에 나에게 또 하나의 시련이 닥쳤다. 아들 희진이 대학입시에 낙방을 한 것이다.

희진은 그의 수능 점수로 버거운 서울에 위치한 대학에 응시를 고집하였다. 나와 아내는 아버지 직장이 있는 대전에 위치한 대학에 안전하게 지원하라고 아들을 간곡히 설득하며 윽박지르기도 하였으나 아버지의 고집을 닮은 아들은 논술은 자신 있으니 자기만 믿으라고 끝까지 우겼다.

나와 아내는 결국 아들의 고집을 꺾지 못하고 서울에 있는 대학에 입학원서를 쓰는 데 동의했고, 아들은 보기 좋게 대학입시에서 떨어졌다. 나는 아들에게 후기대학에 응시하라고 강요하였으나, 그는 재수는 필수라며 일년간 열심히 노력해서 내년에는 꼭 서울대학교에 들어가겠다고 호언하며 후기대학에 아예 입학원서도 내지 않고 버텼다.

회사에서는 1차로 명예퇴직 신청을 받았다. 3월말 시한, 100명을 목표로 하였으나 마감시한이 다가와도 신청자가 거의 없었다.

회사는 명예퇴직 신청이 저조하자 이번 기회가 명예퇴직을 신청할 수 있는 마지막 기회라며 엄포를 놓았다. 새 정부의 자리가 잡히면 본격적으로 구조조정을 시작할 것이고, 그때는 명예퇴직금도 챙기기 어려울 것이니 이번 기회에 퇴직하는 것이 최선이라고 선전을 하며 명예퇴직을 강권했다.

회사의 막판 선전과 강권에 직원들이 동요했다.

퇴직을 않고 버티다가 정부 방침에 따라 회사에서 한꺼번에 무더기로 목을 자르면 명예퇴직금도 못 챙기고 쫓겨날 수도 있으니 차라리 사표를 내는 것이 어떨까 고민했다. 자기 실력을 믿고 회사 생활에 자신이 있는 직원은 사표를 내지 않고 버티며 배짱을 부렸으나, 회사 생활에 하자가 있다고 생각하는 직원들은 명예퇴직금이라도 챙기는 것이 나을 것이라고 판단을 하고 속속 사표를 제출하였다.

나는 나 정도의 전문가가 구조조정 대상에 포함될 리가 없다고 확신하며 사표를 내지 않았다. 나는 명예퇴직은 무능한 직원들의 탈출구라고 여기고 아예 회사의 권유를 무시하려 하였으나 언론에 보도되는 싹쓸이 마구잡이식 구조조정 뉴스를 접하거나, 회사에서 떠도는 흉흉한 풍문을 접할 때마다 문득 '나도' 하는 불안감에 등골이 오싹해지곤 하였다.

정권이 바뀌자 우리 회사의 사장을 필두로 경영진은 어느 줄을 잡아야 목숨을 부지할 수 있을지 눈치를 보며 인맥을 잡으러 뻔질나게 서울 출장을 다녔다.

국민의 정부가 들어서자 힘을 얻은 노동조합은 더욱 기승을 부리며 인사, 사업 결정 등 회사 경영에 직접 참여할 수 있도록 단체협약의 개정을 요구하며 경영진을 압박했다. 노동조합이 집회를 열고 소란을 피우며 회사를 시끄럽게 하면 노동조합 하나도 제대로 다루지 못하는 무능한 경영진으로 몰려 목이 잘릴까 봐 경영진은 노동조합의 눈치를 보며 그들의 비위를 맞추려 경영권과 관련된 조항을 양보하며 단체협약을 개정해 줬다.

"우리 친구 남편이 은행 지점장을 했는데 그만 뒀어요."

영란이 저녁을 마치고 소파에 앉아 잡지를 뒤적이는 나를 걱정스럽게 쳐다보며 말했다.

"그래 내 동창도 목을 걱정하던데……. 오빠는 괜찮대?"

"아직은 괜찮은 것 같던데 불안한 모양이예요."

"은행원도 흔들린다?"

나는 잡지에서 눈을 떼지 않고 아내의 말을 받았다.

"그래요. 저 시집 갈 때만 해도 은행이 가장 안정된 직장이었는데……."

"지금도 안정된 직장이야."

나는 영란이 나와 결혼하기 전에 은행원과 혼담이 오고갔었다는 장모의 말이 문득 떠올라 가늘게 눈을 뜨고 아내를 쳐다보며 떨떠름한 목소리로 말했다.

"당신은 괜찮겠지요? 명퇴 신청으로는 모자라 또 나갈 사람 또 찾는다고 하던데……."

아내가 움찔하며 내 눈치를 살폈다.

"그런 말이 있어? 어디서 들었지?"

회사에서는 명예퇴직 신청을 받은 직원이 57명에 불과하자 당초 구조조정 목표로 세운 100명 인원을 채울 수가 없어 추가로 한시 퇴직 제도를 검토하고 있었으나 아직 구체적인 계획이 나온 것은 아니었다.

"부인들 간에 소문이 좌하고 났어요. 당신은 기술자니 괜찮겠지요? 사람들이 세계적인 전문가라 괜찮다고 하던데……."

"나야 기술잔데. 더구나 작년에 진급을 시켜 주지 않아 윗사람들이 미안해 하고 있고."

나는 아내를 안심시켰다.

"오히려 그것이 더 약점이 되는 것 아니예요. 무능해서 진급 못했다고."

아내가 걱정스런 목소리로 말했다.

"그럴 리가, 걱정 말아. 그래도 나야 그 분야에서는 우리나라에서 알아주는 데."

영란이 내 약점을 찌르자 나는 가슴이 뜨끔해져 나도 모르게 큰 소리가 나왔다.

"그러면 다행이네요. 당신 평생 배운 것은 책과 컴퓨터와 씨름하는 것뿐인데 희진이는 재수하고 수진이는 고2 되고……."

"당신 그런 걱정 안 해도 돼. 나를 쫓아내면 얼마나 나라가 손핸데. 참, 온 나라가 금 모으기 한참인데 우리도 다 털어내야지."

나는 화제를 돌렸다.

"꼭 금을 내놔야 해요?"

"우리도 동참해야지. 나라가 어려우니 한 푼이라도 보태야지. 내가 준공직잔 것 몰라? 솔선수범해야지."

"알았어요. 내일 갈게요. 희진이하고 수진이 돌반지 하나씩만 남길까?"

"그건 왜?"

"그래도 기념품인데."

"그런가? 나 내일 같이 못가."

"알았어요. 당신이 근무시간에 나올 사람이에요?"

"그런 거야 당신 혼자 할 수 있잖아."

"알았어요. 어쨌든 우리 국민은 대단한 국민이에요. 아마 전 세계에서 그렇게 장롱에 숨겨 놓은 금을 다 들고 나와 나라경제를 돕겠다고 하는 민족은 없을 거예요."

"서민들은 애국심을 발휘해서 돌반지까지 다 들고 나오는데 진짜 금괴를 가지고 있는 부자들은 내놓지 않는다고 하던데."

"그 사람들 내놓다 부정 축재한 것 들통나게요."

"그런가?"

"나 당신만 믿어요. 당신은 외국에서도 그 방면에 전문가로 알아준다니 잘리지 않겠지요?"

영란은 내 목이 불안한지 다시 한 번 다짐했다.

"그래. 나야 평생 일만 했잖아. 너무 걱정 안 해도 돼."

나는 아내를 안심시키려 큰 소리를 쳤으나 그 큰 소리가 불안의 씨가 되어 가슴 속에서 자라갔다.

11

정권을 인수한 '국민의 정부' 는 5월에 접어들자 정부투자기관 기관장까지 새로운 인사로 물갈이를 하며 새 진용을 짜갔다.

우리 회사도 예외는 아니었다. 사장도 부사장도 다 바뀌었다. 사장은 정치권에서 내려왔고, 부사장은 금융권에서 왔다. 사장과 부사장, 두 사람 다 기술은 전혀 모르고, 우리 회사 업무와는 전혀 관계가 없는 분야에서 종사하던 분들이다.

전직원이 참석한 가운데 강당에서 열린 취임식부터 정치권을 맴돌다 낙하산을 타고 날아온 박신호 사장의 파격적인 행동이 막을 열었다.

"새로 사장님으로 부임하시는 박신호 사장님은 ○○대학을 졸업하시고, 국영기업체에 잠시 근무하시다가, 정치에 큰 뜻을 두시고 정계에 입문하여 XX도 도의원을 지내시고, 지금 새천년 민주당 ○○지구당 위원장을 역임하시다 우리 회사 사장님으로 취임하시게 되었습니다. 박신호 사장님의 취임 말씀이 있겠습니다."

사회를 맡은 총무부장이 직원들이 이미 알고 있는 신임 사장의 경력을 자세히 소개했다. 그가 국회의원 선거에서 낙선한 경력은 소개하지 않았다.

사회자의 소개를 받은 박신호 사장이 벗겨진 머리를 쓰다듬으며 단상 중앙에 마련된 그의 자리에서 일어서서 두 걸음 앞으로 나오더니 뒤로 돌아서서 왼쪽 가슴에 오른손을 얹고 단상에 걸려 있는 태극기를 향하여 경례를 했다.

나는 오랜만에 연설을 하기 전에 태극기를 향하여 경례를 하는 광경을 보며, 그 광경이 퍽 낯설게 느껴졌다.

태극기에 경의를 표한 후 박신호 사장은 뚜벅뚜벅 걸어 강단 앞으로 나와 단하의 직원들을 죽 훑어본 후 강단 옆으로 한 발 비켜서서 단하의 직원을 향하여 90도로 허리를 굽혀 인사를 하였다. 그는 허리를 펴고 다시 한 번 단하를 훑어보고 가슴을 쫙 펴고 심호흡을 하며 시선을 허공에 고정한 채 의젓하게 천천히 강단으로 갔다. 그는 강단을 두 손으로 집고 눈을 부릅뜨고 단하의 직원들을 좌우 앞뒤로 노려봤다. 순간 강당 안은 긴장으로 움츠러들어 숨소리가 작아졌다. 직원들은 새 사장의 위엄에 기가 죽어 얼어붙었다.

"안녕하십니까? 소개받은 박신홉니다."

박신호 사장은 웅변조로 서두를 열었다. 목소리가 우렁차고 당당했다.

"제가 사장으로 부임한다고 하니 이 회사 간부가 이렇게 취임사를 써 왔어요. 이대로 읽으라고요."

박신호 사장은 한 쪽 끝을 리본으로 맨 취임사가 담긴 종이 묶음을 흔들었다.

"그 간부가 홍보담당인지는 모르지만 홍보담당 간부께서 이 취임사를 쓰느라 무척 고생하셨겠지만 여러분 앞에 단호히 선언하건대 나는 이렇게 직원들이 써다 주는 취임사나 읽는 그런 사장은 하지 않겠습니다. 나는 내 나름대로 경영철학이 있고, 이 회사를 어떻게 이끌어가겠다는 포부도 이미 서 있습니다. 이렇게 죽은 문서나 읽으며 시키는 대로 하는 그런 사장은 하지 않겠습니다."

신임 사장이 주먹을 휘둘렀다.

신임 사장의 예상치 못한 행동에 직원들이 술렁거렸다. 눈이 커진 직원들은 신임 사장의 파격적인 행동에 어리둥절하며 서로 눈짓을 교환했다.

"지금 우리나라는 혹독한 아이엠에프의 시련에 직면해 있으며, 우리의 위대한 영도자 김대중 대통령님은 2년 이내에 이를 극복하겠다고 국민들에게 약속하셨습니다. 우리는 아이엠에프를 극복하기 위하여 뼈를 깎는 고통을 감내해야 합니다. 우리는 아이엠에프가 왜 왔는지 깊이 반성하고 그 반성을 토대로 뼈를 깎는 고통을 감수하며 구조조정을 하여야 합니다. 나는 정치권에서 있을 때도 그랬습니다만 이제 회사를 맡아 최고경영자로서 김대중 대통령님의 뜻을 받들어 우리나라가 아이엠에프를 탈출하는 데 선봉에 서서 나아가도록 앞장서겠습니다. 당연히 솔선수범하여 우리 회사의 구조조정을 앞당겨 아이엠에프를 탈출하는 데 다른 기업들을 선도하고 모범이 되겠습니다. 그렇게 하라고 김대중 대통령님께서 저를 이 회사 사장으로 보낸 것으로 확신하고 있습니다. 나는 나를 배려해서 이곳에 보내주신 김대중 대통령님께 충성을 다할 것입니다."

박신호 사장은 두 주먹 불끈 쥐고 앞뒤로 흔들었다.

나는 신임 사장이 취임사에서 회사 경영을 어떻게 하겠다는 언급은 없고 장황히 김대중 대통령에게 충성만을 맹세하자, '또 또라이가 왔어, 저렇게 하다 1년도 못 버티겠군.' 멸시하는 감정이 입가를 맴돌았다.

신임 사장은 크게 제스처를 쓰며 원고도 없이 청산유수로 취임사를 쏟아놓았다. 국회의원 입후보자가 유권자를 향하여 유세를 하는 것 같은 분위기였다.

박신호 사장은 취임사를 하는 동안 몇 번씩 그를 이 회사에 보내준 김대중 대통령에 대한 충성심을 강조하고 또 강조하였다. 그는 개혁에 대한 구체적인 내용을 언급하지 않고 개혁에 앞장서겠다고만 다짐하였다. 그는 여권실세들의 이름을 마치 친구나 부하 이름 부르듯 거명하며 그들과 친분 관계를 강조하며 그가 실세임을 과시하였다. 그는 정치권과 손잡고 이 회사의 애로사항을 전부 다 해결하겠다고 큰 소리를 쳤다.

"이 회사에는 노도 없고 사도 없습니다. 나는 야도이 사장이예요. 나도 월급 받는 고용사장이에요. 그러나 나는 월급을 받으려고 이 회사에 온 사람은 아니예요. 개혁하고 또 개혁하기 위하여 온 사람입니다. 앞으로 노사 문제도 그런 바탕에서 풀어 나가겠습니다."

나는 30분 이상 계속된 사장의 취임연설을 들으며 큰 제스처와 현란한 말의 성찬 속에 그가 이 회사를 어떻게 경영해 나가겠다는 특별한 경영방침을 찾을 수가 없어 공허한 느낌이 들었다.

사가 제창을 끝으로 취임식이 끝나고 사회자가 폐회를 선언했다. 직원들이 자리에서 일어섰다.

"잠깐."
신임 사장이 두 손을 흔들며 자리에서 일어서는 직원들을 제지했다.
직원들이 엉거주춤한 자세로 신임 사장을 쳐다봤다.
"오늘같이 뜻 깊은 날에 이대로 식을 마치면 안 되지요. 위원장님, 나오시지요. 만세 삼창 한 번 합시다."
박신호 사장은 단상에 나란히 앉아 있던 박덕용 노조위원장의 손을 끌었다.
"위원장께서 선창하시지요."
박신호 사장이 노조위원장에게 만세 삼창 선창을 주문하였다.
"네?"
박덕용 위원장은 사장의 돌발적인 제의에 놀라서 눈을 크게 뜨며 주춤거렸다.
"우리 노사가 한 맘이 되어 이 회사의 구조조정을 앞당긴다는 의미에서 위원장께서 만세 삼창을 선창하시지요."
"구조조정요? 안 되는데……, 아니 사사자장께서 하시지요."
신임 사장의 파격적인 행동에 당황한 박덕용이 박신호 사장에게 손을 잡힌 채 말을 더듬었다.
"그러면 제가 먼저 선창을 하겠습니다. 대한민국 만세."
박신호는 박덕용의 한 손을 잡고 추켜올리며 목소리를 높였다.
"한국엔지니어링 만세."
"우리 천오백 명 종업원과 가족 만세."
신임 사장이 큰 소리로 세 번 만세를 외쳤다.
직원들은 어색한 표정으로 두 손을 드는 둥 마는 둥 시늉을 내며 기어드는 목소리로 신임 사장의 선창에 따라 만세를 불렀다.
"여러분 잠시 기다리십시오. 인사는 해야지요."
만세 삼창을 마친 사장이 큰 소리로 허공에 대고 고함을 쳤다.
만세를 마치고 강당을 빠져 나가려던 직원들이 고함을 치는 사장을 돌아보며 또 무슨 코미디(?) 하며 멈칫 섰다.
"자 가서 인사를 합시다."

박신호 사장은 단상을 내려와 휘적휘적 걸어서 강당 입구로 갔다. 노조위원장과 경영간부들이 영문을 모른 채 그를 따라갔다. 박신호 사장은 강당 입구에 서서 강당을 나서는 직원들과 일일이 악수를 나누었다. 노조위원장과 경영간부들은 신년 하례를 할 때와 같이 서열순으로 일렬로 서서 직원들과 악수를 나누었다.

나는 취임식 석상에서 그의 지시를 받고 홍보담당 간부가 밤을 새워 애써 써다 바친 취임사를 팽개치고 선거유세를 하며 회사 경영과 직접적인 관계가 없는 대통령께 충성이나 맹세하고, 취임식 말미에 코미디언같이 웃음을 자아내는 만세 삼창을 선도한 신임 사장과 어색한 악수를 나누고 사무실로 돌아오며 앞으로 임기 동안 정치판에서 날아온 사장이 어떤 쇼로 하다가 떠날지 염려되었다. 구조조정을 서두르겠다는 그의 취임사가 마음을 짓누르며 당장 내일이라도 불어 닥칠 구조조정의 회오리바람이 어떻게 요동칠까도 걱정이 되었다.

12...

나는 미국 시카고 오헤어 공항 제 5번 터미널 복도에 서서 팔짱을 끼고 창밖을 내다보았다. 크고 작은 차량들이 공항내 도색 표시가 된 도로를 따라 부산하게 오고 갔다. 활주로에서 쉬지 않고 비행들이 뜨고 내렸다.

'이 곳이 세계에서 제일 바쁜 비행장이라고?'

지난 번 미국 출장을 왔을 때 공항에서 만난 미국 친구가 시카고가 세계에서 제일 바쁜 비행장이라고 자랑스럽게 이야기하던 말이 떠올랐다.

계류장은 다국적 비행기의 전시장과 같았다.

JAL, Air China, PLM, Air India, Singapore Airlines,…….

'아, 저기 대한항공이 있군. 내가 타고 갈 비행기인가?'

나는 계류장에 당당하게 서 있는 국적선 비행기의 마크를 보며 순간 가슴이 뭉클하며 서울에 도착한 것 같은 평안함을 느꼈다.

'어떻게 저렇게 큰 비행기가 뜨지?'

나는 보잉 747의 거대한 위용을 보며 공학도답지 않은 유치한 질문을 던지다가 비행기를 설계할 때 적용하는 유체공학 공식을 떠올리며 픽 웃었다.

나는 오후 한 시 시카고 발 서울행 비행기를 타기 위해 11시도 되기 전에 오헤어 비행장에 도착했다. 나는 몇 번째 오헤어 국제공항에 들렀었으나 공항이 너무 커서 항상 낯설고 서툴렀다. 아직 비행기 이륙시간까지 두 시간 이상 여유가 있었으나, 나는 긴장을 늦추지 못하고 서둘러 탑승 수속을 마치고, 트랜스 카를 타고 5번 터미널로 가서 대한항공이 떠나는 15번 탑승구에 도착해서야 안심을 하였다. 나는 탑승 시간까지 남은 시간을 때우기 위해 창밖을 내다보고 복도를 걷다가, 대기실 의자에 앉아 손가방에서 지난 4일간 시카고 하얏트 리전시 호텔에서 개최된 미국 기계학회 세미나에서 발표한 논문을 수록한 보문집을 꺼내 훑어보기 시작했다. 참신한 논문이 별로 눈에 띄지 않았다.

나는 내가 발표한 논문을 꺼내 천천히 읽었다. 나는 지난 3년여 동안 심혈을 기울여 개발한 수명관리 프로그램을 요약하여 향후 해외에 수출을 대비하여 선전도 할 겸 이번 세미나에서 발표하였다.

내가 발표한 논문이지만 내용이 퍽 알찼다. 논문 자체도 알찼지만 파워포인트를 써서 작성한 요약문도 논문을 일목요연하게 잘 정리했다. 나는 내 논문에 긍지를 느끼며 논문을 덮고 손가락으로 표지를 톡톡 튀기며 창밖을 내다봤다.

탑승 타워 너머로 구름에 덮인 하늘이 보였다. 논문을 발표한 후 주어진 시간에 질의응답을 다 마치지 못하여 세션이 끝난 뒤에도 질문자들이 내게 몰려와 토의가 이어졌다. 나는 여러 나라 기술자들이 내 주위로 몰려와서 프로그램 개발을 축하해 주던 장면을 떠올리며 기분이 붕 떴다. 입가에 미소가 흘렀다.

'이 정도면 우리나라 기술수준도 제법인데. 세계에서 나를 따를 기술자가 많지 않구먼. 영어가 좀 떨어져서 그렇지 미국 친구들도 별것 아니잖아?'

나는 눈을 감고 몸을 앞뒤로 흔들거리며 자기도취에 빠져 우쭐해진 기분을 즐기다가 눈을 떠서 대기실 앞에 설치된 대형 전광판을 올려다보았다. 앞으로 출발할 항공기편명과 출발시간이 줄줄이 줄서 있었다. 순간 KE 701편이 전광판 맨 밑에 이름을 걸쳤다.

'아직 한 시간이나 남았는데 면세점이나 가볼까?'

장모님 선물로 비타민과 칼슘을, 어머니 선물로 오메가-3을 샀다.

나는 해외에 나올 때마다 어머님보다 장모님 선물을 먼저 챙겼다. 이번에도 나는 억지로 시간을 만들어 건강식품 가게를 찾고 장모님께 드릴 종합비타민과 칼슘을 사면서 어머니 생각이 나서 오메가-3을 샀다. 어머니는 '선물 사왔어?' 하며 담담하게 선물을 받으셨으나, 박사 학위를 가진 나를 무척 자랑스럽게 여기는 장모님은 사위가 외국에서 사다 주는 선물을 호들갑 떨며 받으시며 친구들 코를 납작하게 해야겠다며 만족해 하셨다.

'영란과 아들 딸에게 무슨 선물을 사다 주지?'

'이번엔 엄마 뒷바라지를 하며 고생하는 여동생 상숙이 화장품이라도 하나 사다 줄까?'

나는 논문집을 손가방에 챙겨 넣고 손가방을 들고 천천히 면세점으로 갔다.

면세점을 한 바퀴 돌았으나 살 만한 물건이 눈에 띄지 않았다. 나는 면세점을 다시 한 바퀴 돌다가 화장품 가게로 갔다. 영란과 상숙에게 영양 크림이나 하나씩 사다 줄까 하고 영양 크림을 집어들었다. 89.00$이라는 가격표가 보였다.

'뭐 이렇게 비싸? 국산품 쓰라고 하지. 지금 나라가 외환 위기로 난린데, 그래도 지성인이라는 사람이 외화를…….'

나는 영양 크림을 제자리에 놓았다.

'그래도 미국까지 와서 마누라 선물 하나는 사줘야 하는 것 아냐?'

나는 다시 영양 크림을 집어들었다.

'그만 두지. 아이엠에프로 한 푼의 달러가 아쉬워 금 모으기로 난리인데 아까운 달러를 쓸 수야 없지. 이런 어려운 판에 해외출장을 올 수 있었던 것만도 다 선택된 혜택인데.'

나는 영양 크림을 다시 내려놓았다.

아이엠에프만 없었으면 이번 기계학회 세미나에 우리 회사에서 최소 2, 3명은 참석했을 텐데, 우리 회사에서는 논문 발표자인 나 혼자만 달랑 왔다.

나는 영란과 자식들에게 줄 선물 사는 것을 그만 뒀다.

나는 서울행 비행기 탑승구로 가서 의자에 앉았다.

집에 돌아간다고 긴장이 풀려서인지 어깨로부터 전신에 피로가 좍 몰려왔다. 창문을 통해 쉬지 않고 뜨고 내리는 비행기가 보였다.

'참 미국은 크다. 이런 나라와 경쟁하여 이기자면……? 이 어려운 판국에 남들은 목이 잘리는데 미국까지 와서 페이퍼도 발표하고 이렇게 한가하게 여가를 즐기고…….'

명예퇴직을 한 동료들의 얼굴들이 눈앞을 스쳐 갔다.

'김재환, 이명재는 벌써 회사 그만 두고 쉬기는 정말 너무 아까운 친구들이었는데……, 회사가 그 친구들을 키우느라 얼마나 돈을 많이 썼나? 정말 유능한 기술자였는데……, 그 친구들 버티었으면 잘리지는 않았을 텐데. 왜 그만 뒀지? 또 한시퇴직을 받는다고? 꼭 정부가 지시한 숫자만큼 잘라야 해? 어떻게 구조조정은 꼭 사람 목 자르는 것만 생각하지? 사람 자르는 것 말고 우리 회사도 구조조정을 할 분야가 많은데……, 일부 루틴 잡(주 ; routine job)은 회사에서 잡고 있지 말고 분사를 해서 과감히 외주를 주면 될 텐데. 그러면 그렇게 쓸 만한 인재들을 쫓아내려 골머리를 앓지 않고 구조조정이 가능할 텐데…….'

'나야 쫓겨나지 않겠지. 이번 세미나에서 내 페이퍼 듣고 코 큰놈들이 찾아와서 감탄하는 눈빛이라니……. 우리 회사 경영진도 와서 봤어야 했는데……. 나 정도 기술자를 키우려고 얼마나 돈과 시간이 들었나? 나를 자를 수 있겠어? 새로 온 사장도 나를 알아주는 것 같고.'

내가 출국 인사차 박신호 사장의 방에 들렀을 때 사장은 크게 제스처를 쓰며 나를 격려했었다.

"손 박사. 내가 사장 되고 자네 처음 해외 보내는 거요. 지금 아이엠에프라서 달러 한 푼이 아까운 때 손 박사를 미국 보내는 회사의 뜻을 알지요? 가서 논문 발표 잘 하고 와요. 아무리 어려워도 인재는 키워야지. 아니 이럴 때일수록 더 인재를 키워야지. 김 원장이 손 박사 미국 보내야 한다고 하면서 하는 보고를 들었는데 손 실장이 이번 발표하는 페이퍼가 대단한 거더군. PLMP 수명관리 프로그램이지요?"

박신호 사장은 자랑스럽게 프로그램 이름을 말하며 아는 체하였다.

"네."

나는 사장이 프로그램 이름을 제대로 알지 못하는 것을 탓할 마음이 아니었다.

"손 박사가 개발한 거라면서, 당신 애국자더군. 그렇게 외국에서 돈 주고 사오자는 것을 자네가 우겨서 국내 기술로 개발했다며. 곧 정부 인가 받을 거라고? 업무보고 때는 여러 사항을 듣느라고 그냥 별로 듣고 넘겼는데 김 원장에게 다시 들어보니 대단한 거요. 외국에서 수천 만불에 팔아먹으려고 하는 기술을 우리 손으로 개발하고. 잘 다녀와요. 작년 자네 억울한 것도 들었어요. 회사 일은 잊고 발표 잘 하고, 시카고 간다고 했지요?"

박신호 사장이 정치인 출신답게 시원시원하게 말했다.

"네."

"그럼 거기 무슨 바다 같은 호수가 있잖아요?"

"네. 오대호의 하나인 미시간 호가 있습니다."

"미시간 호. 그래, 그곳도 구경하고."

"고맙습니다."

"이왕 간 김에 해외 가서 견문을 넓히는 것도 다 애국하는 거요."

"네."

"다녀와서 귀국보고는 간부들 다 모아놓고 해요."

"네."

나는 사장의 뜨거운 악수를 받고 그의 사무실을 나오며 사장이 나를 알아주는 데 감격하여 눈물이 나올 뻔하였다.

해외출장을 다녀와서 문서로 계통을 통하여 출장 중 수행업무 내용을 보고하는 것이 관례였으나, 신임 사장이 간부를 모아놓고 보고를 하라는 것이 약간 부담은 되었으나 그것은 다녀와서 이야기이고, 나는 고양된 기분으로 사장 집무실을 나왔다.

비행기 탑승이 시작되었다. 나는 탑승객의 줄에 서며, 뭉클 애사심이 끓어올라 전신이 뜨거워졌다.

'벌써 내 나이 오십이야. 이제 한 십년 다니면 회사를 퇴직하고……. 회사가 나를 키우려 정말 많은 돈을 투자했지. 이렇게 어려울 때 미국도 보내주고. 회사에 많은 빚을 졌으니 회사를 위하여 마지막 정열을 바쳐 일을 해야지, 정말 경상도 산골에서 가난하게 태어나 운이 좋아 대학에 가고 박사 학위도 받고……, 내 적성에 맞는 직장을 찾아 실력을 발휘할 수도 있었고. 참 운이 좋은 거야. 어려운 나라를 위하여 무엇인가 내가 배운 것, 내가 경험한 것, 내 재주를 다 바쳐서 열심히 일해야지!'

'새 사장도 나를 인정하고 있으니 작년에 진급에서 탈락됐다고 무능하다고 쫓겨나는 일은 없을 거고.'

순간 전신으로 힘이 쭉 뻗쳐 나갔다.

'그래. 나머지 일생을 회사를 위하여 바치자. 우리나라 기술 발전을 위하여 바치자. 열심히 하면 진급도 시켜줄 거고……. 49수의 아픔을 털고 50의 새로운 지평을 열자.'

나는 주먹을 움켜쥐며 새롭게 결심을 다졌다.

13...

출장에서 귀국한 다음 월요일 오전, 나는 확대간부회의 말미에 귀국 보고를 하였다.

발표시간 10분이 나에게 주어졌다. 해외출장을 다녀와서 간부회의에서 귀국 보고를 하는 것은 전례가 없는 일이어서 나는 여간 신경이 쓰이지 않았다. 더구나 회사 업무로 출장을 간 것이 아니라 학회에 참석하고 그 내용을 보고하자니 보고내용 잡기가 어려웠다. 나는 주말 내내 발표문 작성에 매달렸다. 파워 포인트를 이용하여 보고문을 치장하는 데만도 많은 시간을 할애했다.

나는 박신호 사장의 눈치를 살피며 열심히 내가 마련한 자료를 설명했다. 내가 발표를 하는 동안 사장은 내 발표를 듣지 않는 것 같았다.

내 발표가 끝나자 바로 사장은 일장 훈시를 하였다.

"손상호 실장 수고했어요. 아이엠에프로 한 푼의 달러가 아까운 때에 손상호 실장을 해외에 출장 보낸 것은 이렇게 어려운 때일수록 더욱 기술 개발에 힘을 쏟아야 하기 때문입니다. 당장 돈이 없다고 기술개발을 소홀하게 되면 다음 세대에 먹고 사는 길이 막혀요. 새로운 성장 동력은 기술개발에서 찾아야한다는 말입니다."

그 대목에서 사장은 주먹을 흔들었다.

"더구나 업무보고 때 제가 감명을 받은 바가 컸습니다. 김성수 원장 보고에 손상호 박사가 개발하는 PLTMP 프로그램은 해외에서 도입하려면 수천

만불 이상 기술료를 지불해야 하고, 매년 코드 유지비만 수백 만불 이상 지불하여야 한다고 해요."

사장은 정치가 출신답게 '천만불', '백만불' 앞에 '수(數)' 자를 붙이며 외화절감액을 부풀렸다.

"우리 기술로 세계에서 가장 우수한 소프트웨어를 개발하다니 얼마나 장쾌한 쾌거입니까? 이 아이엠에프 하에 한 푼의 달러가 아까운데 수천 만불이라니 얼마나 크게 국가의 경제에 기여하는 것입니까? 확인해 보니 전임 경영진은 그 공적을 제대로 보상해 주지 않았어요. 오히려 손해를 줬어요. 손상호 박사 같은 인재는 회사의 보배일 뿐만 아니라 국가적인 보배입니다. 그래서 제가 큰맘 먹고 보상 차원에서 이 어려운 때 미국까지 보냈어요. 우리 그런 의미에서 다같이 박수를 보냅시다."

박신호 사장의 제의에 간부들은 멈칫하다가 어색한 표정으로 박수를 쳤다.

나는 사장의 예상치 못한 제스처에 쑥스러워 얼굴이 붉어졌다. 그대로 앉아 있을 수가 없어 어정쩡하게 일어서서 어깨를 움츠리며 인사를 하였다. 나는 엎드려 절 받는 식의 박수를 받으며 이 박수는 나를 향해 치라는 것이 아니라 아이엠에프 난국에 직원을 해외에서 연 학회에 참석시키는 특단의 결정을 한 박신호 사장 자신에게 치라는 것으로 생각되었다.

"김 원장!"

박수가 끝나자 사장이 김성수 원장을 불렀다. 호명을 받은 김 원장은 긴장하여 사장을 쳐다봤다.

"네."

"선전을 하셨어요? 대단한 업적인데."

"네. 정부 인허가를 받고 선전을 하려고 아직 안 했습니다."

"바로 해요. 바로 해. 이런 일은 선전해야지. 기술자들은 그게 탈이야. 부사장님."

사장이 김종수 부사장을 건너다 봤다. 김종수 부사장은 한달 전에 사장과 같이 취임하였다. 그는 상과대학을 졸업하고 언론기관에서 경제부장을 하다가 증권회사의 상근고문으로 자리를 옮겨 근무하던 중 고등학교 동창인

여권 실세의 배경으로 낙하산을 타고 우리 회사 부사장으로 취임하였다. 여권실세와 친교가 두터워 사장도 함부로 할 수 없다는 소문이 쫘하고 퍼졌다.

"네."

김종수 부사장이 사장을 쳐다보았다.

"기술자들은 자기가 한 일을 선전할 줄을 몰라요. 그냥 연구만 하면 된다는 자세인데. 그렇게 한 구멍만 파니까 연구가 되지만, 요새 선전을 안 하면 누가 압니까? 우리 손 박사가 큰일을 했는데……, 부사장님 언론계에도 발이 넓으시니 좀 챙겨주세요."

"네. 알겠습니다."

김종수 부사장은 아무런 토를 달지 않고 바로 대답하였다.

"손 실장 수고했어요."

박신호 사장이 보고를 그만 끝내라는 신호를 보냈다.

나는 구십 도로 허리를 굽혀 인사를 하고 회의장을 나왔다.

나는 사장이 내 프로젝트와 나를 인정해 준 것에 감격하고 흥분하여 하루 종일 제대로 앉아 있을 수가 없었다.

14...

"자, 박세리 유에스 오픈 우승을 축하하며, 우리도 여자에게 질 수야 없지. 아이엠에프 딛고 하늘로 날자. 건배!"

김성수 원장이 건배를 제의했다.

아침 경영진 회의를 마치고 원장실에 실장들을 불러 모은 김성수 원장은 침통한 표정으로 사장의 지시를 전달하였다.

"사장님이 수명관리 프로그램 인허가 추진을 중지하라고 하셨어."

"네?"

나는 내 귀를 의심하며 원장을 멍청히 쳐다보았다.

"사장님 말씀이 사장님이 내용을 파악해 보니 PLTMP는 내가 보고한 것과는 달리 이미 미국에서 개발하여 상용화 된 코드를 국내에서 모방 개발하는 프로젝트라는 거야. 연구를 위한 연구의 표본 같은 케이스래. 그런 프로젝트를 위하여 연구를 하겠다고 제의한 간부는 역적 같은 친구들이며 내용도 파악하지 않고 밑에 사람 말만 듣고 막대한 연구비를 투자하기로 결정한 전임 사장은 정말 한심한 사람이래."

김성수 원장이 자조적인 목소리로 사장이 한 말을 되뇌었다.

"어떻게 그렇게?"

박정호가 반문하였다.

나는 말문이 막혀 말을 할 수가 없었다.

"그 이야기는 그만하고 저녁에 내가 한턱 쏘지. 레드 로즈로 7시까지 와. 오늘 박세리가 유에스 오픈에서 우승했는데 우리 다같이 축하해 줘야지. 그만 가서 일하지. 나 과기처 회의에 갔다가 시간 맞춰 갈게."

원장은 서둘러 회의를 끝냈다.

철퇴로 머리를 얻어맞은 나는 바보가 되어 하루 종일 멍청하게 보내다가 7시 레드 로즈로 갔다.

레드 로즈는 아이엠에프 식당으로 이름이 난 저렴한 식당이다. 일인당 입장료는 무조건 남자는 9천 8백 원, 여자는 9천 5백 원이다. 손님은 안주로 참치 김치찌개, 탕수육, 빙어튀김, 족발, 마른안주 중에서 두 가지를 선택할 수 있으며, 술은 소주와 소주 칵테일 중 아무거나 선택하여 취할 때까지 얼마든지 마실 수가 있다. 맥주도 마실 수 있으나 맥주는 아이엠에프 경제하에서는 고급이라 별도로 돈을 내야 했다.

"정말 세리 대단해요. 아버지가 담을 키우려 공동묘지에 세리 혼자 보냈다고 하던데."

김창수 실장이 마치 박세리가 그의 여동생이나 되는 듯 다정하게 이름을 불렀다.

"대단하지. 정말 대단해. 그런데 우리 여자들은 날리는데 남자들은 뭐하는 거야?"

김성수 원장이 말을 받았다.

"체격상 안 되는 것같아요."

김창수가 받았다.

"오늘 오후 정부 다녀와서 기분도 그래서 재방을 봤는데 정말 기적 같았어. 18번 홀 워터 해저드에 빠졌을 때 나 같으면 포기했을 거야. 그런데 침착하게 쳐내서 보기를 하고. 결국 연장에서 이기고."

김성수 원장이 왼 손목을 오른손으로 잡고 가볍게 팔을 휘두르며 골프공을 쳐내는 폼을 잡았다.

"원장님, 정말 그래요. 정말 아이엠에프로 온 국민이 기가 팍 죽었는데 어마 기 살아요."

김철한이 받았다.

"그런데 북한 놈들은 왜 그래요? 평화 무드가 한참인데 잠수정은 왜 보내요?"

골프를 치지 못하는 박정호 처장이 화제를 돌렸다.

"정말 그 친구들은 도저히 믿을 수가 없어. 그래도 한 민족이니 어떻게 하나 우리가 강자인데 참아야지."

김성수 원장이 혀를 찼다.

"그건 그렇지만 저는 정부의 햇볕정책이라는 것이 마음에 안 들어요. 우선 용어부터. 상호주의로 나가야 하는데 햇볕정책이라면 우리가 시혜를 베푸는 것 같은 인상이 들어요."

박정호가 이마를 찌푸리며 말했다.

"전쟁을 하는 것보다야 낫지. 우리 박 박사는 육이오를 안 겪어 모르는 모양인데 전쟁은 참혹한 거야. 전쟁이 일어나면 좋아할 사람은 일본 밖에 없지. 일본은 우리나라에 물건 팔아먹어 좋고 강력한 무역 라이벌 하나 죽어 좋고. 절대 전쟁이 일어나면 안 돼. 우리가 지난 50년 동안 이룩한 모든 것이 순간 잿더미로 되는 거야."

김성수 원장이 술자리의 어른답게 말을 이어갔다.

"그건 그렇다고 하더라도 우리가 너무 양보하는 것 아니예요? 우리는 자기들을 껴안으려고 원조도 보내고 평화적 제스처를 계속 보내는데 북한 놈들은 무장간첩이나 보내고."

김창수가 나섰다.

"다 자신이 없어 살기 위한 몸부림이지. 그러니 봐줘야지."

김성수 원장이 결론 비슷하게 말했다.

"원장님! 공기업 명퇴금을 축소하거나 폐지한다고 하던데 우리 회사는 어떤 움직임이에요?"

공순택이 그의 발등에 떨어진 당면한 구조조정 문제를 꺼냈다.

"지금 정부 눈치만 보고 있는 거지. 조직도 줄여야 하는데."

"어느 정도 줄여야 할 것같아요?"

"정부는 20퍼센트 말하는 데 얼마에서 타결될지 모르겠어. 부사장직도 없애야 하는 모양이고."

"지금 부사장님 새로 오신 지 두 달도 안 됐는데요?"

김창수가 순진하게 물었다.

"정부투자기관 구조조정을 획일적으로 할 모양인데 구체적인 것은 나도 잘 몰라."

"각 기관마다 특성이 다른데 일괄적으로 한다고요?"

박정호가 물었다.

"정부로 보면 별 수 없지. 어느 기관은 봐 주고 한다는 소리 듣기 싫고, 한 기관에 예외를 두다 보면 청탁에 못 견디겠지. 요새 한 다리 건너 청와대 안 통하는 사람 있어? 그러니 각 기관 특성에 맞게 조정할 수는 없지. 또 구조조정을 담당하는 공무원이 몇 사람 안 되는데 그 사람들이 각 기관에 대해 세세한 것을 알 수도 없고……."

"그러니 또 졸속으로 되겠네요. 획일적으로. 후유증도 심할 거고."

"어쨌든 곧 결론이 날 텐데 실제 구조조정 대상을 선정하기가 어려울 거야."

"이거 힘들여 외국 가서 공부하고 와서 일 좀 하렸더니 모가지 걱정하게 됐으니 기분이 그래요."

공순택이 말했다.

"여러분들이야 다 국가에서도 회사에서도 필요한 존재이니 걱정 안 해도 되겠지. 우리 손 실장이 아무 말도 없는데 너무 실망하지 마. 내가 기회 봐서 사장에게 필요성을 다시 말할 테니. 그렇게 분위기가 돌아가는 것을 모르고 미리 챙기지 못해 손 실장한테 미안한데 내 술 한 잔 받지."

김성수 원장이 말을 잊은 채 술잔만 비우는 나를 위로하며 술잔을 돌렸다.

"원장님 괜찮아요. 갑자기 내 자신에 대해 회의가 생겨서……."

나는 김성수 원장이 권하는 잔을 단숨에 비우고 빈 잔을 바로 원장에게 넘겼다.

"그렇게 심각하게 생각하지 말라고, 우리 손 박사가 프로그램 한 것은 미국 것보다 훨씬 우수하고 국내 실정에도 잘 맞고. 우리 회사에서 써서 검증

되면 미국에 역수출할 수 있잖아."

술이 약간 오른 김성수 원장이 나를 위로했다.

"그렇게 알아주시니 감사합니다. 내가 좀 더 매끄럽게 인생을 살아야 하는 건데……."

나는 자조적인 말투로 말했다.

"다 잘 될 거야. 누가 사장한테 잘못 보고한 거니. 박세리 봐. 워터 해저드에서 공을 쳐내고 우승하고. 우리 힘내자고. 모처럼만에 노래방이라도 가서 기분을 풀어볼까?"

평소에 2차를 극구 반대하던 김성수 원장이 앞장을 섰다. 나는 그의 배려에 눈물이 나려 했다.

노래방에서 기분을 풀고 있을 때 원장의 삐삐가 울렸다. 원장은 노래방 전화로 삐삐를 친 전화번호를 눌렀다. 기획실장이 내일 아침 8시에 실장급 이상 간부회의를 소집했다는 사장의 지시를 전했다.

15...

다음 날 아침 8시에 실장급 이상 간부 전원이 대회의실에 모였다.

"출장중인 7명을 제외하고 58이 모였습니다."

사장이 자리에 앉자마자 기획처장이 보고를 하였다.

"일곱 명씩이나 아침부터 출장을 갔다고?"

"네. 정부회의도 가고 현장에도 갔습니다."

"몇 시부터 회의를 하는데 벌써 갔나? 다음부터는 출장 간 사람도 지장이 없으면 회의에 참석한 후에 가라고 해."

"네. 그렇게 하겠습니다."

기획처장이 군기가 든 목소리로 대답했다.

"오늘 여러분을 이렇게 일찍, 아니 여덟시면 일찍도 아니지, 나오라고 한 것은 국가가 아이엠에프로 어려움을 겪고 있는데, 김대중 대통령께서는 노구를 이끌고 불철주야 노력하시는데, 우리 회사가 너무 안이하게 대처하고 있는 것같아 회의를 소집한 것입니다. 아이엠에프를 극복한다는 각오를 다지기 위해 다음부터 내가 주재하는 회의는 8시에 시작하겠습니다. 일과 시작하기 전에 회의를 마치고 아홉시부터는 일과를 시작해야지요. 일과 시간에는 열심히 일하고 회의는 아침에 하던지 일과 시간 후에 하시기 바랍니다. 우리도 아이엠에프에 동참하는 의지를 보여야 한다는 말입니다. 이의 없지요?"

박신호 사장은 간부들을 둘러보았다.

"예."

간부들이 마지못해 대답하였다.

"나는 이렇게 민주적인 사장이에요. 여러분들에게 의견을 물어 여러분들이 동의 안 하면 그렇게 안 하려고 했는데 여러분이 아침 한 시간 먼저 회의를 하는 데 동의하고 일과 시간에는 회사 일만 열심히 하고 일과 끝난 후에 회의를 하겠다는데 다 동의하셔서 그렇게 하기로 했으니 앞으로 그렇게 하시기 바랍니다. 저는 여러분의 뜻에 따르는 사장입니다."

박신호 사장은 아이엠에프 극복을 위하여 우리가 솔선수범하여야 한다는 점을 몇 번이고 강조하며 줄거리도 없는 즉석연설을 지루하게 이어갔다.

나는 사장의 연설을 들으며 그가 왜 이른 아침부터 60명이나 되는 간부들을 소집하여 중언부언하는지 알 수가 없어 멍청히 앉아있었다.

"지금 WTO 시대에 구시대적 발상을 하는 직원들이 아직도 우리 회사에 있어요. 지금 세계는 지구촌이라고 하여 하루 생활권으로 바뀌었으며 생존을 위한 치열한 경쟁을 하고 있어요. 사느냐 먹히느냐 하는 싸움에서 자원의 적절한 분배는 회사의 사활과 직결되는 명제예요. 그런데 이미 외국에서 개발하여 상용화된 코드를 국내에서 개발하겠다는 연구소적인 발상을 한 직원들이 있어요. 어떻게 기업체인 우리 회사에서 그렇게 시간과 자원을 낭비하며 연구를 위한 연구를 할 수가 있어요? 말도 안 돼요. 그런 엉터리를 나한테 바로 보고하지 않고 무슨 새로운 것이나 연구하는 척하며 아주 대단한 것으로 보고한 간부들이 있었어요."

나는 순간 신경이 곤두섰다.

"그 대표적인 프로젝트가 PLTMP 프로그램이에요. 비싼 고급인력 20여명이 3년이나 붙어서 새로운 것을 개발하는 척하고 있어요. 이미 외국에서는 개발하여 사용하고 검증이 끝나서 상품화 된 것을 말입니다. 나한테 더할 수 없는 기술자립 프로젝트로 보고했어요,"

나는 순간 아찔했다. 어제 원장으로부터 사장이 내 프로젝트를 죽이라는 지시를 했다는 전언은 들었지만 2주 전 내가 귀국 보고 자리에서 침이 마르도록 칭찬을 한 사장이 어떻게 태도를 표변하여 나를 매도할 수 있는지 내 귀가 의심되었다.

"김 원장! 당장 그 프로젝트를 중지해요. 단 한 푼이라도 더 인력과 시간을 낭비할 필요가 없어요."

사장은 단호한 목소리로 지시했다. 원장은 대답을 하지 않고 창밖으로 눈을 돌렸다.

나는 어떻게 회의장을 빠져 나와 내 방으로 왔는지 몰랐다.

김성수 원장이 내 방에 들러 멍청하게 천장을 쳐다보고 앉아있는 나의 어깨를 툭 치며 '힘내' 하고 말할 때야 정신이 돌아왔다.

"손 실장 프로젝트를 못마땅하게 여기던 조 본부장이 사장에게 뭐라고 보고했는지 모르겠는데 내가 다시 사장한테 말할 테니 그냥 사업을 추진해요. 오늘 기회 봐서 말씀드리려고 했는데 오늘 당장 보고하는 것은 사장 자존심 문제고 내일이나 모레 시간을 봐서 말씀을 드릴게."

김 원장은 멍청하게 그를 올려다보는 내 어깨를 다독거렸다.

"어제 저녁 술자리에서도 이야기했잖아. 박세리가 물에 빠진 공을 기적적으로 쳐내서 유에스 오픈에서 우승했잖아. 우리 프로젝트는 국가를 위한 프로젝이야, 소신을 가지고 계속 추진해. 내가 내 목을 걸고 지켜줄게."

김 원장은 무너져 내리는 자신을 부추기려 일부러 큰 소리를 치며 나를 격려했다.

다음날, 김성수 원장이 소집한 실장회의에서 또 다른 나쁜 소식이 발표되었다.

"어제 그제 회식 자리에서도 잠깐 말했지만 우리 회사 부사장 직제가 없어지고, 내 자리도 일직급으로 격하될 것같아. 경영간부 자리 하나가 더 없어지고."

김성수 원장이 기술연구원 실장들을 향해 축 처진 음성으로 말을 꺼냈다.

"어제 오후 사장님이 기획예산처 가시지 않았어요?"

박정호 처장이 말했다.

"어제 가셔서 기획예산처 구조개혁단장과 이야기를 한 모양인데 잘 된 것 같지 않아. 정부에서는 20% 감원을 강력히 요구하고 사장은 15%만 하겠다고 버틴 모양인데, 우리 회사만 예외를 둘 수 없다고 20%를 자르라고 막무가내로 요구한 모양이야."

"사장님 실세시잖아요?"

김창수가 말을 받았다.

"정부에서 예외를 둘 수가 없지. 한 곳에서 예외를 두며 무너지면 결국 다 무너져. 그러니 사장님이 아무리 실세라도 어떻게 할 수가 없어."

김성수 원장이 사장을 두둔했다.

"노조에서도 뛰는 모양이던데요."

내가 끼어들었다.

"노조도 열심히 뛰는데 도움은 되겠지만 정부 입장이 확고한 것같아."

김성수 원장이 단정적으로 말했다.

"그렇게 회사 특성은 안 보고 일괄적으로 자르기만 하면 어떻게 해요? 우리 회사 같은 곳은 발전소랑 공장이랑 플랜트를 계속 건설하니 계속 일이 늘어나는데 그런 특성은 제쳐놓고 무조건 인원을 자르라고 하면……. 더구나 우리 회사에서 쓸 만한 기술자 한 사람 키우는 데 몇 년씩 걸리는데 애써 키워 놓은 기술자를 막 자르면……."

공순택이 심각한 표정으로 말했다.

"정부도 애로사항이 있겠지. 그렇게 각 회사 사정 보다가는 아무것도 안 되니. 우선 일괄적으로 조정해 놓고 그 다음에 보는 거지."

"그러면 20%를 별 수 없이 받아들여야 한다는 말이지요?"

박정호가 말을 받았다.

"그게 대세인 것같아."

김성수 원장이 체념한 듯 허공에 말을 던졌다.

"공무원들은 구조조정한다고 하면서 자르는 척하고 실제는 자르지 않고 그냥 놀고 월급을 받는다던데 우리는 힘없으니 그냥 쫓겨나야 하나? 대외적으로 10% 감축했다고 숫자만 제시하고 한 명도 안 잘랐다고 신문에 났던데."

김창수가 투덜댔다.

"그럼 부사장이 없어지면 김 부사장님 오신 지 얼마 안 되셨는데 그만 두

셔야 해요?"

박정호가 물었다.

"그렇게 되겠지. 김 부사장도 자기 자리 유지하러 정부 요로에 이야기하는 모양인데 잘 안 되는 모양이야."

"김 부사장도 요로에 아는 사람 많다고 큰 소리 치더니 자기 자리 하나 못 지켜? 어쨌든 15%든 20%든 감축을 해야 하는 것 같은데 우리 회사에서는 어떤 기준으로 자를 계획인가요?"

김철한이 자포자기한 목소리로 물었다.

"이미 명퇴 받았잖아. 지금 한시 퇴직 받고 있고. 그렇게 해도 숫자가 덜 찰 때 대비하여 지금 태스크포스 팀을 구성하여 기준을 만들고 있잖아."

박정호가 아는 체를 하였다.

"그래. 지금 태스크포스 팀에서 기준을 만들고 있는 것은 다 알려진 일이고, 직원들 신상에 관한 일이라 그 기준은 발표할 때까지 극비로 하고 있어."

김성수 원장이 말했다.

"결국 징계 받은 적이 있는 사람은 일순위로 자르고 하는 그런 기준이 아닐까요?"

내가 담담한 목소리로 말했다.

"그렇겠지. 처벌 받은 적 있는 사람은 일순위일 거고 다음 고과 나쁜 사람도 해당될까?"

김창수가 말했다.

"아직 기준이 안 나왔어. 한시 퇴직 지원하는 직원이 적으면 별 수 없이 기준을 발표할 거야. 모두들 뒤숭숭하겠지만 여러분들이야 우리 회사에 필요한 인재들이니 안심하고 가서 일들 해. 참 손 실장은 좀 남고."

김성수 원장이 회의 종료를 선언하며 말 꼬리를 달았다.

"손 실장, 어제 마침 사장을 독대할 일이 있어 들렀다가 내가 사장께 PLTMP에 대하여 다시 말씀 드렸어. 이해하신 것같아. 잘못 정보를 준 친구가 있다고 오히려 역정을 내더군. 그러니 일전에 간부회의에서 사장이 한 말은 잊어버리고 인허가를 서둘러."

"네? 알겠습니다. 고맙습니다."

나는 자리에서 벌떡 일어서서 허리를 굽혀 인사를 하였다.

"당연한 것 아니야. 가서 일해."

"감사합니다."

나는 다시 한 번 고개를 숙여 감사를 표시하고 원장 방을 나오며 그렇게 강한 어조로 공식석상에서 그만 두라고 한 프로젝트를 사장이 어떻게 다시 추진하라고 할 수 있는지 납득이 가지 않았다.

"실장님. 사장께서 2직급 이상 간부 전원 지금 대회의실로 모이시라는데요."

원장 방을 나오는 나에게 원장의 여비서 김순임이 말했다. 그녀는 원장 집무실 문을 빼꼼이 열고 지시 사항을 원장에게도 전달했다.

"무슨 회의지? 손 박사. 가지."

원장이 집무실을 나서며 원장 집무실 앞에 서 있는 나에게 말했다.

때가 때인 만큼 회의실에 모인 간부들의 얼굴 표정이 딱딱하게 굳어 있었다.

사장이 회의실 뒷문으로 들어와서 회의실 한 편에 마련된 다탁에서 종이컵에 커피, 설탕과 크림을 담고 뜨거운 물을 받은 후 숟가락으로 저어 손수 커피를 타서 들고 그의 자리로 갔다.

"다 오셨어요?"

그는 자리에 앉으며 허공에 대고 물었다.

"네. 출장 간 사람을 제외하고 다 참석했습니다."

관리본부장 소성호가 보고했다.

"이렇게 갑자기 여러분을 모이라고 한 것은 어제 정부 다녀온 이야기도 좀 하고 앞으로 어떻게 했으면 하는지 민주적으로 여러분의 의견을 듣고 싶어서입니다."

박신호 사장은 '민주적' 이라는 단어에 액센트를 주어 말하고 커피를 한 모금 마셨다.

"나는 예산기획처 장관과 호형호제하는 사이로 어제도 찾아가서 부탁도 하고 했습니다만 우리 회사만 봐줄 수 없다고 오히려 나보고 좀 봐달라는 겁니다. 그래서 금명간 정부에서 인원을 조정하라는 지시가 올 것 같습니다. 나야 열 번이고 백 번이고 정부에 찾아가서 조정인원을 최대로 줄이려 노력하겠습니다만 불가피하게 일부 동료들이 회사를 그만 둬야 하지 않나 싶습니다. 사실을 말씀드리면 정부에서는 20% 감축을 요구하고 있어요. 그러면 우리 회사에서 300명이 그만 둬야 해요. 300명이라는 숫자를 줄이려고 정부와 노력할 것을 다시 한 번 약속합니다만 좀 전에도 말씀드린 것같이 인원 감축은 불가피해요. 그만 두는 우리 동료들의 생활을 조금이나마 도와주기 위하여 정부에서는 명예퇴직 제도도 없애고 명퇴금도 없애라고 하지만 한 번 더 기회를 주겠습니다. 그래서 앞으로 2주간 시한을 주어 9월 30일까지 사표를 내신 분은 종전 기준에 따라 명예퇴직금을 드리겠습니다. 이름은 한시 퇴직이라고 붙이지만 명퇴와 같은 기준으로 하겠습니다. 사무실로 돌아가시어 이 회의에 참석하지 못한 부하 동료들에게 말씀을 잘 전해 그냥 구조조정되어 명퇴금 한 푼 못 받고 나가시는 것과 미리 판단을 잘 하시어 명퇴금을 받고 나가는 것을 비교하여 현명한 판단을 할 수 있도록 유도해 주시기 바랍니다. 여러분도 아시다시피 지금 태스크포스 팀이 구성되어 정부에서 곧 올 구조조정 지시에 대비하여 어떤 기준으로 구조조정을 할 것인가를 검토하고 있어요. 아직 그 내용이야 공개할 수 없지만 가장 객관적으로 타당성이 있는 방안을 강구하라고 지시했습니다. 가능하면 많은 직원들이 현명한 판단을 하여 내가 제시한 기한 내에 명퇴를 해 주면 합니다. 이렇게 하는 것이 가장 합리적인 방법이지요?"

사장이 허공에 대고 물었다. 사장의 물음에 아무도 대답을 하지 않았다. 납덩어리같이 무거운 분위기만 회의실 안을 돌았다.

"우울한 이야기는 그만 두고 이왕 간부들이 모였으니 내가 한 마디 경고하겠습니다. 간부들은 사장에게 정확한 정보를 줘야 해요. PLTMP 프로젝트는 더할 수 없이 훌륭한 기술자립계획으로 우리 힘으로 그런 프로그램을 만들 수 있다는 것이 자랑스러운 프로젝트입니다. 그런데 간부라는 사람들이 내가 이 회사 온 것이 일천하여 아직 업무를 제대로 파악하지 못하고 있다고 그 프로그램은 이미 해외에서 개발한 프로그램을 베끼는 수준이라고 잘못 인포메이션을 줬어요. 그렇게 틀린 인포메이션을 줘서는 안 되지요. 간부는 정직하고 올바른 정보를 사장에게 줘야 해요. 앞으로 그런 엉터리 인포메이션으로 내 판단을 흐리게 하면 엄중 처벌하겠어요. 내가 다시 한 번 엄중 경고합니다. 나는 무서운 사람이에요. 나는 한다면 하는 사람입니다. 다시 말씀드리지만 PLTMP는 우리 회사 기술을 세계에 자랑할 수 있는 모범적인 프로젝트예요. 하루라도 빨리 인허가를 받아 실용화되어야 해요. 손 실장. 손 실장이 책임자라고 했지요?"

사장은 나를 빤히 쳐다보며 물었다.

"네."

나는 대답을 하며 얼굴이 굳어졌다.

"빨리 인허가 받도록 해요. 김 원장. 손 실장 잘 도와줘요."

박신호 사장은 조인택 본부장 쪽에 시선을 두며 말했다.

조인택 본부장은 고개를 숙이고 책상 밑만 내려다보고 있었다.

16...

오후 세 시경, 나는 조인택 본부장 방에서 나오는 이일호 사장을 복도에서 만났다. 김 원장에게 PLTMP의 특허 진행사항을 보고하고 나오는 길이었다.

이일호는 나를 보자 순간 움찔하는 것 같았다.

"안녕하세요? 오랜만입니다."

나는 의도적으로 큰 소리로 인사를 했다.

"아 네에. 안녕하세요? 조 본부장 뵙고 가는 길입니다."

"네에에. 그럼 또 뵙지요."

나는 고개를 숙여 인사를 하고 이일호를 비껴갔다.

"네. 또 뵙지요."

이일호는 형식적인 인사를 하였다.

나는 몇 발자국 걷다가 뒤를 돌아보았다. 이일호가 사장실로 들어가는 것이 보였다.

'어 저 친구가 사장실로 가? 무슨 이야기를 할까? 이미 사장이 두 차례씩이나 간부회의에서 추진을 지시한 수명관리 프로그램 초치러 가는 것은 아니겠지?'

나는 이일호가 사장을 방문하는 것이 꺼림칙하였으나 크게 신경을 쓰지 않고 내 방으로 갔다.

"이거 주인도 없는 방에 실례했나?"

내가 방으로 들어서자 소파에 앉아 있던 김병호 부장이 자리에서 일어서며 쑥스러워 했다. 김병호는 내 고등학교 3년 선배로 몇 번씩 진급에 밀려 아직 부장을 하고 있다.

"아니, 선배님 괜찮습니다."

"저만치 오는 것이 보여 주인도 없는 방에 먼저 들어왔어."

성정이 착한 김병호는 내 방에 먼저 와 있던 것에 대하여 다시 한 번 변명을 하였다.

"무슨 차를 올릴까요?"

"커피나 한 잔 줘."

나는 복도에 설치된 자동판매기에서 커피 두 잔을 뽑아가지고 들고 와서 한 잔을 선배 앞에 내려놓았다.

"내가 답답해서 왔어. 사장이 말한 한퇴 마감이 일주일 남았는데 한퇴 신청을 할 것인가 그냥 버틸 것인가 결론이 잘 안 나. 나보다 회사 돌아가는 것을 잘 알 테니. 그래 손 박사 생각은 어때?"

"저도 잘 몰라요. 사장이 다시 기획예산처 가고, 노조도 나서고 한 것 같던데 정부 태도가 요지부동인 것 같습니다. 무조건 20% 자르라고 하는 것 같아요. 그래서 사장과 노조가 협의를 하여 인건비를 깎을 테니 5% 만큼만 구조조정 숫자를 줄여달라고 사정하는 것 같은데 그것도 잘 안 받아들이는 것같아요."

"인원을 덜 줄이고 스스로 봉급을 깎아 나눠 가지겠다는 데도?"

"네. 한 회사에 예외를 두면 전체가 다 망가진다고."

"나는 이제 정년이 4년 좀 더 남았는데 지금 한퇴를 하면 남은 기간에 받을 봉급의 50%를 더 받을 수 있어. 남은 정년 52개월의 절반이면 26개월치 봉급을 한퇴금으로 받으면 일억 오천은 될 거야. 신문에 보니 한퇴도 없애라고 정부에서 한다니 이것이 마지막 기회인 것 같은데 내가 지금 퇴직하면 뭐 할 일이 없잖아. 평생 월급쟁이만 했으니 장사를 하다가는 원금도 다 날릴 거고 그냥 은행에 넣어놓고 이자로 먹고 살아야 하는데……. 내가 하도 답답하여 손 박사 찾아 왔어."

그는 축 처져 있었다.

"저도 지금 어떻게 할까 생각중인데요."

나는 한 번도 심각하게 한시 퇴직을 고려해 본 적이 없었으나 선배를 위로하러 일부러 엄살을 떨었다.

"손 박사야 회사 필수요원인데 걱정할 것 없어."

"무더기로 자르게 되면 흑백을 가리겠어요? 지금 정부가 요구하는 것은 회사의 특수성은 전혀 고려하지 않고 무조건 20% 하는 식이니."

"그래도 손 박사같이 세계적으로 알아주는 인재를 자르면 미친 놈들 짓이지. 걱정 마. 손 박사만한 인재를 기르는 데 얼마나 돈이 많이 들었는데."

나는 김병호가 나를 치켜세우는 말을 들으며 문득 나도 구조조정 대상이 될 수도 있다는 생각이 들어 으스스해졌다.

"내가 하도 답답해서 왔어. 커피 잘 마셨어. 무슨 소식 있으면 알려 줘."

"네."

"내일 주말까지는 결정해야 하는데…, 오늘은 마누라랑 상의해 봐야겠지……."

그는 혼자 푸념을 하고 내 방을 나갔다.

김병호 선배가 내 방을 떠나자 나는 사장이 내 프로젝트를 다시 추진하라고 지시하며 격려까지 했으니 잘릴 염려는 없을 거라고 여기면서도 나도 한시 퇴직을 고려해 봐야 하는 것 아닌가 하는 생각이 떠나지 않아 공연히 초조해졌다.

'손 박사 정도의 훈련된 인재를 양성하는 데 얼마나 많은 돈이 드는지 알아' 하던 김병호의 말이 큰 위안이 되었다.

나는 내가 구조조정을 당할 리 없다고 판단하고 한시 퇴직을 신청하지 않았다.

17...

나는 달랑 혼자 소파에 비스듬히 기대 앉아 한국 시리즈 6차전을 보고 있었다. 야구를 싫어하는 영란과 수진은 방으로 들어가 버렸다.

3승의 현대 유니콘스는 6차전으로 경기를 마무리하려 하고, 막판에 몰린 엘지 트윈스는 어떻게든지 오늘 시합을 이겨 7차전 마지막 경기에서 결판을 내려 하였다.

미국 메이저 리그 LA 다저스 팀에 소속되어 금년 15승을 올린 박찬호가 시구를 하였다. 감색 와이셔츠에 노란색 넥타이를 받쳐 맨 박찬호가 시속 100킬로미터로 공을 던졌다. 시속 150킬로미터가 넘는 강속구를 던질 것으로 예상했던 나는 싱거운 기분이 들었다.

현대의 투수는 김수경, 엘지의 투수는 손혁이었다.

나는 대전 팀 한화 이글스 팬이었으므로 두 팀 중 어느 팀이 이기든 상관이 없었으나 약자를 응원하는 마음으로 시즌 우승팀인 현대보다 약팀으로 보이는 엘지 트윈스가 이 경기를 이겨 7차전까지 끌고 가고 한국 시리즈를 제패했으면 했다.

약자를 응원하는 심리는 막판에 몰린 지금 내 처지 때문일 거다.

3회전까지 양팀은 0:0의 균형을 유지했다.

4회 초, 엘지는 김수경의 공을 공략하지 못하고 기대했던 3번 심재학, 4번 이병규, 5번 김동수가 평범한 플라이와 땅볼로 물러났다.

현대 4회 말 공격이 엘지의 4회 초 타순과 같은 3번 박재홍, 4번 쿨바, 5번

이승룡으로 이어지자 나는 왠지 불길한 예감이 들었다.

발 빠른 타자 박재홍이 좌익수 앞 안타를 치고 나갔다. 1루 주자와 신경전을 벌리던 손혁은 4번 타자 쿨바를 중견수 플라이로 잡고 한 고비 넘기는 듯했다. 5번 타자 이승룡에게 던진 첫 공은 볼이었다. 손혁은 다음 공으로 시속 123킬로 미터짜리 체인지업을 던졌고, 이승룡은 그 공을 받아쳐 우측 담장을 넘기는 2점짜리 홈런을 만들어 냈다. 사기가 오른 현대 덕아웃과 풀이 죽은 엘지의 덕아웃이 화면에 클로즈업 됐다. 손혁은 다음 타자 김경기를 볼넷으로 내보냈다.

약팀 엘지가 승리를 하면 내가 처한 어려운 처지가 잘 풀릴지도 모른다는 엉뚱한 상상을 하며 엘지쪽에 베팅을 하고 승리를 기대하던 나는 엘지가 두 점을 잃고 다음 타자를 또 볼넷으로 내보내자 전신에 힘이 쭉 빠졌다. 손혁은 다음 타자 박경완을 또 볼넷으로 내보냈다. 1사 1, 2루. 다음 타자 박진만이 상기된 얼굴로 타석에 들어섰다. 투수 손혁이 자신감이 없어 보였다. 박진만이 좌측 안타를 쳤다. 현대는 또 한 점을 얻었다. 나는 이것으로 오늘 승부는 끝났다고 치부하고 내가 시합에 진 것 같은 패배감에 젖어 티브이를 껐다.

나는 소파 탁자 위에 아무렇게나 누워 있는 신문의 지면을 덮은 타이틀을 멍청하니 내려다보았다.

9개 銀 희망퇴직 男少 女多
12개월치 위로금-계약직 재채용 매력
조흥은 1천여 명 등 여행원 신청 폭주
대리-과장급 남자 직원은 신청기피
차장급 이상 간부는 목표치 무난히 달성

어제 예산기획처로부터 우리 회사에 구조조정 인원수를 알리는 공문이 시달되었다. 경영 간부를 포함하여 각 직급별로 무조건 몇 명씩 의무적으로 인원을 감축하라는 일방적 지시문이었다. 2직급은 정원 45명 중 9명을 감축하라고 했다.

2직급 중 회사에서 퇴직금 몇 푼을 더 주는 선심을 베푼 명예퇴직과 한시 퇴직을 신청한 사람은 세 사람으로 아직 6명을 더 잘라야 했다.

나는 2직급 동료 중 쫓겨날 가능성이 있는 동료들을 손꼽아 보았다.

관리부 김 부처장은 일전에 징계를 받았으니 쫓겨날 가능성이 높고, 아니 그 친구는 배경이 있다니 빠질 수도 있겠지, 생산부에서는 잘릴 만한 동료가 떠오르지 않고, 우리 기술원에서는 내가 제일 고참인데…….

2직급 6명을 더 자르려면 관리직에서 한 명 자를 거고, 기술직에서 5명 자르겠지. 기술자 중 누가 대상이 될까? 나도 그 살생부에 끼이는 것 아냐? 그럴 리가…….

나는 수명관리 프로그램, PLTMP의 인허가 신청을 사장의 지시로 전격 취소하게 된 것이 마음에 걸렸다.

박신호 사장은 하루는 수명관리 프로그램을 추진하라, 다음 날은 중지하라며 몇 번이나 그의 지시를 뒤엎더니 최종적으로 프로그램의 정부 인허가 추진을 취소하라는 지시를 내렸다.

2주 전, 박신호 사장은 간부회의 석상에서 PLTMP 프로젝트는 연구를 위한 연구의 대표적인 표본이라고 매도하며 이윤을 추구하는 기업에서 어떻게 그런 사업을 추진할 수 있었는지 그런 사업을 승인한 전임 사장을 호되게 매도하며 인허가 비용 수천만 원도 아까우니 당장 인허가 추진을 중단하여 그 비용이라도 아끼라며 인허가 취하를 지시했다. 박신호 사장은 이미 선진국에서 쓰고 있는 프로그램을 도입하면 간단한 것을 공연히 남의 프로그램을 베끼면서 새로운 프로그램을 개발하고 있다고 경영진을 속였을 뿐만 아니라 남의 기술을 훔쳐 지적소유권 침해로 고소당할 염려까지 있다고 나의 연구결과를 폄하하며 얼굴이 벌겋게 상기되어 열변을 토했다. 박신호 사장은 그가 여러 번 말을 바꾼 것이 마음에 걸렸던지 이번 결정이 마지막 결정이라고 재삼 강조했다.

회의가 끝난 후 더 이상 박신호 사장에게 진언할 의욕을 잃었는지 김성수 원장은 이제 회사를 그만 둘 때가 됐다고 자조했다.

나는 국가를 위하고 회사를 위하여 유익한 일을 한다는 신조 하나로 후배에게 밀려 진급에서 탈락하는 아픔을 참고 혼신의 정열을 바쳐 개발한 프로그램을 사장이 외국 제품을 베낀 복제품으로 소유권 분쟁에 휘말릴 우려까지 있다고 매도하자 눈앞이 캄캄했다.

나는 내가 살아온 인생에 대하여, 내가 추구해 온 가치에 대하여 깊은 회의에 빠졌다. 터질 듯한 분노가 배꼽 아래에서 전신으로 뻗어 올라 나는 무엇이라도 들부수고 싶었다.

나는 바로 사장실에 뛰어 들어가 사장의 무지와 폭거에 항거하려 하였다. 김 원장은 흥분한 나를 때가 때인 만큼 참으라고 극구 말렸다. 그가 말한 '때란' 구조조정이 본격적으로 시작되는 시점에 이미 사장이 우여곡절 끝에 어렵게(?) 결정한 사항에 대하여 사장과 부딪치지 말라는 뜻이었다. 나는 옳지 않은 처사를 당하고도 밥줄에 매달려 직언을 못하는 나의 나약함이 싫어 마음 속으로 꺼이꺼이 울었다.

조인택 본부장은 바로 이일호를 통하여 피어슨사에서 개발한 프로그램의 구입을 추진했다. 정계의 실력자가 이일호의 뒤를 봐주고 있으며, 박신호 사장은 실력자의 청탁을 받고 하루아침에 정책을 바꾼 것이라는 소문이 조심스럽게 퍼졌다.

나는 사장이 로비를 받고 방침을 바꿨다고 믿기가 싫었다. 소문의 진위를 확인할 길이 없었을 뿐만 아니라, 확인해 보고 싶지도 않았다.

나는 구조조정 소식으로 도배한 신문 지면을 멍하니 내려다보다 어제 복도에서 박신호 사장과 마주쳤을 때 내 인사를 받는 둥 마는 둥하고 고개를 외면하던 장면이 떠올라 온몸이 오그라들었다.

'나도 살생부에 포함되나?'

한 때 회사에서 가장 유능한 기술자로 손꼽히며, 내 분야에서 국제적으로도 알아주는 회사의 보물이라고 치부되던 내가, 지난해에는 배경에 밀려 진급에서도 누락되더니, 금년에는 심혈을 기울여 개발한 프로그램이 천덕꾸러기로 전락하여 쓰레기가 되고 이제 목줄을 걱정한다!

회사에서는 마지막 기회라며 구조조정 대상에 포함되어 강제퇴직을 당하기전에 희망퇴직을 원하는 직원에게는 일년 분 급여를 위로금으로 주겠다고 발표했다. 시한은 11월 10일이었다. 퇴직위로금은 구조조정에서 살아남은 직원들의 월급에서 일정액을 각출하여 마련하겠단다.

회사에서 베푸는 마지막 시혜인 희망퇴직으로도 구조조정 인원을 채울 수 없을 때는 태스크포스 팀이 마련한 우선순위에 따라 구조조정을 하겠다고 했다.

당연히 징계를 받은 적이 있는 직원이 퇴출 1순위로 꼽혔다. 몇 번 이상 진급에서 누락된 직원도 하자가 있어 진급에서 누락되었으니 퇴출 다음 순위라는 설이 나돌았다. 고과성적이 나쁜 직원, 상사가 부하로 데리고 쓰기를 꺼리는 직원, 사회적인 평이 좋지 않은 직원 등등 도저히 객관적으로 입증하기 어려운 여러 기준들이 검토되고 있다는 소문이 난무했다.

나는 진급에서 한 번 누락되었을 뿐만 아니라, 3년여 개발하던 프로그램을 사장이 정면으로 거부했다.

나도 퇴출 기준에 해당하는 것같아 자신감을 잃어갔다.

'어떻게 인간 손상호가 이렇게 비참하게 되었지? 마흔 아홉수도 지났는데…….'

나는 멍하니 아파트 거실 장식장에 진열된 장식품을 올려다보았다.

'저 도자기는 영국 출장 갔을 때 사온 거고, 저 인형은 러시아에 출장 갔을 때 사온 거고, 저 원판은 남미 출장 갔다가 주말에 이과수 폭포에 들렀다 사온 거고…….'

세계를 누비며 세미나에 참석하여 논문을 발표하고 세계적인 기술자들과 어깨를 나란히 하여 토론을 하던 장면이 눈앞을 스쳐 갔다.

그런 내가 이제 강퇴를 걱정하며 희망퇴직에 매달릴 처지가 되다니!

'마누라와 상의해 봐야겠지? 상의해 봐야 뭐라고 답하겠어? 공연히 마음만 상하지.'

나는 가슴이 답답했다. 나도 모르게 저절로 한숨이 나왔다.

"당신 야구 안 봐? 그럼 연속극이나 봐야겠다."

영란이 안방에서 나오며 허공에 대고 말했다.

그녀는 소파 한 끝에 나와 멀리 떨어져 앉으며 티브이를 켰다.

남녀 주인공이 부둥켜안고 우는 장면이 나왔다. 부모는 결혼을 반대하고 두 사람은 사랑을 이루어야 하고…….

천편일률적인 멜로드라마가 보기 싫어, 나는 신문을 집어들고 앞뒤로 뒤적였다.

퇴직금으로 재테크를 할 수 있는 금융상품을 소개하는 특집기사가 눈에 들어왔다.

안전성에 실제 금리까지 좋은 국공채의 매력이 두 배라는 새끼손가락 크기로 쓴 타이틀이 눈에 들어왔다.

신문은 복리채, 할인채, 이표채 등 여러 가지 금융 상품을 소개했다. 나는 생소한 단어의 뜻을 익히며 그 기사를 열심히 읽었다. 나는 그런 것을 '이표채' 라고 해, 하며 눈을 감고 잠시 단어의 뜻을 음미하다가 문득 기사를 읽고 있는 내 자신이 비참하게 느껴졌다.

내가 왜 이렇게 나약해져 회사에서 쫓겨나는 환상에 빠지지?

내가 살아온 50년이 헛산 것인가?

나는 보던 신문을 소파에 던지고 멍하니 천장을 쳐다보았다. 도배한지 오래된 천장 벽지의 퇴색한 색조가 초라했다.

"연속극이 뭐 재미있어? 야구 보자고. 오늘 끝날지도 모르는데."

나는 영란에게 채널권을 요구했다.

"지금 한참 재밌는데."

"내일 재방 봐."

"야구야 내일 결과만 보면 되잖아?"

"경과가 중요하지 결과보다야. 내가 자주 티브이 보는 것도 아닌데."

나는 쓸데없이 우기며 슬픔 같은 것이 심저에서 밀려 왔다.

"알았어요. 당신 고집 이길 수 있나. 야구를 보면 밥이 나오나, 돈이 나오나……."

영란은 쫑알거리며 채널 선택권을 돌려줬다.

엘지의 8회 초 공격. 무사 2루 상황이 화면에 떴다.

'어 5 : 0! 한 점도 못 냈어?'

나는 다 진 야구 뭐하러 봐, 하며 채널을 돌릴까 하다가, 막 영란으로부터 채널 선택권을 빼앗은 체면을 살리려 그냥 화면을 주시했다.

어깨에 잔뜩 힘이 들어간 김재현이 결국 1루 파울볼로 물러갔다.

'이거 완봉 당하는 것 아냐?'

나는 엘지 팬도 아니면서 엘지가 현대에 영패를 당하는 것이 꼭 내가 영패를 당하는 것 같았다.

3번 타자 펠릭스가 깨끗한 우전 안타를 쳤다. 2루에 있던 유지현이 홈을 밟아 5 : 1.

현대 김재박 감독은 즉시 투수를 정민태로 교체했다.

'자식 겨우 한 점 줬는데 투수를 바꿔?'

나는 여우라는 별명을 가진 김재박 감독이 한 점을 주자 한 박자쯤 더 기다리지 않고 바로 투수 교체를 하여 에이스 정민태를 마운드에 세우는 작전이 비위에 거슬렸다.

감독의 기대에 부응하여 정민태는 바로 심재학을 삼진으로 잡았다.

영패를 면한 것을 위로로 삼아야 하나?

이어서 이병규, 김동수가 안타를 쳤다. 엘지가 한 점을 만회해 5 : 2. 주자 1, 2루.

'김재박 새끼 에이스를 내세우더니 깨져 봐라. 홈런을 치면 동점이지. 제발 홈런을 쳐라.'

천보성 감독은 대타 김선진을 기용했다.

나는 김선진이 홈런을 쳐서 경기를 원점으로 돌려놓기를 간절히 기원했다. 엘지가 경기를 원점으로 돌리고 경기를 뒤집으면 지금 나에게 닥친 고비도 역전될 것 같았다.

김선진은 방망이 한 번 제대로 휘두르지 못하고 삼진을 당했다.

나는 경기가 끝난 듯 두 주먹을 불끈 쥐고 환호하는 정민태를 클로즈업한 화면을 보며 가슴이 푹 꺼졌다.

'결국 나도 삼진 아웃 당하나? 방망이 한 번 휘둘러보지 못하고? 삼진 당하기 전에 희망 퇴직원을 내고 몇 천만 원이라도 퇴직금을 더 챙겨?'

내 눈은 티브이 화면에 꽂혀 있었으나 마음은 갈등으로 방황하고 있었다.

8회 말, 9회 초 공격이 3자 범퇴로 끝났다. 엘지 유지현의 타구가 중견수에게 잡히면서 반년 동안 운동장을 달구었던 1998년도 프로야구의 막을 내렸다.

현대 선수들이 환호했다. 화면은 온통 승자의 환호하는 장면으로 가득찼다. 승리에 들뜬 장면만 비추기 미안했던지 화면에 잠시 힘없이 물러나는 엘지 선수의 쓸쓸한 모습을 비춰줬다. 나는 그들의 축 처진 어깨를 보며 꼭 내가 패배를 당한 것 같았다.

'야! 손상호! 그렇게 패배감에 젖을 것 없잖아! 엘지가 진 것이 너랑 무슨 상관이야! 아직 회사에서 너를 자른다고도 안 했는데 왜 미리 겁먹고 빌빌대는 거야? 힘내.'

나는 축 처진 나를 격려하며 냉장고에서 맥주를 꺼내 천천히 시원한 맛을 음미했다.

18...

"원장님이 그만 두신답니다."

박정호가 내 공간으로 허겁지겁 달려오며 다급한 목소리로 말했다.

박정호는 나를 제치고 진급한 후 나와의 사이가 서먹서먹하여 나도 그의 방을 찾지 않고 그도 내 공간을 찾지 않았었는데 그가 내 공간으로 허겁지겁 달려왔다.

"김 원장이?"

나는 그의 말을 다시 확인했다.

"네. 사표를 내셨대요."

"언제?"

박정호가 나보다 직급은 높아졌으나 입사 후 계속 반말을 써오던 후배에게 회사 상사가 됐다고 존댓말을 쓸 수가 없어 나는 어정쩡하게 말을 했다.

"조금 전에."

"어떻게 하시려고?"

"대학으로 가시는 것같아요."

"요 근래 그런 말씀 없으셨는데."

김성수 원장은 지난 해 내가 진급에 누락되었을 때 이제 회사를 떠날 때가 되었다고 한탄을 한 적은 있었으나, 금년 들어서는 회사를 그만 두겠다는 말을 들은 적이 없었다.

"이번 구조조정 정부 공문에 경영간부를 세 자리 없애라고 했잖아요. 지금 부사장 자리하고, 관리본부장 자리하고, 원장 자리가 없어지는 것으로 소문이 나있잖아요?"

"그렇지. 그렇게 소문이 나 있지요. 결국 그렇게 될 것 같고. 사장 감사는 있어야 하는 자리니, 우리 같은 A/E 회사에 사업본부장 자리를 없앨 수는 없을 거고."

"그래서 김 원장님이 그전부터 교수로 오시라고 한 호북대학에 가시기로 한 모양입니다."

"호북대학? 원장 방에 가봅시다."

나는 호북대학이면 이필성이 있는 대학인데 하며 앞장을 서서 원장 방으로 갔다.

"원장님. 어떻게 된 겁니까?"

내가 그의 방에 들어서며 물었다.

"앉지. 미스 김 녹차 한 잔 가져와."

김성수가 가라앉은 음성으로 인터폰에 대고 지시했다.

나와 박정호가 소파 양편에 나눠 앉았다.

"음 다음 월요일부로 사표를 냈어. 내년 3월 학기부터 강의를 하는데 몇 달 좀 쉬고 착실히 강의준비도 하러 미리 사표를 냈지. 더 버텨봐야 며칠 내로 내 자리가 없어질 거고."

담담하게 말하는 김성수의 목소리에서 진한 아쉬움을 읽을 수가 있었다.

"김 원장님같이 회사에 필요한 사람을……."

나는 머리를 한 방 얻어맞은 것 같은 충격을 이기지 못하여 말끝을 맺지 못했다.

"지금 국가가 경제 위기로 누란의 위기에 처해 있는데 옥석을 가릴 여유가 있겠어? 나는 그래도 교수 자리를 얻어서 가지만 나머지 직원들이 걱정이야. 다음 주 이사회에서 축소된 조직과 티오를 확정하고 바로 감원에 들어갈 것같아. 그래서 다음 주말까지 희망퇴직을 받는데 계획된 인원이 차면 문제가 없지만 안 차면 강제 퇴직 조항을 적용해 안면 몰수해야 할 거야."

나는 김 원장의 푸념을 들으며 그의 말이 나에게 희망퇴직을 하라는 암시로 들려 가슴이 철렁했다.

"박 박사야 특별히 문제없을 거고, 손 박사는 회사에 필요한 사람이야. 딴 생각 먹지 마. 요새 PLTMP 건으로 사기가 죽어 있는 것은 알고 있지만 내가 사표내면서 사장에게 특별히 부탁했어. 유능하고 사심 없고 회사에 필요한 기술자라고. 박 사장이 긍정적으로 말씀하셨어."

"감사합니다."

나는 그의 배려에 눈물이 나려 하였다.

"더할 말은 내가 오늘 저녁 살 테니 그 때 하지. 난 정리할 것도 있고 하니 가서 일들 봐."

"네. 그럼 저녁에 뵙겠습니다."

박정호와 나는 인사를 하고 그의 방을 나왔다.

나는 무거운 걸음으로 내 방에 돌아왔다. 나는 책상을 짚고 서서 컴퓨터 옆에 세워 놓은 가족사진을 멀건히 쳐다봤다. 나와 영란이 의자에 앉고 희진과 수진이 뒤에 서 있는 사진으로 4년 전 희진이 고등학교 들어갔을 때 기념으로 찍은 것이다. 그 사진에 나와 있는 내가 퍽 젊어 보였다.

'희진이 벌써 커서 고등학교를 졸업하고 재수를 하고 있다. 그동안 나는 뭐했지? 수명관리 프로그램 하느라 공연히 세월만 축냈잖아?'

나는 의자에 풀썩 앉았다.

'김성수 원장이 회사를 떠나면 누가 나를 알아주지? 나도 사표를 내야 하는 거 아냐? 사장에게 말했다니 괜찮을까?'

나는 마음이 진정되지 않았다.

김성수 원장이 회사를 떠나는 것은 나를 바치고 있던 큰 지주가 빠져 나가는 것이다. 나는 의자를 뒤로 젖히고 고개를 들어 천장을 쳐다보았다. 천장 한 가운데 노랗게 퇴색한 매연 탐지기가 눈에 들어왔다.

'저 탐지기가 작동할까?'

꼭 탐지기가 작동할 것 같지 않았다.

'내 인생도 저렇게 퇴색한 고물이 되었나? 그럼 물러나야 하나?'

김성수 원장은 갈비집에 술자리를 예약하고 실장급 간부 다섯 명만 초청했다.

"자 오늘은 골치 아픈 이야기는 접어두고 그냥 편한 마음으로 술이나 먹지. 이거 돌아가는 잔이야."

김성수 원장은 숯불에 고기도 얹기 전에 소주 한 잔을 죽 들이키고 잔을 그의 왼편에 앉아 있는 나에게 돌리며 호기를 부렸다. 그는 평소에 철저히 자기를 컨트롤하며 술을 마시는 타입이었으나 오늘은 처음부터 파격적으로 나왔다.

"그래 모처럼만에 노틀 카 한 번 하지."

원장은 나에게 잔을 단숨에 비울 것을 강요했다. 그의 호기가 퍽 쓸쓸하게 들렸다.

"좋습니다."

나는 그의 호기에 패배감을 느끼며 잔을 단숨에 비우고 내 앞자리에 앉은 김창수 팀장에게 잔을 돌렸다.

"빈 속에 이렇게 마시면 취하는데요. 원장님 안주 나오면 드시지요."

김성수 원장 맞은편에 앉은 박정호가 제동을 걸었다.

"술이야 취하려고 마시지. 김 실장 돌려."

원장이 명령조로 말했다.

"오늘 고등학교 친구한테 이메일이 왔는데……, 그 친구 회사 다니다가 잘렸는데 할 일이 없어 인터넷 뒤지면서 음담패설만 모아 보내 주고 있어. 내 기억력도 체크할 겸 그 친구가 보낸 것 외우고 있나 한 번 읊어 볼까?"

원장이 주위를 돌아보았다.

"팝콘과 아내의 공통점이 무엇인지 아나? 첫째 아내나 팝콘은 습관적으로 손이 간다. 박 처장 잔 돌려."

평소에 부하들에게 틈을 보이지 않으려고 애쓰던 김성수가 음담패설까지 늘어놓는 파격을 보며 나는 배꼽 밑으로부터 슬픔이 밀려 왔다. 박정호는 이맛살을 찌푸리며 잔을 비우고 그의 옆자리에 앉은 김철한 팀장에게 잔을 돌렸다.

"둘째, 둘 다 공짜다. 셋째는, 셋째는 그래 다른 안주가 있으면 손이 안 간다. 그래 또 하나, 달라면 언제든지 준다. 내 머리도 괜찮지?"

김성수는 그의 앞에 돌아온 '돌아가는 잔'을 흔들며 소주를 가득 따르라며 허풍을 떨었다.

"대단하십니다. 원장님. 어떻게 그렇게 다 기억하십니까?"

박정호가 날름 아부를 하였다.

"저도 한 마디 할까요?"

나는 박정호가 때 맞춰 아부를 하는 것을 보며 내가 갖추지 못한 저런 장점을 가지고 있어 나를 제치고 진급을 했구나 생각하며, 지난해 4월 진급에서 탈락했을 때 맛봤던 아픔이 다시 떠올랐다.

"자 이번에는 우로 돌려."

김성수가 소주잔을 단숨에 비우고 잔을 오른쪽으로 돌렸다.

"그럼 저도 한 마디 하겠습니다."

박정호가 김성수 원장의 뒤를 이어 농담을 시작했다.

"박통이 우리나라 경제를 일으켜야 하는데 우리나라 과학 수준이 너무 낙후하여 어떻게 할 수가 없어 옥황상제에게 가서 애원을 했어요. 우리나라 과학을 이끌어갈 과학자 다섯 명만 보내달라고. 박통의 청이 하도 간절하여 옥황상제는 박통의 청을 들어주기로 하고 누구를 보내줄까 물었어요. 박통은 갈릴레오, 뉴턴, 에디슨, 아인슈타인을 거명하며 여성도 한 명 있어야 하니 퀴리 부인을 보내달라고 했어요. 옥황상제는 바로 오케이 했지요. 그래서 세계적인 과학자 다섯 명이 우리나라에 내려오게 됐어요. 그리고 5년 후 그들이 무엇을 하고 있는지 확인해 보니, 벌써 술이……."

돌아가는 잔이 벌써 박정호 앞에까지 돌아와 있었다. 그는 잔을 단숨에 비우고 오른쪽으로 돌리며 '어떻게 되었겠어요?' 하고 물었다.

박정호의 이야기에 동료들은 눈만 멀뚱거렸다.

"어떻게 되었냐 하면."

박정호는 김치 파전 한 쪽을 입에 넣고 우물우물 씹으며 말을 이어갔다.

"5년 후에 확인해 보니, 퀴리 부인은 얼굴이 못 생겼다고 취직이 안 되어 놀고 있었고, 갈릴레오는 과학계에 아직 입증되지 않는 쓸데없는 학설을 내놓는다고 연구비를 탈 수가 없어 연구비 지원이 끊겨 실업상태였고, 에디슨은 국졸 학력이라 사회에 아예 발을 붙일 수 없었고, 아인슈타인은 수

학만 잘 하고 다른 과목이 형편없어 수능 점수가 형편없어 대학에 진학을 할 수 없었고, 뉴턴의 졸업논문을 교수들이 이해를 못해 대학 졸업이 안 되었답니다. 그래서 박통이 애써 빌려온 세계적인 석학 5명 모두 다 제 능력을 발휘하지 못하고 자신을 한국에 보낸 옥황상제를 원망하고 있더래요."

"그래. 박 박사 말이 맞는데. 우리나라는 학벌에 기성층의 아집에 아직 여자는 꽃으로 보는 선입관에 그런 문제점을 잘 지적한 풍자인데."

공순택 실장이 맞장구를 쳤다. 나는 공 실장이 맞장구를 치는 것을 보며 박정호가 적절하게 때를 맞춰 유머도 할 수 있는 능력이 있음을 발견하고, 아부만 잘 하는 것이 아니라 이렇게 적절히 농담도 할 수 있는 능력이 있구나, 다시 한 번 그를 쳐다보았다.

"그래서 이해찬이 교육개혁을 하고 있잖아. 앞으로 몇 년 후면 대학은 무어든 한 가지만 잘해도 들어갈 수 있도록."

김창수 팀장이 받았다.

"이해찬이 하는 방향이 맞을지 모르지만 또 얼마나 치맛바람이 불까? 한 가지만 잘 하면 된다고 하니 영어 열풍에, 예능은 말할 것도 없고, 심지어 잡기까지 특기라고 극성을 부릴 텐데."

나는 두 잔째 내 앞에 온 돌아가는 소주잔을 비우며 말했다.

나는 이해찬 교육부장관이 추진하는 교육개혁이 우리나라 현실을 무시하고 너무 이상에 치우쳐 제대로 뿌리를 내릴 수 있을까 반신반의하고 있었다.

"나는 이해찬이 추진하는 교육개혁이 맞는지 틀리는지는 모르겠고, 교원정년을 60세로 낮추려고 하는 데는 대찬성이야. 육십이 넘은 초등학교 선생들 봐. 얼마나 추하게 보여. 특히 여선생들. 돈이나 밝히고."

김철한 팀장이 나섰다.

"나는 교원 정년 단축에 반대야. 인생을 살아가는 데 연륜이라는 것이 얼마나 중요한데 사람 개개인의 능력은 무시하고 일률적으로 정년을 육십으로 낮추는 것은 문제가 있지. 어느 사람은 오십에도 늙은이가 되고 어느 사람은 칠십도 젊은인데. 그리고 일부 교사가 흐린 물을 모든 교사가 그렇다고 매도하는 것도 문제가 있고."

김창수 팀장이 반박했다.

김철한 박사와 김창수 박사는 교원 정년을 65세에서 60세로 낮추려고 하는 정부의 교육개혁안에 대하여 한 치의 양보도 없이 입에 거품을 품고 언쟁을 벌렸다.

"그만들 둬. 교원 정년은 5년은 아니지만 얼마는 단축될 거고 그러면 다음 단계로 정년 단축문제가 대덕연구단지로 불어 닥칠 거야. 곧 연구원들 정년도 65세에서 60세로 줄이자고 할 테니 그거나 신경 써."

김성수가 결론을 내렸다.

"설마 연구원 정년을 줄이자고 하겠어요?"

박정호가 반론을 제기했다.

"두고 봐. 교원 정년을 줄이고 나면 다음 힘없는 집단이 연구소 연구원이야. 칼자루 쥐고 있는 공무원들 눈으로 보면 연구원들이 하루 종일 컴퓨터 앞에 앉아서 연구를 한답시고 놀고 있는 것같이 보일 거야. 연구원들을 65세까지 자리를 보장해 줄 이유가 없지. 국가를 두 어깨에 짊어지고 있는 공무원들은 오십만 좀 넘으면 물러나는데."

평소 말을 아끼던 김성수 원장이 술이 몇 잔 들어가서인지, 오늘 사표를 내고 마음이 허전해서인지 거칠게 말을 했다.

"그래도 공무원은 하다가 물러나면 다 자리를 챙겨주잖아요, 몇 년씩. 그런데 우리 같은 연구원은 그만 두면 갈 자리가 없어요. 원장님은 그래도 대학에 자리를 잡아 가시지만 저희들이야 그것도 되겠어요? 고급 실업자가 되는 거지요."

김철한 팀장이 억울하다는 듯이 말했다.

"그래요. 다른 사람들은 돈 벌고 있는데 저희들은 학위 한다고 고생하며 몇 년을 더 보냈는데. 그래서 사회 시작이 그만큼 늦었잖아요. 그러니 65세까지는 봐줘야지."

김창수 팀장이 가세했다.

"그것은 우리 사정이고 공무원들은 개혁했다는 실적을 남겨야 해. 그러니 눈에 보이는 실적을 위해 교원 정년을 줄이고 그것이 끝나면 다음 단계의 희생양을 또 찾아야 하는데 다음 차례가 우리 과학자야. 더구나 과학자들은 개성이 강하고 자존심이 강해 서로 뭉치지 못해. 단결이 안 된단 말이야. 모두 자기 분야에서 제 일인자라고 버티고 있는데 제 3자가 보면 알아들을 수 없는 말만 하고 고집불통인 집단이지. 거기다 아부도 할 줄 모르고. 그러니 각개 격파하는 데 최적의 대상이지."

"원장님 말씀 들으니 그런데요. 우리 과학자들은 사회 특히 정치권에서 입으로는 가장 필요한 사람들이라고 추켜세우지만 실제는 개밥의 도토리 취급하잖아요. 김 대통령도 대덕 오셔서 연구개발 기금을 대폭 올리겠다고 하셨지만 립 서비스에 그치는 것 같고."

내가 원장의 말을 거들었다.

"지금 구조조정 지침만 봐도 한심해요. 무조건 20%를 잘라라. 그러니 어느 회사는 선입선출법, 어느 회사는 후입선출법 하고 기준을 만들어 시끄럽지요. 노조하고 마찰도 많고. 보통 쓸 만한 과학자나 기술자 한 사람 기르는 데 돈이 얼마나 들고 얼마나 시간이 드는데 그냥 무 자르듯 자르라, 국가적으로 얼마나 큰 손실이겠어요?"

김철한이 게거품을 품었다.

"각 기업에서도 아이엠에프 오니 제일 먼저 연구소부터 축소하잖아요. 물론 연구소야 당장 눈앞에 이익을 주는 것은 아니지만 길게 봐서 그 회사 사활을 좌우하는 조직인데. 다 사농공상의 기술자를 경시하는 오랜 풍조에서 나온 단견이에요."

"그래 이렇게 과학자들 괄시하다 언젠가 큰 코 다치지."

김철한이 푸념을 하였다.

"자 그런 재미 없는 이야기는 그만하고 곧 정주영 씨가 소 떼를 몰고 이북에 간다고 하던데 그 영감 대단해."

김성수가 화제를 돌렸다.

"지난 대선 때 기저귀 차고 유세했다던데 그래도 아직 정정해. 고향이 강원도 금강산 근처라던데. 선배님 한 잔 하십시오."

박정호가 나에게 술을 권하며 말했다. 나는 내키지 않았으나 그의 잔을 받고 한 모금 마시고 내려놓았다.

"응 고성이래. 돈 벌어서 고향에 좀 뿌리겠다는데 말릴 일이 아니지. 또

소 떼를 몰고 이북에 가면 남북 물꼬도 트이겠고. 햇볕정책을 추진하는 김대중 대통령께 더 없는 원군이지."

박정호가 내 술잔을 받으며 말했다.

"곧 금강산 관광도 간다니 한 번 가봐야지요."

김철한이 헤픈 목소리로 말했다.

"금강산 좋지."

김성수가 허공에 대고 말을 내쏘았다.

"자 어느 정도 술들도 된 것 같은데 그만 일어날까? 나는 이제 27년을 다닌 회사를 떠나지만 여러분은 남아서 회사를 잘 지켜 줘. 우리 회사, 아, 나한테는 이제 옛날 다니던 회사가 됐나? 참 좋은 회사야. 20여 년 전 불모에서 시작해서 이제 세계적으로 어깨를 겨눌 만큼 기술적으로 성장했고 기술을 해외에 수출도 하게 됐으니 금석지감이 있지. 내가 처음 미국에서 유에이 엔지니어링에 다니다가 스카우트되어 왔을 때는 어려움도 많았지만 꿈도 많았고 의욕이 대단했었어. 그래서 밤을 새우며 참 일도 많이 했지. 이제 여러분들 같이 유능한 전문가들이 떡 버티고 있으니 전혀 걱정할 것 없이 물러날 수가 있어. 사실 여러분들에게 자리를 물려주고 떠나려고 했었는데 아이엠에프 덕에 내 자리가 없어져 좀 일찍 떠나게 된 거야. 그러니 섭섭하다고 생각할 것 없어. 긴 얘기 하면 잔소리고 아무리 아이엠에프라 어렵다지만 회사를 잘 지켜. 다시 한 번 말하지만 우리 회사 좋은 회사야. 몸 바쳐 일할 만한 가치가 있어. 갈까?"

김성수는 자리에서 일어섰다.

"원장님 노래방 가시지요."

박정호가 몸을 비틀하며 말했다.

"노래방? 노래방은 그렇고 어디 가서 차나 한 잔 마시지."

김성수가 받았다.

"원장님 스트레스도 풀 겸 노래방 가요."

김창수가 노래방에 가자고 우겼다.

"나 스트레스 받는 것 없는데."

"아이, 원장님이 아니고 저희들이요."

"그래? 스트레스 받았어?"

"네. 언제 목이 잘릴지 모르는데 안 받겠어요?"

"설마 자네들 같은 인재들을 자르겠어? 얼마나 비싼 사람들인데."

"원장님. 지금 구조조정이 비싸고 싼 사람 가립니까? 모두 도매금으로 그냥 넘어가는데."

"알았어. 모두 그렇게 스트레스를 받는다면 노래방 가지. 가서 딱 한 시간만 놀고 가지. 다른 사람들은 아이엠에프다 뭐다 고전하는데 갈비 잘 먹고 또 노래방까지 가기가 미안하구먼."

김성수 원장은 저녁 값을 지불하고 앞장서서 노래방으로 갔다.

한 시간만 하겠다고 시작한 노래가 두 시간이 넘어서야 겨우 끝이 났다.

"손 박사. 집이 나랑 같은 방향이니 내 차 타지."

김성수는 나를 그의 차에 태웠다.

보람 아파트 입구에서 차를 내리며 김성수는 기사에게 차를 주차하고 퇴근하라고 말하며 나에게 맥주 한 잔을 더 하자고 제의했다.

나는 그를 따라 상가건물 2층에 자리 잡은 카페 오아시스로 올라갔다.

밤 11시가 넘은 카페는 한산했다. 김성수는 창가의 자리로 가서 털썩 앉았다.

나는 그의 앞자리에 앉았다.

"어때 양주 한 잔 하지? 스카치 블루 작은 것 하나. 안주는 마른안주로 하고."

김성수는 형식적으로 나의 의사를 묻고 김 박사님 하며 아양을 떠는 여주인에게 양주를 주문했다. 나는 루즈를 짙게 칠한 빨간 입술만 확 눈에 들어오는 여주인 김수미를 힐끗 올려다보았다. 그녀는 꽤 여러 해 이곳에서 카페를 경영하고 있다.

"손 박사님도 오셨어요?"

그녀가 나를 아는 체하였다.

"잘 있었어요?"

나는 형식적으로 인사를 하였다.

"손 박사도 가끔 이 집에 오나?"
"네. 두세 번 왔었습니다."
"김 마담이 미인이잖아?"
"그렇지요. 이런 곳에 있기는 아깝지요."
"부끄럽게. 제가 서비스 안주 하나 올리겠습니다."

그녀가 떠나자 두 사람은 잠시 말을 놓고 창밖을 내다보았다. 나는 김성수 원장이 늦은 밤에 술을 한 잔 더 하자는 것이 좋지 못한 소식이라도 전해주려고 하는 것같아 마음이 초조해졌다.

"자 건배하지."

김성수는 김수미가 두 개의 미니 잔에 양주를 가득 채우자 김수미에게도 한 잔 가득 따라 주며 건배를 제의했다.

"이렇게 단둘이 술을 마셔 본 거 꽤 오래 되었지?"

김성수가 술을 반쯤 비우고 잔을 내려놓으며 말했다.

"네. 그렇게 되었습니다. 죄송합니다."

"죄송할 것은 없고. 사실 나는 내 자리를 손 박사한테 물려주려고 했었는데……, 지금 우리 원에서 실력도 있고 밑에 사람들한테 인망도 있고……."

"잘 봐주셔서 감사합니다."

"잘 본 거 아니라 사실이야. 그런데 작년 진급 때도 못 챙기고……."

김성수는 허공에 시선을 고정한 채 한 점을 응시하며 말했다.

"아침에도 말했지만 PLTMP를 중단하지 못하도록 막지 못한 것은 정말 미안해. 사표를 내면서 사장에게 손 박사를 부탁했는데 사장이 개발이 다 된 PLTMP를 중단시키고 기술 도입한 게 꽤 부담이 가는 모양이야. 입으로는 연구진을 나무라지만 외압에 눌려 별 수 없이 기술 도입으로 방향을 돌린 것에 부담을 가진 것같아. 그래서 그 부담을 털어줘야 하는데 손 박사가 사장 집에 한 번 찾아갈 거야?"

"제가 사장 집을요?"

"손 박사 청탁을 싫어하는 것은 알지만 세상사라는 것이 다 그런 거니 이번 주말에 한 번 찾아뵙지."

김성수가 어렵게 말을 이었다.

"원장님이 그렇게 말씀하시면 못 찾아뵐 것도 없지만."

"집은 어딘지 알지?"

"네. 서울 개포동 어느 아파트라고 들은 것 같은데요."

"그래, 내일 회사 가서 알아보고 주말에 찾아 봐. 그렇다고 뭐 특별한 뜻이 있어서가 아니니 너무 신경 쓰지 말고. 손 박사가 수명관리 프로그램 그만 둔 것 크게 신경 쓰지 않는다는 인상을 주면 해."

"네?… 네. 원장님 말씀이니 고려해 보겠습니다."

"고려가 아니라 찾아뵈어."

"네. 알겠습니다. 제가 술 한 잔 올리지요."

나는 내 잔을 비우고 김 원장에게 건넸다.

"대덕연구단지 소장들이 아주 어려워 하고 있어. 정부에서는 무조건 구조조정하라고 하지 노조에서는 쌍칼을 들고 반대하지. 구조조정 기준을 정하자니 마땅한 객관적인 잣대가 없지. 그 동안 처벌 받은 일이 있는 직원을 우선으로 대상에 넣는 모양인데 이미 처벌을 받고 잘못한 것에 대한 응징을 받았는데 또 죽이는 꼴이 되고. 그리고 그 숫자도 몇 명 되지 않고. 그래서 고과가 나쁜 직원을 대상으로 자르려고 보니 각 부서에서는 진급 대상자만 고과를 잘 주고 나머지 신참이나 진급 대상이 아닌 사람은 고과를 나쁘게 줬는데 그것을 잣대로 하자니 신참이나 막 진급한 사람들을 무더기로 잘라야 하고……."

김성수가 평소의 그답지 않게 사설을 늘어놓았다.

나는 그의 사설을 들으며 그의 사설이 나를 위로하려고 하는 소리 같아 가슴이 답답해 왔다.

"그래서 위아래 직원들의 인기투표를 하여 나쁘게 나오는 사람을 자르자는 코미디 같은 아이디어도 다 나왔어. 거기에다 노조는 결사적으로 감원 반대지, 감원을 안 하면 연구소장들이 쫓겨나야 하고. 아이엠에프 경제위기 때문에 별 수 없이 겪는 진통이지만 아마 이번 추진하는 구조조정이 끝나면 국가적으로 인재 풀에 큰 공백이 생길 것같아. 지금 금융계에 근무하는 우리 동창들은 거의 다 옷을 벗었어. 50대가 붕괴된 것이지. 이곳 연구단지에도 같은 태풍이 불 거니 50대가 다 붕괴되고 나면 선후배간 경험의 갭이 생길 거고, 그것은 책을 보고 메울 수 없는 큰 공백이 될 거야."

"금융계에 근무하는 저희 동창들도 많이 옷을 벗었어요."

나는 조흥은행과 신한은행의 합병으로 자리가 위태로워진 처남을 떠올리며 말했다.

"50대야 가정적으로 아이들이 대학을 다니니 돈이 가장 많이 필요한 세대이고, 사회적으로는 가장 원숙하게 일을 추진할 세대인데……."

"저는 꼭 구조조정이 사람 머리수 줄이는 것만으로 생각하는 사고방식을 이해할 수가 없어요. 일을 더 효율적으로 추진하면 사람 수 줄이는 것보다 더 효과가 있을 텐데."

"머리 수 줄이는 것이 일을 효율적으로 추진하는 것보다 훨씬 쉽잖아. 또 몇 명 잘랐다고 하면 바로 숫자로 효과가 나오고. 전시효과로 가장 쉬운 방법이지."

"그러나 이렇게 일률적으로 구조조정하다가 인적자원이라는 보이지 않는 국가적인 부를 많이 잃을 것같아요."

"높은 사람들도 그거야 알겠지. 그 사람들이라고 생각 없겠어? 그러나 지금 아이엠에프라는 국가적인 위기가 닥쳤고 달러를 빌려주는 측에서 구조조정을 요구하니 우선 눈에 보이는 성과를 보여야 하고 그래서 인력감축에 나선 거겠지. 또 실제로 공공기관이나 정부투자기관에 필요 이상으로 인력이 남아 도는 것도 사실이고."

"원장님, 대학에 가시면 집은 어떻게 하시겠어요?"

나는 이야기해 봐야 아무런 해결책도 나오지 않는 푸념을 더 하기 싫어 화제를 돌렸다.

"응 우선 혼자 갈까 해. 애들 교육 때문에 시골로 이사 갈 수는 없잖아?"

"그럼 주말 부부 되시겠네."

"별 수 없지. 그래도 나는 실업자 면하고 대학 자리를 잡아 가지만 우리 회사나 연구소에서 잘린, 아니 앞으로 무더기로 잘릴 주변머리 없는 고급 실업자들이 문제야. 그 친구들이 장사를 하겠어 등짐을 지겠어?"

"네. 그렇지요. 당장 우리 회사에서만도 나간 사람 빼고 200명 이상 더 잘려야 하니."

"그래, 그 친구들 뭐하지?"

"명퇴하고 나간 친구들 보니 주식에 빠진 친구도 있고, 장사를 하겠다고 가게를 보고 다니는 친구도 있고 하던데요."

"장사를 제대로 하겠어? 평생 책이나 보고, 컴퓨터 앞에서 자료나 검색하던 친구들이."

"그건 그래요."

"어 시간이 11시가 넘었네. 너무 늦은 것 같군. 그만 들어가지."

김성수가 자리에서 일어섰다.

"주말에 사장 집에 꼭 가봐. 내가 조인택 본부장하고 내일 술 한 잔하자고 했으니 그 때 나와. 시간과 장소는 내일 알려 줄 테니. 그 친구도 자네에게 편견이 있어. 서로 푸는 것이 좋을 것같아."

"이렇게 챙겨줘서 감사합니다."

내가 술값을 내려 하였으나 김성수는 고집을 부리며 술값을 계산했다.

카페에서 나와 김성수를 배웅한 나는 바로 집으로 들어갈 기분이 나지 않았다.

회사를 떠나는 김성수 원장이 나에게 사장을 찾아보라고 권하는 것이나 나와 회사 업무관계로 소원한 조인택 본부장과 저녁 자리를 마련하며 나와 화해를 주선하는 것이 내 목에 문제가 있다는 암시로 받아들여져 나는 마음이 무거웠다.

나는 천천히 길을 따라 발걸음을 옮겼다. 길을 따라 노점상들이 줄을 서 있었다. 밤 11시가 넘었는데 아직도 길가에 노점상들이 철시를 하지 않고 늦가을의 추위에 떨고 있었다. 나는 매일 차를 몰고 그 길을 지나다녀 길을 따라 그렇게 많은 노점상이 있는지를 미처 몰랐었다.

'이 사람들도 아이엠에프 피해를 보는 사람들이구나!'

나는 나도 꼭 그들의 행렬에 끼일 것같아 전신으로 추위가 밀려 왔다. 나는 '나는 아니야, 나는 아니야' 하고 속으로 저항했다.

조인택 본부장이 주최한 김성수 원장 송별연에 김성수 원장은 나와 박정호 처장을 데리고 나갔다. 조인택은 사업본부 처장급 간부 6명을 데리고 나왔다. 조인택은 내가 김성수 원장과 함께 저녁 장소에 들어서자 손을 내밀며 '손 박사도 왔어?' 하며 의외라는 표정을 지었다. 송별 만찬장에 2직급은 나밖에 없어 나는 위축된 마음으로 좌석 맨 끝자리에 앉았다.

술잔이 돌고 덕담이 오고갔다. 나는 덕담에 끼일 수도 없어 좌석 말석에서 나를 송별회에 데리고 온 김성수 원장을 원망하며 묵묵히 술만 마셨다.

술좌석이 무르익어 갔다. 말석에서 술을 푸던 나는 조인택 본부장에게 술을 권해야 할 것같아 자리에서 일어나 그의 자리로 갔다.

"아, 손 박사도 왔었지?"

조인택은 내 잔을 받아 단숨에 비우고 빈 잔을 나에게 넘기며, "손 박사, 술 할 줄 아나?" 하고 비아냥거렸다.

나는 순간, '이 친구가 사람을 어떻게 보는 거야?' 모욕을 받은 것같아 '윽' 하고 감정이 꿈틀했다.

나는 빈 잔을 든 손을 죽 뻗어 그의 앞에 들이밀며 "네, 조금합니다. 한 잔 주십시오" 하고 큰 소리로 말했다.

"조 본부장. 우리 손 박사 술 잘해. 노래도 잘 하고 멋쟁인데."

조인택과 마주보고 앉아 있던 김성수가 나와 조인택이 벌리는 광경을 보고 나를 대변했다.

"그래? 난 몰랐는데. 같이 술을 할 기회가 별로 없어서."

그는 소주병을 들며 말했다.

"죄송합니다. 제가 한 번 모시겠습니다."

나는 오기를 부렸다.

"그래? 곧 날짜를 잡지."

조 본부장이 내가 들고 있는 잔에 술을 가득 따랐다. 나는 단숨에 술잔을 비우고 빈 잔을 다시 조인택 본부장에게 권했다.

"어, 이 친구 봐 나랑 술 시합하자는 거야?"

"아닙니다. 제가 평소에 본부장님을 못 모셔 사죄하는 의미에서 한 잔 더 올리는 겁니다."

그는 내 잔을 받아 단숨에 비우고 다시 잔을 나에게 넘겼다. 나는 그가 가득 따라 주는 술잔을 숨도 쉬지 않고 비웠다.

"감사합니다. 일간 꼭 한 번 모시겠습니다."

나는 조인택에게 고개를 숙여 인사를 하고 잔을 김성수 원장에게 권했다.

"조금만 따라. 어제도 많이 마셨더니 속이 안 좋아."

김성수가 술을 사양했다.

나는 김성수가 돌려주는 잔을 비웠다. 나는 내친 김에 자리를 돌며 다른 동료들과 술잔을 주고받았다.

연거푸 여러 잔을 스트레이트로 마신 술이 위장에서 기승을 부리기 시작했다. 조인택 앞에서 술에 취한 모습을 보이면 안 된다는 오기와 내 몸 구석구석 퍼지는 알코올이 심한 싸움을 벌였다. 나는 푸푸 알코올을 뱉어내며 밀려오는 취기를 의지로 누르려 하였으나 눈꺼풀이 무거워지고 사물의 초점이 흐려졌다. 혀가 굳어져 말이 꼬부라졌다. 말이 꼬부라지는 것을 느끼며 나는 말을 접고 이를 악물며 알코올과 싸웠다.

'이런 자리는 따라오지 않는 건데……, 원장이 그래도 조인택에게 잘 보이려고 나를 특별히 생각해서 데려왔는데 병신같이 왜 술은 막 마시고 비틀거려?'

정신이 아물아물 멀어져갔다. 나는 간신히 자리에서 일어서서 안간힘을 쓰며 화장실로 갔다. 수세식 화장실 변기에 얼굴을 처박고 구토를 했다. 창자 끝까지 고여 있던 오물이 목구멍을 타고 터져 나왔다. 눈물이 줄줄 흘러나왔다.

'치사하게 이렇게까지 아부를 해야 해? 내 목을 어느 놈이 자를 거야?'

나는 얼굴에 묻은 오물을 씻어 냈다. 거울 속에 물기와 눈물로 얼룩진 창백한 내 몰골이 어른거렸다. 거울 속에 비친 내 몰골을 보며 내 영혼이 엉엉 울었다.

19...

나는 미적미적 미루다가 금요일 오후 퇴근 시간이 다 되어서야 박신호 사장의 서울 집 주소와 전화번호를 확인하고, 사장이 부인과 단둘이 살고 있다는 것도 알아냈다. 나는 주저주저하며 여비서에게 주말의 사장 일정을 물었다. 여비서는 사장의 주말 일정은 알 수 없다며 무심한 표정으로 대답했다.

박신호 사장은 주중을 거의 서울에서 보냈다. 출장서류에는 그가 정부도 들르고, 모회사도 들르고, 국회에도 들르는 것으로 되어 있었으나 그가 어디를 다니는지는 회사에서 누구도 몰랐다. 그는 여비서에게도 행선지를 절대 말하지 않았다.

어느 날, 간부 한 사람이 여비서에게 사장의 행선지를 묻는 장면을 본 박신호는 그 간부를 불러 세우고 사장의 뒤를 팔 생각이냐고 호통을 치며 눈물이 나도록 나무랐다. 그 사건 이후 누구도 사장의 행적을 묻지 않는 관례가 생겼다.

사장은 일주일에 한두 번 회사에 출근하여 간부회의를 소집하고, 이번 주는 여당의 실세 누구를 만나 회사 일을 부탁했고, 모 장관을 만나 협조를 요청하여 긍정적인 답을 얻었다고 허풍을 쳤다. 엔지니어링 회사인 우리 회사 사장이 정작 장관이나 여당 실세에게 업무 관계로 부탁할 일이 별로 없는 것 같은데, 그는 매주 장관을 만나고 여당 실세를 만났다고 큰 소리쳤다. 그러나 실제 회사 일에 도움이 되는 실적은 눈에 보이지 않았다.

나는 사장의 집 주소와 전화번호를 챙기고도 주말에 사장의 집을 찾을 것인지 망설이며 속을 썩였다.

회사를 떠나는 김성수 원장의 마지막 부탁(?)을 생각해서라도 사장의 집을 한 번은 방문해야 하는 것 같았으나, 막상 사장의 집을 찾아 어떻게 수명관리 프로그램을 중단한 것에 대하여 딴 뜻이 없다는 메시지를 전달해야 하는지, 어떤 선물을 사들고 가야 할지 알 수가 없어 고민되었다. 20여년 회사생활 중에 한 번도 상사의 집을 찾지 않고도 그럭저럭 지내왔는데, 이제 오십 줄에 들어선 나이에 제발 목을 치지 말아 달라며 선물까지 싸들고 사장을 방문하는 것이 죽기보다 싫었다.

그래도 김 원장의 권고는 들어야 할 것 같았다.

토요일, 사장은 당연히 회사에 출근하지 않았다. 사장 여비서는 서울 출장 중이라고 했다.

나는 백화점에 들러 에스컬레이터를 타고 위아래 층을 몇 번 오르내리며 선물을 골랐다.

넥타이와 와이셔츠는 너무 평범한 것 같고, 크리스털 꽃병은 사장 집에 있을 것 같고, 30년짜리 양주는 너무 비싸고, 사모님 것을 사자니 마땅한 것이 눈에 띠지 않고…….

미국에서는 백불 넘는 선물은 신고해야 하는데…….

나는 결국 30만원을 주고 홍삼 엑기스 한 상자를 샀다.

나는 선진국이었으면 신고대상인 고가의 선물을 사들고 백화점을 나오며 '인간 손상호가 이렇게 살아야 해?' 하며 자신을 학대했다.

나는 빨간 바탕에 흰색 꽃무늬가 있는 포장지로 예쁘게 포장한 선물 꾸러미를 들고 유성-서울간 버스를 탔다.

버스는 서울 고속버스 터미널에 오후 5시 10분에 도착했다. 저녁식사 시간 전에 사장을 만나고 나올 수 있을 것 같았다.

나는 심호흡을 하고 용기를 내어 공중전화 부스에 들어가 사장의 집 전화번호를 눌렀다. 벨 소리가 울리다가 '지금은 전화를 받을 수 없습니다. 메시지를 남겨주십시오.' 하는 음성 메시지가 나왔다. 나는 넋을 빼고 음성 메시지를 듣다가, 부스 밖에서 차례를 기다리는 30대 여인의 초조한 얼굴을 보고 수화기를 내려놓고 부스 밖으로 나왔다. 부스 안으로 들어간 여자는 한참을 수화기를 붙들고 하소연을 하였다. 나는 그 여인이 부스에서 나오자 초조한 마음을 털며 다시 부스 안으로 들어가 사장 집 전화번호를 눌렀다. 여전히 음성 메시지만 들었다.

나는 전화 부스를 나오며 사장과 미리 만날 약속도 없이 불쑥 서울행 버스를 타고 온 내 자신이 한심했다. 당장 다음 옮길 행동이 떠오르지 않아 터미널 대합실로 들어갔다. 나는 대합실을 한 바퀴 돌며 무엇을 할까 궁리했으나 아무런 생각도 떠오르지 않았다. 나는 대합실 의자에 앉았다. 티브이에서는 개그맨들이 나와 오두방정을 떨었다.

'사장은 집에 없는 모양인데 이대로 대전으로 내려갈 수는 없고…….'

무기력하게 앉아 있는 내 자신이 너무 불쌍하여 막 눈물이 나려 하였다.

티브이에서 저녁 6시 뉴스를 시작했다. 나는 도살장에 끌려가는 기분으로 공중전화 부스로 갔다. 차례를 기다리는 사람들이 내 앞에 긴 줄을 섰다. 나는 암울한 기분으로 내 차례를 기다렸다. 내 앞에 서 있던 사람이 한 사람 한 사람씩 줄어들고 내 차례가 다가왔다. 내 차례가 오는 것이 두려웠다. 나는 차라리 내 차례가 오지 않고 이대로 멈췄으면 했다.

내 차례가 왔다. 나는 내가 누르는 전화번호를 다른 사람이 볼까 두려워 부스 문을 꼭 닫고 조심스럽게 사장의 집 전화번호를 눌렀다. 따르릉 울리는 전화벨 소리에 내 심장이 심하게 떨었다. 음성 메시지만 들렸다.

나는 휴, 하고 안도의 한숨을 내쉬며 부스를 나오며 사장이 집에 없기를 간절히 바라는 내 자신을 발견하고, '서울은 뭐 하러 왔어?' 고개를 흔들며 자문자답했다.

'이제 어떻게 한다?'

사장의 일정도 확인 않고 무조건 서울로 올라온 경솔이 뼈에 사무치도록 후회되었다.

나는 우선 창자를 채우고 보자며 터미널 식당가로 가서 먹기 편한 유부우동을 주문했다. 바로 우동이 나왔다. 나는 젓가락으로 국수 가락을 말아 입에 밀어 넣었다. 국수 가락이 목구멍을 막았다. 나는 억지로 국물까지 다 비웠다.

배가 불러 왔다. 배가 부르자 힘이 났다. 깡이 생겼다.

'이왕 서울 왔으니 사장 집 앞에서 기다리자.'

나는 고속터미널역에서 3호선 전철을 타고 대치역에서 내려 택시를 탔다. 나는 선우 아파트 상가 앞에서 택시를 내렸다. 나는 상가 옆에 설치된 공중전화에서 사장의 집에 전화를 걸었다. 음성 메시지만 나왔다. 전화 부스에서 201동이 빤히 보였다. 사장의 집은 201동 1105호다. 나는 고개를 까닥이며 눈으로 십일 층을 세고, 좌로부터 우로 칸수를 세어 1105호를 찾았다. 1105호 칸에 불이 꺼져 있다.

나는 상가 앞을 서성거리며 힐끔힐끔 1105호를 올려다보다 꼭 도둑질하러 남의 집을 염탐하는 것같아 행인들의 눈치가 보였다. 나는 상가 2층 커피숍으로 올라갔다. 손님이 없어 썰렁했다. 나는 201동 1105호가 빤히 보이는 창가에 자리를 잡고 앉았다. 화장발이 받지 않아 애써 칠한 분이 하얗게 붕 뜬 얼굴을 들고 여종업원이 메뉴를 가져왔다. 고급 아파트 단지라서인지 커피 종류가 다양하고 값도 비싸다. 나는 제일 값이 싼 레귤러 커피를 주문했다. 나는 커피에 설탕과 크림을 가득 타서 휘휘 젓고, 찔끔찔끔 마시며, 201동 1105호에 불이 켜지기를 기다렸다.

30분이 지나고 한 시간이 지나도 1105호에 불이 켜지지 않았다.

8시가 넘었다.

나는 초조한 감정을 달래며 머릿속으로 수많은 사설을 썼다.

'이거 공연히 서울 왔잖아? 내가 꼭 이렇게 비굴하게 사장 집까지 찾아다니며 구걸을 해야 해?'

'그래도 김 원장이 나를 생각해서 어렵게 권한 건데 그 성의를 봐서라도 참아야지. 무언가 급박하게 돌아가니 나에게 최후의 수단을 쓰라고 한 모양이고…….'

사장은 힘에 밀려 내 프로젝트를 죽이고 자존심이 상해 있단다.

'사장 자존심을 살려 주라니 머리 한 번 숙여 살려 주면 되지.'

8시 30분이 지났다.

달랑 커피 한 잔 마시고 다방에 죽치고 앉아 있기가 민망했다.

'늦은 저녁 시간에 기껏 홍삼차 한 상자 들고 찾아가면 사장이 반길까? 나더러 사장을 찾아가랄 때는 홍삼차가 아닌 다른 것을 들고 가라는 뜻이 아니었을까?'

순간 난생 처음 구명을 위해 사장의 집을 찾으면서 겨우 홍삼차 한 상자를 사들고 온 내 새가슴에 식은땀이 났다.

'그렇다고 사장에게 뇌물을 줄 수는 없잖아? 이 정도만 해도 미국에서는 신고해야 하는 큰 선물인데…….'

'그래도 사장이 큰 정치판에서 왔는데, 부하라는 친구가 오밤중에 찾아와서 목 붙여달라고 하면서 홍삼차 한 상자를 달랑 내민다?'

'그게 아닌데 선물을 바꿔? 어디서? 내가 세상을 헛살았나?'

나는 불 꺼진 사장의 아파트를 보다가 반쯤 입을 벌리고 연속극에 빠져 있는 여종업원을 보다가 하면서 수없이 생각을 굴렸다.

201동 1105호에 불이 켜졌다!

나는 순간 감전된 듯 온몸이 움찔했다. 자리에서 바로 일어설 수가 없었다.

나는 선물이 든 종이 팩을 들고 카운터로 가서 티브이에 눈을 박은 여종업원에게 커피 값을 지불하고 상가를 벗어났다.

나는 공중전화 부스 안으로 들어가서 종이 팩을 공중전화 위에 올려놓았다. 종이팩이 너무 초라하게 보였다.

'이런 선물을 가지고 찾아가면 안 간 것만도 못한 거 아냐?'

나는 전화번호 누르기가 망설여졌다.

'김 원장 뜻이 이것이 아니었을 텐데…….'

부스 밖에 기다리는 신사가 보였다.

나는 죽는 기분으로 사장의 집 전화번호를 눌렀다. 신호가 울었다. 신호 소리보다 더 크게 내 심장이 울렸다.

"여보세요."

여자의 목소리가 들렸다.

"박신호 사장님 댁이지요?"

내 목소리가 떨렸다.

"네. 사장님 지금 샤워 중이신데. 누구시라고 전할까요?"

여자의 목소리는 공손했다.

"네. 조금 있다 다시 전화 올리겠습니다."

나는 전화를 끊고 휴 한숨을 내쉬었다. 샤워를 끝내려면 최소 10분은 기다려야 할 것 같다. 나는 상가 주차장 빈 공간을 왔다 갔다 했다. 지나가는 주민들이 나를 쳐다보는 것 같았다. 나는 다시 다방으로 올라갈 수도 없어 큰길로 나섰다.

도로에 자동차의 전조등이 줄을 이었다. 나는 사장이 샤워를 하고 나올 시간을 계산하며 무작정 큰길을 따라 걸었다. 손에 든 종이 팩이 거추장스러웠다.

'이 늦은 시간에 찾아가도 될까? 외출했다 샤워하고 쉬려는데……, 선물이라고 홍삼차 하나 달랑 들고……, 공연히 우리나라 실정에 맞지 않게 결벽증을 내며 이런 보잘것없는 선물이나 하나 사가지고 갔다가 공연히 쉬는 사람 쉬지도 못하게 하여 역효과 나는 것이 아닐까?'

'현금을 한 보따리 싸가지고 와야 했나?'

생각에 생각이 꼬리를 물었다. 나는 생각을 밟으며 무작정 걸었다. 사장의 아파트에서 점점 멀어졌다. 아파트에서 멀어지는 거리만큼 사장의 집을 방문하고 싶은 마음이 엷어졌다.

도로를 따라 걷다가 신호등에 막히면 본능적으로 신호등이 바뀌기를 기다려 다시 걸었다. 얼마를 걸었는지 알 수 없었다. 머리는 사장의 집으로 되돌아가자고 보챘으나, 다리가, 마음이 계속 나를 사장의 집에서 멀리 끌고 갔다.

나는 힐끗 시계를 보았다. 9시가 넘었다.

'어 벌써 9시가 넘었어? 이 늦은 시간에 남의 집을 찾을 수는 없잖아 평소에 친한 사이도 아닌데.'

가슴에 오기가 불쑥 일었다.

'인간 손상호가 이렇게 청탁이나 하고 다녀야겠어? 어느 놈이 나를 잘라? 그래도 대한민국에서 최곤데.'

전철역 사인이 보였다. 전철역 사인이 나를 유혹했다. 나는 지하철역 구내로 들어갔다.

나는 파김치가 되어 9시 50분 유성행 고속버스를 탔다.

시간이 늦었다는 핑계를 대며 사장의 집을 피해 대전으로 도망치는 내가 불쌍했다. 인생이 싫어졌다.

'무엇을 해 먹고 살지? 배운 재주는……, 장사도 할 줄 모르고……, 막노동은 할 수도 없고…….'

나는 이대로 버스가 다리 아래로 곤두박질쳤으면 했다. 그냥 논에라도 콱 처박혀 버리면…….

'이렇게 비굴하게 연명하러 빌러 다니지 말고 사표를 내? 그러고 몇 푼 퇴직 위로금이라도 더 챙겨?'

서울서 대전까지 긴 여정 내내 생각을 이어갔으나 아무 결론도 얻지 못했다.

고속버스가 유성에 도착했다. 나는 사장에게 주려고 산 선물 꾸러미가 꼭 내 양심을 판 액(厄) 덩어리 같았다. 보기도 싫었다. 집에 들고 들어가 영란에게 선물 받은 거라고 거짓말을 하기도 싫었다. 나는 선물 꾸러미를 그냥 차에 놓고 내렸다.

20...

월요일 아침, 나는 회사에 출근하기가 두려웠다.

회사 동료들이 지난 토요일에 사장의 아파트를 찾아가서 문 앞에도 가 보지 못하고 쫓기듯 대전으로 도망쳐 온 것을 알고 나를 비웃을 것만 같았다.

사장의 재실 표시등이 하루 종일 켜져 있다. 월요일 간부회의를 마치고 바로 서울로 출장을 떠나던 사장이 오늘은 하루 종일 사무실을 지키는 모양이다. 사장 결재를 맡아야 할 서류가 있었으나, 나는 사장이 지난 토요일 저녁 늦게 자기 집에 전화한 사람이 나인 줄 알고 무슨 일로 찾아왔었는지 물을 것같아 사장을 만나는 것이 두려웠다. 나는 하루 종일 결재서류를 들었다 놓았다만 하다 사장실에 가지 못했다.

"손 박사 뭐해?"

퇴근 시간이 다 되어 화력 설계부 이철호 부장이 내 공간에 들어섰다. 그는 정년을 2년 남겨 놓은 기술자로 15년 이상 3직급을 달고 있다. 그는 아예 진급을 포기하고 마음을 비우고 정년을 기다리고 있다.

"퇴근 시간 기다리고 있습니다."

"그럼 잘 있어."

"네?"

"나 희망퇴직 신청했어."

"네에에?"

"정년 2년 남았는데 그것 채우려고 버티다 잘리면 본전도 못 찾을 것같아 퇴직하기로 했지. 2년간 일 안 하고 1년치 월급 받으니 월급 반으로 깎였다고 생각하면 되고."

"정말 사표 내셨어요?"

"그래. 이달 16일부. 그래야 한달치 월급이라도 더 받지. 막상 사표를 내고 나니 시원섭섭한데."

"그러시겠다."

"관리부 김 부처장도 낸 것 같고, 한 삼십 명 낸 것같아."

"그만 두시고 뭘 하실 건데요?"

"그냥 하루 놀고 하루 쉬어야지."

"취직은 안 하시고?"

"있던 직장에서도 쫓겨나는 주제에 다시 취직을 해? 희망퇴직금까지 한 4억 될 테니 은행에 넣고 이자나 따먹고 살아야지. 일년에 이자 한 4천 나올 테니 월 3백은 될 거고 그거면 먹고 살 만하잖아? 집은 한 채 있겠다. 다행이 애들 교육은 끝났으니 결혼만 시키면 되고……."

그는 달관한 듯했다.

"이렇게 선배님들이 자꾸 회사를 떠나니 허전해지는데요."

"우리 손 박사야 그 분야 세계적인 권위자니 짤릴 염려 없을 거고."

"송별회를 해 드려야 하는데……."

"아니, 며칠은 바쁠 거야. 다음에 나 집에서 쉬고 있을 때 점심이나 한 번 사."

이철호는 담담한 목소리로 말했다.

"나 그만 가볼게. 또 인사 안 올 테니 그리 알아."

이철호가 손을 내밀었다.

이철호가 내 공간에서 사라지자 나는 나도 사표를 내야 하는 거 아닌지 불안하여 자리에 앉아 있을 수가 없었다.

'이필성이나 불러내 술이나 한 잔 할까?'

이필성은 오리집 '그린 하우스' 에 먼저 와 있었다. 여자를 동행했다.

나는 친구와 한 잔 하러 택시까지 타고 왔는데, 술 한 잔 하며 시름 풀기는 틀렸다.

"손 박사에게 중매를 해달라며 현물을 보여야 할 것같아 승연이 데리고 나왔어."

"어, 승연이 몇 년 만이야? 30년도 더 된 것 같네."

나는 '승연이 저렇게 자랐어?' 하며 엉겁결에 손을 내밀었다. 승연을 초등학교 6학년 때 보고 처음 보는 것 같았다.

"오빠는, 필성이 오빠 결혼식에서도 보고, 엄마 회갑연에서도 뵈었는데."

승연이 내 손을 잡지 않고 입을 삐쭉했다.

"그랬었나? 여러 사람들 가운데 봐서."

나는 얼버무렸다.

승연은 청바지에 흰 티셔츠를 입었다. 몸매는 아담했고, 가볍게 화장을 한 얼굴 피부가 보얗다. 쌍꺼풀 진 눈 속에 검은 눈동자가 한 쪽만 보는 것 같다. 그녀의 그런 눈이 내 시선을 잡았다.

'사팔뜨기는 아니겠지?'

"종강했어?"

나는 너무 빤히 처녀의 얼굴만 쳐다보는 것같아 쑥스러워져 필성에게 고개를 돌렸다.

"응, 이번 주 종강했어. 다음 주 시험만 끝나면 2학기는 끝이야."

"방학이라 좋겠다. 우리는 그런 것이 없잖아."

"방학? 곧 입시철이 오지, 그보다 먼저 학생들하고 학점 전쟁을 해야 한다."

"학점 전쟁?"

"학생들이 공부는 않고 학점만 잘 달라고 해. 그래서 교수들이 귀찮지."

"그런 것도 있나?"

"선생하기도 쉽지 않다. 회사는? 요새 구조조정으로 난리던데, 너야 괜찮겠지만."

"이번 주말까지 희망퇴직 마감이라 난리지."

나는 차마 친구의 여동생 앞에서 내 목이 간당간당하여 술 한 잔 하러 나왔다는 말을 할 수가 없었다.

"희망퇴직? 퇴직을 희망하는 배부른 사람도 다 있냐?"

나는 대학교수의 세상물정을 모르는 한가한 말에 어이가 없었다.

"이름을 그렇게 붙인 거야. 명예퇴직은 끝났으니."

"억수로 퇴직금 많이 준다면서? 나도 그렇게 퇴직금 많이 주면 퇴직하고 쉴 텐데."

"퇴직금 돈 몇억 받아 뭐하게."

"참, 너 허준기념관을 강서구에서 지으려고 하는 거 알아?"

"잘 모르는데."

"허준기념관을 왜 강서구에서 지으려고 한대. 허준이 우리 고장 태생은 아니지만 산청에서 의사로 성장했잖아?"

"그쪽이 태어난 곳이잖아."

나는 솔직히 허준기념관을 이야기할 기분이 아니었다.

"그래도 그렇지. 허준이 유의태를 만난 데가 어딘데?"

"승연이 중매 서 달라며?"

나는 화제를 바꿨다.

"그래, 그래서 아예 현물을 데리고 나왔다. 흥정을 하려면 물건을 봐야잖아?"

필성이 동생을 보며 눈을 꿈벅했다.

"오빠, 내가 뭐 물건이야?"

승연이 눈을 흘겼다.

'아, 카추샤의 눈!'

반쯤 사팔뜨기인 그녀의 눈이 내 맘에 폭 안겼다.

"물건이 최상품인데."

내가 농담을 던졌다.

"아이, 오빠도."

그녀가 테이블 너머로 나를 때리는 시늉을 하였다.

단발머리의 소녀가 완숙한 여인이 되었네.

나는 승연의 애교를 미소로 받으며 짓궂게 물었다.

"마드모아젤 이, 신랑의 조건은?"
"오빠 같은 사람."
그녀가 혀를 내밀고 날름 대답했다.
"그럼 공대 졸업, 국영기업체 직원……, 국영기업체 직원 중 박사는 드문데."
"박사는 아니라도 괜찮고요, 신체 건강한 대한민국의 남자로서 심성 착하고, 유머 있고, 가능하면 한 분야에서 선구자, 딱 오빠 같은 사람이네."
"그런 조건의 남자가 어디 있어?"
필성이 핀잔을 주었다.
"그럼 뭐 시시하게 키는 몇 센티 이상, 학벌은 어떻고, 재산은 얼마고, 뭐 그런 조건 이야기하라는 거야?"
승연이 맞받았다.
"그러니 시집을 못 가지. 엄마가 얼마나 안달하시는지 몰라?"
오빠와 여동생이 내 앞에서 티격태격했다. 나는 남매의 애정 어린 다툼을 환한 마음으로 쳐다봤다.
술을 안 마셔도 가슴 속의 응어리가 풀어져 내렸다.
"승연이 좋아하는 남자 타입 알았으니 찾아볼게."
내가 중재를 섰다.
"오빠, 상호 오빠는 내 말 바로 알아듣잖아."
그녀가 내게 눈을 꿈벅하며 오빠를 쥐어박았다.
그녀의 눈이 자석처럼 내 눈을 끌었다.
나는 공작이, 톨스토이 부활에 나오는 공작 이름은 잊어먹었다, 카추샤의 저런 매력에 빠졌겠지, 하며 그녀를 힐끔힐끔 쳐다봤다.

승연은 그녀의 빨간색 승용차로 내 아파트에 나를 먼저 데려다주고 필성을 태우고 떠났다. 가볍게 알코올로 들뜬 내 가슴에 그녀의 매력적인 눈이 꼭 박혔다.

21...

수요일, 희망퇴직 마감이 이틀 남았다.

출근은 하였으나 회사가 구조조정 문제로 뒤숭숭하여 업무가 제대로 돌아가지 않았다. 나는 손을 놓고 신문을 펼쳐 들고 머리기사만 읽어갔다. 오늘도 구조조정 기사가 지면을 덮었다.

9개銀 희망퇴직 男少女多
12개월 위로금-계약직 재채용 등 매력
대리-과장급 남자 직원은 신청기피

나는 천천히 기사내용을 읽어내려 갔다.

감원 작업을 벌리고 있는 조흥, 상업, 한일, 외환은행 등 9개 은행에 접수되는 퇴직 신청이 예상보다 많은 편이다.

작년 말 대비 32% 이상 인원을 감축해야 하는 이들 은행은 고과 S, A, B , C, D 등 다섯 등급 중 C, D 등급은 퇴직을 고려하라고 무언의 압력을 넣고 있다. 1급은 46년, 2급은 48년, 3급은 50년 이전 출생자는 전원 나간다는 말이 나돌고 있다.

기사를 보며 나는 우리 회사 태스크포스 팀에서 마련한 살생부(안)도 비슷하리라 짐작했다.

'내 고과는 진급 대상 1순위로 추천까지 됐으니 A 아니면 최소 B 등급은 될 거고, 2직급 구조조정 연령이 48년생이면 나도 해당되나?……, 기사는 어디까지나 은행 일이고 우리 회사는 아니잖아?'

"실장님."

나는 신문에 박고 있던 고개를 들었다. 우리 실 여직원 김현정이 나를 내려다보고 있었다. 나는 눈동자로 무슨 일이냐고 물었다.

"관리본부장님께서 좀 보시자는데요."

김현정은 말을 허공에 던지고 그녀의 자리로 갔다.

"나를?"

나는 저만치 멀어져가는 그녀의 뒤통수에 질문을 던지고 자리에서 천천히 일어서서 관리본부장 방으로 갔다.

내가 관리본부장 사무실에 들어서며 여비서 최선숙에게 들어가도 좋으냐고 눈으로 물을 때 김철한 박사가 묘한 표정을 지으며 본부장 방에서 나왔다.

"어, 손 박사도 왔어?"

김철한 박사는 오른손을 들어 아는 체를 하고 내 곁을 지나갔다.

"들어가세요."

최선숙이 어색한 표정을 지었다.

"어서 들어와요."

관리본부장 소성호가 자리에 앉은 채 나를 맞았다. 그는 회의용 탁자에 앉아있었다.

"앉지."

그는 나에게 자리를 권했다. 나는 그의 옆자리에 앉았다.

"좋은 말도 아니니 단도직입적으로 말하지. 나도 오늘 오후 이사회 끝나면 내 자리가 없어져 그만 둬야겠지만 아직 관리본부장이니 별 수 없이 말을 해야 해요."

그는 눈을 허공에 대고 마른 목소리로 말했다.

"이번에 우리 회사에서 구조조정을 해야 하는데 고위급 간부들이 사표를 내지 않고 있어요. 그래서 회사에 20년 이상 다니신 분들께 사표를 좀 내주시면 어떨까 권고하는 책임을 맡았어요. 손 박사는 우리 회사의 필수요원이지만 20년 넘게 근무한 사람 중에 들어요. 20년 넘는 사람 중 누구는 봐주고 누구는 나가라고 할 수 없어 일괄적으로 사표를 권고하기로 했어요. 오해하지 말아요. 이번 주말까지 시간을 드릴 테니……, 금요일 시한을 주말까지 연기해서 다음 월요일까지 연기해 줄게요. 사표 수리 날짜는 일괄적으로 내년 1월 5일로 했어요. 그러면 한 달치 월급을 더 드릴 수 있고. 20년 이상 다니신 분을 선정한 것은 그 분들이 퇴직금이 많고, 또 희망퇴직금까지 합치면 3억 이상 받을 수 있으니 그 정도면 은행 이자로 먹고 살 수는 있을 것 같고. 솔직히 내 자리가 없어져 곧 그만 둘 사람이 이런 악역을 맡기 싫었는데 직책이 직책이라……."

소 본부장은 잠시 말을 멈추고 나를 힐끗 쳐다보았다.

"여기 희망퇴직원이 있어요. 이번 주말까지니 잘 생각해서 결정해요. 안 내고 버티면 강퇴되고 그러면 희망퇴직금도 못 받게 돼요."

관리본부장은 일사천리로 할 말을 마치고 한숨을 푸하고 내쉬었다.

"20년 넘으면 무조건 나가야 합니까?"

"2직급으로 20년 넘었으면 무조건 권고하기로 정했어요."

"그래도."

"더 이상 나한테 묻지 말아요. 나도 곧 나갈 사람이니."

관리본부장은 자리에서 일어서서 창가로 갔다. 나더러 사무실을 나가달라는 제스처였다.

나는 본부장의 뒤통수에 인사를 하고, 그가 주는 희망퇴직원 용지를 상장같이 들고 그의 방을 나왔다. 관리본부장실 입구에 품질보증실 조혁재 부처장이 기다리고 있었다.

"무슨 일이야?"

조혁재가 나에게 물었다.

"응. 들어가 봐 좋은 선물을 줄 거야."

나는 어색한 미소를 보내고 그 자리를 떴다.

오후 3시, 나는 조혁재로부터 전화를 받았다.

"오후 여섯시 반에 도룡동 우일관으로 나와. 오늘 부당하게 사직권고를 받은 2직급 기술자들이 다 모이기로 했어."
"몇 명이야?"
"다섯 명. 진급 못한 것도 억울한데 목을 자르겠다고?"
조혁재가 핏대를 냈다.
"알았어. 그 때 봐."
나는 그의 핏대를 대꾸하다가는 내가 너무 비참해질 것같아 바로 전화를 끊었다.

퇴근 시간이 되었다.
나는 우일관에 가기 싫었다. 패군지장들이 모여 술을 핑계로 불평불만을 늘어놓을 텐데 그런 모임에 끼여 메아리도 없는 울분을 터트리기가 싫었다. 그러나 저녁에 특별한 약속이 없었던 나는 동병상련의 회사 동료들로부터 왕따를 당하기 싫어 시간에 맞춰 약속장소에 갔다.

우일관 안내판에 '조혁재님. 5명, 3호실' 이 쓰여 있었다.
나는 쫓겨나는 2직급 다섯 명이 다 모이는 거야, 허탈해 하며 2층 3호실에 들어섰다.
오늘 모임을 주선한 조혁재 부처장과 김철한 박사 외에 설계실 양명호 박사와 기술관리부 나철수 부처장의 얼굴이 보였다.
"아니 손 박사도 걸렸어?"
내가 3호실에 들어서자 양명호 박사가 놀라는 표정을 지었다.
"응. 양 박사도 찍혔어?"
나는 자리에 앉으며 말했다.
"이거 회사에서 알짜배기 기술자는 다 퇴출시키네."
나철수가 비꼬는 말투로 말했다.
"한심한 친구들, 여기 온 사람들 키우는 데 얼마나 시간과 돈이 들어갔는데 막 자르는 거야?"
김철한이 울분을 토했다.

"나야 공장에서 빌빌대는 공돌이라 치더라도 손 박사, 양 박사 다 국제적으로 알아주는 전문간데 도대체 무슨 기준으로 퇴출시키는 거야?"

나철수가 분통을 터트렸다.

"관리본부장 말 안 들었어? 20년 넘은 2직급은 무조건 다 자르기로 했다고."

조혁재가 불고기와 소주를 주문하며 말했다.

"자, 우리 한 잔 하면서 얘기하지. 소성호 얘기가 정부에서 목칠 놈 숫자는 받았는데 아무도 사표를 안 내서 고과 나쁜 놈 자르려니 노조에서 반발하고, 목을 못 치면 사장이 쫓겨나고, 그래서 무조건 20년 이상 다닌 사람 목을 치기로 했다는데. 말도 안 돼."

조혁재가 소성호 관리본부장의 직함도 빼고 이름을 마구 부르며 거품을 품었다.

조혁재는 밑반찬도 오기 전에 소주부터 한 잔씩 돌렸다.

"안주나 오면 마시지."

양명호 박사가 소주가 가득 찬 잔을 입에 대었다 놓으며 말했다.

"아니. 지금 안주 기다리게 됐어?"

조혁재가 단숨에 잔을 비우고 빈 잔을 양명호에게 건넸다.

"모두들 어떻게 할 거야? 사표 낼 거야?"

나철수가 술잔을 반쯤 비우고 얼굴을 찡그리며 물었다.

"어떻게 하긴. 사표 내야지. 쫓겨나는 것보다야 낫잖아, 그래도 희망퇴직금이라도 받을 수 있으니."

김철한이 담담한 목소리로 말했다.

"우리 김 박사야 그만두면 대학교라도 갈 수 있지만, 나야 완전히 실업자가 되는데……. 애들은 지금 막 대학 들어갔는데 학자금 안 받으면 대학도 못 보내."

나철수가 말했다.

"누가 대학에서 오라고 한데?"

"그래도 학위에 그만한 산업체 경험이면 대학에서는 땡 잡는 거지. 허황한 이론만 가르치는 교수들보다야 훨씬 생생한 산교육을 시킬 수 있잖아."

본격적으로 술잔이 좌석을 돌기 시작했다. 사표 권고를 받고 하루 종일 고민하던 패잔병들은 술로 고민을 씻어내려는 듯 물마시듯 술을 마셨다. 바로 위장에서 술이 춤을 췄다. 패잔병들은 하루 종일 짓눌렸던 스트레스를 털어 버리려는 듯 울분을 터트리고 푸념을 내뱉었다.

'아무리 나라가 어렵게 됐다고 기술자를 이렇게 푸대접해도 되는 거냐?'

'우리가 얼마나 비싼 사람들인데 이 따위로 푸대접해?'

'사장 그 친구 실세라고 큰 소리 치더니 입만 산 친구 아냐?'

'정치가 놈들이 경제를 다 망쳐놓고 자기들은 쏙 빠지고 힘없는 월급쟁이만 죽여?'

'구조조정이라는 것이 꼭 목만 잘라야 해?'

'회사 오래 다닌 것이 무슨 잘못인가? 사표내지 말고 우리 다같이 버티자. 그러다 강제로 목이 잘리면 소송이라도 내자.'

'이판에 소송하면 이길 것같아? 그냥 소송비만 날리지.'

'그래도 꿈틀은 해 봐야지. 개별행동을 하면 다 죽으니 우리 단체로 행동하자.'

알코올로 이성이 마비된 한 골만 파던 기술자, 엘리트들은 정부와 정치가를 성토하고, 회사 경영진의 무능을 비난하며 울분을 터트렸으나 어떤 해결책도 도출할 수가 없었다.

나는 동료들이 흥분하여 게거품을 품는 것을 보며, 할 말이 없어 주는 대로 술을 받아마셨다. 내 주량으로는 벌써 만취가 되어 자리에 쓰러질 만큼 마셨는데도 술이 오르지 않았다. 나는 한 손으로 식탁을 움켜잡고 허공을 응시한 채 외골수로 사념의 골을 파며 좌석에서 외톨이가 되었다.

'사표를 내버려? 제대로 살았으면 사표를 강요받겠어? 회사에서 필요한 인재라고 자부했던 것은 혼자만의 자만? 내 인생이 어떻게 전개될 것인가?'

1차 술자리를 파하며 조혁재가 2차를 가자고 하였다. 알코올로 맛이 간 나는 패잔병들끼리 제살 깎아 먹는 모임에 더 이상 참석하기가 싫어 그들의 강권을 뿌리치고 도망치듯 승용차에 올라탔다.

나는 우래옥 주차장을 벗어나 큰길로 들어섰다. 정신이 흔들하고, 핸들이 뒤뚱했다. 등에서 진땀이 났다.

'너무 많이 마신 거 아냐?'

나는 덜컥 겁이 났다.

'뭐 내일 모레 목 잘릴 놈이 술 좀 마시고 운전하면 어때. 어느 놈이 잡아 나를, 이 천하의 손상호를.'

만용이 나를 부추겼다. 나는 차를 몰았고, 차가 술에 만취해 비틀거렸다.

'어디로 간다? 집에? No! 마누라한테 목 잘렸다고 할 수는 없지. 에이, 회사나 가자.'

나는 경비실에서 사무실 열쇠를 받고 3층 내 사무실로 올라갔다. 복도를 따라 찬 바람이 밀려 왔다. 나는 전신을 움츠리며 사무실 문을 열었다.

텅 빈 사무실이 나를 맞았다. 나는 형광등 스위치를 올렸다. 사무실 공간을 촘촘히 구획한 칸막이가 내 시선을 막았다. 나는 터덜터덜 내 공간으로 가서 자리에 앉았다. 한기가 바짓가랑이를 타고 온몸으로 퍼져 올라왔다. 나는 컴퓨터를 켜고, 초기 화면이 지나가자 바로 게임을 열었다. 한 줄로 뜨는 게임 메뉴 중 카드놀이를 열었다.

게임에 이기려면 머리를 써야 했다. 한두 장 카드를 맞추다가 나는 머리 쓰기가 싫어져 게임을 닫았다.

온몸에 스며든 알코올이 추위를 몰고 와 온몸이 떨려서 더 이상 사무실에 앉아 있을 수가 없었다.

차에 시동을 걸었다. 음주운전을 하기가 겁이 났다.

'골프연습장에 가서 술이나 깨고 갈까?'

나는 회사 뒤편 야산을 깎아서 만든 골프 연습장으로 차를 몰았다.

골프 연습장의 전원 스위치를 올렸다. 어둠에 덮였던 계곡이 서서히 밝아졌다. 푸르른 수은등의 불빛을 받아 청색 그물망이 검게 보였다. 꼭 유령이라도 나올 것 같았다.

나는 캐비닛 장에서 골프채 가방을 꺼내 들고 중앙 타석으로 갔다. 드라이버를 꺼내 어깨에 걸고 허리를 흔들며 몸을 풀었다. 플라스틱 박스에 공이 겨우 몇 개만 남았다. 나는 이 친구들 공을 쳤으면 채워 놓고 가야지 투덜대며 공을 고무 티에 올려놓았다. 푸르스름한 조명 빛이 멀어질수록 어두워져 150 미터 저쪽 끝 그물망이 잘 보이지 않았다.

나는 연습 스윙을 두어 번 하고 공을 후려갈겼다. 고개가 먼저 공이 날아갈 방향을 쳐다봤다. 공이 코 앞 잔디밭에 맞고 저만치 튕겨나갔다. 나는 다시 공을 고무 티에 올려놓았다. 깊이 숨을 들이마시며 호흡을 조절하고 공을 후려갈겼다. 공은 옆 그물을 향하여 궤적을 그리며 휘어져 나갔다. 더 칠 공이 없다.

'꼭 내 신세 같네. 그만 집에 가?'

나는 투덜대며 드라이버를 골프채 가방에 밀어 넣었다. 드라이버가 골프채 가방에 잘 들어가지 않았다.

'이 시간에 들어가서……, 마누라한테 목 잘렸다고 해?'

나는 드라이버 지팡이를 짚고, 연습장 저 끝 어둠을 멍하니 쳐다봤다. 폐쇄된 공간에 추위가 가득했다. 온 몸이 바르르 떨렸다.

'사표를 내야 해?'

나는 드라이버로 고무티를 툭툭 쳤다.

'마누라한테 뭐라고 하지?'

영란이 슬쩍 장모랑 처제에게 수진이 아빠는 우리나라뿐만 아니라 세계적으로 알아주는 인재라고 자랑하던 모습이 눈앞을 스쳤다.

'그런 마누라에게 어떻게 목 잘렸다고 하지?'

나는 한 점으로 몰려오는 생각을 드라이브로 후려갈겼다.

'더러운데 사표를 내?……, 아니, 버텨야지.'

나는 피칭 웨지를 꺼내 들고 하얀 공들이 누워 있는 잔디밭으로 내려갔다. 나는 피칭 웨지를 흔들며 천천히 연습장 맨끝쪽으로 갔다. 어두웠다. 잔디에 내린 서리가 바지가랑이를 적셨다. 냉기가 종아리에서 척추를 타고 머리까지 전해졌다. 나는 너무 추워서 덜덜 떨었다.

나는 피칭 웨지로 잔디밭에 널브러져 있는 하얀 공을 하나씩 홈을 향하여 쳤다. 잔디밭 한가운데 설치된 콘크리트 홈에 떨어진 공은 홈을 타고 타석 앞쪽에 설치된 세척장으로 굴러간다.

'사표를 내?'

하얀 공 하나를 홈을 향해 쳤다. 공이 또르르 홈을 타고 흘러가는 소리가 들렸다.

'버텨야지.'

하얀 공 하나를 쳤다. 홈을 지나쳤다.

'마누라랑 상의해야 하나?'

공이 피식하고 잔디 위를 굴렀다.

'마누라에게 부담 줄 것 없잖아?'

피칭 웨지가 뒤땅을 쳤다.

'사표를 내면 뭘 하지?'

나는 나란히 누운 공 두 개를 한꺼번에 쳤다. 두 공이 다른 방향으로 날아갔다.

'오십이 넘었는데 월급쟁이 그만 두고 이제 내 생활을 해야지. 내 생활을.'

힘껏 웨지를 휘둘렀다. 공이 그물에 맞고 떨어졌다.

'내 생활? 애들은 무슨 돈으로 가르치고?'

헛스윙을 하였다.

'자기들 타고 난 복으로 살겠지.'

공 3개의 연달아 쳤다.

손이 너무 시려 입으로 호호 불며 공을 쳤다. 추위에 꽁꽁 얼어 얼굴 껍질이 감각을 잃었다.

'회사를 그만 둬야겠지?'

나는 같은 말을 되풀이, 되풀이 하였다.

'이렇게 힘없이 밀려나는데 악악거리며 몰래 박사 학위 하겠다고 밤잠을 설치긴…….'

나는 박사 학위를 받는 데 8년이나 걸렸다. 나는 회사에 입사한 후 국제기구에서 주는 장학금으로 미국 유학을 가서 석사를 했다. 박사 학위는 직장이 있는 대전에 자리한 한국과학기술원에서 받았다.

직장에 다니며 대학원을 다니는 것이 쉽지만은 않았다. 개방적이고 너그러운 경영진은 일과 중 학교 강의를 들으러 가는 것을 용인했으나, 원칙(?)을 고수하는 경영진은 일과 시간에, 일주일에 두 번 3시간씩 강의를 들으러 가는 것을 불허했다.

군 장성 출신이 감사로 왔을 때 그는 회사 월급을 받으며 비공식적으로 대학을 다니는 것을 엄격히 금했다. 회사를 정식으로 휴직하고 대학이나 대학원에 가라고 했다. 그가 감사로 재직 중에 나는 2년간 대학원에 다니는 것을 포기해야 했다. 박사 학위를 받고도 나는 일년이나 그 사실을 숨겼다. 박사 학위 논문이 통과됐을 때 모기업(母企業)에서 낙하산 타고 내려온 인문계 출신 사장은 월급을 받으며 회사 일은 않고, 아무리 자기 돈으로 등록금을 낸다고 하더라도, 일과 시간에 학교에 다니는 것은 특혜라며 극구 반대했다.

그는 기술회사 사장으로 부임하여 기술자들은 속 좁고 콱 막힌 부류라고 무시하였으며, 고참 간부 몇 사람이 일주일에 두세 시간 대학에 겸임교수로 출강하던 관례마저 폐지했다. 내가 회사를 다니며 박사 학위를 받은 것을 알았으면 그 사장은 인사상 크게 불이익을 줬을 것이다.

회사에서 월급을 주며 모든 학비를 대고 국내는 물론 해외에 유학을 보내 박사를 시키며 인재를 양성하는 오늘날과는 격세지감이 있다.

'그래도 사명감으로 버티었는데…….'

'사명감이 밥 먹여주나?'

'세계적인 학회에서 박수도 받아봤고…….'

초등학교 6학년 운동회 때, 100m 달리기에서 나는 8명 중 7등을 했다. 나는 상품을 타지 못하고 풀이 죽어 응원석으로 나오며, 그래도 꼴등은 아니라고 자위했었는데 이제 꼴등 인생이 됐다!

중학교 2학년 중간시험 때 감기에 걸려 제대로 시험 준비를 못해 1등을 놓치고 반에서 5등으로 밀려 분해 했었다.

'항상 1등만 했었는데 지난해는 2등으로 밀리더니 이제 몇 등으로 밀려

나지? 아예 등수도 없잖아.…….'

'지금까지 박수를 받던 재주를 놓으면 뭐 해 먹고 사나? 막노동은 어렵고……, 장사나 해?'

'고1때 피아골 클럽(주 : 6.25 사변 후 빨치산이 득실거리던 지리산 피아골에서 이름을 딴 학내 어깨 모임)에 들라고 대표였던 형식이 꼬였다. 주먹만 있는 녀석들이 머리가 있는 나를 끌어넣으려고……, 피아골 클럽에 들었으면 내 인생은? 형식은 부산 국제사장에서 장사를 해서 한 밑천 잡고 떵떵거리고 살고 있단다. 나도 장사나 했으면 구조조정은 당하지 않았을 텐데…….'

'사표를 내지 말고 사장 집에 한 보따리 싸가지고 가서 빌어 봐?'

'이 손상호가 비굴하게 엉터리 사장한테 빌러 가?'

'사표를 팍 내고 새로 시작해?'

'이 아이엠에프 판에 어디에 자리가 생겨?'

'집 한 채와 퇴직금 3억으로 나머지 일생을 산다?'

궁상이 덕지덕지 밀려오는 것 같았다.

'나를 믿던 사람들이 쫓겨난 나를 보고…….'

영란, 희진, 수진, 어머니, 장모 얼굴이 지나갔다.

비실비실 웃는 동서 김문기의 얼굴도 지나갔다.

'목이 흔들거리는 처남 허영호는 나를 이해할까?'

너무 추워서 손발이, 얼굴이, 사고가 얼어붙었다. 나는 생각을 놓은 채 무의식적으로 공을 치고 또 쳤다.

거무스름한 잔디밭에 누워 있던 공이 말끔히 치워졌다.

'그래! 이렇게 깨끗이 내 인생을 정리하는 거야. 끝이 좋아야 모두 좋지!'

나는 별들이 반짝이는 하늘을 올려다보며 담담하게 내 진로를 뇌까렸다.

연습장 벽에 걸려 있는 벽시계가 4시 반을 가리켰다.

'사범이 올 때가 되었네. 여기서도 물러나야 하나? 이렇게 내 인생의 한 막이 끝나는구나.'

나는 깊이 숨을 들이마셨다. 새벽공기가 매캐했다.

나는 유성으로 차를 몰아 24시간 문을 여는 호텔 대중탕에 들러 온천물에 몸을 녹이고 집으로 갔다.

영란이 소파에서 웅크린 채 잠들어 있었다. 나는 연락도 없는 남편을 기다린 아내에게 미안한 마음이 들어 그녀를 깨우지 않으려고 앞발로 조심스럽게 안방으로 걸어갔다.

"당신 연락도 없이 밤새 어디 갔었어요?"

영란이 소파에서 몸을 일으키며 졸리는 목소리로 말했다.

"온천장에 가서 목욕하고 왔는데."

나는 그녀의 반격에 화들짝 놀라며 주눅이 든 목소리로 말했다.

"밤새 목욕을 해?"

"응. 골프 연습 좀 하고."

"무슨 골프 연습을, 어디서?"

"회사에서."

"회사라고? 김 박사랑 나 부처장이랑 12시도 되기 전에 집에 들어왔던데."

"응, 나는 2차 안 가고 바로 회사 갔었거든."

"당신 술이 잔뜩 취해 차를 몰고 갔다고 해서 어디 차를 처박았나 하고 얼마나 걱정을 했는데……, 정말 어디 갔었어?"

"회사 갔었다고 했잖아. 배고픈데 뭐 먹을 것 없어?"

"어디 갔었냐는 대답 않고 새벽부터 무슨 밥 타령이야?"

"내 두 시간만 쉬고 나와서 다 이야기할 테니 그 때 애들이랑 같이 밥 먹게 깨워."

영란은 어이없는 표정을 지었다.

나는 안방 침대에 쓰러지듯 누웠다. 밤을 꼬박 새웠으나 잠이 오지 않았다. 머리가 더욱 맑아졌다.

나는 뒤척이다 거실로 나왔다.

"밤새 어디 갔다 온 거야?"

영란이 시비를 붙었다.

"응. 잠도 안 오는데 가족회의를 하지."

"첫 새벽부터 무슨 가족회의?"

나는 희진과 수진의 방을 노크하며 큰 소리로 불렀다.

"어서 세수들 하고 나와라."

나는 부스스 눈을 부비고 나오는 아이들에게 다감한 목소리로 말했다. 새벽부터 잠을 깨우는 아버지를 의아한 눈으로 쳐다보다 세수를 하러 세면장으로 들어갔다.

나와 두 아이가 마주보고 앉았다.

"당신도 이리 와 앉지."

나는 소파 저쪽에 앉아 있는 영란에게 말했다.

영란은 못마땅한 표정으로 자리를 옮겼다.

"어제 회사에서 구조조정에 대한 최종 결정이 났다. 20년 이상 다닌 직원은 무조건 사표를 내는 것으로 결정됐다."

나는 '무조건'이라는 단어에 액센트를 넣었다.

"20년 이상 회사를 다닌 아빠도 사표를 내야 한다. 사표를 내면 희망 퇴직금이라 하여 1년치 월급을 더 받는다. 사표를 내지 않으면 회사에서 불이익을 받다가 결국 강제로 쫓겨나게 될 것 같다. 어떻게든 회사에서는 정부에서 정해준 숫자만큼 감원해야 하니까."

나는 남의 이야기하듯 연설을 하고 있는 내가 신기했다.

"그래서 어제 저녁 회사 동료들과 술 한 잔 했다. 술 끝나고 바로 회사로 가서 밤새 어떻게 할까 생각하고 또 생각했다. 아빠는 너희들을 부양할 책임이 있어 함부로 사표 내는 것을 결정하기가 쉽지 않았다. 수모를 당하더라도 사표를 안 내고 버틸 것인가, 아니면 깨끗이 사표를 내고 새로운 인생을 설계할 것인가 무척 고민하다가 결국 사표를 내고 새로운 인생, 내 인생을 찾기로 결정했다."

침묵이 흘렀다.

"아빠가 심사숙고하여 내린 결정이다. 아빠 말은 끝났다. 할 얘기 있으면 해 봐라."

나는 가족들을 둘러봤다. 아내는 황당하다는 표정을, 딸 수진은 놀란 표정을 지었다. 아들 희진은 나를 빤히 쳐다봤다.

"짝짝짝."

갑자기 희진이 박수를 쳤다.

"아빠 멋쟁이다. 나는 아빠 결정에 전적으로 찬성해요. 아빠 힘내세요."

희진이 살가운 말투로 말했다.

"나도 아빠 결정 찬성해요. 아빠가 밤새 고민하셨는데 저희들은 그것도 모르고 잠만 자서 죄송해요."

수진이 오빠의 말을 받아 바로 찬성의 뜻을 표했다. 나는 딸의 진정어린 말투에 코끝이 찡해졌다.

"당신은?"

나는 아내를 쳐다봤다.

아내는 눈시울이 붉어져 말을 하지 못했다. 그녀는 내 시선을 외면했다.

"그래, 당신도 이의 없는 것 같으니 사표를 내기로 하지."

나는 안방으로 들어가 양복 주머니에서 어제 관리본부장으로부터 받은 희망 퇴직원 용지를 꺼내 와서 가족이 보는 앞에서 퇴직원 용지의 빈 칸을 채우고, 사직 날짜로 1999년 1월 5일로 적고 서명을 했다.

"당신 정말 사표 낼 거요? 사직 날짜가 내년 1월 5일이면 잘 생각해 보고 사직 안 할 수도 있잖아요?"

내가 사표를 접어서 봉투에 넣는 것을 보며 아내가 울먹였다.

"아니. 날짜만 그렇지 적는 거야. 희진이랑 수진이도 다 찬성하잖아. 사람은 물러날 때 깨끗이 물러나야 해."

"당신 오늘은 내지 말고 다시 한 번 생각해 보고 내일 내요."

영란이 토를 달았다.

"내일이라고 달라질 것이 없어. 오늘 출근하여 바로 낼 거야."

나는 자리에서 일어서며 못을 박았다.

22...

"손 박사 결정에 존경을 표해요."

내가 관리본부장으로부터 사직을 권고 받은 다음 날 바로 사표를 내자, 관리본부장은 내가 사표를 제출하고 차를 한 잔 얻어 먹고 그의 방을 나서자마자 바로 사장에게 보고한 모양이었다. 내가 사표를 내고 내 자리에 돌아오자 박신호 사장이 나를 찾았다고 여직원이 전했다.

박신호 사장은 나의 손을 잡고 흔들며 큰 제스처로 내가 사표를 내 준 것에 감사를 표했다.

"감사합니다. 이렇게 불러서 격려까지 해 주셔서."

나는 손을 사장에게 맡겨 놓은 채 담담하게 말했다.

"정말 어려운 결정 했어요. 내년이라도 경기가 좋아지면 손 박사를 제일 먼저 부르지요. 우리 손 박사같이 유능한 전문가를 나가라는데 나도 고민이 많았어요. 그렇다고 손 박사만 봐줄 수 없어 일괄적으로 20년 이상 다닌 사람 모두를 희망퇴직 받기로 했지만."

나는 긴 사설을 늘어놓으며 그의 결정을 합리화하는 박신호 사장을 찬찬히 쳐다봤다. 머리 뿌리에서 흰 머리가 자라고, 눈 가장자리로 주름살이 뚜렷했다. 실세와 잘 통한다고 허세를 부릴 때 나이를 잊게 했던 사장의 패기는 찾을 길 없고, 한 힘없는 노인으로 내 눈에 앉아있는 사장을 마주보며 연구를 위한 연구를 하는 기술자로 매도당했을 때 느꼈던 짙은 혐오감이 스르르 얇아졌다. 그가 사장 자리를 보전하기 위하여 별 수 없이 부하를 자른 불쌍한 월급쟁이로 내 눈에 비쳤다.

그는 여비서에게 차를 가져오라고 주문했다.

"내가 다음 갈 자리 알아봐 드릴까? 사무총장에게 부탁하면 자리 하나쯤 이야."

그는 자세를 바로 하며 다시 허세를 부리는 사장으로 돌아왔다. 나는 다른 직장을 마련하겠다는 그의 허세에 귀가 쫑긋해졌다.

"그렇게까지."

"염려 말아요. 내가 나가라고 했으니 그 뒤는 내가 책임져야지."

"고맙습니다."

나는 고개를 숙여 감사의 뜻을 표했다. 여비서가 차를 날라왔다. 나는 차를 후후 불어 마시며 사장과 무슨 이야긴가 해야 할 것 같은데 할 말이 생각나지 않았다. 사장과 나는 너무 다른 세계에 살고 있었다.

"사장님. 저 청이 하나 있는데요."

나는 찻잔을 탁자 위에 내려놓으며 진지한 표정으로 사장을 쳐다보았다.

"청?"

사장은 내가 진지한 표정으로 청을 하자 순간 경계의 빛을 보였다.

"제가 배우고 경험한 것을 전수할 수 있도록 제 실원들을 데리고 세미나를 했으면 하는데요……. 일과 시간 후에 할 수는 없고 일과 시간에 하루 한두 시간씩 제 강의를 듣도록 시간을 허락해 주시면."

"나가면서 경험을 전수하겠다고?"

"네. 제가 애써 터득한 기술이 그냥 사장되는 것이 좀 아까운 생각이 들어서요. 오후 다섯 시에 시작하여 일곱 시쯤까지 두 시간씩 며칠 할까 하는데요."

나는 일과 시간에 한 시간을 할애해 달라는 의사를 분명히 했다.

"좋습니다. 나가시면서도 그렇게……."

사장은 내 손을 덥석 잡았다.

"감사합니다. 정말 손 박사는 애국자십니다."

사장은 잠시 내 눈을 쳐다보며 내 진의를 확인하는 것 같았다.

"조 본부장 오시라고 해."

사장이 인터폰에 대고 큰 소리로 여비서에게 지시했다.

"그래요. 손 박사같이 오랫동안 현업에 종사하시면 그 동안 쌓아온 노하우가 많으실 텐데 그것을 사장하기는 너무 아깝지요. 내가 손 박사 같은 인재를 별 수 없이 내보내야 하는 것을 생각하면 가슴이 아픕니다. 내년이라도 자리가 생기면 제일 먼저 손 박사를 부르겠습니다."

나는 몇 초 전 집권당 사무총장에게 부탁하여 나의 자리를 찾아보겠다던 사장의 말이 공수표인 것을 눈치 채고 마음이 허전해졌다.

때가 때인지라 조인택 본부장이 허겁지겁 사장실로 달려 왔다.

"우리 손 박사는 보배요."

박신호 사장이 자리에 서서 두 손을 마주잡고 그의 지시를 기다리는 조인택 본부장에게 말을 던졌다. 사장의 말뜻을 알아듣지 못한 조 본부장은 사장과 나를 번갈아 보았다.

"우리 손 박사가 회사를 떠나면서 그동안 배우고 경험한 기술을 전수하게 직원들을 대상으로 세미나를 하겠다니 적극 지원해 줘요."

"직원을 대상으로 세미나를?"

"네. 얼마나 갸륵해요. 이런 기술자가 있으니 우리나라가 잘 되는 거요."

사장은 손을 뻗어 내 손을 잡았다.

"네, 알겠습니다. 손 박사와 상의하여 적극 지원하겠습니다."

조 본부장은 사장의 지시에 긍정적으로 대답을 하면서도 아직 확실히 무슨 지시인지 이해하지 못하는 표정이었다.

"그래. 손 박사, 조 본부장과 잘 상의해요. 정말 여러 가지로 감사합니다."

사장이 손을 내밀어 나에게 악수를 청했다.

나는 사장과 대등한 관계가 된 기분으로 그의 손을 잡고 흔들었다.

일주일 후, 나는 오후 5시에 첫 번째 세미나를 가졌다. 나는 내 부서에 근무하는 10여명을 대상으로 기술을 전수할 계획이었으나, 예상 외로 30명이 넘는 직원이 참석하여 나를 긴장시켰다.

나는 내 경험을 요약한 자료를 만들어 배부하고, 담담한 마음으로 설명을 이어갔다. 그동안 내가 마음 속에 숨기고 있었던 실패사례도 숨김없이 털어놓았다.

일주일 만에 세미나가 끝났다. 내 강의를 들은 직원 몇이 종강 파티를 하자고 나를 끌었으나, 동서인 김문기로부터 내 퇴직을 축하(?)하는 위로주를 사겠다는 전화연락을 받고 약속을 한 터여서 종강 파티는 다음주에 하기로 하고 바로 집으로 갔다.

내가 집에 들어서자 처제인 허영숙이 쪼르르 현관까지 달려오며 "형부 오셨어요." 하고 인사를 하였다. 영란으로부터 그런 애교스런 영접을 받아본 적이 없는 나는 처제의 애교스런 영접에 새삼 여자의 매력을 느끼며 거실로 들어섰다.

김문기가 소파에서 일어서며 "형님 안녕하세요?" 하고 인사를 하였다. 나보다 나이가 많은 손아래 동서는 결혼 초기에는 나에게 존댓말을 하는 것을 퍽 어색해 하였으나, 언제부터인가 형님이라는 말을 자연스럽게 했다.

"형님. 여자들은 여자들끼리 놀라고 하고 우리끼리 나가서 한 잔 하지요."

내가 웃옷을 벗어 장에 걸고 나오자 김문기가 제의했다.

"그럴까?"

나는 처제의 눈치를 보며 말했다.

"그래요. 두 사람 나가서 술 한 잔 하고 오세요."

영숙이 선선히 남편의 제의에 답했다.

나와 김문기는 등심을 안주삼아 소주를 마셨다.

"그래 회사를 그만 둔다고요?"

김문기가 확인했다.

"응. 그만 두기로 했어."

"형님이 그 분야 세계 최고라고 하던데 그런 전문가도 다 퇴출시키나?"

평소 박사인 나에게 치어 눈치를 보며 살던 김문기가 묘한 표정을 지었다.

"그냥 내가 나왔어. 20년 이상 다닌 사람은 사표를 내라고 하는데 나만 버티기도 그렇잖아."

"그렇게 마구잡이로 잘라요?"
"어떻게 하겠어. 구조조정 숫자는 위에서 내려왔고 못 자르면 사장이 나가야 하는 판인데."
"하기야 우리 회사도 감원바람이 불어 어수선해요."
그는 그가 다니는 공단을 '회사' 라고 했다.
"그래 자네는 괜찮나?"
"저야 평소에 닦아 놓은 것이 있으니……, 목은 염려 안 해도 될 것같아요. 그래 형님은 어떻게 하실 작정이요?"
"어디 자리를 알아봐야지. 다음 학기부터 대학교 강사자리는 생길 것 같은데."
"그래요? 대학에."
"응. 공주에 있는 대학인데 우선 3시간 맡을 것같아."
"잘 됐네요. 그래도 많이 배우고 하시니 대학에 자리가 나지요."
"그거 세 시간 해 봐야 기름 값 빼면 아무것도 없어."
"그래요? 그래도 대학 강사인데. 퇴직하면 퇴직금이 얼마나 돼요?"
"응 희망 퇴직금까지 합하면 한 3억 될 거야."
"3억이라. 많은데요."
"적지는 않지."
"그 돈으로 뭘 하실 거요?"
"아직 못 정했어. 나야 평생 돈을 굴려서 먹는 것은 생각도 안 해 보고 살았는데……, 요새 열심히 신문에 난 재테크 기사를 보고 있어. 신문에 보니 실권주나 전환사채에 투자하라는 권고도 있고, 뮤추얼 펀드에 넣으라는 기사도 있고, 신종적립이라고 하던가. 뭐 그런 것도 있는 모양이던데 어느 것이 좋은지 잘 모르겠어."
"공부 많이 하셨는데. 주식투자는 생각 안 해 봤어요?"
"주식? 신문 보니 주가가 500을 돌파했다고 났던데 워낙 기초가 없어서 주식 관련 책이나 하나 사 볼까 하는데. 기초는 알아야 투자를 하던지 결정을 하지."
"주식투자도 책을 보고 공부하여 하시려고?"

"그럼. 내 재산이 아파트 한 채하고 퇴직금 3억이 전분데, 그것으로 애들 공부시켜야지 먹고 살아야지 함부로 할 수는 없잖아. 더구나 주식은 돈 놓고 돈 먹기라고 하던데."

"형님 정공법으로 나가는 것은 알아줘야겠습니다. 주식투자하시려면 제가 조언을 해 드릴게요. 저 아이엠에프 때 300선일 때 주식 사놓고 재미 좀 봤습니다. 아마 주식이 더 오를 것같아요. 지금 우리나라 주가가 너무 형편없이 저평가되어 있거든요."

"그래? 잘 했구먼. 자네는 이재에 밝으니까. 부동산 산 것도 많이 올랐다고 수진이 엄마가 부러워 하던데. 나보고 제 털 뽑아 제 구멍에 박는 사람이라고 답답하다고 하면서."

"그래도 형님은 한 우물 파셨으니 세계적인 전문가가 됐지요."

"세계적인 전문가?"

나는 소주를 죽 비우고 빈 잔을 동서에게 넘기며 자조 섞인 웃음을 삼켰다.

"퇴직금 투자하실 때 제 조언이 필요하면 말씀하십시오. 사실 주식투자는 제가 코치했다가 잘못 될 수도 있지만."

"알았어. 우선 기초를 알아야 하니 주식 기초서적 하나 사서 보고. 내년 1월 5일부로 사표를 냈으니 퇴직금이 내년 초에 나올 거야. 그동안 공부를 좀 해야지. 내가 이재를 다 공부를 하다니. 허허허……."

이빨 사이로 웃음이 새어 나왔다. 가슴이 시렸다.

"퇴직금관리는 추후에 상의 드리기로 하고, 오늘 형님을 찾아 뵌 것은 자리 하나가 있는데 흥미가 있으실지?"

"어떤 자리인데?"

"환경사업 하는 업체인데 마침 그 사장을 제가 잘 알아요. 우연히 형님 이야기가 나와 그 회사 사장이 자기 회사는 당장 써먹을 사람들은 있는데 머리가 없다는 거예요. 그래서 형님이 그만 둔다고 했더니 자기 회사 와서 아이디어를 좀 주면, 신제품을 개발할 수 있도록. 형님 머리를 빌려 한 번 비약하는 계기를 마련해 보고 싶다는데요."

김문기가 젓가락을 딱딱 마주치며 말했다.

"구체적으로 무엇을 해달라는 거야?"

"재택근무도 좋으시고 그 회사에서 개발하여 돈을 벌 수 있는 신제품 아이디어를 달라는 겁니다. 흥미 있으시면 내일 그 사장을 한 번 만나 보시지요."

"재택근무도 좋고 아이디어만 주면 된다?"

"네."

"환경사업 하는 업체?"

"네."

"아이디어만 주라? 그런데 환경공학은 나 전혀 모르는데."

"기술이야 다 같은 건데 환경도 공장 있고, 기기도 있고 하니 일반 공장과 같다고 생각하시면 돼요. 만나보고 싫으시면 그만이니."

"그래? 그럼 한 번 만나보지."

"그럼 내일 오후 6시 반에 제가 형님을 모시러 가겠습니다."

"그렇게 해."

"그럼 그것은 그렇게 하면 되고. 희진이가 수능 잘 봤다고 하던데."

"아직 발표는 안 해서 확실한 점수는 모르지만 380점은 넘는 모양인데 저는 재수까지 하고 성적이 안 올랐다고 불만이 많은 것 같던데."

"380점이 넘었는데도?"

"그래서 고민이야, 어느 대학에 넣어야 할지……, 390점을 넘었으면 안심인데."

"즐거운 고민이십니다. 우리 기철이야 겨우 300점 넘은 것같아 대전에 있는 대학 보내기로 했습니다."

"대전에 보내면 좋지. 돈도 덜 들고. 희진이 서울로 보내면 돈이 만만치 않게 들 텐데. 내가 직장도 그만 둔 처지라."

"곧 직장 잡히겠지요."

"다른 나라들 보면 아이엠에프 극복에 여러 해가 걸리고 그 후유증도 만만치 않던데 우리나라는 언제 벗어날지……."

"김 대통령이 준비된 대통령이신데 약속대로 내년이면 벗어나겠지요."

"그렇게 되면 오죽 좋겠어."

"형님 취직은 곧 되실 거고, 계순희는 정말 대단한 선수예요."
김문기는 방콕에서 개최중인 아시안 게임을 화제로 올렸다.
"대단하지. 애틀랜타 대회 때 금메달을 따더니 이번에는 체급을 올리고 또 아시아를 제패했으니."
"뭐니 뭐니 해도 우리 드림팀이 일본을 깬 것이 통쾌해요."
드림팀은 프로와 아마추어를 망라한 야구 국가대표팀을 칭한다.
"나도 신문에서 봤어. 중계방송은 못 보고."
"박찬호는 역시 잘 던지던데요."
"그러니 미국 메이저 리그에서 버티지."
우리 두 사람은 시시한 이야기를 나누며, 코가 비틀어지도록 소주를 마시고 자리에서 일어섰다. 나는 김문기가 2차를 가자는 것을 사양했다.

23...

오후 6시, 나는 김문기라는 분이 방문객 주차장에서 기다리고 있다는 전화를 경비실에서 받았다.

나는 회사 유니폼을 양복으로 갈아입고 주차장으로 갔다. 김문기가 반갑게 나를 맞았다.

"벌써 왔어?"

나는 손을 내밀었다.

"네. 시내 출장 나왔다가 바로 왔어요."

김문기는 내 손을 잡고 흔들었다.

"어디로 가는데?"

"유성으로 가요."

"비싼 데 아니지?"

"형님이 비싼 데면 가겠어요?"

김문기가 승용차에 올라타며 말했다.

김문기는 나를 유성을 벗어나 공주로 가는 길목에 자리한 한정식집 '금란' 으로 태워 갔다. 종업원이 2층으로 안내했다.

큼직한 온돌방에 들어서자 반백에 풍채가 좋은 장년의 남자가 자리에서 일어서며 우리를 맞았다. 김문기가 바이오엔 하병철 사장이라고 나에게 소개했다. 악수를 하고 명함을 교환하는 절차를 마치자 하병철 사장은 나를 상석에 앉도록 강요했다. 나는 그의 회사에 취직을 부탁하러 온 처지에 상석에 앉는 것이 걸맞지 않아 극구 사양했으나, 김문기까지 나서서 강요하는 바람에 별 수 없이 두 사람을 마주 보고 상석에 앉았다.

"손 박사님 존함은 김 계장님을 통해 여러 번 들었습니다. 김 계장님이 동서분 자랑을 자주 하셨거든요."

하병철은 자리에 앉자마자 입치레를 하였다. 나는 그의 입치레에 얼굴이 뜨거워졌다.

"세계적인 박사님을 좀 더 좋은 데 모셔야 하는데 이런 누추한 곳에 모셔 미안합니다."

나는 고급 한정식 집에 초대해 놓고 겸손을 떠는 하병철 사장의 제스처에 마음이 불편해졌다.

"이곳 좋은 식당인데요. 우리 회사에서 귀한 손님이 오시면 모시는."

나는 방 한쪽 벽을 따라 배설한 장식장 위에 진열된 도자기를 쳐다보며 말했다.

"그렇게 생각해 주시니 고맙습니다. 그래도 세계적인 박사님을 모시는데."

그가 세계적인 박사라는 찬사를 되풀이하자, 꼭 무능하여 진급도 못하고 회사를 쫓겨날 나를 조롱하는 것같아 마음이 불편했다.

"하 사장님, 식사 시작 전에 얘기를 마치는 것이."

김문기가 하 사장에게 말했다.

"그러지요. 박사님을 우리 회사에 모시게 된 것을 영광으로 생각합니다. 그래서 박사님이 가장 편히 일할 수 있도록 모시고 싶습니다. 박사님이 편하시도록 회사에 나오실 것 없이 재택근무를 하셔도 좋습니다. 물론 회사에는 별도로 방을 하나 마련해 놓겠습니다만 편하실 대로 하시면 되십니다. 계약 기간은 우선 2년으로 하고 2년 후에 다시 연기하는 것으로 하면 어떻겠습니까?"

하병철이 나를 빤히 건너다보며 말했다. 나는 그의 눈빛에서 음흉한 인상을 받았다.

"네에에."

나는 그의 제의에 긍정도 부정도 아닌 애매한 대답을 하였다.

"급료는 월 이백으로 하고, 세금은 회사에서 부담하겠습니다. 조건은 일년에 한 가지씩 우리 회사 기존 제품을 개선하거나 신규 제품을 개발할 아이디어를 주시면 됩니다. 2년간 두 건의 아이디어를 주시면 됩니다. 그 아이디어가 특허를 받고 제품화 되면 그에 따른 보상은 별도로 하겠습니다. 우리 회사는 중소기업이기는 하지만 회사에 두뇌 풀이 없어요. 그래서 외람되게도 제가 아주 싼 값에 박사님 두뇌를 빌리자는 겁니다."

"일년에 한 건씩 아이디어를 주면 된다고요?"

나는 하병철의 제의가 너무 의외여서 어리벙벙한 기분이 들었다.

"네. 우리 회사 업무가 우리나라에서 아직 새로운 분야라 개선할 점이 많은데 회사에는 두뇌가 없어 그냥 옛 기술만 되풀이하여 팔아먹고 있어요."

"그래도? 출근을 안 해도 되고."

"네. 사무실을 마련해 놓겠습니다. 출근을 하셔도 좋습니다. 집에서 연구하시는 것이 더 편하시면 그래도 좋다는 말씀입니다. 내일부터 당장 저희 회사에 오시는 것으로 알겠습니다."

하병철은 내 눈을 마주보며 단정적으로 말했다. 그는 그 정도 업무에 그 정도 보수면 당연히 내가 받아들일 것으로 믿는 것 같았다.

"아직 그 회사에 대하여 잘 모르는데……."

나는 그의 베푸는 듯한 자세에 반감을 일었으나 감정을 감추며 말했다.

"아. 김 계장님이 설명 안 하셨군요. 저는 말씀드린 줄 알고……, 저희 바이오엔은 음식물 찌꺼기를 처리하여 비료를 만들고 사료를 만드는 시설을 만들어 팔고 있습니다. 초창기에는 환경감시 설비를 만들어 팔았습니다만 경쟁이 심하여 사업을 다원화하다 보니 음식물 쓰레기 처리 처분 사업이 주가 됐습니다. 회사는 신탄진에 있습니다. 이 사업을 하는데 김 계장님의 절대적인 협조가 있었습니다."

하병철은 김문기를 힐끗 쳐다보며 마지막 말을 추가하였다.

"그럼 음식물 쓰레기를 발효하여 퇴비나 사료로 사용하는 사업입니까?"

"네. 음식물 쓰레기 처리 기기는 두 가지가 있습니다. 지자체 등에서 음식물 쓰레기를 수거하여 공동 처리하는 대형시설과 각 가정이나 아파트 단지에서 소규모로 사용하는 분리수거 용기가 있습니다. 환경감시 기기로 토양 오염을 측정하는 기기를 팔고 있고, 토양 오염 복원 사업도 시작할까 하고 사업 타당성을 조사하고 있습니다."

"그 분야 모두 다 나에게 생소한 분야입니다. 근간 사장님 회사에 들러서 한 번 보고 제가 도울 길이 있다고 생각하면 사장님 제의를 수락하겠습니다."

"형님 능력이면 충분히 하실 수 있어요. 쇠뿔은 단김에 빼다고 당장 내일 가시지요. 그리고 복잡하게 내일 보시고 결정할 것 없이 지금 결정하시고 내일은 회사에 가서 업무 파악하는 것으로 하시지요."

김문기가 나의 승낙을 강요하였다.

"알았어. 하 사장님 제의가 아주 파격적이니 내일 가서 보고 도울 것이 있으면 도와드려야지. 가서 보고 내가 알아서 할게."

"자, 그럼 수락한 것으로 알고 제가 술 한 잔 올리겠습니다."

하병철 사장이 두 손으로 술잔을 나에게 건넸다.

나는 그의 말에 긍정도 부정도 않고 그의 잔을 받아 입에 댔다가 내려 놨다. 식사가 끝나자 하 사장은 2차로 입가심을 가자고 하였다.

나는 처음 만나는 사람과 2차에 가서 노닥거리기가 싫어 완곡히 그의 청을 거절했다.

"제가 첫 달치 수고비를 준비해 가지고 나왔는데……."

자리에 일어서며 하병철 사장이 김문기의 눈치를 보며 말했다. 나는 아직 취업 수락도 안 했는데 벌써 월급을, 하며 뭔가 잘못 돌아가는 기분이 들어 눈살을 찌푸리며 김문기를 건너다봤다.

"우리 형님 성격에 지금 안 받으실 거요. 내일 회사에 들르면 드리시지요."

김문기가 두 사람을 돌아보며 결론을 내려줬다.

나는 취업 면담자리인 상견례 자리에서 내 의사도 듣지 않고 봉급 봉투를 준비해 온 하병철 사장의 처사가 마음에 걸렸으나, 동서인 김문기의 체면을 봐서 내일 오후에 회사를 방문하겠다는 약속을 다시 하고 자리를 떴다.

24

다음날 오전, 나는 하 사장을 방문하기 전 사전 지식을 얻기 위하여 인터넷에 들어가서 음식물 쓰레기 처리업체의 현황을 점검했다.

나는 전국 도처에 내가 예상했던 것보다 훨씬 많은 음식물 쓰레기 처리업체가 있는 것을 발견하고 놀랐다.

음식물 쓰레기를 사료로 만드는 기술도 다양했다. 아파트 쓰레기 수거 장소에 '음식물 찌꺼기 수거용' 이라는 팻말이 붙은 플라스틱 통을 무심히 보아왔던 나는 그 통도 다 환경업체에서 개발한 제품이라는 사실을 확인하고 새삼 그 산업에 대하여 인식을 바꿔갔다.

음식물 찌꺼기를 발효하는 데 미생물을 이용하는 것을 확인하고 미생물 분야의 전문가를 채용하지 않고 기계공학을 전공한 나를 그 회사에서 고용하려는지 의문이 갔으나 나는 하병철 사장을 방문하기로 약속한 터여서 시간에 맞춰 그의 회사를 찾았다.

내 차가 바이오엔 정문에 들어서자 수위가 거수경례를 붙여 인사를 하고 내 차를 현관 앞으로 안내했다. 현관에는 하병철 사장이 40대로 보이는 유니폼을 입은 안경을 쓴 남자와 같이 서 있었다. 경비가 차문을 열어줬다. 내가 운전석에서 내리자 하병철은 오랜 동안 헤어졌던 친구를 만난 듯 두 손을 들어 큰 제스처로 나를 환영하며 악수를 청했다. 나는 그의 지나친 환대에 어리둥절했다.

"김순호 기술 연구소장입니다."

하병철이 40대를 소개했다.
"손상홉니다."
나는 그의 손을 잡으며 말했다.
"김순홉니다. 손 박사님 잘 부탁드립니다."
김순호가 내 손을 두 손으로 감싸며 말했다.
"키를 주시지요. 김 소장, 이 차 좀 파킹해."
하병철이 연구소장에게 명령했다.
"아니 제가 하겠습니다."
나는 내가 취업을 하게 되면 직제상 내 직속상사가 될 사람에게 내 차를 주차하게 할 수가 없어 자동차에 오르며 말했다.
"그럼 저기 주차장에……."
김순호가 주차 공간을 손바닥으로 가리켰다.

나는 하병철을 따라 2층 사장실로 갔다.
"사무실이 누추하여……."
하병철 사장이 그의 사무실에 앞장서며 얼굴을 붉혔다.
사장의 집무실은 예상보다 좁았다. 책상 하나, 소형 소파와 책장 하나가 그의 사무실을 꽉 채웠다.
"정말 일하시는 사무실인데요."
나는 그의 사무실을 휙 둘러보며 어색해 하는 그에게 말했다.
"차 한 잔 하시고 회의실로 가시지요."
나는 하병철 사장이 꼭 나를 그의 상사를 대하듯하여 어색했다.
"오늘 오전에 인터넷에 들어가 봤더니 음식물 쓰레기 처리 업체가 많은 것에 놀랐어요."
차가 나올 때까지 시간을 메우기 위해 내가 먼저 말을 꺼냈다.
"아 그러셨어요? 이 업계도 경쟁이 심해요. 아이디어도 비슷하고. 그래서 박사님을 모셔서 새로운 돌파구를 찾고자 한 겁니다. 공장시설을 설계하셨으니 우리 시설을 제 3자적인 입장에서 보시면 무엇인가 개선할 점이 보이지 않을까 생각돼서요."

나는 하병철의 말을 들으며 그가 왜 환경공학이나 미생물학 전공이 아닌 나를 그의 회사 자문으로 초대했는지에 대한 의문이 일부 풀리는 것 같았다.

회의실에 들어서자 자리에 앉아있던 유니폼을 입은 세 직원이 자리에서 일어서서 경직된 자세로 나에게 목례를 하였다. 하병철 사장이 연구소 연구원들이라고 그들을 몰아서 나에게 소개했다. 하병철 사장은 나를 헤드 테이블, 그의 옆자리에 앉으라고 하였다. 하병철 사장 앞쪽에 김순호와 연구원 한 사람이, 내 앞쪽에 연구원 두 사람이 마주 보고 앉았다.

하 사장이 나를 그들에게 소개했다.

"어제 말씀한 손상호 박사님이셔. 발전소는 물론 산업시설의 건설, 운영에 대한 에이이(A/E) 분야에 세계적인 전문가셔. 앞으로 2년 동안 우리를 돕기로 하였으니 도움을 받을 것이 있으면 문의하고 도움을 받도록 해요. 김 소장이 연구원을 소개하지."

김순호가 연구원들을 소개했다. 연구원들은 자리에서 일어서서 나에게 목례를 하고 앉았다. 나도 목례로 답했다.

약간 신경질적으로 보이는 김순호는 나에게 적대감을 가진 것 같았다.

"우리 연구소 직원은 김순호 소장과 이 세 사람이 전붑니다. 연구소라고 하기에는 너무 빈약하여 말씀드리기 뭐합니다만 우선 이렇게 네 사람으로 연구소를 만들어 제품을 개발하고, 기존 제품의 문제점도 개선하고 있습니다."

하병철 사장이 변명 비슷하게 서두를 꺼냈다.

"네에에."

나는 고개를 끄덕이며 진지한 표정으로 그의 말을 받았다.

"우리 김 소장은 수질 분야 기술사 자격증을 가지고 있으며, 나머지 세 사람은 대학에서 토목분야, 생명공학분야, 기계분야를 전공하고 기사 자격증을 가지고 있습니다."

하병철 사장이 전공분야를 언급할 때마다 해당분야를 전공한 기사가 고개를 끄덕이며 나에게 자신을 알렸다. 나는 고개를 끄덕여 그들에게 알았다는 신호를 보냈다.

"그럼 김 소장이 회사 업무도 설명하고, 앞으로 어떤 분야에 도움이 필요한지도 말씀드리고 하세요. 전문가 분들이 편한 마음으로 이야기를 나눌 수 있도록 나는 내 방에 가 있을 테니 이야기가 끝나면 제방으로 오시지요."

하병철 사장이 자리에서 일어서며 나에게 말했다.

"네. 그렇게 하겠습니다."

나도 그를 따라 자리에서 일어서며 말했다. 하병철 사장은 나에게 고개를 숙여 예의를 표하고 자리를 떴다.

"그럼 회사 업무에 대하여 말씀드리겠습니다."

하병철 사장이 회의실을 나가자 김순호 소장이 시선을 창밖에 둔 채 말했다. 나는 그의 자세에서 저항감을 느꼈으나 모르는 척했다.

"우리 바이오엔 회사는 바이오 엔바이로멘트, 즉 생명공학을 이용하여 환경을 지킨다는 뜻에서 엔바이로멘트에서 엔자를 따서 회사 이름을 그렇게 지었습니다. 회사 자본금을 5억입니다. 조직은 생산관리본부, 환경기기본부와 우리 연구소 3 개부서가 있으며, 생산관리본부에서는 음식물 쓰레기 처분기 FWT-2000을 생산 관리는 물론 판매까지 담당하고 있습니다. 환경 기기본부에서는 조금 있다 말씀드리겠습니다만 환경감시 장비를 설치하고 그 운영을 지원하고 있으며, 우리 연구소에서는 새로운 기기 개발과 기존 설비의 개량 업무를 담당하고 있습니다."

나는 김순호 소장이 설명하는 내용을 바이오엔(주) 홈페이지에서 보고 이미 알고 있었으나 처음 듣는 척했다.

"우리 하병철 사장님은 우리나라에서 버리는 음식물 쓰레기가 북한 전 주민이 먹는 주식보다 많다는 것을 항상 가슴 아프게 생각하시면서 어떻게든지 그 쓰레기를 재생하여 활용하는 것이 국가경제에 기여한다는 큰 뜻을 가지시고 음식물 쓰레기를 활용하는 연구를 시작하시었습니다. 음식물 쓰레기로는 채소류가 가장 많이 나오고, 다음 어육류, 곡류, 과일류 등이 나옵니다. 이러한 음식물 쓰레기를 호기성 미생물의 활동에 필수적인 산소, 온도, 습도 등을 적당히 조절하여 유기물이 활동하는 데 가장 좋은 조건을 만

들어서 발효를 통해 음식물 쓰레기를 소멸시키며, 수분 소멸제로는 우리 회사에서는 왕겨를 사용하고 있습니다. 우리 회사에서는 현재 두 종류의 상품을 내놓고 있습니다. 하나는 FWT-2000 대용량 시설로 음식물 쓰레기를 사료 또는 퇴비화 하는 시설이며, 또 하나는 아파트 단지나 가정에서도 손쉽게 음식물 쓰레기를 탈수, 발효하여 음식물 쓰레기 발생량을 줄이고 환경을 보호하도록 개발한 키친 헤피어와 에이피티 클리너입니다. 우리나라는 물론 미국, 일본, 유럽 여러 나라의 특허를 받고, 실용신안을 받았으며, 의장등록도 되어 있습니다. 더 자세한 것은 공장을 돌아보시면서 설명 드리겠습니다."

창밖을 보고 설명을 시작한 김순호 소장은 고개를 돌려 나를 주시하며 그의 지식을 자랑하기 시작했다.

"아 그러세요."

나는 그의 설명에 공감을 표시하며 그의 전문성을 존경하는 태도를 보였다. 그는 내가 진지한 자세로 그의 설명을 듣자 나를 처음 만났을 때부터 보이던 적대감이 조금씩 수그러드는 것같이 보였다.

"우리 회사에서 하는 또 한 분야는 환경감시입니다. 대기 오염, 수질 오염, 토양 오염을 감시하는 장비를 개발하여 시판하고 있으며, 그 장비를 점검, 운영하는 용역도 해 주고 있습니다."

김순호 소장은 장황히 바이오엔(주)에서 개발한 환경감시 장비를 설명했다.

나는 그런 장비에 대하여 인터넷에서 약간의 사전지식을 얻어 개괄적으로 알고 있었다.

"설명 잘 들었어요. 김 소장님 아주 전문가신데, 앞으로 많이 배워야겠습니다. 잘 가르쳐 주십시오."

김순호 소장이 회사 소개를 마치자 나는 극진히 고개를 숙여 그를 추켜세웠다.

"뭘요. 박사님이 저보다……."

"아직 제가 이 회사에서 무엇을 해야 하는지 잘 모르겠습니다만 앞으로 많은 지도 바랍니다."

나는 다시 한 번 머리를 숙였다.

“박사님 대단하시다는 말씀은 사장님께 익히 들었습니다. 분명히 우리 제품을 한 단계 올려놓으실 수 있을 거라고. 저희들이야 항상 이 일을 하다 보니 타성에 젖어 개선점이 잘 안 보여요. 박사님은 발전소랑 큰 공장을 짓는데 설계를 하고 감리를 하셨다니 그 경험을 살려 우리 회사가 클 수 있도록 도와주세요.”

박사라는 나의 타이틀에 주눅이 들었던 김순호는 내가 그의 말을 경청하고 그를 인정하는 태도를 보이자 나에 대한 경계심을 풀고 솔직해지기 시작했다.

“그럼 현장을 한 번 둘러볼까요?”

“그러시지요.”

김순호는 FT-2000 시제품이 있는 건물과 환경감시 기기를 만드는 건물로 안내했다. 그는 연구실도 안내했다. 큰 회사 좋은 시설에서 근무했던 내 눈에 김순호가 근무하는 연구실은 소꿉장난을 하는 시설 같았다.

시설 견학을 마치고 소장 방에 들러 차를 마시며, 그는 스스럼없이 사장이 나를 채용하게 된 또 다른 이유를 설명해 줬다.

“이제 손 박사님이 우리 식구가 되셨으니 솔직히 말씀 드립니다만 우리 회사에서 연구소를 설립한 것은 정부에서 연구개발비를 따는 데 연구소가 필수적으로 있어야 하기 때문입니다. 사실 지금은 기술사인 저 혼자라서 기술 인력이 부족하여 정부에 연구비 신청하며 인적 자료를 제출할 때마다 어려움이 있었습니다만 이제 손 박사님이 참여하게 되어 연구비 확보에 큰 도움이 될 것 같습니다.”

“아, 그렇겠네요.”

나는 정부에서 연구비를 딸 때마다 겪었던 까다롭고 복잡했던 행정절차를 떠올리며 고개를 끄덕였다.

“회사 업무도 잘 듣고, 공장도 둘러 봤습니다. 김순호 소장 굉장히 열성적이고 유능하던데요.”

견학을 마친 나는 사장 방에 들러 덕담을 했다.

"그러셨어요? 우리 회사가 퍽 왜소하지요? 중소기업이라는 곳은 다 이래요. 우리 회사가 힘을 얻도록 좀 도와주세요."

하병철은 진지한 말투로 나의 도움을 청했다. 나는 그의 진지한 자세에 감동되어 가슴이 찡해졌다.

"알겠습니다. 김순호 소장도 열심이고 그 연구원들도 진지한 자세였습니다. 제가 이 회사를 위해 할 수 있는 일을 찾아보겠습니다."

나는 바이오엔사를 방문하여 회사 업무에 대한 설명을 듣고 현장을 돌아보고 생소한 분야에 도전해 보고 싶은 의욕이 솟는 터에, 하병철 사장이 진심으로 나를 원하는 것같아 그의 제의를 선선히 수락하였다. "아, 감사합니다. 이거 천군만마를 얻은 것 같습니다."

하병철 사장은 내 손을 덥석 잡고 기뻐하였다.

"오늘 우리 회사에서 보배를 얻은 기념으로 파티를 하고 싶은데 괜찮으시지요?"

"아니. 저 저녁에 선약이 있습니다. 그리고 그렇게 말씀하시면 제가 부담이 갑니다. 다음날 간단히 신고나 하게 해 주시면."

나는 내 세미나 종강파티를 오늘 저녁에 하기로 한 직장 동료들과 약속을 생각하며 그의 제의를 정중히 거절하였다.

"그럼 내일 저녁은 어때요?"

그가 책상 위에 놓은 다이어리를 한 장 넘기며 물었다.

"좋습니다. 제가 신고해야 하니 사장님을 모시겠습니다."

"그것은 어떻게 해도 좋고 내일 그럼 저녁으로 하겠습니다. 시간과 장소는 내일 연락 드리겠습니다. 김문기 계장님도 같이 참석해도 좋겠지요?"

"네. 나쁠 것 없지요, 시간이 되면."

"그럼 저, 박사님, 김 계장님, 그리고 김순호 소장, 그리고 부사장과 생산본부장, 환경기기본부장도 참석하도록 하겠습니다. 상견례 자리이니."

나는 좋다는 표시로 고개를 끄덕였다.

"그리고 이거 첫달 고문료입니다."

하병철 사장은 소파 옆 탁자 미닫이에서 하얀 봉투를 꺼내 나에게 건넸다.

"아직 일도 시작하지 않았는데……."

"손 박사님은 오늘부터 우리 회사 고문이십니다. 당연히 인재를 얻었는데 고문료는 미리 드려야지요."

하병철 사장은 첫 달치 고문료가 든 봉투를 강제로 나의 포켓에 밀어 넣었다.

아파트 현관에 들어서자 영란이 쪼르르 나오며, "당신 취직됐다며?" 하며 나를 반겼다.

"취직?"

"기철이 아빠가 시켜줬다며?"

"기철이 아빠가?"

내가 바이오엔을 나서 집에 오는 30분 사이에 월급봉투를 건넨 하 사장은 김문기에게, 김문기는 처제에게, 처제는 언니에게 연락을 취한 모양이다. 나는 빠른 통신 수단에 놀라며, '동서가 그 정도 직장을 소개하고 생색을 내나?' 하며 픽 웃었다.

"그래. 기철이 아빠가 소개했어."

"당신 취직도 됐고 하니 희진이 진학문제 이야기 좀 해."

"희진이 진학? 수능 380점으로 들어갈 수 있는 대학으로 해야지."

"희진이 재수까지 했는데 금년에는 꼭 대학에 들어가야지. 네 개 대학까지 복수지원 가능해서 그러라고 했더니, 희진이가 쓸데없이 원서비 버릴 필요 없다고 2개 대학만 지원하겠대. 서울대와 연대만 넣겠대."

"그 성적으로 서울대는 어렵잖아? 두 개를 넣으려면 연대와 충대를 넣으라고 하지 그래."

"충대 넣으면 충대 가라고 할 거라고 싫대. 당신이 설득해 봐."

"내가?"

"그럼 아빠가 해야지. 희진이 일생이 걸린 문젠데 아빠가 모른 척할 거야? 사표내고 뒤숭숭할 것같아 말 안 했는데 취직도 됐다니 좀 챙겨."

영란이 명령조로 말했다.

솔직히 나도 희진의 대학진학에 관심이 없는 것은 아니었으나, 희진이 실직한 아빠의 처지를 이해하고 별도로 하숙비가 들지 않는 대전 소재 충남대를 지원해 주기를 바랐다. 그 정도 수능 성적이면 쉽게 충남대에 들어갈 것 같았다.

그날 저녁 나는 희진과 대학 진학문제를 상의하다가 내 무식만 탄로나고 말았다.

표준 점수, 수리 탐구영역, 언어영역 등 생소한 용어를 들으며, 그 뜻을 물을 수도 없어 어물거리다가 결국 희진이 원하는 대로 서울에 있는 두 개 대학에 입시원서를 내는 것으로 결론을 내렸다.

나는 다음 날 김순호 소장이 알려준 한국관에 약속시간 5분 전에 도착했다. 하병철 사장은 미리 예약한 별실에서 나를 기다리고 있었다. 이미 첫 달치 월급을 받아 하병철의 부하 사원이 된 나는 사장이 직원인 나를 기다리는 것이 미안했다. 방에는 부사장과 생산관리본부장, 환경기기부의 본부장도 나와 있었다. 나는 그들과 수인사를 나누고 자리를 비워놓은 사장 맞은편에 앉았다. 김문기는 식사가 끝날 때까지 나타나지 않았으나 나는 그에 대하여 묻지 않았고 그들도 나에게 아무 말도 해 주지 않았다.

회식에 참석한 간부들은 처음 몇 분간은 나에 대해 깍듯이 예의를 차리는 것 같았으나 술이 두 순배 돌자 이방인인 나를 제쳐놓고 자신들만의 대화를 계속했다. 하병철은 간간이 나를 챙기며 나를 위한 파티라는 것을 부하들에게 상기시켰다. 그들은 사장의 주의를 잠시 챙기다 바로 잊은 듯 끼리끼리 즐겼다.

"자 손 박사 입가심 갑시다. 김 계장님도 오실 거고."

회식이 끝나 자리에서 일어서며 술기운에 풀어진 하병철 사장이 헐렁한 목소리로 말했다.

"2차요?"

나는 웃옷을 주워 입으며 말했다.

"네."

"저 2차 안 가는데."
"오늘은 특별한 날이니 한 번 예외를 만드시지요."
김순호 연구소장이 나를 끌었다.
"예외를?"
"가는 겁니다."
하병철 사장이 단정적으로 결론을 내렸다.
나는 입사 후 첫 번째 회식 자리에서 사장의 결정에 반대할 수가 없어 그들의 강권에 따르기로 하였다.

하병철 사장 승용차에 나와 김순호 소장이 탔다. 김순호가 조수석에 탔다.
하병철 사장은 단란주점으로 들어갔다. 나는 마담의 안내를 받으며 룸으로 들어갔다. 김문기가 젊은 아가씨와 맥주를 마시고 있다가 자리에서 일어서서 나를 맞았다.
"형님 술 좀 드셨어요?"
김문기는 그를 보고 놀라는 나에게 아무렇지도 않은 듯 말했다.
"자네가 여기?"
나는 얼떨떨한 목소리 물었다.
"아, 박사님같이 좋은 분을 소개해 줘서 감사의 뜻으로 제가 오시라고 했습니다."
하병철 사장이 김문기를 대신하여 대답했다.
"네에에."
나는 석연치 않은 기분으로 말했다.
나와 하병철은 잠시 상석에 누가 앉을 건가 실랑이를 벌였다. 평소 김문기와 하병철은 가끔 이런 술자리를 같이 하는 눈치였고, 그럴 때 김문기가 상석을 차지하는 모양이었다. 김문기의 손위 동서와 같이 하는 술자리에서 김문기를 상석에 앉힐 수가 없어 나를 상석에 앉으라고 권했으나, 어제부터 하병철의 고용인이 된 나는 상석에 앉을 수가 없어 사양했다. 잠시 나와 하병철이 옥신각신하다가 상석은 비워 놓은 채 나와 김문기가 안쪽에 앉고 하병철과 김순호가 맞은편에 앉았다.

하병철은 양주를 주문하고 아가씨를 불렀다.

하병철은 불려온 아가씨들 중 통통하게 살이 찐 여자를 내 파트너로 정해줬다.

나는 동서와 가끔 고기안주에 소주는 마셨으나, 여자를 끼고 술을 마시는 것이 처음이라 어색했다. 김문기는 아무렇지도 않은 듯 호쾌하게 웃고 즐기며 술잔을 비웠다. 김문기는 나를 전혀 의식하지 않고 옆 자리 아가씨의 유방을 터트리고, 입술을 빼앗으며 진하게 놀아났다.

김문기의 행동이 천박하게 보였다. 손위 동서 앞에서 어떻게 술집 여자와 저렇게 대담하게 행동을 할 수 있나 괘씸하기도 하였다. 김문기는 옆에 앉은 아가씨에게 몰두하여 그녀의 육체를 희롱하다가 생각난 듯 '형님 뭐 하세요. 옆에 아가씨가 섭섭하다고 해요' 하면서 나도 그와 같이 질퍽하게 놀 것을 권했다.

나는 평생 마누라 이외의 다른 여자에게 담백한 편이었으며, 동서가 보는 앞에서 다른 여자와 놀아날 배짱도 없었다. 나는 기껏 내 옆자리 파트너의 손등을 가볍게 치며 나에게 돌아오는 술잔을 비우며 오늘부터 직장 상사가 된 사장과 손아래 동서가 술집 아가씨와 질편하게 놀아나는 광경을 방관자가 되어 관람했다. 나는 2차에 따라온 것을 후회하며 술자리가 끝나기만을 기다렸다.

25...

장수 · 다산 · 부부애의 상징인 토끼의 해가 밝았으나, 나는 새해답지 않은 새해를 맞이하고, 신정 연휴답지 않게 연휴를 보냈다.

나는 내 잘못으로 회사를 그만 둔 것도 아닌데 뭔가 잘못하여 회사에서 쫓겨난 것 같은 자괴감으로 가슴이 오그라들어 사람 만나기가 싫었다. 장모에게 세배는 구정으로 미뤘으며, 서울 동생 집에 계시는 어머니에게는 감기가 심해 연휴에 인사를 갈 수 없다고 거짓말을 했다. 신정 연휴 내내 우성이산을 한두 시간 오르는 것 외에 집에서 뭉개며 내가 살아온 인생을 복기하고 내 인생에 대해 회의에 빠져 허우적거렸다. 산에 오를 때는 모자를 깊이 쓰고 고개를 푹 숙이고 걸었다.

정말 개떡같이 축 처진 신정 연휴였다.

1월 4일, 지난해만 해도 첫 출근 날 양복을 다려 입고 색깔 좋은 넥타이로 골라 매고 분주를 떨었었으나 출근할 곳도, 할 일도 없어 나는 마누라와 아이들 눈치를 보며 소파에 앉았다가, 서재에 갔다가 하며 '이런 게 실업자 생활인가?' 자답했다.

조간신문 머리 기사가 눈을 끌었다.

감원 적게 하면 지원금 증액

노동부 3월까지 〈채용장려금〉도 늘리기로

〈올해 중 실업률이 가장 높을 것으로 예상되는 1분기에 실업발생을 억제하고 실업자의 재취업을 촉진하기 위하여 고용보험의 지원금과 채용장려금 지원규모를 늘릴 방침이며, 지원금액은 임금의 2/3를 지원하던 현행과 대비 3/4까지 지원한다.〉

우리 회사 경영진도 이 기사를 읽었을 테니 20년 이상 다닌 죄로 무조건 사표를 받은 직원 중 몇 사람은 구제를 할 것 같은 기분이 들었다. 나는 '내가 1순위로 구제되는 거 아냐?' 하는 헛꿈에 젖어들었다.

나는 벽면을 가득 채운 책을 등지고 서재에 앉아 멍청히 창밖을 내다보며 어디서부터 단추를 잘못 끼워 회사에서 밀려났나, 왜 젊은 나이(?)에 실업자가 되었지 하며 풀이 죽다가, 혹시 회사에서 사표수리를 보류한다는 연락이 오지 않나 기다렸다.

나는 특별히 고마운 줄 모르고 다니던 회사가, 진급에 한 번 누락됐다고 당장 때려치우겠다고까지 했던 회사가, 내 인생의 전부요 소중한 삶의 터전이었음을 뼈저리게 느끼며 너무나 쉽게 사표를 내던진 만용을 안타까워했다.

내 실력과 경험이 아까워 회사 경영진이 잘못(?)을 뉘우치고 내 사표 수리를 철회하고 당장 나를 부를 것 같은 미망에 사로잡혔다. 더구나 고용보험금에서 월급의 3/4까지 지원해 준다는데…….

나는 회사에서 전화 오기를 초조하게 기다리며 서가에서 아무 책이나 한 권 빼들었다. 박종화의 삼국지 제5권 '오장원의 별' 편이 뽑혔다.

'왜 하필 공명이 쓰러지는 오장원의 별 편을 뽑아?'

나는 삼국지를 열 번은 읽었다. 나는 틈만 나면 삼국지를 다시 읽으며 나도 모르게 유비의 팬이 되어갔다. 원작자 나관중의 유비에 대한 편견을 닮은 것인지 원작을 번안한 박종화 님의 편견이 전염됐는지 모른다. 유비는 후덕한 명군이요, 조조는 간사한 정략가라는 인식이 내 머리에 꽉 박혔다.

'오장원의 별' 편은 내가 좋아하는 유비의 탁고를 받은 제갈공명이 중원

회복의 큰 꿈을 이루기 위해 일곱 번째 기산으로 출정하여 사마의와 겨루다가 격무를 견디지 못하고 이슬로 사라지는 편이다.

아무렇게나 책을 펴자 제갈공명이 하늘에 그의 수명의 연장을 비는 장면이 나왔다.

상통천문(上通天文)하고 하달지리(下達地理)하는 천하의 기재 제갈공명이 중원을 통일하려 일곱 번이나 기산으로 나가 그가 가진 모든 재주를 다하여 장안을 도모하려 하였으나, 하늘의 도움을 얻지 못하고 사람의 도움을 받지 못하여 뜻을 이루지 못하고 명재경각의 순간에 놓여 하늘에 그의 수명을 연장해 줄 것을 빈다. 7일간 기도소의 촛불이 꺼지지 않으면 하늘이 그의 수명을 12년 연장해 준다. 6일째까지 기도를 무사히 마쳤다. 이제 몇 시간만 더 촛불이 꺼지지 않으면 그의 수명은 12년간 연장된다!

공명이 그의 기도를 하늘이 받아들이는구나, 하고 희망을 가지는 순간 사마의의 공격에 당황한 위연 장군이 기도소에 뛰어들며 허둥대다 생명줄인 촛불을 꺼트린다. 제갈공명은 피를 토하고 쓰러진다. 한참만에 깨어난 제갈공명은 '모사재인(謀事在人)이요 성사재천(成事在天)' 이라는 한 품은 말을 남기고 저세상으로 간다.

'모사재인이요, 성사재천이라.'

나는 물끄러미 천장을 올려다보며 공명의 유언을 되씹었다.

'최선을 다하여 수명관리 프로그램을 완성했으나 정말 사소한 오류 때문에 프로그램의 완성이 지연되고, 신용을 잃고, 결국 프로그램은 폐기되고, 회사에서도 쫓겨나고……, 제갈공명도 기산으로 출사할 때마다 매번 자연, 사람의 사소한 오류로 한중으로 물러나고, 결국 중원 통일의 큰 뜻을 이루지 못하고 저세상으로 갔다! 나도 사소한 악재가 겹쳐 결국 내 뜻을 이루지 못하고 회사에서 쫓겨났다……!'

정말 모사는 재인이요 성사는 재천이다…….

나는 천장의 무늬를 올려다보며 '모사재인 성사재천' 을 몇 번이고 외웠다.

'야! 손상호! 회사에서 쫓겨난 주제에 뭐 거창하게 제갈공명과 비교해. 너 정말 웃기는 친구구나!'

나는 쓸쓸히 웃고 삼국지를 책꽂이에 꽂았다.

나는 창밖을 내다보며 수명관리 프로그램이 내쳐진 과정을 더듬다가, 돌발적으로 사표를 내게 된 과정을 되씹었다. 모든 과정이 꼭 희극 같았다.

출근시간이 지났다.

마음이 거처할 곳도 몸이 갈 곳도 없었다.

아침 설거지를 마친 영란은 소파에 앉아 티브이 연속극에 매달렸다.

"또 연속극이야?"

나는 태평하게 연속극에 빠진 영란이 미웠다.

"그럼 뭐해요?"

그녀는 말에 가시가 돋쳤다.

나는 그녀를 더 상대하기가 싫어 거실을 서성댔다.

"당신 할 일 없으면 앞산에나 다녀와요."

내가 출근도 않고 서성이는 것이 신경에 거슬렸던지 영란이 쫑알댔다.

"알았어."

나는 실업자 된 첫날부터 마누라가 괄시야, 하고 욱하고 치미는 화를 꿀꺽 삼켰다.

나는 오리털 잠바를 걸치고 운동화를 신고 현관을 나서다가 오늘 새해 첫 출근 날인데 정초부터 회사에 안 가고 등산복 차림으로 집을 나서는 나를 다른 사람이 어떻게 볼까, 하는 생각이 번뜩 머리를 스쳤다.

'수위가 회사도 안 가고 산에 가는 나를 보면…….'

나는 멈칫멈칫하다가 다시 집안으로 들어왔다.

"당신 산에 안 가요?"

티브이에 눈을 박고 영란이 건성으로 물었다.

나는 "좀 챙길 것이 있어" 하며 서재로 도피했다. 막상 서재에 들어서자 할 일이 없어 의자에 엉거주춤하게 앉아 서가에 진열된 책들을 쳐다봤다. 책들이 퍽 낯설게 보였다. 꼭 다른 사람의 서재에 들어온 것 같았다.

'무엇을 한다?'

'거실에 나가려니 마누라가 쫑알대고 밖에 나가자니 실업자가 된 것을

온 천하에 선전하는 셈이 되고……, 혹시 회사에서 전화가 오면…….'
전혀 책을 볼 마음이 나지 않았다.
'정말 내가 실업자가 되었나? 직장이 새로 두 개나 생겼는데 왜 실업자가 된 기분이지?'
'대학 시간 강사, 바이오엔 고문, 새 직장이 두 개나 생겼는데 왜 실업자야?'

나는 눈이 빠지게 전화를 기다렸으나 쫓겨난 직장에서는 복직을 전하는 전화는커녕 신년인사를 하는 옛 동료의 전화 한 통도 없었다.
'오늘은 시무식인데 높은 사람들이 인사를 다니느라 바쁠 텐데 언제 나를 챙기겠어.'
'야! 손상호! 쫓겨난 직장에서 너를 다시 부른다고? 꿈 깨. 아직 정신 못 차렸어? 새 직장이나 잘 챙겨 또 쫓겨나지 말고. 이 판에 직장을 둘씩이나 얻었다고 남들은 부러워 하는데…….'
나는 새 직장에 충실하기로 억지로 마음을 달랬다.
그래! 오전에는 3월 새 학기에 대비하여 강의준비를 하고, 오후에는 바이오엔(주)을 위해 일하자!

나는 지난 연말 백제대학교에 강의계획서를 보냈다. 중간시험과 기말시험 기간 2주를 빼고 매주 3시간씩 14주를 가르치는 것으로 했다. 실제 축제니 뭐니 해서 한두 주 빠진다고 치고 12주는 강의를 해야 한다. 하루 3시간씩 강의를 하려면 만만치 않을 것같아 나는 강의계획서를 학교에 보낸 후 서울 출장을 간 김에 교보문고에 들러 내가 강의할 분야의 대학교재 세 권과 영어 원서 두 권을 샀다. 나는 구입해 온 책을 훑어보았다. 원서는 물론이고 대학교수 몇 사람이 공동집필한 교재의 사례들이 주로 외국 사례여서 내가 현장에서 경험한 우리나라 실정에 잘 맞지 않았다.
공학은 현장을 중심으로 한 산교육을 해야 하는데 교재를 저술한 교수님들이 현장 경험이 부족한 건지 이론에만 치우쳤다. 학교에서 나를 겸임교수로 채용한 것은 산업현장의 살아있는 지식을 전수하라는 뜻일 텐데 내가 사온 책을 그대로 교재로 쓰면 현장의 생생한 경험을 전달할 수 없을 것 같았다. 나는 남아 도는 시간에 그 동안 내가 겪은 경험을 바탕으로 우리 실정에 맞는 설계이론과 실무를 함께 어우르는 교과서를 써야겠다고 마음먹고 교과서를 쓰는 작업에 착수했다.

나는 3시간씩 12주 강의를 전제로 서론을 포함 12장으로 교과서를 꾸미기로 하고 목차를 정해 갔다. 구입해 온 다섯 권의 책을 펼쳐 놓고 그 책들의 목차를 참고하여 내가 실무를 하면서 필요하다고 느꼈던 부분을 반영하여 한 시간 만에 내 책의 목차를 확정했다. 2월 하순까지 교과서를 다 쓰기 위해 1주에 두 장(章)씩은 써야 한다. 나는 퇴직 전에 챙겨 놓은 자료를 정리하며 부족한 자료는 옛 동료에게 부탁하기로 하고, 시무식 날부터 바로 일을 시작하자며 서론을 쓰기 시작했다.

저술에 들어가자 허둥대던 마음이 안정되어 갔다. 교과서를 쓰는 것이 생각보다 어려웠다. 나는 두 시간을 꼬박 앉아서 서문을 썼다.

점심시간 전에 잠시 쉬러 등산을 나섰다. 마음을 다잡고 글을 써서인지 아침에 집을 나섰을 때 느꼈던 실업자라는 수치감이 많이 희석되었다. '나는 대학 교수야' 하는 자긍심이 내 마음을 떠받혀 아파트 수위의 인사를 주눅이 들지 않고 당당하게 받았다.

오후, 나는 바이오엔(주)을 위한 일에 몰두했다.

나는 인터넷에 들어가 환경산업분야 경쟁사의 업무현황을 파악해 갔다. 대전 근교에 있는 경쟁사를 직접 방문하여 시설을 견학하고 바이오엔(주) 시설과 비교하며 개선점을 찾아야겠다고 생각하고 경쟁사의 주소와 위치를 메모했다. 바로 경쟁사의 시설 방문이 가능한지 확인을 하려다가 시무식 날부터 그런 전화를 하는 것이 실례가 될 것같아 방문을 다음 주로 미뤘다.

나는 환경 산업분야 특허 현황을 확인하기 위하여 특허청 홈페이지에 들어갔다. 나는 특허정보원에 등록된 정보에 접근하기 위해 먼저 회원으로 가입하고 정보를 검색했다.

컴퓨터가 너무 느렸다. 30분을 인내하며 참고 기다려도 정보는 뜨지 않고 계속 접속 중 신호만 떴다. 우두커니 앉아서 정보가 뜨기를 기다리던 나는 더 이상 컴퓨터 앞에 앉아있을 수가 없어 거실로 나와 티브이를 켜고 케이블 티브이에서 방영하는 무협활극을 보다가 다시 서재로 들어갔다.

여전히 내가 찾던 특허정보가 화면에 떠오르지 않았다. 나는 물끄러미 화면 오른쪽 위에서 뱅글뱅글 도는 사이트와 연결 중이라는 콩만큼 큰 표지를 보다가 인터넷에서 빠져 나와 게임을 했다. 잠시 후 나는 다시 특허 정보를 찾아 들어갔다.

아무리 기다려도 사이트와 연결이 되지 않았다. 오후 내내 화면에 정보가 뜨기만을 기다리던 나는 인터넷에서 정보 찾는 것을 포기하고 특허청 자료실을 찾기로 하고 하루 일과를 마쳤다. 나는 실업자(?)가 된 후 첫 번째로 맞는 시무식 날을 그런대로 의미가 있게 보내고 휴, 한숨을 내쉬었다.

1월 6일, 재택근무(?) 3일째.

어제부로 한국엔지니어링주식회사에서 사표가 수리되었으니 오늘부터 정식으로 실업자가 되었고, 20여년을 다니던 회사의 전직 사원이 되었다. 이제 퇴직금을 받는 일만 남았다. 회사에서 나를 다시 부를지도 모른다는 희망을 어제부로 끊었다.

나보다 3개월 먼저 지난 가을에 명예퇴직을 한 동료들과 저녁 약속을 빼고는 하루 종일 매인 일이 없었다.

오전 8시, 나는 교과서 제 2장을 시작하려 컴퓨터 앞에 앉았으나 마음이 흔들렸다. 출근 시간에 맞춰 출근을 하던 습관이 나를 좀쑤시게 하였다. 나도 모르게 밖에 나가서 할 일을 찾고 있었다.

내가 거실에서 서성대자 영란은 찌푸린 얼굴로 나를 쳐다보다 부엌으로 갔다.

문득 오전에 할 일이 떠올랐다.

'참, 이제 직장의보가 안 되지. 당장 누가 아파 보험이 안 되면 큰일이잖아. 지역의보로 바꾸러 가야지.'

오전에 할 일을 찾은 나는 안도의 한숨을 내쉬었다.

나는 시계를 쳐다보고 또 쳐다보며 9시 동사무소 근무시간이 되기를 기다렸다.

시계의 분침이 9시를 지나자마자 나는 외출복으로 갈아입고 자동차를 몰고 2년 전 인감증명서를 떼러 들른 적이 있는 동사무소를 찾았다. 시장통에 위치한 동사무소 앞 주차 공간에는 이미 차들이 빼곡히 주차되어 있었다. 동사무소 주위 골목을 뱅뱅 돌며 주차할 공간을 찾았으나 주차 공간을 찾을 수가 없었다. 나는 할 수 없이 주차료를 물기로 하고 천변 유료주차장에 차를 세웠다.

자동차 밖으로 나오자 가볍게 입은 옷 속으로 추위가 기승을 부리며 쳐들어왔다. 나는 추위에 벌벌 떨고 이를 딱딱 부딪치며 미끄러운 빙판길을 거북이걸음으로 걸어서 동사무소에 들어섰다.

이른 아침시간이라서인지 사무실이 한가했다. 의료보험을 취급하는 창구가 보이지 않았다. 나는 인감증명이란 간판이 걸린 책상 앞에 앉은 안경을 쓴 여직원에게 다가갔다. 그녀가 나를 올려다봤다.

"의료보험을 직장에서 지역으로 바꾸고 싶은데요."

나는 내가 실직을 했다는 말을 하지 않고도 내가 원하는 사항을 적절히 표현했다고 안도하며 그녀를 건너다보았다.

"의료보험은 여기서 취급 않는데요."

그녀가 '이 아저씨?' 하는 표정으로 말했다.

"그럼 어디서 하지요?"

"의료보험공단에서 해요."

그녀는 기계적으로 대답을 하고 바로 서류에 코를 박았다.

"의료보험공단이 어디 있어요?"

동사무소에서 의료보험을 취급하는 것으로 알고 근무시간이 되자마자 달려온 나는 머쓱해서 물었다.

"모르겠는데요."

그녀는 고개도 들지 않고 대답했다.

"감사합니다."

나는 세상사를 너무나 모르는 자신이 부끄러워 멋쩍게 인사를 하며, 속으로는 동사무소 직원이 의료보험공단이 어디 있는지도 몰라 하고 그녀를 나무랐다.

나는 덜덜 떨며 자동차가 주차된 천변으로 걸어가며 여러 사람에게 의료보험공단의 위치를 물었으나 아는 사람이 없었다.

나는 집으로 돌아와 컴퓨터를 켜고 인터넷에서 의료보험공단을 검색하였다. 의료보험공단 홈페이지가 나타났다. 나는 대전지역본부 위치를 메모하고 전화번호도 적었다.

"의료보험을 직장에서 지역으로 바꾸고 싶은데요."

나는 내가 실직한 것을 의료보험공단 창구 여직원에게 고백한 것같아 얼굴이 뜨거웠다.

"증명서 좀 보여주세요."

그녀가 사무적으로 말했다.

나는 그녀의 말뜻을 알아듣지 못하고 "무슨 증명서?" 하며 어리둥절한 표정을 지었다.

"주민등록번호 좀 불러주세요."

'증명서가 뭐야? 주민등록증이라고 하지.'

나는 속으로 투덜대며 주민등록증을 꺼내 그녀에게 건넸다.

그녀는 컴퓨터에 내 주민등록번호를 쳐 넣었다.

"한국엔지니어링 다니셨네요. 언제 직장 그만 두셨어요?"

"어제."

"아직 직장에서 말소신고를 안 했어요. 신고를 접수하면 집으로 통보가 가요. 한 2주 걸릴 겁니다."

그녀는 주민등록증을 돌려주며 무심하게 말했다.

"기다리면 됩니까?"

"네."

"그 동안 아프면?"

"그전 의료보험증으로 돼요."

나는 멋쩍은 표정을 지으며, 그런 사항을 홈페이지에 안내했으면 이런 추위에 이곳까지 안 와도 됐지, 하고 속으로 투덜대며 공단 사무실을 나섰다.

26...

저녁 6시, 나는 지난 가을에 명예퇴직을 한 옛 직장 동료들이 연말에 회사를 쫓겨난 동료들의 백수당 입회를 환영하는 저녁모임에 갔다.

술이 두어 순배 돌자 백수 선배(?)들은 후배들에게 생활의 지혜를 가르쳐 준다며 그 동안 놀며 겪었던 경험담을 큰 소리로 늘어놓았다. 그들의 흰소리가 내 귀에 공허하게 들렸다.

"건강을 유지하려면 생활 패턴을 바꾸면 안 돼. 출근할 때와 똑같이 규칙적인 생활을 해야 하는 거야. 아침에 할 일을 만들어서 출근할 때와 똑같이 출근을 해. 가능하면 넥타이도 매고."

"여행이라도 한 번 다녀오며 마음을 다스려. 마음이 무너지면 생활 패턴이 무너지고 갑자기 건강을 잃게 돼."

"어디 갈 때 편히 다닌다고 잠바나 입고 다니지 마! 꼭 정장을 하고 다녀. 그래야 마음이 흐트러지지 않는 거야."

"우리나라 사람들은 노후에 즐길 줄을 모른단 말이야. 그러니 이제부터 자기 생활을 찾아 즐겨."

"놀다 보면 돈이 무척 많이 들어. 돈 안 들고 노는 법을 배워야 해."

그들은 마음이 흐트러지면 건강을 잃고 건강을 잃으면 인생도 잃는다는 말을 몇 번이나 강조하며 신나게 떠들었다.

백수 선배들의 충고를 들으며, 나는 바이오엔(주)사의 고문에 대학 강사까지 백수로 치지 말라고 마음 한편으로 버티면서도 허전하고 우울한 마음을 지울 수가 없었다.

"실업수당 받아 먹으려면 더럽다. 센터 친구들 내가 보험료 내고 타먹는데 꼭 자기 돈 주는 것같이 하거든. 2주에 한 번씩 취업을 위해 뭘 했는가 증명을 해야 하는데 이 아이엠에프 판에 어디 가서 취직 말을 꺼내 보나? 그냥 선배 동료들 명함 한 장 들고 가서 형식적으로 신고하지. 가끔 확인도 하던데 취직을 하고 속이며 타 먹는 얌체들도 있대. 어쨌든 좀 치사하지만 실업수당 타먹으려면 퇴직 후 2주 이내에 신고해야 하니 빨리들 해."

백수들은 실업수당을 받으며 겪었던 에피소드를 신이 나서 떠들었다.

다음날 새벽같이 잠에서 깼다.

나는 바로 컴퓨터를 켜고 교과서 2장을 마무리 했다. 3장을 쓸 자료를 챙기고 나자 날이 밝았다.

아침 출근 시간이 되자 나는 자리에 차분히 앉아 있을 수가 없었다. 나는 관성적으로 집밖에서 할 일을 찾았으나 특별히 할 일이 없었다.

'참, 실업수당은 퇴직 후 2주 이내에 신청하라고 했지? 오늘 그거나 하러 가자.'

'그런데 직장이 두 개나 생겼는데 실업수당을 신청할 수 있을까?'

'바이오엔(주)은 재택근무를 하는 비정규직이니 직장이라 할 수 없고, 대학 시간강사는 강의료가 교통비도 안 되는데 직장을 가졌다고 할 수 있나?…….'

나는 인터넷에 들어가서 연금관리공단을 열고 내가 실업수당 대상이 되는지를 검색하였으나 그런 질문에 대한 답을 찾을 수가 없었다.

나는 오전 일거리로 연금관리공단을 찾아가 실업수당을 신청하기로 했다.

"아, 실업수당은 고용안정센터에서 하는데요."

내가 연금관리공단 창구직원에게 실업수당을 여기서 취급하느냐고 묻자 안경을 쓴 여직원이 나를 빤히 쳐다보며 그것도 모르느냐는 투로 말했다.

"고용안정센터라는 데도 있어요? 어디 있어요?"

나는 노후연금을 관리하는 연금관리공단에서 당연히 실업수당을 취급하겠거니 여기고 연금관리공단을 찾았다가 창구 여직원이 고용안정센터라는 생소한 기관을 들먹이며 그런 것도 모르는 별스러운 사람을 다 보겠다는 시선으로 나를 올려보자 기분이 상해 퉁명스럽게 물었다.

"어느 구 사시는데요?"

그녀는 귀찮은 목소리로 물었다.

"유성구."

창구직원은 유성구 고용안정센터 전화번호를 알려줬다.

"어디 있어요?"

"저도 몰라요. 전화해 보세요."

"네?"

나는 '연금관리공단이나 고용안정센터나 비슷한 업무를 취급하는 기관인데 그 위치도 몰라?' 질책하는 시선으로 여직원을 빤히 쳐다보며 반문했다. 그녀는 힐끗 나를 올려다보다 눈길을 피했다.

"전화 좀 쓸 수 있어요?"

"저기 공중전화 있어요."

그녀는 고개도 들지 않고 말했다.

나는 공중전화 부스로 가서 그녀가 가르쳐 준 전화번호를 돌렸다.

"유성구 고용안전센텁니다."

전화를 받는 여자 목소리가 상냥했다.

"어디 있어요?"

"네?"

"위치가 어디지요?"

"네에에. 유성 시외버스 터미널 아시지요?"

"네."

"거기서 리베라 호텔로 내려오면 국민은행이 있어요. 그 빌딩 3층이에요."

"감사합니다."

나는 차를 몰아 유성 시외버스 터미널로 갔다. 버스터미널 앞 좁은 빙판길에 차들이 줄지어 서서 제 자리 걸음을 하였다. 버스터미널 근처에 주차할 공간이 없어 나는 골목으로 차를 몰고 들어갔다. 골목마다 주차할 만한 공간은 벌써 만차였다. 나는 골목을 이리 저리 돌며 아직 문을 열지 않은 음식점 앞에 빈 공간을 겨우 발견하고 주차금지라는 입간판을 무시하고 차를 세웠다.

내가 엔진을 끄기도 전에 음식점 문이 열리며 여자 주인이 얼굴만 내밀고 거기다 차를 세우면 안 된다고 항의했다. 나는 자기 땅도 아닌 도로에 차를 세우는데 주차를 하지 말라는 식당 여주인이 고까웠으나 그렇다고 싸울 수도 없어 마음을 누그러뜨리고 10분 이내에 올 거라고 사정을 하였다. 그녀는 영업시간 전에 차를 치워야 한다고 못을 박고, 문을 쾅 닫고 들어갔다.

여기 저기 녹다 만 눈이 쌓여 지저분한 골목 안길은 미끄러웠다. 바람이 매서웠다. 나는 바바리코트 깃을 올리고 빠른 걸음으로 10분도 더 걸어 골목을 벗어났다.

추위가 몸속을 파고들어 덜덜 떨렸다. 난방이 잘된 사무실에서 근무하며 차를 타고 다녀 추위에 직접 노출되지 않고 살아왔던 나는 두꺼운 겨울옷을 두고도 가볍게 옷을 입고 나와 추위에 덜덜 떨었다. 보통사람으로 살아갈 준비가 덜 된 나를 체감했다.

네거리에서 신호가 바뀌기를 기다리는 동안 큰 길을 따라 흘러가는 찬 바람이 얼굴을 때렸다. 얼굴이 아렸다. 발이 시려 왔다.

'이거 정말 몇십 년만이야, 발 시린 것을 느끼는 것이. 군대 다녀 온 후로 처음인 것 같은데……, 실업자가 되니 발까지 다 시려 오네.'

나는 쓴 웃음을 삼켰다.

국민은행 로고, 까치가 저만치 보였다. 나는 로고를 달고 있는 건물로 다가갔다. 고용안정센터가 있다는 3층으로 올라가는 입구가 보이지 않았다. 건물을 반 바퀴 돌고 겨우 엘리베이터를 찾았다. 나는 입주자 이름이 적혀 있는 입간판을 훑어보았다. 2층에는 미용실과 다방이 있고 고용안정센터 이름은 보이지 않았다. 나는 눈을 들어 위층까지 죽 읽어갔다. 5층에 근로복지공단이 있었다.

'고용안정센터가 근로복지공단의 한 부서인가? 3층이라고 했는데 잘못 들었나?'

나는 엘리베이터를 타고 5층으로 올라갔다.

창구별로 공주, 논산 등 지방자치단체 이름을 기재해 놓은 간판이 세워져 있었다. 나는 유성구청이라는 간판이 붙은 창구로 갔다. 여직원이 소설을 읽고 있었다.

"여기서 실업급여 담당합니까?"

나는 그녀가 소설에서 눈을 떼고 나를 올려다 볼 때까지 기다려서 공손히 물었다.

"여기는 근로복지공단이고 고용안정센터에 가셔야죠."

"국민은행 3층에 있다고 했는데……."

나는 항의조로 투덜댔다.

"리베라 호텔 건너편에 국민은행이 또 있어요."

"네? 또 있어요? 분명히 버스 터미널과 리베라 호텔 사이라고 했는데."

그녀는 나의 항의를 무시하고 바로 소설에 코를 박았다.

나는 추위에 떨며 다시 몇 분을 걸었다. 리베라 호텔 건너편에 정말로 국민은행이 또 있었다. 나는 무슨 놈의 은행이 몇 백 미터도 안 떨어진 곳에 또 지점을 뒀어, 투덜대며 고용안정센터를 찾아 들어갔다.

사무실에 들어서자 바로 눈에 띄게 창구에 '무엇을 도와드릴까요?' 하는 문구를 크게 써넣은 안내판이 흔들거렸다. 가는 곳마다 불친절한 대접을 받아온 내 눈에 그 안내판의 문구가 전혀 피부에 와 닿지 않았다. 취업지원팀, 고용보험팀, 상담실, 시청각실, 교육장 등 안내판이 허공에 매달려 있었다. 나는 고용보험팀 창구로 갔다.

"여기가 실업수당 주는 데요?"

나는 고용안정센터 여직원이 전화로 위치를 제대로 가르쳐주지 않아 추위에 떨며 한 고생을 조금이나마 보상받는 심리로 퉁명스럽게 물었다.

"네. 언제 퇴직하셨어요?"

"네. 일주일 전에."

"증명서 좀 주실래요?"

나는 의료보험공단에서 주민등록증을 증명서라고 하던 기억이 나서 바로 주민등록증을 꺼내 줬다.

"전 직장에서 아직 퇴직신고가 안 됐어요."

"그럼 퇴직신고를 하라고 해야겠네요."

"네. 그렇게 하시고 오늘 오전 교육은 늦으셨고, 오전 10시, 오후 2시에 한 시간씩 교육이 있으니 교육을 받으시고 거기서 가르쳐 준 대로 하시면 돼요."

"교육을 받아요?"

"네. 오후에 오시던지 내일 아침에 오세요."

창구 여직원은 바로 서류를 뒤적이기 시작했다. 나는 실업수당을 타러 온 주제에 그녀에게 다시 말을 붙이기가 어려워 바로 사무실을 나섰다.

다음날 오전, 나는 실업보험 교육을 받으러 오전 10시에 맞춰 고용안정센터를 방문했다. 센터에 들어서니 교육시간이 아직 10분이나 남았다.

나는 구인, 구직을 알리는 안내판을 죽 훑어 봤다. 전문기술직, 단순 노무직, 사무 관리직으로 분류된 구인광고가 보였다.

나는 전문 관리직 구인란을 위에서부터 아래까지 일별했다. 제시된 연봉은 최고 2천만 원, 최저 천만 원이었다.

'전자제품개발 설계기술자, 근무지는 유성구, 학력은 전문대 졸.'

직종이 내가 했던 일과 비슷한 것같아 관심을 가지고 읽어 내려갔다. 나이 25-30세. 나는 나이랑 학력이 안 되잖아, 하며 픽 웃고 다음 구인란을 읽었다. 하드웨어 기술자, 연봉 1900 만원, 27-30세.

이것도 나랑 관계가 없네.

나는 단순노무직, 사무 관리직 구인란을 읽어 내려가다가 나와 관계가 없는 구인광고를 보며 시간을 보낼 필요가 없다고 생각하고, 서가에 꽂힌 노란색 광고지를 한 장 집어들었다.

국비지원 무료 교육생 모집.

전자출판 편집.

'이건 또 뭐하는 교육이지?'
'교육기간이 6개월이나 되고 하루에 8시간을 교육받는다고? 내가 받을 교육은 아닌 것 같군. 실업교육이나 받고 급여나 타먹자.'

나는 교육장으로 들어갔다.
교육장에는 30대 초반으로 보이는 머리를 더부룩하게 기른 청년 한 사람과 40대로 보이는 여자 한 사람이 앉아 있었다. 선입견 때문인지 두 사람 다 힘이 없어 보였다.
'저렇게 젊은 사람도 다 실직을 했나?'
나는 두 사람을 힐끗 쳐다보며 안됐다는 생각을 했다.
10시 5분, '실업자들이 시간이 남아돈다고 시간을 안 지키는 거야.' 하며 내가 막 분통을 터트리려고 할 때, 머그잔을 들고 30대 초반의 키가 작은 여자가 서류철을 들고 교육장으로 들어왔다. 그녀는 깃털이 달린 반코트를 입고 있었다.그녀는 15분간 비디오를 보여줬다. 티브이 시사프로의 사회를 보는 낯익은 아나운서가 미소를 지으며 화면에 나타났다. 그는 실업급여 대상자 범위, 신청 방법, 부정수급이 무엇이며 그에 대한 벌칙 등에 대하여 유창한 목소리로 설명을 해갔다. 그는 실직의 좌절을 딛고 제2의 행복을 찾자고 환한 미소를 지으며 마지막 멘트를 했다. 비디오를 보는 동안 실업자 세 사람이 더 교육을 받으러 들어왔다. 두 사람은 젊은 남자였고, 한 사람은 붉게 칠한 입술만 눈에 보이는 30대의 여자였다.
비디오가 끝나자 여직원은 실업급여신청 양식을 나눠주고 비디오에서 이미 설명을 들은 작성방법을 다시 자세히 설명했다. 나는 그녀의 설명을 들으며 내가 이곳에서 실업수당을 신청하는 방법이나 듣고 앉아있어야 하는 부류로 전락했나 하는 자괴감에 머리가 어지러워졌다. 가슴이 답답해지고, 이유도 없이 머리가 아파왔다.
나는 고개를 흔들어 머릿속을 가득 채운 잡념을 털어내려 하였으나 머리를 흔드는 동작이 뇌에 자극을 주었는지 정신이 아찔했다. 나는 머리를 식히려 자리에서 일어서서 강의실을 벗어났다. 나는 창밖을 내다보며 심호흡을 하였다. 여자 강사가 강의실 밖으로 나와 나를 쳐다보며 '교육 받으셔야죠.' 하고 강의실에 돌아 올 것을 강요했다. 나는 그녀의 명령(?)에 따라 강의실에 돌아가서 자리에 앉았으나 그녀의 말이 전혀 귀에 들어오지 않았다.

교육이 끝나자 강사는 수업 시작 때 나눠준 실업급여신청 양식을 작성하라고 했다.

나는 양식의 빈 칸을 메우고 교육장을 나서 유성구청 담당 여직원 자리로 갔다. 그녀는 나에게 그녀 앞자리에 놓인 면담등록부에 이름을 적으라고 하였다.

그녀는 면담등록부에 적혀 있는 순서대로 호명을 하여 면담을 하였다. 한참을 기다린 후 그녀가 내 이름을 불렀다. 그녀는 내가 제출한 서류를 일별하고 "퇴직금 3억 받으셨네요? 3개월 후에 오세요." 하며 3개월 후 면담 날짜와 면담 시간을 적은 접수증을 나에게 넘겨줬다.

"3개월 후요?"

"네. 퇴직금을 1억 이상 받으시면 그 돈으로 우선 생활하시는 데 전혀 지장이 없으시니 3개월 후부터 급여가 지급됩니다."

그녀는 애교가 섞인 목소리로 말했다.

나는 꿈뻑 인사를 하고 나오며 그제 저녁에 만난 명예퇴직을 한 동료들이 왜 그 사실을 미리 안 알려줬지, 그랬음 이 추위에 여기 나오지 않아도 됐는데, 교육시간에라도 미리 알려줬으면 쓸데없이 기다리지 않았을 텐데, 속으로 투덜대며, 비정규직이지만 직업이 두개나 생긴 내가 실업수당 대상이 되는지를 물어볼 용기가 나지 않아 인사를 하고 자리에서 일어섰다.

나는 온실에서 살며 사회생활을 너무 모르는 나를 딱하게 여기며 고용안정센터를 나섰다.

27...

나는 무거운 마음으로 종합병원 입구에 들어섰다. 분주하게 오가는 사람들로 붐볐다.

"저쪽에 엘리베이터가 보여요."

영란이 나를 따라오며 처진 목소리로 말했다.

우리 부부는 엘리베이터로 갔다. 6층에서 19층까지 운행된다는 표지가 엘리베이터 문과 문 사이 공간에 보였다.

"중환자실은 5층이라고 했는데……."

영란이 중얼거렸다.

"6층에서 한층 걸어 내려오지."

나는 등을 밀려서 엘리베이터에 들어서며 말했다.

6층에 내려서서 나는 비상계단을 찾았다.

비상계단 출입문에 '직원외 출입금지' 라는 글씨와 겹쳐 빨간색으로 X자를 크게 써 놨다.

"이리로 내려가면 안 되는 모양인데……."

영란이 중얼거렸다.

나는 빨간색 X자 출입금지 경고를 무시하고 계단으로 내려갈까 말까 망설이며, 어머니가 중환자실로 후송될 만큼 아프시다는데 지금까지 왜 그것을 몰랐을까 하는 자괴감으로 가슴이 무거웠다.

"5층 가는 엘리베이터가 어디 있나 물어볼까?"

나는 비상계단에서 빤히 보이는 간호원실을 건너다보며 영란에게 말했다.

"그냥 내려가요. 한 층인데."

영란이 앞장서서 출입문을 열고 금단의 표지를 넘었다.

5층 복도에 여러 사람들이 서성이고 있었다. 그들의 표정이 하나같이 무거웠다. 나는 그들의 심각한 표정에 나도 모르게 숨을 삼켰다.

여동생 상숙이 우리 내외를 알아보고 손짓을 하였다.

나는 아는 체하는 미소를 보내다가 그녀의 무거운 표정을 보고 분위기에 어울리지 않게 반색을 했던 얼굴 표정을 찌그러트렸다.

"오빠. 어떻게 해."

상숙이 내 손을 잡으며 울먹였다.

"그렇게 심각해?"

나는 의외라는 표정을 지었다.

"응. 3기래."

"3기? 그렇게 아팠는데 몰랐어?"

"엄마가 가끔 가슴 아프다고 했지만 그렇게까지 아프신 줄은 몰랐어."

상숙은 울상이 되었다.

"대전으로 모시는 건데."

나는 탄식조로 말했다.

"우리 집이 더 편하시다는데."

"어느 병실이야?"

상숙이 중환자실 문을 가리켰다. 나는 바로 병실 문으로 걸어갔다.

"오빠 기다려. 지금 성수 아빠 들어갔어. 한 번에 한 사람 이상 들어갈 수가 없어."

"가족도?"

"응. 그런데 어떻게 해 언니."

상숙은 영란의 손을 잡고 울먹였다. 사태의 심각성을 실감하지 못하는 영란은 상숙의 손을 잡고 그냥 심각한 체했다.

나는 유방암 3기가 얼마나 심각한 것인지 실감하지 못한 채 멍하니 철문에 붙은 '중환자실' 푯말을 쳐다보다, 중환자실 푯말 옆자리에 붙어있는 '임상실습V' 간판을 쳐다보다 하였다. 나는 '사람이 죽어가는데도 임상실습을 하나? 중환자실에서 소리 없이 임상실습을 하면 됐지, 꼭 저렇게 간판까지 써 붙여놓고 선전하며 실습을 해야 해?' 하는 한가한 불만을 새기고 있을 때, "형님 오셨어요?" 하는 소리가 들렸다.

파란색 가운을 벗고 있는 매제 박인수가 보였다.

"응. 고생이 많은데. 잘 있었어?"

나는 의례적이고 습관적인 말을 던지다 이 처지에 또 번지수가 틀린 말을 한 것같아 머쓱해졌다.

"들어가 보시지요. 지금 주무시고 계세요. 들어가서서 왼쪽으로 첫 번쨉니다."

철호가 가운을 나에게 넘기며 어머니가 누워 계신 위치를 알려줬다.

"오빠. 들어가 봐. 저기 슬리퍼 신고."

나는 잠바 위에 파란색 가운을 걸치고 슬리퍼를 신고 중환자실 철문 앞으로 가서 출입문을 밀었다. 육중한 출입문의 무게가 중환자실이라는 중압감을 더해줬다. 그 육중한 무게만큼 내 마음이 무거워졌다.

중환자실로 한 발자국 들어서자 입구에 서 있던 제복의 경비원이 나를 힐끗 쳐다봤다. 나는 예상치 못한 곳에 서 있는 경비원의 검문(?)에 움찔했다. 나는 경비원의 눈치를 힐끗 살피고 조심스럽게 중환자실을 둘러보았다.

중환자실 한가운데 기둥이 있고, 기둥에서 1m쯤 간격을 두고 접수대가 직사각형으로 둘러쳐져 있다. 접수대 위에 컴퓨터와 잡다한 집기들이 어수선하게 놓여 있다.

나는 매제가 가르쳐 준대로 어머니가 누워 있는 병상을 찾았다. 코에 호스를 끼고 누워 있는 어머니를 나는 바로 알아보지 못했다. 상숙이 집에서 어머니를 뵌 지 채 두 달도 안 됐는데 그 동안에 어머니는 완전히 피골이 상접한 채 여위어 누워 계셨다. 나는 어머니의 푹 꺼진 눈자위 주위에 맺힌 눈물 자국을 내려다보며 막 울음이 나오려 하여 눈물을 막으려 코를 훌쩍였다.

어머니는 숨조차 쉬시기가 어려운 것 같았다. 나는 팔에 꽂힌 고무 호스를 통해 혈관으로 흘러드는 주사액을 멍하니 쳐다보며 어떻게 어머니가 저 지경이 되도록 아들이 이렇게 무심할 수 있었을까 하는 자책감에 가슴이 메었다. 나는 차마 더 어머니를 내려다 볼 수가 없어 고개를 들었다.

어머니 옆자리에서 오십을 넘은 파란색 가운을 입은 여인이 남편에게 점심을 먹이고 있었다. 90도로 세워 놓은 침대에 등을 받히고 밥을 받아 먹는 노인이 꼭 어린아이 같았다. 나는 흰 머리의 노인이 어린애같이 밥을 받아 먹는 광경에 마음이 아파 더 이상 쳐다보지 못하고 눈을 허공으로 돌렸다.

내 눈에 기둥 옆자리 천장에 걸어놓은 '임상실습Ⅴ, 성인간호사' 라는 푯말이 들어왔다. 나는 이곳에서 치료를 받는 환자들은 생명이 왔다 갔다 하는데 꼭 저런 간판을 이곳에까지 달아 놓고 선전을 해야 해, 하며 쓸데없는 앙탈을 하며 어머니에 대한 미안한 마음을 달랬다.

중환자실에서 내가 어머니에게 해줄 것은 아무 것도 없었다. 나는 어머니의 손을 조심스럽게 잡았다. 꼭 나무토막을 잡은 기분이었다. 잠든 어머니의 눈 가장자리로 눈물이 흘러 나왔다. 나는 설움이 북받쳐 막 눈물이 났다. 나는 어머니의 손을 잡았던 손을 거두어 합장을 하고 눈을 꼭 감고 어머니가 병마를 떨치고 일어서시기를 간절히 빌었다. 나는 내 기도가 벽에 막혀 밀려오는 저항을 느끼며 더 이상 어머니를 쳐다볼 수가 없어 '불효자식' 을 외우며 뒷걸음질을 쳐서 중환자실을 나왔다.

"주무시던데……, 어떻게 저렇게 될 때까지 몰랐지?"

나는 파란색 가운을 중환자실 입실 차례를 기다리고 있던 영란에게 넘기며 여동생에게 힐난조로 말했다.

"가끔 엄마가 가슴이 아프다고 하시고 가슴에 딱딱한 멍울이 있다고 하셨지만 별로 들었어."

상숙이 변명했다.

어머니는 대전 아들 집보다 서울 딸네 집이 더 편하다고 하시면서 굳이 딸네 집에 계시겠다고 우기셨다. 나는 어머니가 맞벌이를 하는 딸네 집에서 외손자도 봐주고 집안 살림을 돕고 하시는 것이 우리 집에서 특별히 할 일도 없이 영란의 눈치를 보며 심심하게 지내시는 것보다 마음이 편하실 거라

여기고 어머니를 대전으로 모셔오지 않았었다. 기특하게 매제가 어머니를 친부모 이상 잘 대해준다고 어머니가 칭찬하는 바람에 나는 어머니를 잊고 매달 몇 푼 용돈을 보내드리며 외아들의 의무를 다 한 것으로 치부하고 어머니를 자주 잊고 있었다.

"담당 의사 선생님이 뵙자는데……."

여동생이 말끝을 흐렸다.

"그래? 무슨 일로?"

"가족과 상의할 일이 있대."

"그럼 같이 가 볼까?"

순간 불길한 예감이 내 가슴을 스쳐 갔다.

"지금 점심시간이니 두 시 넘어야 될 거야."

상숙이 말했다.

"그래. 그럼 희진이 엄마 나오면 점심 먹고 가 보자."

나는 순간 어머니가 아파서 곧 돌아가시게 됐는데 꼬박 꼬박 점심을 찾아 먹겠다고 한 염치없는 내 이기심에 수치심이 일었다.

"응. 우선 우리가 아프면 안 되니 먹어야지. 우리가 여기 있어야 할 일도 없고."

여동생이 자조 섞인 목소리로 말했다.

나와 상숙이 담당의사 방에 들어서자 점심을 먹고 쉬고 있던 의사가 자리에서 일어서며 누구냐고 눈으로 물었다. 책상 위에 세워 놓은 자개로 새긴 '전문의 의학박사 김형준' 이라는 팻말이 눈에 들어왔다.

"저 이부영 씨 가족입니다. 아들과 딸."

내가 우리를 의사에게 소개했다.

"아, 그러세요. 앉으시지요. 어떻게 어머님이 그렇게 될 때까지 두셨어요?"

의사 김형준이 힐난조로 물었다.

"전혀 내색을 안 하시어……."

상숙이 변명했다.

"유두도 함몰되고 왼쪽 유방이 완전히 딱딱해졌는데…. 통증이 굉장히 컸을 텐데 주위에서 모르시다니……."

김형준은 한심하다는 표정을 지었다.

"젊었을 때 고생을 하며 지내신 어머니가 어지간히 아프신 것은 참고 지내셨어요."

상숙이 미안한 표정을 지으며 변명했다.

"굉장히 위중하세요. 저대로 두면 두 달을 넘기기 어려워요."

의사 김형준이 단정적으로 선고했다.

"그럼 무슨 방법이 없어요?"

상숙이 황급히 물었다.

"수술을 받으시고 경과가 좋으면 6개월은 더 사실 수 있습니다."

"반년이요?"

내가 반문했다.

"저 정도 됐으면 암세포가 다른 부위로 전이됐을 가능성도 있어요."

의사 김형준이 수술이 잘못 됐을 때 빠져 나갈 구멍을 팠다.

"그러면?"

내가 물었다.

"그러면 6개월도 어려워요. 또 유방 절제수술을 할 때 겨드랑이의 임파선도 제거해야 합니다."

"임파선을 제거해요?"

"네. 수술 후 방사선 치료와 항암치료를 병행하여 경과가 좋으면 2차 수술을 하여야 합니다."

"다시 수술을 해요?"

"경과가 나쁘면. 그 때는 어쩔 수가 없습니다."

"그럼 수술을 해도 장담할 수 없다는 말이네요."

"네. 너무 늦으셨어요. 최선을 다해 보는 거지요. 내일까지 수술하실 것인가 결정해 주세요. 위중하시니 하루라도 빨리 결정하셔야 합니다. 하루 결정을 늦추면 그만큼 생명을 단축하게 됩니다."

의사 김형준은 제3자의 입장이 되어 생명을 담보로 수술하는 것을 꼭 물건 값을 흥정하듯 냉정한 목소리로 말했다.

"내일까지요?"

"네."

"다른 방법은 없어요?"

"네. 지금 그 방법 외에는 더 사시게 할 방법이 없어요."

"수술비는?"

"그것은 원무과에 가서 알아보십시오."

"천만 원은 넘겠지요?"

"그럴 겁니다."

의사 김형준은 자기가 거래할 조건을 다 제시했으니 지금 수락을 하던지 좀 더 생각해 보고 수락을 하던지 하라고 못을 쳤다.

"네. 가족회의를 해서 결정하여 바로 알려 드리겠습니다."

의사 김형준의 선고에 '바로 수술을 해 주십시오' 하며 의사에게 매달리려는 나의 감성을 이성이 붙잡았다. 천만 원이 넘는다는 수술비와 내가 실업자라는 사실이 머리에서 맴돌았다. 새로운 수입원이 마땅히 없는 처지에 수술을 하게 되면 퇴직금 일부를 축내야 하는데 그 돈은 애들 교육과 평생 우리 가족 생계가 걸린 돈이다. 나는 어머니의 목숨을 두고 돈을 먼저 생각하는 내 천박함에 으스스 떨렸다.

'수술 후에 팔을 쓰지 못 하신다는데 어머니의 수발은 누가 해야 하나? 항암치료를 받고 고통스러워 할 어머니를 이제는 우리 집에서 모셔야겠지? 희진이 엄마가 며칠이나 버틸까?'

나는 가족회의 운운하며 어머니의 수술을 회피할 핑계를 생각하며 의사에게 즉답을 주지 않은 것같아 병상에 누워 있는 어머니에게 미안한 마음이 일었다.

어머니를 2개월만 살고 가시게 할 것인가, 천만 원 이상 돈을 쓰고 수술이라는 고통을 드리고 몇 개월 더 사시게 할 것인가 하는 난제의 답을 찾기가 어려워 나는 머리가 무거웠다.

당연히 어머니를 수술시켜 드려야 한다고 생각하면서도 내가 실업자라는, 실은 실업자는 아니지만, 현실이 내 생각을 막았다.

직계가족이라야 나와 상숙, 둘뿐이다. 우리 두 남매와 영란, 매제 네 사람은 의사 김형준을 만나고 나온 직후 바로 병원 근처 찻집에 모여 앉아 어머님의 수술여부를 상의하였다.

물론 내가 발제를 하였다.

"의사 선생님 말이 어머님께서 수술을 안 하시면 2개월도 어려우시대. 수술을 하시면 반년 정도 사실 수 있고."

나는 의사 김형준에게 들은 말을 그대로 옮겼다.

"1차 수술에 성공하면 2차 수술을 해야 한대. 임파선을 잘라내야 하는데 그러면 오른팔을 못 쓰시게 되는 모양이야."

나와 같이 의사의 말을 들은 상숙이 보충설명을 했다.

"수술비는 얼마나 든다고?"

매제가 머뭇거리며 현실적인 문제를 꺼냈다.

"의사는 모르겠다고 원무과에 확인해 보라는데 수천만 원 들 것같은데."

상숙이 남편의 말을 받았다.

"수천만 원?"

영란이 놀라는 표정을 지었다.

"그래도 어머님을 좀 더 사실 수 있게 하려면……."

내가 말끝을 흐렸다.

"오빠는 어머님 말씀 안 들으셨어요?"

상숙이 나를 건너다보며 의아한 표정을 지었다.

"무슨?"

"어머님이 수술은 안 받으시겠다고."

"그런 말씀 없으셨는데."

내가 중환자실에 들어가서 한 일은 어머님 눈에 스미는 눈물을 보고 울컥해져 눈물을 보이지 않으려 고개를 돌려 옆 침대에서 부인의 밥을 받아 먹는 노인을 쳐다보며 울먹이다가 앙상하게 마른 어머니의 손을 잡고 어머니가 이렇게 되도록 방치한 불효를 이를 깨물며 후회한 것 밖에 없었다. 어머니는 잠들어 계셨고 나는 어머니를 깨울 엄두도 내지 못하고 멍청하게 서 있다가 물러 나왔으니 어머니가 그런 말씀을 하셨는지 알 수가 없었다.

"어머님이 완강하게 수술을 거부하셨어. 내 병은 내가 아니 공연히 병원에 돈 벌게 해줄 필요 없다고."
"그래서 너는 어머님 생각 따를 거니?"
"이렇게 말하면 오빠 섭섭하시겠지만 오빠도 직장을 그만뒀고 수술해 봐야 성공 여부도 확실치 않고, 공연히 수술하여 어머니만 힘드시게 하는 것 같고, 그것도 한 번도 아니고 두 번씩이나."
"성수 엄마 말이 맞아요. 공연히 어머님을 두 번 고생하시게 할 수 없어요."
영란이 상숙의 말을 거들었다.
"박 서방 생각은?"
나는 공연히 민주적인 척하며 매제의 의견을 물었다.
"처남이 결정하면 따르겠습니다. 치료비야 어떻게 안 되면 은행에서 융자라도 해야지요. 둘이 버니 그것 못 갚겠어요?"
박인수는 천만 원이라는 거금을 버리는 듯하는 말투로 말했다.
"어머님 뜻에 따르는 것이 좋겠어요."
상숙이 다시 한 번 어머님의 뜻을 강조했다.
"알았다. 어머님의 뜻에 따르자. 며칠 더 중환자실에서 경과를 보다 우리 집으로 모실게."
나는 남담한 목소리로 결론을 내렸다. 영란은 그녀와 상의도 없이 어머님을 우리 집으로 퇴원시킨다는 내 말에 순간 눈꼬리가 올라갔으나 바로 이성을 찾고 내 말에 찬성을 보냈다.
"수술이 잘 돼야 반년이라니 어머님 뜻대로 하는 것이 낫겠어요. 지금까지 성수 엄마가 모셨으니 퇴원하면 제가 모실게요. 그 동안도 고생했는데."
나는 어머님의 뜻을 빙자하여 어머니 수술을 하지 않기로 결정하고 마음이 편치 않았다. 내가 실직만 하지 않았어도 수술을 해 드리고 마지막 효도를 하는 건데 하는 후회가 내 마음을 어둡게 하였다.
나는 문득 성급하게 사표를 던진 가벼운 행동이 뼈저리게 후회가 되었다.
하루를 더 지켜보다가 어머니를 퇴원시켰다. 입원비는 내가 지불했다.
나는 어머니 입원비를 퇴직금 받은 데서 지불하며 금고의 한 쪽이 비는 것 같았다.

퇴원한 어머니는 고통을 견디지 못하고 괴로워 하였다. 나는 뼈만 남은 어머니에게 병원에서 처방해 준 진통제를 투여하며 어차피 쫓겨날 회사의 일에 매달리다 어머니를 챙기지 못하고 해외여행도 한 번 시켜 주지 못한 것이 한없이 후회되었다.

나는 웬일인지 바이오엔에 오래 다닐 것 같지 않았다. 겸임교수로 나가는 대학에서 교수자리를 얻는 것은 꿈에도 생각할 수 없었다. 나는 두 개의 직장을 가지고 있으면서도 실업자가 된 것 같은 기분을 지울 수가 없었다.

재테크와 동떨어진 세상을 평생 살아온 나는 아들과 딸을 학교에 보내고 평생 먹고 살기 위해 유일한 재산인 아파트 한 채와 퇴직금을 제대로 굴려야 하는 난제를 풀어야 했다.

나는 직장에서 퇴출될지도 모른다는 위기감을 느끼기 시작한 지난 해 11월부터 주식동향을 살피고, 재테크 방법을 소개하는 신문 칼럼을 열심히 읽고 스크랩해서 보관도 했다.

은행예금은 정기예금과 보통예금이 있다는 정도만 알고 살던 나는 신문에서 여러 종류의 예금명과 투자 상품명을 보며 내가 회사생활 외에 실생활에 너무 무능했던 것을 절감하며 인생을 바보같이 살아온 것을 후회하기도 했다. 평소에 신문 경제면을 거의 읽지 않았던 나는 경제면을 보며 새로운 세상을 보는 것 같았다.

나는 퇴직금을 투자할 곳을 결정하기 위해 시중은행에도 들르고 신탁회사에도 들렀다. 나는 은행과 신탁회사에서 금융상품들을 선전하는 팸플릿을 열심히 모아 이자 등 조건들을 정리하여 표를 만들고 컴퓨터에 입력했다.

투신사에 들렀을 때, 나는 용기를 내어 상담하는 아가씨의 테이블로 갔다. 나는 쑥스러운 마음을 달래며 내가 3억 원쯤 퇴직금을 받는데 어디에 투자하면 좋을지 상담원 아가씨에게 물었다. 그녀는 미소로 나를 맞으며 우선 커피부터 권했다.

그녀는 여러 가지 신탁과 펀드를 소개하며 퇴직금을 그녀에게 맡기면 년

15% 이익은 보장하겠다고 하얀 이를 드러내며 상냥하게 말했다. 내가 자리에서 일어설 때 그녀는 그녀의 명함을 주고 투신사 밖에까지 나를 배웅했다. 그녀의 친절이 마음에 와 닿아 나는 퇴직금의 3분의 1은 그녀에게 맡겨야겠다고 생각했다.

내가 이재에는 빵점인 것을 아는 아내는 이재에 밝은 동서 김문기와 상의하라고 권했다. 직위도 높지 않고 월급도 많지 않은 김문기가 여기 저기 땅을 가지고 있고 아파트도 세 채나 가지고 있다는 아내의 시샘 섞인 푸념을 여러 번 들어 동서의 이재 솜씨를 알면서도 의도적으로 무시해 왔던 나는 아내의 권고가 없어도 그와 상의하려고 하였었다.

내가 소주 한 잔을 사며 내 퇴직금 처리에 대하여 자문을 구하자 김문기는 기다렸다는 듯이 기염을 토했다.

"형님. 퇴직금을 딱 3등분하여 일억은 부동산에 투자해요. 지금 아이엠에프라 부동산 값이 똥값이거든요. 대전 근교에 땅을 사든지 전세를 안고 아파트를 사든지. 땅을 사신다면 제가 시에 있는 공무원을 통해 개발계획이 있는 유망 지역을 알아드릴 테니."

"그런 것을 다 알 수가 있어? 그것은 비밀일 텐데."

"다 아는 수가 있어요. 걱정 말아요. 아파트를 사시려면 제가 목 좋은 데를 추천해 드릴게. 전세 끼면 일억이면 잘 하면 두 채는 살 수 있을 거요."

"그럼 아파트가 세 채나 되는데……."

"세 채면 어때요? 세금도 요새 누가 세무서에 진짜 계약서 신고해요? 세금 걱정은 마시고. 아파트 사세요. 나머지 일억은 주식에 투자해요. 제가 유망 종목을 추천해 드릴 테니. 지금 전망으로는 전자주가 괜찮은데. 주가가 작년 바닥일 때 300선에서 600은 회복했으나 틀림없이 금년 경기가 좋아지면 연말에는 900은 넘어요. 블루칩만 잡으면 최소 일억은 벌 수 있어요."

"블루칩?"

나는 증권서적에서 읽은 기억이 있는 용어를 되뇌었다.

"상장주중 기업이 튼튼하고 실적이 좋은 회사 주식이라고 알고 계시면 돼요."

"내가 주식 관련 책을 샀는데 바이오엔 취직이 되는 바람에 그 회사에 줄 아이디어를 얻기 위해 자료도 수집하고 책도 보고, 대학 강의 준비하느라 그만 다 못 봤어."

나는 변명 아닌 변병을 하였다.

"그러니 제가 코치할 게요. 삼성전자하고 현대전자 잡으면 괜찮을 거예요. 더구나 지금 빅딜이 성사되면 엘지전자가 현대에 흡수될 가능성이 많거든요."

나는 세상 돌아가는 길을 훤하게 예측하는 동서를 존경의 눈으로 쳐다봤다.

"부동산 투자나 주식은 일종의 투기니 바로 현금 회수를 못할 수 있으니 1억은 매월 금리가 나오는 금융상품을 사세요."

"그건 내가 은행에 들러 여러 예금 상품을 확인했고 투신사도 들러 알아봤어."

"은행보다는 투신사가 더 나을 것 같은데요. 약간 위험성은 있지만. 지금 기업들이 자금이 필요한데 주식시장에서 동원이 어려우니 투신사를 통해 확보하려 할 거고 그래서 당분간 괜찮을 거요."

동서는 구체적으로 투자 방법을 일러줬으나 나는 '양반이 어떻게 땅투기, 아파트 투기를 할 수 있어' 하고 객기를 부리며 그의 조언을 따르지 않고 1억 원은 친절한 투신사 아가씨에게, 희진이 등록금과 어머니 장례에 쓸 돈 3천만 원을 남겨 놓고 나머지는 가장 안전한 정기예금에 맡겼다.

나는 퇴원하여 건넌방에 누워계시는 어머니의 고통을 참는 모습을 보며 내가 의대에 가지 않은 것을 후회했다.

내가 의대에 갔더라면 허준처럼 만병을 고칠 수 있는 명의가 됐을 수도 있었는데…….

나는 어머니를 수술해 드리지 못한 불효를 속죄하는 마음으로 고목이 된 어머니를 하루 한 번 저녁에 안마해 드렸다. 처음에는 어머니가 내 안마를 거절하셨으나 내가 안마를 하는 동안 그 동안 떨어져 살던 아들과 함께 있는 것이 위로가 되시는지 몸을 맡기시며 내가 어렸을 때 일도 이야기하시고 돌아가신 아버지에 대한 추억도 말씀하시면서 내 안마를 받으셨다.

나는 처음 며칠간은 그냥 순서도 없이 어머니의 팔다리를 주물러 드렸으나, 차차 익숙해지자 팔위에서 손가락으로 손가락에서 겨드랑까지, 허벅지에서 발끝까지 발끝에서 허벅지까지 혈액이 흐르는 방향을 따라 안마를 해갔다.

안마를 시작한지 열흘이 지나자 고목 같았던 어머니의 팔다리에 생기가 도는 느낌이었다. 나는 안마 부위를 유방까지 넓혔다. 내가 어머니를 좀먹는 암세포의 멍울을 만지자 어머니는 눈 가장자리에 눈물을 흘리며 이빨을 깨물고 고통을 삼키셨다. 나는 어머니의 유방을 갉아먹는 암세포를 죽여 버리겠다는 결의를 담아 온정신을 다 모아 유방에 맺힌 멍울을 쓸어내렸다.

며칠이 지나자 유방의 멍울이 부드러워지고 어머니는 고통이 줄어든 것 같은 반응을 보이셨다.

나는 정성을 다하여 어머니를 마사지해 드리며 내 나름대로 안마의 비법을 터득해 가며 뒤에 내가 '비우기' 라고 명명한 안마의 기초를 닦아갔다.

28...

1월 25일, 바이오엔사로부터 두 번째 월급이 내 구좌로 입금되었다.

그 동안 나는 특허청에 들러 자료를 확인하고, 대전 근교의 음식물 쓰레기 처리 업소를 방문하여 얻은 현장 자료를 토대로 하여 내 나름대로 기존 시설을 개선하는 방안을 작성하여 2월 중순 하병철 사장에게 설명하였다.

"아직 잘 다듬어지진 않았으나 이렇게 시스템 설계를 바꾸면 시설 설치비가 절감될 것 같습니다, 보수도 용이하고."

나는 개선할 부분이 표시된 도면을 펼쳐놓고, 개선 내용, 예상 투자비, 투자 효과를 하 사장에게 설명했다.

"아, 벌써 우리 업무를 다 파악하시고 이렇게 좋은 개선의견을 주세요? 확실히 큰 회사에 근무하시던 박사님이라 다르시다."

하병철이 감탄하는 표정을 지었다.

"우선 음식물 쓰레기 처리설비에 대하여 제 의견을 요약한 겁니다. 물론 특허청에 들러 다른 회사 특허 사항도 열람했고, 다른 회사 공장도 방문하여 확인했으니 제가 낸 의견이 특허 침해 등 문제는 없을 겁니다."

"아, 벌써 특허까지 조사하셨어요? 언제 그렇게 다하셨지? 제가 고문님으로 모신지 겨우 두 달 남짓 됐는데. 대단하시다. 기술연구소장에게 줘서 바로 개선 작업을 하도록 하겠습니다. 이렇게 좋은 개선점을 주셨는데 오늘 저녁을 사겠습니다."

하병철이 나의 노고에 최대의 찬사를 보냈다.

"아니 그러실 필요 없는데."

"무슨 말씀을. 우리 연구소 직원은 몇 년을 해도 전혀 새로운 아이디어가 안 나오는데 손 고문님은 두 달여 만에 이렇게 좋은 의견을 주시고. 첫 번째 성과물을 제출해 주신 것을 축하하는 의미에서 당연히 저녁을 사야지요."

하병철은 두 손을 펼쳐서 나를 환영하는 제스처를 보냈다.

"아니, 지난번에 환영연을 베풀어 주셨으니 이번에는 제가 신고를 하겠습니다."

나는 사장의 과장된 제스처에 쑥스러워져 얼굴이 화끈거렸다. 꼭 박신호 사장을 보는 듯했다.

"아, 그러세요, 신고를 하시겠다고, 좋습니다. 그럼 그렇게 하시지요."

"그럼 먼저 환영식 받았던 식당, 한국관, 고기 맛이 좋던데 그 식당 어떠세요?"

"한국관, 좋지요. 그럼 7시에 제가 예약하지요. 부사장과 연구소장만 데리고 나가겠습니다."

"오실 분은 사장님이 알아서 해 주세요."

"그럼 제가 예약을 하겠습니다. 그럼 7시에 뵙겠습니다."

"감사합니다."

"손 박사님은 정말 대단하시다. 어떻게 그렇게 빨리 우리 회사 내용을 파악하셨어요? 이거 고문료 더 올려드려야 할 것 같은데요."

"무슨 말씀을. 그냥 기초적인 것만 의견을 드렸습니다."

"대학에서 강의하실 교재도 쓰신다면서 언제 그렇게 시간을 내서 우리 시설까지."

"대학 교재 쓰는 것은 어떻게 아셨어요?"

"아, 손 박사님은 우리 회사 보배신데 그 정도 동정은 알고 있어야지요."

영란이 처제에게 내가 대학 교재를 쓰고 있다고 자랑을 한 모양이다. 처제는 김문기에게, 김문기는 하병철에게 그 말을 전했을 것이고. 나는 내 사적인 일상사가 입에서 입을 통하여 하병철에게까지 전해진 것이 못마땅했다.

"네. 우리나라 실정에 맞는 교과서가 없어 작성 중입니다."

나는 텁텁하게 말했다.

"손 고문님이 주신 자료는 바로 김 소장에게 주어 당장 검토 반영하도록 하겠습니다."

하병철은 다시 한 번 내가 낸 아이디어를 바로 반영하겠다고 약속했다.

"제가 김 소장에게 설명을 할까요?"

"아니, 어떻게 고문님이. 김 소장이 보고서를 보고 고문님께 전화 올리도록 하겠습니다."

하 사장은 두 손을 비비며 나를 예우하는 제스처를 보냈다.

"네. 알겠습니다. 고맙습니다. 그럼 저녁 7시에 뵙겠습니다."

나는 정중히 인사를 하고 하 사장의 방을 나왔다.

나는 김순호 소장의 사무실에 들를까 하다가 하 사장이 김 소장에게 자료를 전달하고 1차 검토를 한 후 그로부터 전화가 오면 그때 만나서 설명하기로 하고 바로 퇴근했다.

하병철 사장을 모시고(?) 한 입사 신고식은 한 시간 반만에 끝났다. 사장은 식사가 끝나자 1차를 얻어먹은 답례로 2차를 사겠다고 우겼다. 소장도 가세하여 나를 사장의 승용차에 밀어 넣었다. 나는 마지못해 2차에 끌려갔다.

2차 장소에 김문기가 먼저 와 있었다. 나는 동서가 매번 술자리에 참석하는 것이 언짢았으나 술자리를 박차고 나설 처지도 아니어서 불쾌한 마음을 감추고 술을 받아마셨다.

다음 날, 나는 하루 종일 연구소장 김순호 소장의 전화를 기다렸으나 그로부터 전화가 없었다. 나는 김 소장이 바쁜 일이 있어서 내 보고서를 보지 못했겠지 생각하며 하루를 보냈다.

다음 날도 그로부터 아무런 연락이 없었다. 나는 전화를 기다리며 내 아이디어가 무시당한 것 같은 불쾌감을 지울 수가 없었다.

일주일이 지나도 김순호 소장으로부터 전화가 없었다. 나는 자존심을 접고 김순호에게 전화를 하였다.

"아니, 고문님 어떻게 전화를 다 주시고?"

김순호는 내 전화를 받고 의외라는 듯 말했다.

"제가 준 보고서에 대하여 전화가 없으셔서……."

"고문님이 낸 보고서요?"

"지난주에 하 사장…님에게 주었는데."

나는 잘 나오지 않는 '님' 자를 억지로 붙여 불렀다.

"내가 김 소장한테 직접 설명한다고 했더니 김 소장이 보고 나서 전화하라고 하겠다고 하셨는데."

"저 보고서 못 받았는데……, 아마 사장님이 깜빡하신 모양이지요. 사장님이 자주 깜빡하세요."

"그래요?"

내 자존심이 부글부글 끓었다.

"바로 사장님께 확인하고 전화 올리겠습니다."

"알았어요."

나는 전화를 탁 끊었다.

한 시간 후 김순호로부터 전화가 왔다.

"하 사장님이 깜빡하셨다고 죽을죄를 졌다고 용서하시라고. 저더러 손이 발이 되도록 빌라고……, 제가 검토하고 바로 전화 올리겠습니다."

"네?"

나는 해머로 머리를 한 대 맞은 것 같은 멍한 기분으로 전화를 끊었다. 나는 김순호의 전화 내용을 도저히 이해할 수가 없었다. 무엇인가 일이 잘못 돌아가고 있는 것 같은데 무엇이 잘못 되는지 손에 잡히지 않아 나는 상처난 자존심을 안고 끙끙거렸다.

3일 후 김순호로부터 전화가 왔다. 나는 김순호에게 전화로 다시 확인할 수도 없어 무거운 마음으로 그의 전화를 기다렸었다.

"고문님. 보고서는 잘 봤습니다. 지금 현장에 어떻게 임플리멘테이션할 것인지 검토하고 있습니다."

"네. 그래요? 쓸 만해요?"

나는 매달리는 기분으로 말했다.

"네. 정말 대단하십니다. 저는 몇 년째 그 일에 매달려도 전혀 찾아내지 못했는데. 정말 대단하십니다."

김순호는 마지막에 입에 침이 마르도록 칭찬하는 말을 늘어놓고 전화를 끊었다.

나는 그의 칭찬하는 목소리가 텅 빈 것같아 그가 진심으로 내 제안을 인정하고 있지 않다는 느낌을 받았다.

29...

2월 마지막 주.

나는 눈 덮인 국립공원, 계룡산을 왼편에 끼고 아직 봄 맞을 준비가 덜된 국도를 따라 공주 외곽에 자리한 백제대학으로 차를 몰고 갔다.

기계공학과 과사무실에 들어서며 나를 올려다보는 여사무원에게 내 이름을 대며 강의 왔다고 하자 그녀는 친절한 목소리로 강의실은 공학관 102호실이며 1층에 강사 휴게실이 있으니 거기서 강의시간까지 쉬시면 된다고 안내해줬다. 아직 수강신청이 덜 끝나 출석부는 준비되지 않았다고 덧붙였다.

공학관에 들어서자마자 왼편에 102호실이 있었다. 맞은편 101호 강의실에서 일본어를 강의하는 소리가 들렸다. 나는 강사대기실 문을 어깨로 밀고 안으로 들어섰다.

열서너 평 남짓한 대기실 창가쪽에 탁자를 사이에 두고 양쪽에 낡은 안락의자가 두 개 놓여 있고 출근부가 놓여 있었다. 나는 안락의자에 앉아 출근부에서 내 이름을 찾아 서명을 하고 방안을 둘러보았다. 입구쪽 벽면에 복사기와 책상이 나란히 놓여 있고, 책상 위에 즉석커피와 녹차를 담은 상자가 보였다. 냉온수기가 그 옆에 서 있었다.

벽면에 걸린 전자시계가 1시 40분을 가리켰다. 강의 시간까지 아직 20분이 남았다.

나는 어깨를 흔들어 으스스 밀려오는 한기를 털고 녹차를 타서 들고 와서 창밖을 보고 소파에 앉았다. 앙상한 나무 가지에 겨울을 넘기고도 붙어 있는 나뭇잎이 바람에 흔들렸다. 나는 오늘 할 강의내용을 머릿속으로 정리하며 미지근한 녹차를 마셨다.

나는 2시 3분 전에 빨강색, 파란색, 흰색 분필을 한 자루씩 챙겨 들고 강사 휴게실을 나섰다. 복도에 한 무리 학생들이 서성이고 있었다. 나는 '저 친구들이 내 강의를 들을 학생들은 아니겠지' 하며 102호실로 들어섰다. 교실이 텅 빈 것 같았다.

좌석이 200개는 되어 보이는 계단식 강의실의 앞 두 줄은 비워 놓고 학생 10여명이 뚝뚝 떨어져 웅크리고 앉아있었다. 복도에서 서성이던 학생들이 우르르 밀려 들어왔다. 칠판에는 전 시간에 쓴 강의내용이 그대로 남아있었다.

"반장 누구요?"

나는 학생들을 향하여 정제된 목소리로 물었다.

셋째 줄에 앉아 있던 학생이 "저요." 하며 손을 들었다.

"오늘 첫 시간인데 칠판은 닦아놔야지. 그것이 예의지."

반장이 앞으로 나왔다.

"반장 이름이 어떻게 돼요?"

"박성민입니다."

박성민이 지우개를 집어들며 말했다.

"박성민 에이 뿔이다."

한 학생이 소리쳤다. 나는 못 들은 척하고 복도로 나갔다가 칠판을 지우기를 기다려 다시 강의실로 들어갔다.

나는 대충 지워 분필자국이 남은 칠판 위에 흰 분필로 손상호라고 내 이름을 크게 쓰고 그 아래에 빨간 분필로 '성적 : 퀴즈 두 번 각 15점, 중간시험 30점, 학기말 시험 40점. 결석 1회 2점 감점' 이라고 썼다.

내가 학생을 향하여 돌아서자 박성민이 "차려" 하고 구령을 붙였다.

"됐어. 여기 군대 아니야."

나는 반장을 만류했다.

"교수님 상견례입니다. 경례!"

박성민이 그의 뜻을 관철했다. 학생들이 앉은 자리에서 고개를 숙이는 시늉을 했다.

"내 이름은 손상홉니다, 성적은 칠판에 쓴 대로 할 겁니다. 다음 시간부터는 인사 안 해도 돼요. 박성민 반장."

"네."

"이번 학기에 쓸 교재이니 복사해서 쓰세요. 시중에 있는 교재를 쓸까 하다가 그 내용에 산업현장 내용이 잘 반영되어 있지 않아 제가 직접 썼습니다. 복사해서 쓰는 것이 새 책 사는 것보다 돈이 덜 들 거요."

나는 지난 두 달 동안 심혈을 기울여 쓴 '기계공학 연습' 이라는 제목의 책 원고를 박성민에게 넘겼다.

"교수님이 직접 쓰셨어요?"

한 학생이 의외라는 표정으로 물었다.

"이 책은 열두 챕터로 되어 있으며 매주에 한 챕터씩 강의할 겁니다. 이번 학기 16주 강의하는 것으로 강의계획이 짜여 있으나 중간고사, 학기말 고사 때 한 주씩 빠질 거고, 여러분 축제 때 한 주 빠질 거고, 달력을 보니 제가 강의 오는 날 국경일이 있어 한 주 빠질 것 같습니다."

"그럼 퀴즈 볼 때도 강의하세요?"

앞자리에 앉은 영리하게 생긴 학생이 물었다.

"셋째 시간에 볼 겁니다."

"퀴즈 안 보면 안 돼요? 저희들 4학년인데 취업준비도 해야 하고……."

여드름이 잔뜩 난 학생이 말했다.

"비싼 등록금 내고 오셨으니 많이 배우셔야죠. 그럼 오늘 교재는 없지만 제1장 기계공학 역사에 대하여 말씀드리겠습니다."

나는 세미나나 워크숍 등에서 자주 논문을 발표하였으나 대학생을 상대로 하는 정식강의는 처음이라 긴장되었다.

"날씨도 추우니 오늘은 인사만 하고 다음주 책이 복사되면 하지요."

일곱 번째 계단에 혼자 달랑 앉아있는 학생이 소리쳤다.

"여러분 한 학생당 매 시간 만 원 이상 등록금을 냈어요. 제 강의를 듣는 학생이 40여명은 되니 한 시간 빠지면 40여만 원이 날아가요. 부모님이 어렵게 마련한 등록금이에요. 부지런히 배워야지요. 자 강의를 시작합니다."

"교수님 강의실이 넘 추워요. 오늘은 한 시간만 하시면……, 앞 시간도 상견례로 한 시간만 했어요."

반장이 일어서서 전체의견을 대변했다.

"그래요? 그럼 수업을 시작하지요. 기계공학은 구석기시대부터 존재하였으며 본격적인 기계공학은 증기기관이 나오면서부터 꽃을 피우기 시작했다고 할 수 있지요."

그 때 남학생이 여학생의 손을 잡고 강의실로 들어왔다. 한 손을 남학생에게 맡긴 여학생은 다른 한 손에 먹다 만 아이스 바를 들고 있었다. 그들은 전혀 교수를 의식하지 않는 듯 목례도 없이 넷째 줄 빈 자리로 가서 꼭 붙어 앉았다.

나는 강의 시간에 늦게 들어와 교수에게 인사도 않고 자기 안방같이 붙어 앉아 있는 두 학생에게 호통을 칠까 하다가 신세대는 저런가 하고 "인류가 쓰기 시작한 도구 중 지렛대의 발명은 획기적인 것입니다." 하고 강의를 계속했다.

여학생이 남학생의 무릎 위로 올라앉았다. 남학생은 전혀 주위를 의식하지 않고 여학생을 끌어안았다. 순간 번쩍 내 눈에서 불이 났다.

나는 "야", 하고 터져 나오려는 고함을, '시간강사가……' 하며 삼키며 못 본 체하고 강의를 계속했다.

—아르키메데스 : 부력의 원리를 알아내고, 받침점이 있고 긴 지렛대만 있으면 지구를 들 수 있다고 큰 소리를 쳤던 그리스의 수학자.

—레오나르도 다빈치 : 르네상스 시대의 예술가요 과학자였던 천재, 양수펌프, 개폐식 수문장치, 거중기, 활차, 날틀 발명.

—이삭 뉴턴 : 힘, 속도, 질량, 모맨텀의 관계를 정립하여 고전역학을 완성한 영국이 낳은 과학계의 거성.

내 강의는 선사시대에서 그리스를 거쳐 증기동력시대 역사로 이어지고, 거중기를 발명한 정약용에 이르렀다.

"정약용의 목민심서 보신 분 계셔요?"

나는 추위에 움츠리고 앉아있는 학생들에게 질문을 던졌다. 아무도 대답이 없었다.

"보신 분이 없는 모양이지요?"

"저 소설은 봤는데요."

남학생의 무릎에서 내려와 앉아있던 여학생이 대답했다. 그녀의 얼굴에 아이스 바 얼룩이 남아있었다.

"그러셨어요? 베트남 하노이에 가면 호치민 대통령의 저택이 있는데 그의 서재에 정약용의 목민심서가 있어요. 호치민은 항상 그 책을 옆에 두고 읽고 또 읽었다고 해요. 다산 정약용은 우리나라 학자 중 제가 가장 존경하는 학자예요. 대표적인 실학자인 다산은 기계방면에도 조예가 아주 깊었지요. 다산은 청나라에서 들어온 고금도서집성 중 서양기계기술, 기기도설을 참고로 하여 거중기를 만들었지요. 거중기는 1789년 한강 배다리를 건설할 때 실제로 사용하였으며, 우리나라 문화유적 중 몇 안 되는 유네스코 지정 문화재인 수원 화성을 쌓을 때도 사용하여 수만 냥의 비용을 절감할 수가 있었지요. 우리나라가 정약용같이 실용주의를 추구하는 분들이 우대받는 사회가 계속 이어졌으면 일제에 침탈당하는 참변을 당하지 않았을 겁니다. 15세기 이후 중세의 암흑에서 벗어난 서양은 열심히 과학기술을 발달시켜 획기적인 문명의 진보를 이루었는데, 우리나라는 성리학에 빠져 공리공론 허례허식에 매달렸어요. 심지어 죽은 사람의 상을 일년으로 할 것인가, 3년으로 할 것인가 하는 쓸데없는 논쟁으로 세월을 보내기도 했지요. 결국 나라가 붕당으로 갈리고 문약에 흘러 우리보다 겨우 한 20여년 먼저 서양에 문호를 개방한 일본에게 나라를 빼앗기는 수모를 당했어요. 결국 역사시대 이후 항상 앞서던 동양이 주자학의 이론에 빠져 허우적거릴 때 종이 만드는 기술, 화약 만드는 기술 등을 전부 동양에서 배워 간 서양은 그것을 바탕으로 과학기술을 발달시켜 오늘날 전 세계를 주무르고 있습니다. 문명의 이기를 발명한 여러분들과 같이 기계공학을 전공한 선배들의 이름을 보면 전부 서양 사람이에요. 이제 그 명예를 우리나라로 가져올 때가 되어가고 있어요."

나도 모르게 주먹을 흔들었다.

"여러분은 기계공학을 전공하는 엔지니어입니다. 기계공학은 모든 공학의 기초입니다. 기초가 튼튼해야 산업이 일어날 수 있어요. 우리 다같이 열심히 노력하여 우리나라 산업을 일으키는 일꾼이 됩시다. 아이엠에프를 극복하는 선봉이 됩시다. 그럼 10분간 쉬고, 다음 시간에 전기동력시대 이후 근현대 기계공학 발달사를 더듬어 보고, 미래 기계공학 전망 등을 살펴본 후 여러분들이 첫날 강의를 일찍 끝내달라고 하니 한 시간 먼저 강의를 끝내겠습니다."

두꺼운 외투로 무장하고도 추위에 웅크리고 앉아있던 학생들이 나의 열변에 눈을 크게 뜨며 당장 강의를 끝내달라고 더 이상 조르지 않았다. 나도 모르게 달아올랐던 흥분을 식히며 강의실을 나서자 101호실에서 여교수를 둘러싸고 학생들이 우르르 밀려 나왔다. 일본어 강의가 끝난 모양이었다.

여교수는 손을 흔들고 공학관 출입문 쪽으로 갔다.

"저 여교수 인기 짱이예요. 예쁘지, 아직 미혼에 실력이 대단하거든요. 유머도 있고."

나를 따라 나오던 반장이 공학관을 빠져 나가는 여교수를 소개했다.

"그래…, 이름이?"

"이승연 교수예요. 일본에서 박사도 하고."

"이승연 교수? 한남대 교수하시는?"

"네. 교수님 아시는 분이세요?"

순간 나는 반가움이 밀려와 머리에 훅 열기가 올랐다.

"내 친구 동생이야. 그렇게 강의를 잘해?"

"네. 지난 학기에도 대 인기였어요. 교수님 커피 한 잔 빼드릴까요?"

"됐어, 강사휴게실에 있던데."

나는 반장의 호의를 뒤로 하고 강사휴게실로 가서 창가로 갔다.

이승연이 주차장에 세워 놓은 빨간색 르망에 오르는 것이 보였다. 나는 손을 흔들려다 그녀에게 보이지 않을 것같아 그만 두었다.

나는 이승연과 같이 백제대학에서 같은 날 강의를 하게 된 우연에 가슴이 설레었다.

30...

내 첫 강의에 대한 학생들의 반응이 괜찮은 것 같았다. 나는 녹슬지 않은 내 능력에 만족하며 가볍게 들뜬 마음으로 강의실을 나섰다.

나는 회사에 사표를 낸 후 모처럼만에 우쭐해진 기분으로 세 테너 가수, 파파로티, 도밍고, 호세가 부르는 삼중창을 즐기며 차를 몰았다. 나는 저녁 약속 시간까지는 시간이 있어, 박정자길 세거리에서 동학사 쪽으로 좌회전하여 계룡산을 오른쪽에 두고, 계룡산을 덮은 설경을 즐기며 뒤따라 오는 차를 계속 앞으로 보내며 계룡대까지 천천히 드라이브를 하였다.

기분 같아서는 찻집에라도 들러 따끈한 녹차를 마시며 눈 덮인 산위로 한가히 흘러가는 흰 구름을 보며 즐기고 싶었으나, 찻값이 아까운 생각이 들어 유혹을 참고 차를 돌려 김철한 박사가 주선한 조혁재 부처장의 뉴질랜드 이민 축하연(?) 장소로 갔다.

모임에 참석하는 멤버는 지난 1월 5일부로 회사를 쫓겨난 2직급 간부들이었다.

"어, 손 박사 오랜만이야."

내가 예약된 방에 들어서자 김철한 박사가 손을 내밀었다.

"오랜만인데."

나는 미리 와 있던 설계실 양명호 박사, 품질관리실 조혁재와 악수를 나누고, 양복을 벗어 옷걸이에 걸고, 아무렇게나 앉았다.

"곧 나철수 부처장도 나올 거야. 그런데 아직 넥타이 매고 다니는 것 보니 괜찮은 모양인데."

김철한이 나를 보고 이죽거렸다.

"응, 강의 다녀오는 길이야. 김 박사 장사 시작한다며?"

나는 김철한을 쳐다봤다.

"강의? 참 대학 나간다고 했지."

"응. 백제대학에 3시간 맡았어."

"부럽다. 대학 자리도 잡고. 어디 고문도 한다면서?"

"응 조그만 환경회사."

"투잡(two job) 뛰네. 정말 능력 있다. 내 몸에서 밀가루 냄새 안 나?"

"밀가루 냄새? 모르겠는데."

"국수 장사한다."

"그렇다는 소리 듣고 설마했는데 정말이네. 어떻게 국수 장사할 생각을 다했지?"

"야 별 수 있나? 우리 애 두 명이 다 대학 다니는데 퇴직금 이자로는 어림도 없잖아. 그래서 눈 딱 감고 시작했지."

"용기가 대단하구먼. 그래 장사는 잘돼?"

"아직 시작이라 모르겠어. 학교 앞이라 학생들 보고 했는데 봄학기 개학을 해 봐야 알 것같아."

"그래? 용기가 대단해. 그래 마누라랑 둘이 하는 거야?"

"아니. 주방장 한 사람 두고 나랑 와이프는 교대로 서빙도 하고 돈도 받고."

"그럼 하얀 모자도 쓰고 있나?"

"하려면 제대로 해야지. 당연히 쓰고 있지."

"김 박사, 웨이터 공학박사 김철한이라는 명패 달면 학생들이 더 많이 올 것 아냐."

양명호 박사가 나섰다.

"아직 본격적인 개학 철은 아니지만 도서관에 왔던 학생들 사이에 벌써 내가 박사라는 것이 소문이 나서 명찰 안 달아도 힐끔힐끔 나를 훔쳐 본다. 그런 명찰 달아도 별 도움 안 될 것 같다."

"그래? 그럼 명찰 달지 마라. 학생들 꿈 다 깨질라. 박사해서 국수집 한다고."

조혁재가 코멘트를 했다.

"그렇겠지. 언제 우리 김 박사 우동집 한 번 가 보지."

양명호가 재미있다는 듯이 웃었다.

"명호 너는 뭣 하고 있어?"

나는 화제를 양명호에게 돌렸다.

"나. 지금 미국 가는 준비 중이야. 옛날 다니던 회사 상사에게 연락을 했더니 곧 자리를 마련하겠대. 그 때 내가 유치과학자로 귀국할 때 가지 말라고 무척 잡았었거든. 그래도 아직 잊지 않고 기회를 주겠다고 하여 감사하고 있지."

양명호는 자랑스러운 목소리로 말했다.

"너 잘 됐다. 한국에서는 쫓겨났는데 미국에서는 받아준다? 어쨌든 축하한다."

나는 손을 내밀었다. 양명호는 내 손을 잡고 흔들며 "그래, 조국을 위한다고 찾아왔더니 결국 쫓겨 가는군." 하는 말과는 다르게 환한 웃음을 지었다.

"조 부처장은 뉴질랜드로 이민 가. 오늘 주인공인데."

김철한이 힘없이 말했다.

"그래. 나야 김 박사같이 식당을 열기도 뭐하고, 너같이 투잡 뛸 능력이 있는 것도 아니고, 양 박사같이 오라는 사람도 없고 하여 처남이 장사를 하는 뉴질랜드에 가서 장사나 도울까 한다. 여기서 장사하는 것보다야 낫겠지. 아는 사람도 없고."

조혁재의 목소리가 마르게 들렸다.

"언제 가는데?"

내가 물었다.

"5월이나 6월쯤 갈 것 같다."

"얼마 안 남았네. 우리 나이에 가서 고생할 텐데."

"이미 회사 쫓겨날 때부터 각오했다. 손 박사는 좋겠다. 고문으로 나가는 회사는 뭐하는 회사야?"

"음식물 찌꺼기를 발효시켜 비료를 만드는 회사야. 환경감시 기기도 만들고."

"어떻게 들어갔어?"

"아는 사람이 소개했어."

"그래도 나랑 같이 쫓겨난 사람 중 너희는 학위가 있으니 다 잘 나가는데 나는 가방 끈도 짧고 봐주는 사람도 없고 하여 물설고 낯선 이국으로 처남만 바라보고 이민가려고 하니 좀 그렇다."

조혁재가 술잔을 비우며 시선을 먼 곳으로 보냈다.

"그런가?"

나는 조혁재에게 술을 권하며 말끝을 흐렸다.

"어 늦었지?"

나철수 부처장이 방문을 열고 들어서며 손을 흔들었다.

"어서 와. 그래 어떻게 지내. 아직도 버틴다면서?"

조혁재가 그의 곁에 앉는 나철수에게 물었다.

"응 버티기는 하는데 죽을 지경이다."

나철수는 지난 해 11월 희망퇴직을 하라는 회사의 강권을 묵살하고 사표를 내지 않고 버티고 있다.

"그래 회사 생활은?"

"당연히 무보직이지. 다음 달부터 월급이 확 줄 텐데 배운 재주가 그 뿐이니 나가 봐야 할 일이 없잖아. 무보직 되어 월급이 반으로 줄어도 버티고 있는 것이 낫지, 파면만 안 시키면. 그래서 사장이랑 경영 간부 눈에 안 띄려고 기어서 다닌다."

"고생이 많구나. 이왕 버틴 몸 끝까지 버텨야지. 자 술 한 잔 받아라."

양명호가 술을 권했다.

"그래, 해고시킬 때까지 버틸 거다."

나철수의 목소리가 비장했다.

"김 박사는 퇴직금으로 가게 시작했고, 손 박사는 퇴직금 어떻게 했어?"

양명호가 물었다.

"부동산에 투자할까 주식에 투자할까 망설이다 일부 신탁에 넣고 일부는 매달 이자가 나오는 정기예금에 넣었어. 공연히 투기했다가 그것마저 날리면 내 전재산 날아가는데. 양 박사는?"

"우선 주식을 샀어. 지금 주식 값이 올라 연말까지 육백은 오를 것 같으니 최소 50% 장사는 될 것같아."

"그렇게 많이."

나는 양명호의 말을 들으며 공연히 안전한 것만 찾다가 크게 손해를 본 것같아 가슴이 폭싹했다.

"미국 갈 때 대전 집, 주식 다 팔아 서울에 큰 아파트나 전세 안고 두어 채 사놓고 갈 거다."

"양 박사는 언제 그렇게 이재에 밝았나?"

"내가 하는 것이 아니고 우리 마누라가 다 한다. 나는 그냥 구경만 하지."

"부럽다. 마누라 잘 둬서."

김 박사가 한숨을 내쉬었다.

"나 박사, 사장은 잘 있나?"

조 부처장이 물었다.

"임기 반이 지났잖아. 벌써 밀어내려는 실세가 있는 모양이더라."

나 박사가 혹시 누가 들을까 두려워하며 목소리를 죽였다.

"그 친구 실세라고 큰 소리 치더니, 벌써 쫓겨나? 우리 쫓아낼 때는 천 년 만 년 해 처먹을 것 같더니."

"그런 재미 없는 이야기 치우고 우리 종필이 형님 진짜 총리 한 번 해야 하는데 DJ가 정말 내각제로 개헌할까?"

김철한이 화제를 바꿨다.

"어제 취임 일주년 기념사에 약속대로 내각제로 바꾸겠다고 기다리라고 하던데."

내가 말했다.

"손 박사 순진하군. 대중이 할아버지 말 바꾼 것이 어디 한두 번이야. 권력이 어떤 것인데 내놔. 입으로만 개헌하겠다고 하며 그냥 5년 보낼 텐데. 자민련이야 개헌하라고 조르다가 제풀에 넘어질 거고."

양명호가 받았다.

"그래도 약속인데 그렇게 헌신짝같이 버려?"

나 박사가 고개를 갸웃하며 말했다.

"야. 김영삼이랑 붙어서 떨어지고 정계 은퇴한다고 영국 가고 난리치더니 국민의 뜻이라고 또 나와서 대통령 됐잖아. 또 국민의 뜻이라고 하면서 무슨 핑곈가 대고 개헌 안할 걸."

양명호가 독설을 뱉었다.

"개헌할지는 모르겠고, 포용정책이라는 것 영 입맛 없다. 북한에 한두 번 당했냐? 상호주의로 가야지 퍼주기만 하겠다는 건지."

김철한이 투덜댔다.

"그래도 우리나라에 전쟁 나는 것보다는 낫잖아. 전쟁 나면 싸움에 이긴다고 해도 서울 쑥밭 될 거고 일본 놈들 또 물건 팔아먹어서 좋고."

나 박사가 조심스럽게 말했다.

술에 취해 가는 퇴직자들의 대화는 정치와 경제를 왔다 갔다 했다.

"이거 우리 5인방 무슨 모임이라도 하나 만들자. 아이엠에프 직격탄을 받은 불쌍한 동지들."

회식이 끝날 때쯤 조혁재가 발의했다.

"곧 너도 이민 갈 거고, 양 박사 미국 가고 하면 우리 세 사람 남는데 모임이 되겠어."

김철한이 토를 달았다.

"그렇기도 하군. 어쨌든 양 박사나 나나 출국하려면 몇 달 있어야 하니 그 동안 한 달에 한 번씩 만나자."

조혁재가 못을 박았다. 이의를 다는 사람이 없었다.

"내가 제일 한가한 것 같으니 다음 달 만나는 것은 내가 연락할게."

조혁재가 총무를 자처했다.

2차로 노래방에 뭉쳐 가서 단결을 과시하며 목청을 돋우고 스트레스를 풀었다.

31...

대학에 첫 강의를 다녀온 다음날 오후에 나는 출근도 않고 대학 강사료의 몇 배나 되는 월급을 받는 것이 미안하여 바이오엔에 들렀다.

하 사장은 출타중이라 나는 김순호 소장 방에 들렀다.

"고문님 어떻게?"

내가 노크를 하고 그의 방에 들어서자 김순호가 놀라는 목소리를 냈다.

"오래 출근 안 하여 미안하고 또 내가 건네준 개선사항 임플리멘테이션 하는 것도 좀 보고 더 개선할 점이 있나 알아도 볼 겸 나왔어요."

"아, 그러셨어요?"

김순호의 말투에 당황하는 빛이 역력했다.

"실제 임플리멘테이션 해 보니 어땠어요?"

"지금 한참 자재 수배중입니다."

"그래요? 자재 수배중이라고. 그럼 무슨 문제점은 없을 것같아요?"

"네. 특별히 예상되지 않는데요. 워낙 고문님이 꼼꼼히 도면이랑 시방서를 잘 써주셔서."

김순호의 대답에 무엇인가 숨기는 것 같은 냄새가 났다.

"그렇다면 다행이고. 다음 주부터 일주일에 3, 4일 나와서 임플리멘테이션 하는 것도 돕고 할게요."

"일주일에 3, 4일이나?"

"네. 그래서 환경 감시기기 쪽도 좀 도와 줄 것이 있는지 알아보고."

"네~. 고문님 모처럼만에 나왔는데 저녁에 약속 없으시면 제가 모실까요?"

김순호가 잠시 망설이다 말했다.

"약속 없는데……."

"그럼 6시 반에 우래옥에서 뵈면……."

"좋지요 그렇게 합시다."

나는 약속을 하고 바로 그의 사무실을 나왔다.

1993년에 개최된 대전 엑스포 때 대전 지구에 분점을 개설한 우래옥은 전통적인 불고기 요리로 유명하다. 김순호는 불고기와 소주를 주문하였다.

"바이오엔 매출은 어때요?"

나는 매월 월급을 받는 신분으로 회사 돌아가는 사정을 너무 몰라 조금은 알고 있어야 할 것 같았다.

"요새 음식물 찌꺼기 처분시설 경쟁이 보통 센 게 아니예요. 너무 업체들이 난립하여 아주 경영이 어렵습니다."

"그럼 내가 낸 개선안대로 하면 원가도 많이 절감하고 경쟁력이 있을 텐데요."

"지금 수주한 공사하느라 바빠서 고문님이 내신 안을 아직 설치를 못해 봤어요. 설치 후 실증도 해 봐야 하는데……."

"다른 환경 기기는 잘 팔려요?"

"내 오히려 그쪽이 더 잘 돼요."

"회사에서도 말했지만 학교 교재도 다 쓰고 하여 강의 준비는 거의 된 상태라 회사에 자주 나가 환경기기 쪽에 매달려 볼까 해요. 김 소장이 많이 도와줘요."

"네. 고문님 말씀만 하시면 자료를 보내드리겠습니다."

"아니, 다음 주부터는 매주 3, 4일 출근할게요. 자재를 수배중이니 다음 주쯤은 들어오겠지요. 직접 현장에서 임플리멘테이션 직접 챙겨 드리는 것이 도리일 것 같고."

"네 그렇지요, 그렇고 말고요."

김순호는 장단은 맞추면서도 무엇인가 켕기는 분위기였다.

두 병째 소주병이 비고 세 번째 병을 주문하였다. 김순호는 꽤 술이 오르는 모양이었다.

"손 박사님. 제가 박사님에게 거짓말을 한 것이 있습니다."

김순호가 작심한 듯 말을 꺼냈다.

"무슨?"

"실은 박사님이 보내주신 자료를 저는 보지 못했어요. 사장님이 그냥 자료를 보았다고, 검토하고 있다고 하라고 해서 그렇게 했어요. 사실 이런 말씀을 드리면 안 되는데……."

그는 허공을 쳐다보며 머뭇거렸다.

"임플리멘텐이션 하시면서 무슨 문제가 있었지요? 솔직히 말씀해 주세요."

"아니 그런 것이 아니고 사실 오늘 고문님과 만나는 것 사장님이 알면 큰 일 나요. 같은 기술자 처지에 고문님이 너무 모르시는 것같아 말씀 안 드릴 수 없고 고민 많이 했습니다."

"왜 무슨 일이라도?"

"사실 저 아직 박사님 자료 잘 안 봤어요."

"네?"

"네. 그냥 대강 대강 보고 말았어요. 사장님이 그 보고서대로 하실 마음이 없으신 것같아서."

"네?"

"사장님은 박사님이 너무 빨리 보고서를 내셔서 당황한 것 같았어요. 일 년에 한 건만 내달라고 했는데."

"너무 빨리 내다니?"

"네. 우리 기술자들끼리 솔직히 말씀 드리겠습니다."

김순호가 알코올을 푸하고 내품었다.

"실은 김문기 계장님 저희 회사 주주시고 또 후견인이에요. 그 주식도 후견 대가로 하 사장이 일부 준 것이고. 그래서 매달 일정액을 김 계장에게 상납하고 있어요. 그 대가로 김 계장이 관과 관련된 우리 회사의 문제를 다 해결해 줘요. 이런 말씀 드리면 뭐 하지만 김 계장님은 고문님에게 콤플렉스가 대단한 것 같았어요. 술자리에서 자주 손윗동서인 고문님 얘기를 했었거든요. 동서가 너무 똑똑해서 기죽어 죽겠다고. 그래서 이번 고문님이 구조조정 대상이 되자 자기의 능력을 과시하고 싶었던 것같아요, 특히 처갓집에. 그래서 상납금의 일부를 손 박사님에게 드리는 것으로 한 것같아요. 내가 왜 이런 얘기를 다 하지. 술이 취했나?"

김순호가 다음 말을 망설였다.

"네? 그럼 김 계장이 받을 뇌물 중 일부를 내 월급으로 준 거요?"

내 목소리가 커졌다.

"뇌물은 아니고 김 계장님 배당 중의 일부를……."

김순호가 쩔쩔맸다.

"박사님 죄송합니다. 말을 안 해야 하는데. 박사님 직장 그만 두셨는데 동서가 그냥 용돈 드리면 자존심이 대단하시어 안 받으실 거고, 그래서 그런 아이디어를 낸 것 같습니다. 술 한 잔 받으시지요. 아, 술이 떨어졌네. 한 병 더 시킬까요?"

"그럽시다."

나는 격한 감정을 의지로 씹으며 초인종을 눌렀다.

달려오는 여종업원에게 소주 한 병을 더 가져오라는 신호를 보냈다.

김순호는 사정을 털어놓고 아차 한 모양이다.

"제가 이런 말 했다고 하면 절대 안 됩니다. 정말 김 계장이 박사님 생각하고 주시는 것이니 한 1년이라도 받으시지요. 이미 당초 약속대로 시설개선안도 내셨고. 제가 그 안대로 시설을 고치도록 하 사장님을 설득하겠습니다."

"네, 알았어요. 사실을 알려 줘서 감사합니다. 김 소장 피해는 안 가게 할게요."

"사실 박사님과 저녁을 같이 하자고 한 것은 사실을 아셔야 할 것같아서. 다음 주부터 일주일에 며칠씩 나오신다고 하시는데 고생만 하실 것 같고. 정말 절대 사표를 내신다거나 제가 말했다는 것을 발설하시면 안 됩니다."

"걱정 마세요. 이왕 이렇게 됐으니 사정이나 압시다. 사장은 왜 제가 낸 아이디어를 묵살하는 거요?"

"그거……, 실은 고문님도 아시지만 음식물 쓰레기 발효시설은 살 만한 데는 다 사서 이제 포화상태인데, 업체가 너무 많아요. 경쟁이 너무 심해요. 그래서 그 사업은 우리 회사에서 손을 떼려던 사업이에요, 사양산업으로."

"사양산업?"

"해외 수출도 생각할 수 있으나 우리 회사 힘으로는 그것도 어렵고. 해외 시장 경쟁도 치열해요."

"그럼?"

나는 마음에 공황이 와서 더 이상 말이 나오지 않았다.

"고문님 절대 사표내시면 안 돼요. 그럼 저 짤려요."

김 소장의 하소연이 내 귀에 들어오지 않았다.

시간도 공간도 다 멈춘 난간에서 바보가 된 나는 한 발자국도 앞으로 갈 수가 없었다.

우래옥을 나온 나는 집까지 걸어갔다.

막판에 주는 대로 퍼마신 알코올이 나의 사고를 외골수로 몰아갔다.

'이 무슨 바보짓을 했어? 소가 웃을 짓을.'

'박사면 뭐해? 인생을 모르는데…….'

'자존심은 있어 사표는 덜컥 내고……. 나철수 부처장같이 버티는 건데.'

'너는 뇌물을 받아 삼킨 철면피…….'

'바보! 바보! 바보!'

나는 막 울음이 나오려고 하였다. 슬픔을 푸푸 하늘로 뱉어냈다.

다음날 아침, 나는 바로 우체국에 가서 사표를 등기로 보내고, 은행에 가서 생명줄 같은 예금에서 6백만 원을 찾아 바이오엔 계좌로 송금했다. 나는 한 번에 6백만 원을 송금하면 받는 측에서 무슨 뜻인지 모를 것같아 2백만 원씩 나눠 세 번을 송금했다. 나는 이자까지 계산하여 송금하려다가 그 돈이 아까워 그만 두었다.

32...

"여보, 전화 왔어요."

내가 대학에 출강을 하러 가방을 들고 막 현관을 나서려 할 때 거실에서 영란이 소리쳤다.

"나 학교 가야 하는데."

나는 현관문을 열며 귀찮은 목소리로 말했다.

"회사래."

영란이 수화기를 현관까지 들고 와 내 손에 안겼다.

"여보세요."

"아, 손 실장님이세요? 저 김순동 부장인데요."

"아, 김 부장. 잘 있었어?"

"네. 건강하시고?"

"응. 지금 대학에 강의 가는 길이야."

나는 엉겁결에 옛 직장 동료에게 내가 실업자가 아니고 강의를, 그것도 대학에 강의 나가는 것을 강조하고 쑥스러운 기분이 들었다.

"그러세요? 바쁘실 텐데, 다름 아니라 전문자료 하나 번역해 주셨으면 하는데요."

"자료를 번역해?"

내 목소리가 커졌다.

"네. 원고료는 많이 못 드리고 이백 자 원고지 한 장 당 이천 원은 드릴 수 있는데……, 한 천 매 될 것 같으니 이백만 원은 될 것같아요. 많지는 않지만……, 회사에서 연말에 나가신 선배님들 기술을 활용하자는 뜻으로 계획을 세웠어요. 그래서 박정호 처장님이 실장님을 추천하여……."

"그래? 박 처장은 잘 있어?"

나는 순간 배경을 동원하여 선배인 나를 밀쳐내고 진급을 하고, 내가 회사를 그만 두게 한 원인을 제공한 박 처장이 나에게 선심을 쓰는 것같아 기분이 팍 상했다.

"네."

"그 친구가? 고마운데. 안부 전해 줘. 잘 있다고."

"내일 제가 자료를 댁으로 가져다 드릴까요? 내일 아침까지 말씀 주세요. 제 전화번호는 2854번입니다. 바쁘신데."

전화를 받는 목소리에서 내 기분을 눈치 챘는지 김순동이 서둘러 용건을 말하고 전화를 끊었다.

"무슨 전화예요?"

통화내용을 듣고 있던 영란이 물었다.

"응 별 거 아냐. 회사에서 자료 좀 번역해 달라는데."

"그래도 잊지 않고 챙겨 주네요."

"챙겨 줘? 그래 나더러 번역하라고? 번역사 시키면 되지."

"당신 생각해서 그러는데 그렇게 말하면……, 옆에서 들으니 2백만 원은 된다고 하던데."

"남의 전화는 왜 들어?"

"들리니 들었죠. 그래 안 하실 거요?"

"나 바빠. 학교 가야 해."

"기름 값도 안 나오는 학교 뭐 그렇게 챙겨요?"

"다녀올게."

나는 아내를 꼬나보고 현관을 나섰다.

'박정호 그 친구 그런 것을 부탁하려면 직접 전화해야지, 부하를 시켜서 해? 내가 거지야? 건방진 녀석.'

나의 뿔난 자존심이 침을 맞고 피를 흘리며 꿈틀댔다.

'겨우 자료나 번역해 달라고 이 손상호에게?'

나는 흥분을 삭이지 못하고 거칠게 차를 몰다가 하마터면 앞차를 받을 뻔하였다.

유성을 벗어나 공주로 가는 국도로 접어들자 울분이 가셨다.

국립묘지 입구를 지나자 봄을 여는 풍경이 눈에 들어왔다. 나는 지난주까지만 해도 죽어 있던 유성 컨트리클럽의 울타리를 노랗게 물들인 개나리를 보며 "아" 감탄사를 내뱉고는, 가파산과 장군봉을 끼고 달릴 때는 차 속도를 죽이며 진달래도 피었나 하며 산 중턱까지 올려다 보았으나 붉은 빛깔은 보이지 않아 아직 봄이 오고 있나 하다가, 잔설을 털고 부연 안개를 덮어쓴 산줄기를 타고 물줄기가 산위로 뻗쳐 오르는 기운을 느끼며 봄이 왔음을 실감했다.

'산천에는 봄이 오는데 나에게는 벌써 가을이 가고 겨울이 오는가?……'

가슴이 답답했다. 긴 터널에 들어선 내 주위를 온통 어둠이 에워쌌다. 입구가 보이지 않았다.

기름 값도 안 되는 강사료를 벌려 국도를 달리는 자신이 너무 초라했다. 아무 잘못도 없는 김순동 부장에게 신경질을 부린 미숙한 처세술도 싫었다.

절망!

죽음에 이르는 병.

고등학교 때 읽었던 키엘 케고르의 말이 떠올랐다.

그러나 나는 아직 죽을 수가 없다. 나는 강의고 뭐고 다 때려치우고 무인도로 도망치고 싶었다.

"교수님 저 취직 됐는데요."

첫째 시간 강의를 마치고 강사 휴게실로 가는 나를 한 학생이 따라붙으며 말을 붙였다.

"축하해."

나는 고개를 돌려 나를 따라오는 학생을 돌아보며 말했다. 포마드를 뒤범벅으로 발라 번지르르하게 윤기가 나는 머리 모양이 기생오라비 같은 인상을 주었다. 저항감이 일었다.

"회사에서 4월부터 출근을 하라고 하여……."

"다음달부터? 축하해. 무엇 하는 회사인데."

"방산업첸니다. 중소기업 하는."

"전공하고 맞는 것 같군. 잘 해 봐."

나는 취업 사실을 시간강사인 나에게까지 말해 주는 학생이 기특하여 그를 다시 돌아봤다.

"그래서 교수님께 부탁이 있는데요."

"내가 뭐 해줄 것 있어? 추천서라도 써 줘야 하나?"

"아니요. 그런 것이 아니고 강의를 들을 수 없는데 학점을 좀 주셨으면 합니다."

학생은 당연한 요구를 하듯 당당하게 말했다.

"학점을?"

"다른 교수님들에게도 말씀 드렸습니다."

"두 학기 연속?"

나는 이맛살을 찌푸리며 '뭐 이런 친구가 다 있어?' 하는 감정을 숨기지 않았다.

"네. 다른 교수님들도 양해해 주셨습니다."

전임교수들도 다 양해했는데 시간강사인 당신은 당연히 예스해야 하는 것 아니냐는 투였다.

"시험은 볼 수 있나?"

"저 그것이……, 페이퍼로 대신하면?"

"페이퍼로?"

나는 강사 휴게실 문을 밀고 들어서다 고개를 돌려 교수를 어떻게 보고 그런 요구를 할 수 있나 기분이 상하여 나를 따라오는 학생을 노려봤다.

"손 교수님 안녕하세요?"

안쪽에서 여자 목소리가 나를 잡았다. 나는 소리가 나는 쪽으로 눈을 돌렸다.

"어, 이거 누구야? 승연이, 아니 이 교수."

이승연 교수가 창가에 서서 웃고 있었다.

"네. 강의 끝나고 손 교수님 뵙고 가려고 기다렸어요."

나는 그녀의 환한 미소에 얼굴이 붉어지며 연애를 하다 학생에게 들킨 것 같이 어색해졌다.

"학생 이름이 뭐야?"

"네. 노인철입니다. 감사합니다."

학생은 꾸벅 인사를 하고 휴게실을 나가려 하였다. 나는 손을 흔들며 "학생" 하고 불렀다.

문을 밀고 나가려다 학생이 나를 돌아다보았다.

"손 교수님 무슨 일이에요?"

승연이 미소를 띤 채 나에게 다가왔다.

내가 학생에게 말을 하기 전에 학생이 날쌔게 "교수님 감사합니다." 꾸벅 인사를 하고 문을 닫고 사라졌다.

"취직이 됐는데 강의 못 듣고 시험도 못 볼 것 같은데 학점은 달라는데. 말도 안 되잖아?"

"모른 척하세요. 이 아이엠에프에 취직된 것만 해도 대단한데. 학교에서는 큰 실적으로 잡을 텐데요. 그 동안 잘 계셨어요?"

"응. 승연이도? 이 방에서 빨간 차 타고 가는 것 봤는데."

"그럼 부르시지."

"저 창 너머로 봤는데 어떻게 부르나?"

"그래서 학과에 가서 오빠 강의시간을 확인하니 저랑 같은 날이잖아요. 그래서 제 강의 끝나고 뵙고 가려고 기다렸죠."

"이 교수 작년에 보고 못 봤는데 잘 있지?"

"매달 한 번씩 만난다고 하던데 안 만나셨어요?"

"금년에는 회사 그만두고 뒤숭숭하여 연초 모임에 빠졌어."

"그럼 잘 됐네요. 오늘 오빠랑 만나서 저녁 하기로 했는데 거기 오실래요?"

"불청객으로?"

"대환영입니다. 저녁 6시에 유성 오리집으로 오세요. 그린 하우스 먼저 번에 만났던."

"누구누구 나오는데?"

"오빠랑 올케, 그리고 저."

"그럼 가족 파티네. 가기가 뭐한데."

"오빠랑 올케 잘 알잖아요. 저는 혼자니 제 파트너 해 주시면 되지요."

"그럼 고려해 볼까?"

"고려 말고 꼭 오세요. 기다릴게요. 6시, 그린 하우스에요."

승연이 왼손에 손가방을 집어들고 오른손을 나에게 내밀었다. 나는 그녀의 손을 잡아줬다. 따뜻하고 부드러운 촉감이 전류가 되어 전신에 '찡' 흘렀다. 나는 움찔하며 그녀의 손을 놓았다. 그녀는 나에게 환한 웃음을 선사하고 강사 휴게실을 나갔다. 그녀의 웃는 모습이 내 망막에 잔상으로 남았다.

두 시간째 강의실에 들어서니 학생들이 우르르 나를 따라 들어와서 자리에 앉았다.

교탁 위에 매실 주스 유리병이 달랑 놓여 있었다.

"이거 누구 선물이지?"

나는 학생들이 자리에 다 앉는 것을 기다려 물었다.

"그거 전혜숙이 가져다 놨어요. A 뿔 주세요."

한 학생이 짓궂게 말했다.

"잘 마실게요."

나는 내 반의 홍일점 여학생을 향하여 미소를 보냈다. 그녀가 얼굴을 붉혔다. 항상 붙어 있던 그녀의 남자 친구가 보이지 않았다. 수줍어하는 그녀의 얼굴위에 승연의 얼굴이 겹쳐졌다. 나는 저녁에 승연을 만나는 기대로 부푼 마음을 진정하며 강의에 들어갔다.

33...

"당신 누구랑 같이 차 타고 온 거요?"

내가 현관에 들어서자 문을 열어준 영란이 눈을 곧추 세우며 물었다.

"응. 이필성 교수 여동생, 승연이, 한남대 교수하는. 그런데 같이 차 타고 온 것은 어떻게 알았어?"

나는 대수롭지 않게 대답하며 안방으로 들어갔다.

"당신 지금까지 그 여자랑 같이 있다 온 거요?"

아내가 나를 따라오며 따졌다.

"이 교수 가족이랑 같이 저녁 했지."

"지금이 몇 신데 아직까지 저녁 먹고 왔다고 하는 거요?"

"음 10시 조금 넘었네."

나는 벽에 걸린 시계를 올려다보며 가슴이 뜨끔했으나 태연한 척했다.

이 교수 가족과 저녁을 마친 후, 음주운전은 안 된다며 승연이 나를 자기 차로 집까지 모시겠다고 했다. 이 교수 가족을 먼저 보내고 그녀의 차에 오르자 그녀는 택시비 대신 커피를 사라고 했다. 나는 그녀가 이끄는 대로 커피숍에 들렀다.

"오빠가 고등학생일 때 자주 우리 집에 왔었잖아요."

"그랬었지. 내 앞에서 항상 뾰루퉁하던 표정이 퍽 귀여웠었는데."

"그 때 제가 오빠 좋아했었는데 받아주지 않았으니까 그랬지요."

"그랬었나? 눈치가 없어서."

나는 차마 초등학생인 네가 순간 여자로 보여 네가 크면 내 색시로 삼으려고 했었다는 말을 할 수가 없었다.

"중매할 사람 찾고 있는데 조건이 너무 까다로워서."

"까다롭기는요? 오빠 같은 사람 찾아달라는데."

"나 같은 못난이?"

"지난번 오빠랑 식사할 때는 말 못했었는데 오빠는 제 우상이었어요. 바보같이 그것도 모르고……, 일본 유학시절 오빠를 닮은 박사과정을 하는 일본 학생과 연애를 했었는데 방학 때 집에 와서 비슷한 줄거리로 이야기를 돌려서 꺼냈다 아버지한테 된통 혼나고……, 학위를 마치고 돌아와서도 계속 연락했었는데 out of sight, out of mind잖아요. 결국 그 치는 일본 여자와 결혼하고 나는 어쩌다 보니 지금까지 결혼을 못하고……, 이렇게 오빠 만나니 반갑다. 오빠는 연애결혼 아니면 중매결혼?"

"중매결혼. 군대 있을 때 한 부대로 같은 날 배치된 친구의 여동생."

"오빨 아주 잘 본 모양이지? 그 친구는 지금 대전 있어?"

"응, 대전 수자원공사에 근무했었는데 몇 년 전 교통사고로 죽었어."

"아, 미안. 우리 그 이야기 그만하고 재미있는 이야기하자."

그녀는 그녀의 일상사를 참새같이 조잘댔고, 나는 몇 십 년 전 잠시 마음에 두었던 소녀가 40대 중반의 미혼녀로 남아서 오래 사귄 연인처럼 다정하게 다가오는 묘한 상황을 즐기며 시간 가는 줄 모르고 그녀와 데이트(?)를 즐겼다.

아파트 주차장에서 그녀는 나를 따라 차에서 내려 이번 주말에 무엇을 할 것인가 물었다. 특별히 할 일이 없다고 하자, 그녀는 오늘 커피 값을 오빠가 냈으니 영화로 갚겠다며 '타이타닉'을 봤냐고 물었다. 보지 않았다고 하자 그녀는 작년엔 못 봤는데 리바이벌 영화를 주말부터 대전극장에서 하니 같이 보자고 하였고, 나는 간지러운 마음으로 그녀의 제의를 수락했다.

"그런데 왜 그 여자 차 타고 온 거야?"

영란이 나를 빤히 쳐다보며 따졌다.

"나 술 취했다고 태워다 줬는데."

"그래 처녀랑 같이 차 타고 오니 기분 좋습디까? 당신이 이승연이랑 같은 대학에 강의 나가게 됐다고 흥분하더니."

"흥분은 무슨 흥분."

"차에서 내려 무슨 이야기를 그렇게 다정히 한 거야, 남의 눈도 있는데."

"학교 이야기했지."

"베란다에서 내려다보니 헤어지기 섭섭하여 눈물이라도 흘리는 것 같던데."

"무슨 쓸데없는 소리."

나는 큰 소리를 치고 세면장으로 들어갔다.

내가 세면장에서 거실로 나오자 소파 끝에 불편하게 엉덩이를 걸치고 앉아서 나를 기다리던 영란이 처연한 목소리로 말문을 열었다.

"나 오늘 조리사 학원 등록했어요."

"조리사 학원이라니?"

"수입도 없는데 당신을 믿을 수가 있어야지. 내가 식당에라도 나가서 돈을 벌어야 애들 굶기지 않고 학교 보내지."

"지금 무슨 소리 하는 거야?"

"당신 아침에 회사에서 번역해 달라는 것 안 한다고 했지요?"

"아니."

"분명히 안 한다고 했을 거야. 당신 전화 받고 나갈 때 얼굴 보니 자존심이 부글부글 난리던데."

"어떻게 알았어?"

"내가 당신이랑 한두 해 살았나."

"아직 안 한다고 안 했는데."

"안 한다고 할 것 아니야."

그녀가 단정적으로 말했다.

"어떻게 그렇게 잘 알아? 내 속에 들어앉아 있나?"

"당신 바이오엔 그만 뒀다면서?"

"그건 어떻게 알았어?"

"어떻게 알았냐고? 당신은 내가 남이야? 어떻게 나한테 말 한 마디 없이 그만둬. 회사를 그만 둘 때도 내 말을 안 듣더니."

그녀의 목소리가 쇳소리로 변했다.

"당신한테 말하면 그만 못 두게 할 것 아냐."

"당연하지. 당신이 한두 살 먹은 어린 애도 아니고. 그 동안 받은 월급까지 다 게워냈다면서?"

"게워낸 게 아니라 반납했지."

"반납? 당신 정신 있어? 가장인 당신이 집안 형편 돌아가는 것 나보다 더 잘 알 것 아냐? 어떻게 나한테 말 한 마디 없이……, 나를 어떻게 취급하는 거야."

영란의 눈가에 눈물이 비쳤다.

"기회 봐서 하려고 했는데. 어떻게 알았어?"

"어떻게 알긴. 입에 넣어주는 떡도 안 드시겠다는 낭군님 모시고 살려니 하도 답답하여 오늘 동서 집에 갔다가 그 말 듣고 동서한테 얼마나 창피했는지 알아. 당신 바이오엔 그만 두는데 왜 안 말렸냐고 하는데 뭐라고 해? 몰랐다고 할 수도 없고. 그만 두면 그냥 그만 두지 왜 받은 월급까지 게워냈느냐는데 기가 막혀서. 정말 나를 그렇게 바보 취급할 거야?"

"바보 취급은."

나는 완전히 수세에 몰려 쩔쩔맸다.

"당신 나 무시하는 거 알아. 지금 그런 걸로 싸울 힘도 없어. 당신 나 무시하지만 지금 집안 형편이 어떤지나 알아? 내가 오죽하면 조리사 학원 등록했겠어."

그녀가 울먹였다.

"집안 형편이 어때서?"

"지금 당신 받은 퇴직금 까먹고 있잖아. 그거 날아가면 애들 뭐 먹여 살리고 학교 보내."

"은행에 넣어놓은 것 다 그대로 있잖아."

"3천만 원 떼어 놓은 것 다 날아갔잖아."

"그거야 당장 쓸 돈이잖아."
"한두 달 지나 바닥나면 정기예금 깨서 까먹어야 할 판이잖아."
"그 안에 벌면 되잖아."
"뭐해서 벌어?"
"번역일도 하고."
"안 한다며?"
"누가 안 한다고 했어?"
"애들 생각해야지. 은행 이자도 계속 내리는데……, 은행 이자가 얼만지 나 알아? 8퍼센트도 안 돼."
"그건 나도 알아."
"퇴직금 이자가 얼마 나오는지는 알고?"
"한 달에 2백은 나오지."
"세금은 어떻게 하고?"
"그래서 강사해서 벌잖아."
"기름 값도 안 나오는 걸 번다고? 학교는 누구랑 데이트하러 가잖아."
평소에 비교적 순종적이던 영란이 막나갔다. 나는 할 말을 잊고 그녀를 건너다보았다.
"기철이 아빠가 부동산도 사라고 하고 주식투자도 하라고 했는데 한 마디도 안 들었다면서? 아파트 값이 얼마나 올랐는데. 애써 취직시켜 주니 그만두고. 왜 그만둔 거야? 알량한 자존심?"
"……."
"한 집에 사는 부엌 뜨기가 떠드니 우습다 이거지? 이승연이 같이 박사도 아니고."
"지금 무슨 소리 하는 거야?"
내가 꽥 소리를 질렀다.
"그럼 무서울 줄 알고? 잘난 자존심. 자존심이 밥 먹여주나?"
나는 영란의 넋두리에 반박할 말이 없었다.
그녀는 말을 접고 창밖의 어둠을 멍하니 내다봤다.
나는 그런 그녀가 너무나 불쌍하여 그녀를 꼭 안아주며 위로하고 싶었으나 남자의 체통을 지켜야 한다는 위선이 그것을 말렸다.

"희진이 등록금에 매월 생활비 보내줘야지, 고삼 수진이 뒷바라지 해야지, 은행 이자는 계속 내려가 수입은 줄지, 내년부터는 한 달 이자가 세금 떼고 백만 원 나올까 말까야. 희진이 등록금에 생활비 보내주면 한 달에 몇십만 원도 안 남는 돈으로 어떻게 살 거야?"

"걱정 마, 내가 다 알아서 할 거니."

적나라하게 현실을 까발리는 그녀의 말에 내 자존심이 꿈틀하며 꽥 고성이 터졌다.

"당신이 알아서 한다니 그럼 나는 구경만 하면 되겠네."

영란은 조금도 지지 않았다.

"내가 처자식 하나 못 먹여 살릴 것같아. 정 안 되면 김 박사같이 국수장사라도 할 거니."

"당신이 국수장사를 한다고? 몇 푼 남은 퇴직금 다 말아 먹으려고? 당신은 제털 뽑아 제구멍에 꼽는 재주뿐이 없는 사람인 거 다 알아."

그녀는 결론을 내리고 푸하고 한숨을 내쉬었다.

말로는 국수장사를 한다고 큰 소리쳤지만 영란의 말대로 국수장사를 하다가는 얼마 남지 않은 퇴직금까지 다 날려 먹을 거다. 나는 할 말이 없어 시선을 창밖으로 돌렸다. 아파트 앞 동, 전기불이 환하게 켜진 가구들 사이에 불이 꺼진 가구가 깊은 동굴 속같이 블랙홀을 만들고 있었다. 내 마음은 그 동굴보다 더 짙은 어두움 속에서 현실의 어두움을 응시했다.

결혼 후 지금까지 나는 집안일은 거의 챙기지 않았다. 월급을 가져다주면 영란이 알아서 생활을 꾸리고 저축을 하여 지금 사는 아파트까지 마련했다.

나는 퇴직금 3억 원에 매년 2천만 원이 넘는 이자가 나온다는 계산만 하고 생활에 대하여 별 걱정을 하지 않았었는데 영란의 말을 듣고 보니 정말 앞으로 살아갈 일이 보통이 아니다.

이자가 떨어져 세금을 빼면 매월 백 오십도 안 되는데 희진에게 오십을 보내고 나면 백으로 살아야 한다. 아파트 관리비는 세금보다 더 무섭고, 경조사 부조도 힘에 겹다. 부조액수를 5만원에서 3만원으로 내리라고 한 영란의 말을 고깝게 들을 일이 아니다.

한 달에 백만 원도 안 되는 돈을 벌며 살아가는 사람이 수없이 많은데 무슨 엄살이냐고 배부른 소리를 할 처지가 못 되었다.

은행 이자가 더 내릴 것 같은데 앞날이 캄캄하고 생활이 무서워졌다. 나 철수 부처장같이 버티는 건데 경솔하게 회사를 그만 둔 것이 후회되었다.

'못 들은 척하고 바이오엔 월급을 계속 받아먹는 건데…….'

"당신 믿고 있다가 쪽박 찰 것같아 조리사라도 하려고 등록했어."

영란의 처연한 목소리가 내 귀를 울렸다.

"당신 나 조리사 학원 다니는 것 반대하지 마. 번역도 자존심 상한다고 안 하는 사람이 마누라 음식점에 보내려고 하겠어? 생활은 현실이야. 자존심으로 먹고 사는 거 아니야. 나 조리사 학원 나가는 것 절대 막지 마."

영란이 단호한 목소리로 말했다.

나는 억장이 무너져 할 말을 잃고 쉬지 않고 움직이는 시계의 초침만 쳐다봤다.

그녀는 말을 놓고 무릎에 얼굴을 박고 소파에 웅크리고 앉아 있었다. 나는 불쌍한 아내를 두고 잠시 승연과 노닥거리며 즐거워 했던 시간이 미안했다. 일요일에 극장을 같이 가겠다고 약속한 것이 후회되었다. 그녀와 약속을 깨야 한다는 양심의 소리 뒤에 그녀와 잠시라도 같이 보내며 이 어려운 환경을 잊고 분홍빛 피난처로 도피하고 싶은 달콤한 유혹이 너울거렸다.

마음의 한 쪽에서는 아내를 안아주고 사랑이라도 나누며 그녀를 위로하고 새로운 내일을 열어가자고 다독거리라며 속삭였으나, 마음의 다른 한 쪽에서는 나를 완전히 무시하고 말도 없이 조리사가 되어 식당에 나가겠다는 그녀를 무시해 버리라는 악마의 소리가 나를 흔들었다. 악마의 목소리가 더 강했다. 나는 그녀를 못 본 체하고 춤사위를 수련하려 서재로 들어가서 안에서 문을 잠갔다.

수련을 마치고 침실에 들자 그때까지 잠이 들지 못한 영란이 등을 돌렸다. 나도 지지 않고 등을 돌렸다.

지갑이 가벼워지는 것에 비례하여 영란과 나 사이에 건널 수 없는 깊은 계곡이 넓어져 갔다.

34...

어머니!

어머니는 아직 나에게 일인칭인 '엄마' 에서 이인칭인 '어머니' 로 멀어지지도 않으셨는데 벌써 돌아가시려 한다.

어머니는 의사가 예측한 것보다는 더 오래 살아 계시나 나는 '엄마' 가 '어머니' 로 멀어질 때까지 살아계시게 하고 싶다.

나는 매일 저녁 어머니를 안마해 드리며 어머니가 아직 살아계신 것은 내 사랑을 담은 약손의 힘이라고 믿기 시작했다. 어머니는 내 안마를 받으며 과거로 돌아가셔서 되풀이하여 옛일을 이야기하시며 어린애같이 행복해 하셨다, 행복하신 척하셨다.

어머니는 내가 대학 교수 자리로 옮기려고 회사를 그만 둔 것으로 알고 계신다. 어머니는 내가 회사에서 밀려난 것을 아시면서 모르는 척하시는지도 모른다.

나는 오전에도 시간이 넘쳐났으나 학생을 가르칠 준비를 해야 하는 교수가 너무 많은 시간을 어머니에게 매달리면 내 직장에 대하여 어머니가 의심을 할까 봐 치료(?)를 삼가고 있다.

나는 피골이 상접하여 고목처럼 메마른 몸을 유지하며 삶을 이어가시는 어머니를 돌보며 선천적으로 타고난 내 약손의 염력이 암세포의 성장을 억제하여 어머니의 수명을 연장시키고 있다고 믿으며, 내 약손의 위력을 후천적 노력으로 더욱 높이면 어머니의 젖줄을 좀먹는 암세포를 박멸하고 어머니를 치료할 수 있다고 믿기 시작했다.

내가 괜찮던 시절에 미국 출장을 가며 기내에서 보았던 조지 밀러 감독의 영화 '로렌조 오일'은 어머니를 위하여 내가 가야 할 방향을 제시했다.

의사도 아닌 오든 부부는 원인도 치료법도 모르는 불치의 병 ADL에 걸린 다섯 살 난 아들 로렌조를 구하기 위하여 피나는 노력을 한다.

직장을 그만두고 불철주야 관련 문헌을 뒤지고 전문가를 만나고……, 온몸은 피로로 찌들고 입술은 터지고……. 천신만고 노력 끝에 ADL은 나쁜 지방이 몸 안에 생겨 발병하는 병이라는 병인을 알아내고, 생화학자에게 불포화지방산 생산을 의뢰하여 1984년 1kg의 기름을 얻고 아들의 병을 치유하고, 같은 병을 앓는 많은 환자들을 치료하는 길을 열어주고…….

나는 기내에서 본 영화의 장면들을 회상하며 의사가 치료를 포기한 어머니를 어떻게든 내 손으로 로렌조 오일을 찾고 살려내야겠다고 결심을 굳혔다.

연속극 '허준'도 나를 자극했다. 허준은 내가 태어난 산청이 낳은 불세출의 신의이다.

선조의 후궁으로 임해군과 광해군을 낳은 공빈의 동생 김병조의 구안와사를 치열하게 치료하는 장면이 나를 감동시켰다.

허준은 3일을 약정하고 김병조의 치료에 들어간다. 어의 양예수까지 구안와사라고 진단한 김병조의 병증에 대하여 구안와사는 병도 아니며 반위(위암)가 주병이라는 진단을 내리고 뜸과 탕약으로 암을 치료한다. 환자인 김병조는 의사의 치료를 불신하며, 어의는 반위를 낳게 할 수 있다는 허준의 말을 전혀 믿지 않는다. 허준은 고집스럽게 자기 방식대로 뜸을 뜨며 시간에 맞추어 탕약을 달여 올리고 결국 3일안에 병을 낫게 한다.

나는 허준이 쑥뜸으로 반위를 치료하는 장면을 보며, 나도 유방암으로 고생하시는 어머니를 치료할 방법을 찾을 수 있을 것 같았다.

'내 손은 약손인데 약손으로 안마를 해드리고 쑥뜸을 하면 어머니 병이 낫지 않을까? 옛 사람인 허준도 하는데 나라고 못할 것 없잖아.'

5년 전, 장인의 정년퇴직을 앞두고 장모께서 우울증에 시달리며 잠을 제대로 주무시지 못했다. 소화가 안 되고 전신이 쑤시고 아프셨다. 어느 주말에 장모님이 우리 집을 찾으셨다. 한 달쯤 안 뵌 사이에 몸이 수척해지고 얼굴이 초췌해지셨다. 나는 장모님이 안쓰러워 안마를 해 드리겠다고 하자, 처음에는 싫다고 하시더니 무슨 생각을 하셨는지 몸을 맡겼다.

나는 팔과 다리를 정성으로 안마했다. 한참 후에 장모님의 손과 발에 온기가 돌기 시작했다. 한 시간쯤 안마를 하고 생식용 미수가루를 드시도록 한 후 나는 다시 안마를 했다. 전신에 온기가 돌고 얼굴에 화색이 돌아왔다. 나는 안마를 하면서 장모님과 계속 대화를 했다.

장모님의 병은 장인어른이 정년퇴직을 하는 데서 오는 신경성 병이었다. 소화가 안 되고 제대로 잠을 자지 못하고 그것이 우울증으로 번져 심장이 벌렁벌렁 뛰는 병으로 악화된 것이다.

장모님은 병원에서 처방한 약을 한 줌씩 드셨다. 나는 장모님이 드시는 약을 줄이도록 하고, 퇴근 후에 정성으로 안마를 해드리며 이야기를 나누었다. 낮에는 딸과 산책을 하도록 권했다. 나는 인터넷을 뒤져서 산조인(멧대추)이 불면증 치료에 좋다는 것을 찾아내고, 약재거리에 가서 산조인을 사서, 영란에게 볶게 한 후 차를 끓여 드리도록 했다.

장모님이 잠을 자는 시간이 조금씩 길어졌다. 장모님은 나의 정성에 감동하셨는지 기계공학 박사인 나의 말을 의사의 말보다 더 믿으시고 내 말을 따르셨다. 매일 산조인 차와 미수가루를 드시고, 딸과 산책을 하며 대화를 나누며 마음의 안정을 찾고, 저녁마다 내 안마를 받으신 장모님은 보름도 되기 전에 우울증, 위장병, 불면증, 초기 심장질환이 깨끗이 완치되었다.

장모님이 내 안마로 나으시는 것을 보고 나는 내 손이 병을 치유하는 능력이 있는 약손이라고 은근히 자부하게 되었다. 나는 결혼 후에 영란이 배가 아플 때 자주 내 약손의 위력을 보여줬었다.

'내 손은 약손이야! 허준이 대단한데. 나랑 닮은 점이 많아.'

허준의 대쪽 같은 성품, 끊임없는 연구 정신, 똥고집 등 여러 면에서 나와 닮았다. 허준은 그의 타고난 천재와 불굴의 의지로 양반의 서출로 태어난

시대적 형벌을 극복하고 재상의 반열에 오르며 개인적인 영달을 달성했을 뿐만 아니라 의술분야에서 인류를 구원할 큰 족적을 남겼다. 허준이 살아간 인생의 역정 속에서 퇴출의 위기가 여러 번 있었으나 그것을 다 극복하고 마지막 순간까지 한 우물을 파며 한 우물 속에 잠겨 저세상으로 갔다.

나는?

가난한 농민의 아들로 태어나 가난을 극복하며 기계공학을 전공하고 한 분야에 일가견을 이루고 세계에서 알아주는 기술자가 되었다. 그리고 퇴출을 당했다. 그리고 바로 좌절?

나는 허준의 치열함을 따를 수가 없다. 허준의 고집스런 집념을 따를 수가 없다.

내가 그렇게 심혈을 기울여 개발했던 프로그램을 비전문가인 사장이 중지시켰을 때 목숨을 걸고 내가 옳다고 주장하지 못했다!

나는 연속극을 보며 나보다 더 치열하고 더 고집스레 자기 전공에 매달리며 자기의 것을 지키는 허준에게 질투를 느꼈다.

허준만은 못하지만, 못할 것도 없지, 나도 어머니를 낫게 할 수 있다!

회사를 그만 두게 한 것은 신이, 나는 석가도 예수도 믿지 않으니 그냥 신이라고 부르자, 나에게 어머니의 치료법을 찾으라는 소명을 내려주신 것이다!

나도 침과 뜸으로 암을 치료한 허준이나 로렌조 오일을 찾아낸 로렌조의 부모처럼 어머니를 낫게 할 비법을 찾아낼 수가 있다!

나는 암이 발생하는 원인과 치료법을 기술한 책들을 뒤졌다.

'세포를 이루는 원자의 주파수가 조화를 잃었을 때 인간이 가진 고유의 자연 치유력으로 다시 조화를 찾으면 암은 발병하지 않고 건강을 유지할 수 있으나, 자연 치유력으로 치유가 되지 않으면 암으로 발전하여 비정상 세포가 늘어나며 암세포가 기승을 부리고 생명을 앗아간다.' 는 문헌을 접하고 기계공학을 전공하여 주파수, 진동, 공명 등 단어에 익숙한 나는 그 학설에 솔깃했다.

염력!

염력을 쌓으면 염력으로 병자의 병을 치유할 수 있다는 문헌이 나를 고무시켰다.

염력은 기, 일종의 에너지로 인간을 포함한 모든 자연물은 고유의 주파수를 가진 파장을 배출한다.

정신 물리학 문헌은 원자는 천조(千兆) 헤르츠로 진동하고, 분자는 10억 헤르츠로 진동하며, 여러 분자로 구성된 세포는 천 헤르츠로 진동한다고 기술하고 있다. 우주에 존재하는 수많은 물체로부터 나온 진동파가 우리 몸에 끊임없이 전달되며 마음이 평안하고 안정되었을 때는 우주의 진동과 우리 몸의 진동이 잘 조화를 이루나 오욕칠정에 흔들리거나 생체 리듬을 깨는 과식 과음을 하였을 때는 자연의 주파수와 우리 몸의 주파수가 불균형을 이루다가 그것이 오래 지속되면 병이 된다. 기를 수련한 사람, 또는 선천적으로 기를 타고 난 사람은 자신의 기, 염력을 활용하여 다른 사람의 흐트러진 주파수의 조화를 바로 잡아줄 수가 있다.

어머니는 이미 스스로 치유할 수 있는 힘을 잃으셨으므로 밖에서 기(氣)를 불어넣어 조화가 깨진 세포의 주파수를 정상으로 돌려놓음으로써 암을 정복할 수가 있다.

어머니의 몸속에 기를, 염력을 불어넣어 어머니의 조화를 잃은 주파수를 바로 돌려놓아야 한다!

나는 무협영화를 즐겨 본다. 고강한 무술을 지닌, 고도의 기 수련을 쌓은 고수가 기를 불어넣어 독에 중독된 사람 몸 속의 독을 몸 밖으로 몰아내어 치료를 하는 장면을 무협영화에서 수없이 보아왔다.

아직 나는 무림의 고수같이 내공이 높고 깊지 않아 어머니의 몸을 좀먹는 암세포를 죽일 만큼 강력한 기를 불러 넣어줄 수가 없다.

내 약손의 염력으로 어머니의 생명이 연장되는 것을 경험하며 나는 선천적으로 다른 사람보다 높은 염력을 타고 났다고 자부하며 수련을 더 쌓아 기를 키우면 어머니를 치료할 수 있을 것이란 자신이 커갔다.

나는 내공을 쌓고 기를 충전하는 수련을 쌓기로 결심하고 문헌을 뒤지고 도장을 기웃거렸다. 국선도 도장에 다니는 친구가 호흡법을 익히고 기를 순환하는 수련을 쌓는 데만 몇 년이 걸린다고 조언했다.

어머님의 목숨이 경각인데 언제 그렇게 더디게 수련을 하여 어머니를 살릴 수가 있겠는가?

비록 회사에서 쫓겨나고, 마누라한테 생활능력이 없다고 구박을 받으며 몇 푼 원고료를 위해 자료나 번역해 주는 신세로 전락했지만, 퍽 건방진 이야기지만, 그래도 한 때 한 분야에서 세계 최고의 권위자라고 자부할 만큼 일가를 이루었던 나는 내 나름대로 내공을 쌓는 비법을 창안해 낼 수 있을 것 같았다. 창안해 내기로 하였다.

단군 때부터 전수되어 왔다고 하는 단군심전이 내 주의를 끌었다.

사람과 사람이 더불어 살며 땅과 하늘이 주는 혜택을 고루 누리며 인간 세상을 널리 이롭게 하는 홍익인간(弘益人間)의 정신을 받들어 단군께서 펼치셨고 입과 입을 통하여 마음과 마음으로 우리 후손들에게 전해진 신비한 치료법을 비롯한 민간요법을 더듬으며 나는 그것을 기초로 내 나름대로 비법을 개발하기로 하였다.

'우리 인간은 두 발로 땅을 딛고 머리는 하늘을 향하여 서 있는 모습으로, 사람인자 인(人)의 두 다리와 하늘이 만나는 점이 바로 배꼽이다. 배꼽은 기운이 들어오는 길이며, 두 발과 머리는 기운이 나가는 길이니, 들어오는 길은 하나요, 나가는 길은 셋이나 되므로 몸에 이롭게 쓰고 난 다음 몸 밖으로 찌꺼기를 내보낼 때가 더욱 중요하다.'

나는 지금까지 들이쉬는 숨이 내쉬는 숨보다 더 중요한 것으로 알고 살아왔으나 숨을 마실 때보다 내쉴 때가 더 중요하며, 호흡을 할 때 들이쉬는 숨보다 내쉬는 숨의 양이 많아야 한다는 호흡법의 요체를 읽고 며칠 내에 그런 경지에 도달하고파 조바심이 났다.

나는 원시인들의 호흡법으로 제시된 다섯 가지 호흡법 중 우선 삼재 제자리 호흡법을 익히기로 하였다.

나는 호흡법을 시작하기 전에 사전운동으로 국민체조 열두 동작을 반복하여 2회 실시하여 몸을 풀고, 호흡 수련을 마치고 다시 1회를 실시하며 정리운동을 하였다.

삼재 제자리 호흡법은 엉거주춤하게 서서 왼발에 지긋이 힘을 주고 절반의 숨을 길고 가늘게 내쉬고, 다음 오른발에 지긋이 힘을 주면서 나머지 절반의 숨을 내쉰 후 가슴과 머리를 살짝 들어 올리면서 서서히 크게 숨을 들어 마시란다. 기의 순환은 인(人)자의 중심인 배꼽으로 기(氣)를 받아들이고, 기의 절반은 두 발을 통하여 숨을 내쉬면서 땅(地)으로 내보내고, 나머지 절반은 머리를 통해 숨을 들이쉬면서 하늘(天)로 내보내란다.

나는 호흡과 기를 동시에 순환하는 비법의 이해가 어려워, 두 가지를 동시에 수련하는 방법을 미루고 우선 호흡법부터 익히기로 했다.

나는 잠자리에서 일어나자마자 서재로 가서 한 시간 이상 삼재 제자리 호흡을 익히고 저녁에 어머니를 치료(?)하고 나서 다시 한 차례 수련을 했다. 내가 이런 비법을 혼자 개발하고 있는 것을 영란이 알면 나를 미친 사람으로 취급할 것같아 강의준비를 한다는 핑계를 대고 서재 문을 걸어 잠그고 수련을 하였다.

엉거주춤한 자세를 유지하다 보니 허리가 아프고, 리듬에 맞춰 숨을 들이쉬는 것과 숨을 내쉬는 것이 쉽지 않았다.

나는 마음 속으로 '단군성조' 를 외우며 숨을 들이쉬고, '홍익인간' 을 외우며 숨을 내쉬었으나 바로 구호가 흐트러지고 잡념이 머리를 가득 채워 리듬이 깨졌다. 나는 구호를 외우며 호흡을 가다듬다 허둥대다 하며 세월을 허송했다.

나는 차차 나 혼자 그런 비법을 터득할 수 있을 것으로 자신했던 돈키호테적 발상에 회의가 들었으며, 주화입마로 내 신체에 이상이 올지도 모른다는 걱정이 들기 시작했다.

35...

나는 과 사무실에 들러 1학기 성적표를 밀봉한 봉투를 사무원에게 전달했다.

"제때 성적을 내주셔서 감사합니다."

인사를 하는 과 사무원의 큰 눈이 내 눈을 끌었다. 그녀는 과 사무원을 하면서 학비를 벌어 중국어 석사과정을 밟고 있다.

"김민아 씨, 이제 새 학기가 되어야 보겠네. 그럼."

나는 그녀의 매력적인 눈을 마주보고 다정하게 이름을 부르며 인사를 하고 뒤돌아섰다.

"참, 교수님. 제가 성적을 컴퓨터에 입력해야 하는데 혹시 양식이 틀린 것이 있는지 지금 봐도 되겠어요? 틀렸으면 또 오시기 힘드시고."

사무원이 공손한 말씨로 나를 붙잡았다.

"아. 성적을 직접 입력하는 거요?"

나는 과 사무원이 교수가 매긴 성적을 먼저 보는 것이 언짢았으나, 제도가 그렇다면 별 수 없지 하며, "그렇게 해요." 하고 선선히 대답했다. 그녀가 봉투를 뜯고 성적표를 꺼냈다.

"문제 없어요. 이대로 입력할게요. 그런데……."

그녀가 성적표를 죽 훑어본 후 꼬리를 달았다.

"무슨 문제 있어요?"

"아니예요. 그런 것은 아니고……, 나병호 학생 F 주셨는데……."

"한 학생만 F 줬는데 그 친구가 나병호요? 한 번도 출석 안 했어요."
그녀의 매력적인 눈에 빨려들며 나긋나긋해졌던 내 마음이 순간 쿨해졌다.
"그래도……."
"시험도 안 보고 얼굴도 모르는데."
"나병호 학생에게 전화 드리라고 할게요."
그녀는 내가 강한 거부반응을 보이자 꼬리를 내렸다.
"전화?"
"그럴 사정이 있어요."
"우리 학교에 운동선수는 없는 것 같고. 수업 빠지고 학교를 위해 특별히 한 일이 있어요?"
"그런 것은 아니고 아무 학점이라도 주시면."
"김민아 씨랑 잘 아는 사이요?"
"아니요. 전혀. 특별히 본부로부터 연락을 받아서……."
"본부로부터?"
"네~ 아니, 본인이 직접 전화하도록 할게요. 참, 교수님 학생들에게 인기가 좋으세요."
그녀는 나병호 건은 손을 털며 덕담을 던졌다.
"인기가 좋아요? 고맙습니다. 그럼 새 학기에 봅시다."
나는 과 사무원이 출석도 않고 시험도 안 치른 학생의 학점을 주라고 부탁하며 월권하는 것만도 못마땅했는데, 학기말에 학생들이 교수를 평가한 결과도 과 사무원이 먼저 보는 것같아 불쾌했다.

2주 전, 나는 학기말 주관식 시험문제를 조교에게 주며 시험 감독을 부탁하며, 강사 휴게실에 있을 테니 혹시 학생들이 시험문제에 질문이 있으면 연락하고 시험이 끝나면 시험지를 모아서 가져다 달라고 했다.
시험시간이 거의 끝날 무렵 티셔츠 차림의 학생이 강사 휴게실 문을 열고 고개를 삐쭉이 내밀고 안을 들여다보며 "교수님 안녕하세요?" 인사를 하고 나에게 다가왔다.

"벌써 시험을 다 치렀나?"
나는 시계를 보며 강의시간에 얼굴을 본 적은 있으나 이름은 모르는 학생에게 말했다. 그는 시험시간으로 준 60분보다 빨리 시험을 끝낸 모양이다.
"네. 빨리 써서 냈습니다. 교수님께 부탁이 있습니다."
학생은 두 손을 공손히 모으며 말했다.
나는 '무슨?' 하는 표정을 지으며 학생을 쳐다보았다.
"저 졸업하면 미국으로 유학 갈 건데요."
"그래? 잘 됐네. 추천서 써달라고?"
"아니요. 저 학점 좀 잘 주십시오."
학생은 당연한 부탁을 하는 듯 당당하게 말했다.
"시험 잘 봤으면 잘 나갈 텐데."
"그것이 저 중간시험을 망쳤어요. 이번 시험도 별로고. 한 번도 빠지지 않고 출석은 했습니다."
"학생 이름이 뭐지요?"
"예. 김학수입니다."
"김군, 자네가 교수고 내가 학생이라면 그런 부탁을 하면 어떻게 하겠나?"
"학점 주는 것은 교수님 재량인데요."
학생은 태연하게 말했다.
그 때 시험 답안지를 챙겨 조교가 휴게실에 들어섰다.
"김학수 뭐해?"
조교가 학생을 나무라는 투로 말했다.
"네. 교수님께 상의 드릴 말씀이 있어서요. 교수님 부탁 드립니다."
학생은 꾸벅 인사를 하고 방을 나갔다.
"무슨 부탁 했습니까?"
조교가 진지한 표정으로 물었다.
"아무 것도 아니야."
나는 황당한 기분을 감추며 말했다.
"시험은 잘 끝났습니다. 한 학생만 빼고 다 응시했어요. 교수님 평가를 해야 하는데 학생들이 기다리고 있습니다."

"우리나라도 교수평가제가 도입됐어요?"

"네, 작년부터 시행하고 있습니다."

미국 유학시절, 첫 학기 학기말 시험이 끝나고 교수평가를 한다는 말을 난생 처음으로 듣고 무슨 말인지 어리둥절하다 평가 설문지를 받아들고 그 뜻을 알고 당황했던 순간이 떠올랐다. 어렸을 때부터 군사부일체, 선생님 그림자도 밟지 말라는 교육을 받아온 나에게 선생님을 평가하라는 요구는 충격이었다. 나는 평가 설문지를 내려다보며 차마 기재를 하지 못하고 옆자리 학생들이 평가하는 것을 둘러보았다. 학생들은 소신껏 평가를 해갔다. poor란에도 주저하지 않고 ○표를 쳤다. 나는 허둥거리며 best와 better란에만 ○표를 쳤었다.

"교수평가 결과가 나쁘면 다음 학기 강의 배정에 영향을 주는데 교수님이 직접 들어가시겠습니까?"

조교는 내가 직접 평가 설문지를 나눠 주시면서 학생들에게 압력을 행사하는 것이 좋을 거라는 암시를 줬다.

"아니, 자네가 나눠주지. 느낀 대로 쓰라고 해요."

나는 담담한 마음으로 조교에게 말했다. 조금 전에 과 사무원이 내가 학생들에게 인기가 좋다고 한 덕담은 수강생들의 교수평가 결과가 좋다는 뜻인 모양이다.

나는 언짢은 마음으로 과 사무실을 나와 습관적으로 강사 휴게실에 들러 휴게실을 한 번 죽 둘러보았다. 휴게실에 내가 남겨 놓은 물건이 있을 리가 없었다. 나는 바로 휴게실을 나갈까 하다가, 과 사무원의 월권(?)에 불쾌해진 마음을 삭인 후 차를 모는 것이 안전운전을 위해 좋을 것같아 커피를 타서 창가로 와서 창밖의 우거진 녹음을 내다보았다. 정오의 햇살을 받은 나뭇잎이 신선하고 젊어 보였다. 나는 신록의 찬란함에 눈을 빼앗기면서도 무엇인가가 목에 걸린 것같이 가슴이 답답했다.

"어, 오빠 나오셨네."

이승연 교수가 환한 얼굴로 휴게실에 들어섰다. 그녀는 청바지에 베이지색 티셔츠를 입고 그 위에 검정색 카디건을 걸치고 있었다. 그녀는 청순한 소녀같이 보였다.

"성적 내러 왔어?"

나는 그녀의 신선함에 비틀하며 돌아섰다.

"네. 오빠도?"

"응."

"그냥 갈까 하다가 어쩐지 끌리더라."

"벌써 한 학기가 지났어."

나는 영탄조로 말했다.

"네, 참 세월 잘 가요. 오빠도 이렇게 성적 내러 오실지 알았으면 한 차 타고 오는 건데, 그럼 기름 값 절약되고 오빠랑 데이트도 할 수 있고."

"참 오래 학교 다녔으니 자문 좀 받을까?"

나는 카디건에 반쯤 가린 봉긋이 솟아 오른 봉오리와 아담한 몸매를 완상하며 말했다.

"지금 과 사무실에 성적을 주고 왔는데 어떤 학생 학점을 줄 수 없냐고 과 사무원이 이야기하던데 본부가 어떻고 하면서. 그런 일이 자주 있는 일이야?"

"가끔. 과 사무원이 이야기했으면 사정이 있을 거예요. 그냥 모른 척하고 주시지."

그녀는 대수롭지 않게 말했다.

"시험도 안 보고 출석 한 번도 안한 친군데."

"혹시 교수 동생인지 알아요?"

"우리 과에 나씨 성 가진 교수 없는데."

"그럼 그보다는 센 사람 친척인가? 본부 어쩌고 했으면 높은 사람이겠지. 설마 이사장은 아니겠지."

"이사장?"

"그냥 과 사무원이 말하면 모른 척하고 주시지. 너무 원리원칙만 찾으신다. 재미 없는 이야기 그만 두고 방학 때 무엇 하실 거예요?"

"특별히 할 일이 없는데. 원리원칙?"

"그럼 우리 그룹 따라 일본 갈래요?"

"일본?"
"네. 7월 초부터 2주간 우리 역사 발자취를 따라 탐방 가는데."
"안 되겠는데."
"언니 눈치 보는 거예요?"
"그런 것은 아니고."
나는 차마 해외여행을 꿈꿀 만한 경제적 여유가 없다고 말할 수가 없어 어물거렸다.
"오빠도 같이 가면 좋을 텐데……, 그럼 오늘 저녁 같이 해요. 나가다가 차를 동학사 근방에 세워놓고 한 차로 드라이브하다가 종강 파티 해요, 제가 살게요."
"미안한데. 나랑 같이 퇴직한 친구 중 한 사람이 뉴질랜드 이민 가는데 송별연해 주기로 했어."
나는 가벼운 사시인 그녀의 눈이 퍽 매력적이라고 생각하며 말했다.
"그래요. 그럼 내일 해요."
"내일?"
"그럼 내일 다섯 시에 만나요. 제가 좋은 집 안내할게요."
"그것이……."
"그럼 내일 다섯 시 유성 관광호텔 로비에서 기다릴게요."
그녀는 내가 답할 틈을 주지 않고 손을 흔들며 휴게실을 빠져 나갔다.
나는 그녀의 프러포즈가 한편으로는 달콤하고 한편으로는 부담스러웠다.
그녀가 저녁을 산다고는 하지만 오빠라고 불리는 처지에 대접을 받을 수는 없어 내가 사야 하는데 솔직히 저녁 값이 부담이 되었다.

내가 집에 들어서자 영란이 교수님 강의를 들은 학생이라며 두 번이나 전화가 왔었다고 전했다.
"나병호라고 해?"
"아니. 성이 나가 아니고 김 뭐라고 하던데."
"김 뭐야? 잘못 들었겠지."

나는 유학을 갈 거니 학점을 잘 주라고 강요했던 김학수로부터 온 전화 같아 울컥 화가 치밀었다. 나는 그에게 C학점을 줬다.

"저녁에 다시 전화한대."

"알았어. 나 조혁재 부처장 송별회 다녀올게."

"뉴질랜드 떠난다면서?"

"응. 비자가 나온 모양이야."

"부럽다. 이민도 가고. 우리는 어떻게 하지?"

"어떻게 하기는. 뭘?"

"조리사 자리 알아보는데 경험도 없고 나이가 많다고 자리가 안 나."

"내가 벌어 먹일 테니 쓸데없는 일 그만 둬."

"당신 믿다가 애들 공부는?"

"다녀올게."

나는 더 이상 아내와 궁상스런 대화를 나누기 싫어 약속시간에 맞춰 집을 나서려던 계획을 바꿔 바로 집을 나섰다.

36...

나는 둔산동 선사유적지 앞 정류장에서 버스를 내렸다. 버스를 내리자 더운 바람이 훅 얼굴을 덮었다. 아직 6월인데 뭐 이렇게 더워하며 시계를 보니 약속시간이 30분도 더 남았다.

나는 약속시간보다 일찍 식당에 가서 혼자 앉아서 죽치기가 싫어 선사유적지의 정문에 들어섰다. 구석기, 신석기, 청동기시대 유적이 한 자리에서 발굴 되었다는 안내문을 읽고, 바람도 없는 길을 따라 '뭐 이렇게 더워' 투덜대며 움집을 들여다보고 길을 따라 심어놓은 꽃을 보며 어슬렁거리며 시간을 죽였다.

움집에는 실물 크기의 원시인 부부와 아들의 모형이 배치되어 있었다. 짐승 가죽으로 중요한 부분만 가린 부부는 마주 보고 앉아있고, 아들은 땅바닥에 엎드려 있었다. 나는 움집을 들여다보며 저들은 하루 먹을 것만 있어도 아무 걱정 없이 행복했는데, 가늘게 먹고 살면 10년도 더 먹고 살 예금이 있는 내가 예금을 허는 것이 아까워 벌벌 떨며 빈곤을 느끼는 것에 어이가 없어 허허 웃었다.

나는 정확히 약속시간에 맞춰 예약된 방에 들어섰다. 철 이르게 선풍기가 돌고 술잔이 돌고 있었다.

"손 박사 시간 맞추는 것 여전하구먼. 덥지?"

문 앞에 앉아있던 조혁재가 앉은 채 손을 내밀었다. 기분이 그래서인지 그가 초췌해 보였다.

"너무 더운데. 니가 오늘 주인공인데 왜 문 앞에 앉아 있니?"

나는 그의 손을 잡고 흔들었다.

"내가 한 달에 한 번씩 만나는 연락책하기로 해놓고 한 번도 연락을 못해 미안해서."

"바빴을 텐데……, 나 부처장은 회사 잘 다녀?"

나는 조혁재의 옆자리에 앉으며 그 앞자리에 앉은 나철수에게 인사를 건넸다.

"응."

그는 고개를 끄덕이며 짧게 대답했다.

"어제 서울 온도가 32도나 되었단다. 벌써 열대야가 오고. 이게 6월이니 한여름이지."

안쪽 가운데 자리에 앉아있던 양명호 박사도 앉은 채 손을 내밀었다.

"그래 학교는 잘 다니니? 환경회사도 잘 다니고?"

대각선 자리에 앉은 김철한 박사가 손을 흔들며 인사를 대신했다.

"응, 성적 내고 오는 길이다."

나는 김철한 박사의 두 번째 질문에 대한 대답을 의도적으로 생략했다.

"부럽다. 여전히 투잡 뛰네."

김철한 박사가 호들갑을 떨었다.

"그래 장사는 잘 되나? 한 번도 못가 봐서 미안하다."

나도 손을 흔들어 답례하며 말했다.

"장사? 잘 되지."

"너 늦게 왔으니 내 술 한 잔 받아라."

조혁재가 술잔을 권했다.

"안주나 오면 마시자. 그런데 오늘 니 이민 송별횐데 니가 주관해?"

"이민 가면 못해 볼 것같아 내가 하기로 했다. 그 대신 오늘 나는 공짜다. 다 한 잔씩 했으니 받아라. 소주는 빈 속에 마셔야 제 맛이지. 오늘 안주는 급을 높여 삼겹살이다. 우리 같은 고급 인생이 값싼 소고기 먹을 수 있겠니?"

조혁재가 내 잔에 술을 따랐다. 나는 술잔을 입에 댔다가 내려놓았다.

"정주영 회장이 소를 500마리나 몰고 북한으로 갔으니 우리가 먹을 것이 있겠어?"

양명호 박사가 썰렁한 농담을 했다.

"그런데 그 치들은 식량 퍼주고, 비료도 주고, 금강산 관광으로 막 퍼주는데, 햇볕을 쪼여 옷을 벗기겠다고 디제이가 저렇게 난리인데 서해안을 막 쳐들어 와?"

나철수 부처장이 열기를 내뿜었다.

"그래도 우리 화력이 훨씬 세다는 것 보여줬잖니. 뜨끔했겠지. 한 방에 북한 어뢰정이 퐁당했잖아."

"나는 북한이 엉겁결에 당했다고 또 쳐들어 와 전쟁 날까 걱정된다."

양명호 박사가 빈 잔을 나에게 돌리며 말했다.

"너 미국 갈 건데 뭐 걱정이야?"

김철한 박사가 핀잔을 주었다.

"비자가 나와야 가지. 금년 쿼터가 다 찼다고 내년에 보자는데. 그 치들 나 같은 인재를 모셔 가는데 쿼터가 뭐야?"

"회사에서 쫓겨난 친구가 인재라고?"

김철한 박사가 독설을 퍼부었다.

"김 박사, 장사 잘 안 된다고 나한테 화풀이 하는 거야?"

양명호가 콧소리를 냈다.

"장사가 잘 안 되는 것이 아니라 때려 치웠다."

"때려 치워? 정말?"

나는 눈을 크게 뜨며 물었다.

"그래. 학생들이 박사 종업원에 기죽어서 안 오더라."

김철한 박사가 자조의 목소리로 말했다.

"그렇다고 그렇게 빨리 때려치우면?"

"그럼 어떻게 하니. 우리 부부 고생하는 건 그렇다 치고 조리사 월급도 안 나오는데. 가게 월세는 뭐로 주고?"

"인테리어랑 제법 돈이 들었을 텐데."

나철수 부처장이 안타까워 했다.

“인테리어 비용도 비용이지만 권리금까지 날렸다. 장사 시작 안 했으면 일년은 편히 먹고 사는 건데. 제발 너희들 식당 할 생각 마라. 시작도 쉽지만 망하기도 십상이다.”

그 때 여주인이 삼겹살을 담은 접시를 들고 들어와서 불판에 얹었다.

“자, 정식으로 한 번 박자. 우리 중 제일 잘 나가는 투잡 뛰는 손 박사가 건배를 하지.”

김철한 박사가 나에게 건배를 권했다.

“내가? 사회 선배인 김 박이 하지.”

투잡을 뛴다는 김철한 박사의 말에 양심이 찔려 나는 건배를 양보했다.

“사회 선배? 먼저 망해 본? 좋지. 다들 술잔에 술을 채웠지? 이 잔은 노틀카다. 우리 조혁재 부처장 뉴질랜드 가서 건강하고 사업번창을 기원하며, 위하여!”

“위하여!”

잔을 박고 단숨에 잔을 비웠다.

“위하여, 구호는 언제부터 생긴지 아니? 와이 에스가 아이엠에프는 몰고 왔지만 그래도 의리파잖아. 패거리랑 모여서 술 마실 때 외쳤다더라. 이제 조 부처장을 위해 건배했으니 우리를 위해 건배하자. 자 잔들 채워.”

양명호 박사가 목소리를 높였다.

“개나발” 하고 양명호 박사가 외쳤다.

“개나발!”

합창이 방안을 울렸다.

“개나발이 뭐니?”

내가 순진하게 물었다.

“개인과 나라의 발전을 위하여. 그것도 모르니?”

김철한 박사가 면박을 주었다.

“다시 한 번 개나발.”

양명호 박사가 술잔을 들었다.

안주도 없이 마시기 시작한 소주가 중추신경을 마비시켜 일행은 미친 듯 술잔을 비웠다. 동병상련의 동료를 만나 그 동안 맺힌 한을 마셔서 날려 버리려는 듯 마셔댔다.

"야, 이렇게 마시다는 금방 쓰러지겠다. 좀 천천히 마시자."

술에 약한 나철수 부처장이 먼저 항복을 하였다.

"한 바퀴만 더 돌고."

조혁재가 계속 '고' 를 불렀다.

"나만 빼고."

나철수가 한 발 뺐다.

삼겹살이 익기도 전에 소주 두 병이 바닥이 났다.

"김 박 정말 장사 그만 둔 거야."

나는 건배를 하느라 끊긴 대화를 다시 이었다.

"그렇다니까. 학기 시작하면 괜찮을까 했는데 바로 옆에 국수집이 또 하나 생겼다. 그 집은 젊은 여자가 살랑거리면서 서브를 하는데 우리 집은 늙은 할망구가 무뚝뚝하게 서브하는 거라. 거기다 꼰대까지 서성대니. 박사라는 것 국수장사 하는 데는 전혀 도움 안 된다. 오히려 손님을 쫓는다."

빈 위장에 퍼부어진 알코올이 벌써 위력을 발휘하여 김철한 박사의 말에 침이 튀었다.

"조리사 인건비가 안 나와 별 수 없이 내보내고 마누라가 주방을 맡았는데 제법 음식 솜씨가 있다고 여겼는데 영 아닌 거라. 인건비야 실업자 처지에 그렇다 치고 가게 월세라도 나와야 버티지."

"그렇다고 겨우 반년 해 보고 그만 두면 어떻게 하나?"

양명호 박사가 토를 달았다.

"안 되는 것은 하루라도 빨리 문을 닫아야지. 차라리 배추 장사나 할 걸."

"배추 장사?"

내가 순진하게 물었다.

"오늘 아침 신문도 안 봤니? 산지에서 110원 하는 배추가 소비자에게 950원에 팔린다더라. 식당 할 돈으로 트럭이나 한 대 사서 산지를 다니며 배추나 떼어다 팔 걸."

"야 그것도 다 기존 상인들이 짜고 하는데 김 박 들어갈 자리가 있을 줄 알고?"

양명호 박사가 또 토를 달았다.

"아파트 다니면서 팔아야지. 배추요 산지에서 직접 떼 온 처녀 배추요 하고. 그래 조 부처장은 이민 가서 장사할 거야?"

"우리 처남이 장사하는 데 거들어 줄까 한다. 사실 지난 4월에 미리 가 봤는데 처남 가게라고 교포 상대로 하는 구멍가게인데 혼자 해도 할 일 없는데 내가 도와줄 것이 있을 것 같지 않다. 그렇다고 이제 안 갈 수도 없고."

"절대 경험 쌓기 전에는 장사 시작 마라. 너 가지고 간 돈 다 날리면 외국에서 쪽박 찬다. 여기서 배운 재주야 한 톨도 써 먹을 길이 없을 거고."

"충고 고맙다. 정말 답답하다. 이민 간다고 집까지 다 팔았는데 그것마저 다 까먹으면……. 이 좋은 날 그런 얘기 집어치우자. 나 부처장은 회사 버틸만 해?"

"그래. 이제 정부로부터 더 이상 인력조정하라고 볶이지 않아 처음같이 눈치 안 봐도 되는 것 같다. 보직은 없지만 그럭저럭 일도 맡아서 하기 시작했어."

"사장은 잘 있어?"

"목이 간당간당한데, 입만 있고 엉터리라는 것이 알려진 것같아. 오늘 내일 해."

"나 부처장 정말 잘 됐다. 양 박은 내년 미국 가면 되고, 손 박은 투잡 뛰며 잘 나가고, 나랑 조 부처장만 낙동강 오리알 됐네. 마누라가 버티라고 할 때 버티는 건데, 나 부처장처럼. 내가 너무 사회를 만만하게 봤다."

김철한 박사가 허공에 시선을 둔 채 탄식을 쏟아냈다.

알코올로 마비되어 가는 나의 머리에 영란의 말을 듣지 않고 가볍게 회사에 사표를 던진 내 경솔한 행동이 화살이 되어 가슴을 찔렀다. 서푼도 안 되는 자존심을 세우며 바이오엔을 사직한 것에 대한 후회가 가슴에 구멍을 냈다. 되돌려 준 600만원이 아까웠다.

나는 시선을 어두운 창밖에 둔 채 말을 잊었다.

우리들은 술에 굶주린 사람들같이 술을 마셨다, 한을 마셨다.

"각 일병(술좌석에 참석한 사람당 한 병씩 마시는 것)은 해야지."

김철한 박사가 선창을 했다.

"각 일병이 뭐냐. 조 부처장 뉴질랜드 가면 언제 만날지 모르는데."

양명호 박사가 한술 더 떴다.

술잔이 돌고 돌았다. 각 '일병' 이 각 '이병' , 각 '삼병' 으로 늘어갔다. 나철수 부처장은 방 한쪽 구석에 쓰러졌다.

서해교전과 민영미 씨 억류사건을 안주삼아 북한 침공에 대해 의분을 터트리고, 정부의 미온적 대응, 디제이의 햇볕정책에 대한 불만이 뒤범벅이 되어 씹혔다.

매달 열 명에 세 명씩 실업자가 늘어난다는 기사가, 직장에서 쫓겨날까봐 아픈 몸을 감추며 회사 일에만 몰두하다 어느 날 도저히 더 참을 수 없어 병원을 찾았다가 간경화로 죽은 월급쟁이의 비화가, 김 대통령이 공무원과의 대화에서 아이엠에프 때도 목이 잘리지 않은 끗발 좋은 철밥통 공무원의 월급을 일반 기업체 수준으로 올려준다고 한 약속이,

평당 500만원을 넘어선 강남 아파트 값이, 술에 취한 낙오자 지성인들을 무력하고 슬프게 하여 한탄과 울분을 되씹게 하였다.

음식점이 파할 무렵 자리에서 일어나며 누군가 2차를 가자고 하였으나 술에 떡이 된 일행은 인사도 제대로 하지 못하고 헤어졌다.

나는 음식점 골목을 벗어나 한밭대로로 나서며 택시를 탈까 하고 손을 흔들다가 실업자 주제에 무슨 택시 하며 흐느적거리며 푸푸 술기운을 내뱉으며 집을 향하여 걷기 시작했다. 땅이 꺼지고 보도가 튀어 올라 다리가 비틀거렸다.

나는 갑천 다리 난간을 두 손으로 움켜잡고 알코올에 취해 무거워진 몸을 버티며 푸푸 가쁜 숨을 내쉬고 고개를 좌우로 흔들며 멀어져 가는 정신을 붙잡으려 용을 썼다.

양안 천변도로를 따라 줄을 선 가로등과 달리는 자동차 불빛을 받은 냇물이 줄무늬를 지으며 일렁거렸다.

'까짓 정기예금 하나 깨면 되잖아?'

나는 별도 없는 하늘을 올려다보며 호기 있게 외쳤다. 손을 잡고 한가히

다리를 건너던 연인이 내 고함소리에 깜짝 놀라 나를 흘낏 쳐다보고 지나갔다.

퇴직금을 받고 당장 쓸 돈이라고 일반 통장에 넣어놓았던 3천만 원이나 되는 큰돈이 퇴직한 지 반년만에 다 날아가 버렸다.

어머니 장례비, 희진이 대학등록금과 하숙비, 바이오엔에 게워낸 600만 원……, 흔적도 없이 3천만 원이 날아갔다.

고정수입이라고 겸임교수 강사료뿐인데 그 수입으로는 자동차 유지비도 안 된다. 번역 일은 200만원을 받고 끝냈다.

'정기예금을 깨기 시작하면…….'

울컥 구토가 나오려 했다. 나는 입안에 가득 괸 신물을 퉤퉤 뱉어내며 눈물을 닦았다.

'퇴직금으로 10년은 버텨야 하는데 벌써 10%가 날아갔다……, 연말까지 또 10%가 날아가고……, 내년에는 수진이 등록금도 줘야 하는데…….'

나는 난간을 잡은 손에 힘을 주며 당장 빈털터리가 된 것 같은 더러운 기분을 짓이겼다.

'개같이, 개같이……, 마누라가 음식점에 나간다고? 말도 안 돼. 이 손상호를 어떻게 보고. 장사라도 해서 벌어 먹일 거야, 장사를. 무슨 장사? 김철한이 배추장사 얘기를 하던데 열배나 남는다고. 그럼 트럭을 사? 그러다 망하면……. 트럭 산 돈만 날리잖아. 여름철이 돼 가니 냉차 장사나 과일 장사를 할까? 냉차 장사는 리어카가 필요한데 마누라 모르게 할 수는 없고……. 요사이 수박과 참외가 한참이니 과일 장사나 할까? 그거야 깔개와 장소만 있으면 되잖아. 자동차 트렁크에 싣고 가서 펼쳐 놓고 팔다 남으면 다시 트렁크에 실어놓으면 내가 과일 장사하는 거 집에서 모를 거고…….'

과일 장사라도 할 생각을 하니 갑자기 힘이 솟아났다.

'어디서 한다? 동학사 입구에서 할까? 그러다 회사 사람이나 제자를 만나면…….'

당장 과일 장사를 하다가 아는 사람을 만난 것같이 섬뜩해지고 어깨가 움츠러들었다.

'그럼 갑사 입구에서? 너무 멀잖아. 거기까지 가는 기름 값만 해도.'

롤러스케이트를 탄 젊은이가 바람을 일으키며 휙 지나갔다. 온몸이 본능적으로 움찔했다.

나는 천천히 걷기 시작했다. 엑스포 전시장 한가운데 서 있는 한빛 타워에서 주기적으로 불빛이 점멸했다. 타워의 실루엣이 우성이산에 걸렸다. 그 실루엣 공간에 승연의 매력적인 눈이 떠올랐다.

'개는 왜 자꾸 만나자는 거야, 돈도 없는데. 그렇다고 오빠 처지에 밥을 얻어먹을 수도 없고. 일이 생겼다고 핑계대고 내일 만나지 말까?'

아쉬움과 그리움이 가슴을 휩쓸고 지나갔다.

'친구 동생이라고 봐주지 말고 손도 잡고 키스라도 해 줘야 하는 거 아냐? 다 큰 여자가 만나자는데 그냥 밥만 먹고 멀뚱거리며 쳐다보다 헤어지는 것은……'

승연의 봉긋한 가슴이 떠오르며 전신에 열기가 솟고 아랫부분에 자극이 왔다.

문득 승연을 안고 싶었다.

나는 비틀거리며 승연의 영상을 그렸다 지웠다 하며 다리를 건넜다.

이대로 술에 떡이 되어 집에 갔다가 영란이 쫑알거리면 싸움을 할지도 모르겠다. 나는 마누라 몰래 상상 속에서나마 승연과의 관계를 좀 더 진전시키고 싶어 국립과학관 주차장에 비치된 벤치에 털썩 앉았다.

'내일 내 차로 픽업하여 대청호 쪽으로 드라이브를 하고 장어를 먹고 문의 정도까지 달려 한적한 곳에 차를 세우고, 그리고, 그리고……, 대청호는 어머니가 계신 곳이다.'

대청호까지 가다가 승연을 안는 단계까지도 가지 못하고 내 상상 속의 외도가 멈추었다.

나는 염력을 키워 어머니를 치료하려고 아침저녁으로 단군으로부터 전래되었다는 호흡의 비법을 터득하려 수련을 하였으나 겨우 호흡 훈련의 첫 단계를 마치고 막 다음 단계로 들어가며 어머니를 저세상으로 보내드렸다. 쇠약해진 어머니는 유언도 없이 돌아가셨고, 나는 내 무능에 뼈가 시려 눈물이 나지 않았다. 어머니 시신을 화장터 가마에 밀어 넣으며 어머니의 혼을 불러내라는 화부의 말을 좇아 나는 어머니를 부르며 통곡했다. 재가 된 어머니를 대청호에 뿌릴 때는 눈물도 나지 않고 그냥 멍청히 손만 움직였다.

나는 벤치에 벌렁 누워 구름만 잔뜩 낀 하늘을 올려다보며 돌아가신 어머니를 떠올리며 왜 살고 있는지를 되씹었다.

사는 것이 의미가 있는 것도 같고 의미가 없는 것도 같았다.

'사람은 무엇을 위하여 사는가?' 라는 말을 톨스토이가 했다고?

깨떡같이 누구나 그 정도 말은 다 할 수가 있는데 왜 톨스토이가 한 말이라며 유식한 체하는 거야?

'체' 하는 것에 짜증이 났다.

온몸을 밀착시키며 부둥켜 안고 벤치로 다가오던 남녀가 벤치에 누워 있는 나를 보고 흠칫하고 물러갔다. 그들은 무어라고 투덜대며 멀어져 갔다.

'젊은 사람들 사랑을 방해했나? 그만 집에 가자.'

나는 벤치에서 일어나 천천히 집을 향하여 걷기 시작했다. 주차장을 벗어나 천변도로로 들어서며 뒤돌아보니 젊은 남녀가 한 몸이 되어 벤치에 앉아 있다.

'승연이, 우리 카추샤를 저렇게 안아줄까?'

승연을 향한 정염이 부글부글 끓어올랐다. 나는 승연과 육체관계로까지 가는 과정을 상상하며 길을 걸었다.

유성구청 앞을 지나 오른쪽으로 돌아들자 도로 끝에 내가 사는 아파트 단지가 보였다. 영란이 버티고 있는 현실 세계가 눈앞에 나타났다.

'나병호가 전화를 했을까?'

현실적인 문제가 뇌리를 쳤다.

'학점을 줄 수야 없지. 원칙대로 살자. 승연이 말대로 빽 센 놈 친척이면? 학점 안 줬다가 시간강사 자리 잘리는 것 아냐?'

'쓸데없는 생각. 손상호, 어떻게 그렇게 약해졌어. 맹자님이 스스로를 버리지 않으면 남이 나를 무시하지 못한다고 했잖아? 원칙대로 살아.'

'아니, 그 친구 내가 학점 안 줘도 교무처에서 슬쩍 쳐넣는 것 아냐? 그럴

리가. 아무리 세상이 험해도 그럴 리야. 그럴지도 모르지. 차라리 인심이나 써?'

밤이 깊어 아파트 입구로부터 천변도로로 이어지는 약 300m 되는 도로변에 늘어섰던 노점상들, 아이엠에프로 망하고 장사판에 뛰어든 군상들이 사라졌다.

양말 장사, 옷 장사, 신발 장사들은 공장이 부도가 나서 싸게 판단다.

강원도 옥수수만 뻥튀겨서 판다는 옥수수 장사, 붕어도 들지 않은 붕어빵을 파는 빵 장사, 과일 장사, 아이스케이키 장사……들이 다 집으로 가고 보도가 한산했다.

아파트 입구에 들어서자 나는 갑자기 집에 들어가기가 싫어졌다.

팔자 좋아 혼자 떡이 되도록 술을 마셨냐는 영란의 시비도 듣기 싫고, 이 밤중에 아직 내일 모레는 전혀 걱정할 것이 없는데 당장 내일부터 굶어야 하는 것같이 초조해 하며 보채는 그녀의 궁상도 듣기 싫었다.

월급쟁이 생활을 하며 평생 풍족하지는 않았지만 가난을 모르고 살아온 나는 진짜 가난이 무엇인지 실감하지 못한 채 가난을 두려워하며 5년 후 10년 후에 다가올 가난에 지레 겁을 먹고 움츠러들며 고민하고 있다!!

나는 힘센 사람, 전능한 신이 나를 위해 새로운 직장, 새로운 일거리를 찾아주기를 기원하며 텅 빈 어린이 놀이터 공원 벤치에 한없이 쭈그리고 앉아 있었다.

37...

7월, 대학이 방학을 했다. 일주일에 반나절만 일을 하던 강사 자리마저 쉬게 되어 나는 하루 놀고 하루 쉬는 완전 실업자가 되었다.

나는 당장 끼니 해결을 위해 어쩔 수 없이 정기예금을 헐었다. 나는 정기예금을 해약하며 당장 빈털터리가 되고 가난뱅이가 된 것 같은 심한 빈곤감을 느꼈다.

나는 현금 몇 푼을 찾아 포켓에 챙기고 너덜너덜한 기분으로 은행을 나섰다. 냉방이 잘된 은행 문을 나서자 더위가 훅 얼굴을 덮쳤다. 나는 한 입 가득 밀려오는 더위를 푸 뱉고 거리로 나섰다. 나는 더위에 지쳐 축 처진 사람들을 지나치며 저만치 있는 집을 향해 걸어가며 열기를 내뿜으며 일렁이는 땅을 내려다보다가 보도를 따라 줄지어 서 있는 간판들을 쳐다보다가 하였다.

저 치는 부동산 중개해서 먹고 살고,
저 치는 만두 팔아 먹고 살고,
삼겹살 팔아 먹고 살고,
비디오 빌려주고 먹고 살고,
세금 계산해 주고 먹고 살고,
애 받아주고 먹고 살고,
하나님 뜻을 팔며 헌금으로 먹고 살고,
이빨 고쳐주고 먹고 살고,

부동산 중개해서 먹고 살고,

생선 회쳐서 먹고 살고,…….

부동산 중개업소가 생각보다 많았다. 식당은 더 많았다.

식당을 해먹는데 박사 학위가 무용지물이라는 것은 김철한 박사가 이미 입증해 줬다.

복덕방은 중개사 자격증이 없으니 할 수 없고, 병원을 열려면 의사 면허증이 있어야 하고……, 내가 힘들여 딴 기계공학 박사 학위와 기술사 자격증으로 걸 간판이 보이지 않았다.

이제 갓 50 넘었으니 앞으로 몇 십 년은 더 살 것이고, 아들 딸 교육도 시켜야 하는데, 이대로 벌어놓은 재산을 까먹다 보면 몇 년 버티지 못하고 쪽박을 찰 거다!

뭔가 돈벌이를 하여 비워가는 포켓을 채워야 하는데, 마땅한 일감이 보이지도, 찾아오지도 않았다.

아파트 입구 양편 길에 냉차 장사, 솜사탕 장사, 과일 장사, 옥수수 장사, 뻥튀기 장사……가 더위에 땀을 흘리며 줄을 서서 진을 치고 있다.

뻥튀기 장사를 하려면 뻥튀기 기계랑 기계를 싣고 다닐 트럭이나 리어카가 있어야 한다. 옥수수 장사를 하려면 옥수수를 찌는 솥과 운반 도구를 마련해야 하고, 냉차 장사를 하려고 해도…….

장사를 하려면 마누라한테 미리 말을 해야 하는데 박사 남편이 막가는 장사를 한다면 마누라는 어떤 표정을 지을까? 손 박사, 손 박사 하며 사위 추켜세우는 것을 자랑으로 사시는 장모님은? 동서는 뻥튀기 장사나 하려고 자기가 소개한 바이오엔을 그만 뒀냐고 비웃을 거고…….

술에 만취하여 수박 장사라도 해서 처자식 먹여 살리겠다고 큰 소리 치며 부풀었던 용기가 술이 깨자 스르르 도망갔다. 자존심(?)이 말리고, 체면이 말리고, 눈치가…….

비어가는 포켓을 채우려면 그래도 장사가 제일 손쉬울 것 같은데 기반을 잡을 때까지 마누라에게 비밀로 할 수 있는 장사는?

과일 장사는? 특별히 준비할 것도 없이 마누라 몰래 슬쩍 할 수 있을 것 같다.

'이판에 체면이고 뭐고 과일 장사나 하자!'

"참외는 농수산물센터에서 떼 오시는 거요?"

나는 아파트 입구에서 좌판에 과일을 잔뜩 쌓아놓고 파는 상인에게 접근하여 참외를 고르는 척하며, 정보를 수집하려는 목적을 감추고 지나가는 말투로 물었다.

"네. 농수산물센터에서 사올 때도 있지만 오늘 물건은 밭에서 직접 사와서 더 싱싱해요. 싸게 드립니다."

"그래요? 참외 밭은 어디 있어요?"

"옥천에 있어요."

"옥천 어디쯤?"

"왜 직접 사시게?"

참외 장사가 힐끗 나를 올려다보았다.

"주말에 옥천 갈 일 있는데 들러 볼까 하고요."

"가지고 오시기도 힘 드는데 그냥 저한테 사서 드시지요. 그래야 저도 먹고 살지요. 아저씨같이 이런 좋은 아파트 사시는 분이 밭에서 사 오면 저는 뭐 먹고 살아요?"

노점상은 쉽게 정보를 내놓지 않았다.

"어릴 때 수박 서리하던 것이 생각나서 한 번 둘러 보려고……."

"정말 우리 어릴 때는 수박 서리해도 괜찮았었지요, 요즘은 어림없어요. 육영수 여사 생가 아세요?"

"네 한 번 가본 적이 있어요."

"그 근방에 가서 물어보세요."

"그래요?"

나는 노점상이 참외를 담아 건네주는 시커먼 비닐봉지를 받아들고 집으로 가며 내일 당장 물건을 살 곳, 농수산물센터와 참외 밭을 둘러보고, 좌판을 벌릴 장소도 정하자고 마음을 정했다. 비닐봉지를 흔들며 걷는 걸음에 힘이 생겼다. 나를 감싸던 무력감, 초조감이 누그러들었다.

새벽 4시 반, 나는 오정동 농수산물센터 주차장에 차를 세웠다. 이른 새벽인데도 주차장은 트럭과 승용차로 빈틈이 거의 없다.

나는 출입구 오른쪽 건물 위쪽을 다 덮은 대전농협공판장 간판을 올려다보다가, 왼쪽에 걸려 있는 아담한 크기의 대전청과주식회사 간판을 올려다보며 두 회사가 같은 회사겠지, 지레 짐작을 하며 공판장에 들어섰다. 눈높이까지 쌓아놓은 과일 상자들, 여기 저기 모여서 숙덕이는 상인들, 눈높이 위 공간에 죽 줄지어 걸려 있는 중도매인 몇 호라는 간판들이 눈에 확 들어왔다.

'새벽부터 정말 부지런하네, 나도 박사 공부할 때는 저렇게 부지런을 떨었었는데…….'

나는 과일 상자 무더기와 무더기 사이에 난 길을 따라 공판장 안을 둘러보았다.

복숭아, 토마토, 키위, 포도, 참외, 메론,……, 몇 십 트럭은 될 것 같은 수박이 가로 세로 줄을 맞춰 무더기로 누워 있고, 무더기마다 번호표가 올려져 있다.

'저 많은 과일이 하루에 다 팔려 나가나?'

깡마른 30대와 약간 살이 오른 40대가 공판장 중앙에 마련된 단상에 올라섰다. 품명, 생산자, 중량, 등급, 수량, 경락단가, 경락인이라고 판박이 한 전광판 양식 밑줄에 '백도, 김춘호, 상, 5' 라는 글씨가 떴다.

30대가 마이크를 잡고 무어라고 떠들어댔다. 나는 한 마디도 알아들을 수가 없었다. 경락단가와 경락인 아래 칸에 12,300과 58이라는 문자가 떠올랐다.

천홍, 후무사, 피자두, 포도, 포모사, 캠밸댈리…….

과일 이름이 뜨고, 30대는 씨부렁대고, 경매는 이어졌다. 30대는 무어라 떠들다가도 잠시 마이크를 손으로 막고 단하에서 묻는 질문에 답을 했다. 우리나라 말을 하는 것 같은데 나는 정말 한 마디도 알아들을 수가 없었다.

"무어라고 하는 거요?"

나는 내 옆자리에서 열심히 30대가 씨부렁거리는 소리를 듣고 서 있는 50대의 여인에게 물었다. 그녀는 장사하기에는 어울리지 않게 착하게 보였다.

"듣다 보면 알아듣게 돼요."

50대는 힐끗 나를 올려다보았다.

"지금 경매하는 거요?"

"경매하는 거지요."

"아무나 할 수 있어요?"

"네?"

그녀는 나를 빤히 쳐다보다 자리를 떴다. 나는 그녀가 내 말에 대꾸도 않고 자리를 뜨는 것이 번호를 받은 사람만 경매를 할 수 있는 당연한 것을 왜 묻느냐는 답으로 이해하고, 쓸데없는 질문을 해서 자리를 뜨게 한 것이 미안해졌다.

나는 경매에 참여할 자격이 없는 내가 시간을 버리며 더 구경할 필요를 느끼지 못하고, 경매가 끝난 물건을 진열해 놓고 파는 중도매인 가게들을 지나치며 과일에 붙여놓은 값을 체크했다. 수박과 참외 값이 아파트 입구에서 노점상이 파는 값의 반값도 안 되었다.

'배 장사도 더하네. 하루 10만 원 어치 팔면 10만 원 이상 남네.'

나는 아파트 입구에서는 5,000원도 더하는 큰 수박 한 덩이를 2,000원에 사서 차에 싣고 농수산물센터를 떠났다. 새벽에 수박을 들고 들어가면 영란이 이상하게 생각할 것같아 오후에 들고 들어가기로 하고 그냥 차에다 실어 놨다.

10시가 되자마자 나는 집을 나서 신탄진을 지나 대청호를 끼고 문의문화재단지로 달렸다. 그곳에서 장사를 하면 아는 사람을 만날 것 같지 않아 신분을 숨기며 장사를 하기에 딱 좋을 것 같았다.

문의문화재단지는 충북 청원군 문의면에 소재하며, 대청댐 건설로 수몰된 문화재를 옮겨놓은 곳이다. 대통령의 별장인 청남대가 멀지 않은 곳에 있다. 1994년 약 11만m^2 부지에 공사를 시작하여 1997년 준공하였으며, 국보급 문화재는 없으나 전통가옥과 고인돌 등 문화재가 있다. 수백 대의 차를 주차할 수 있는 넓은 주차장은 저녁에는 자동차 전용극장으로 쓰인다.

나는 주차장 한편에 차를 세우고 주위를 둘러보았다. 문화재 마을을 둘러

싼 성벽 바로 아래쪽 주차장 가장자리에 10여 채의 간이식당이 보였다. 문화재를 관람하러 오는 관광객과 신라 자비왕 때 축성한 산성의 유적이 있는 양성산 등산객을 상대로 간단한 식사와 안주, 주류를 팔고 있다. 나는 양성산을 등반하고 내려오던 길에 그곳에서 막걸리로 목을 축인 적이 있다. 청원문화대장군, 청원예술여장군 장승이 서 있는 입구로부터 폭이 2m는 되는 잘 다듬어진 진입로가 매표소까지 100여m 이어져 있고, 주차장에서 진입로로 들어서는 길목 나무 그늘에 번데기 장사, 냉차 장사, 옥수수 장사, 과일 장사가 나란히 앉아있었다. 10m쯤 떨어진 나무 그늘에서 한복 차림에 갓을 쓴 할아버지가 사주를 봐주고 있었다.

과일 장사는 할머니가 했다. 그녀는 복숭아, 포도, 참외를 팔고 있었다. 할머니의 옆 빈자리에 내가 비집고 들어갈 공간이 보였다. 나는 과일 가게 앞에 섰다. 할머니가 기대에 찬 눈으로 나를 올려다보았다.

"저 여기서 장사하려면 누구한테 허락을 받아야 해요?"

나는 할머니에게 어정쩡한 자세로 물었다.

"아니요. 왜 장사하시게?"

할머니의 시선이 위로 치켜지며 바로 정곡을 찔렀다.

"네. 먹고 살기 어려워 장사나 해 볼까 하고요."

"무슨 장사?"

"과일 장사요."

"여기는 안 돼요. 다른 데 찾아보세요."

할머니가 차갑게 말했다.

"허락 안 받아도 되신다면서요?"

나는 저항감을 감추며 조심스럽게 말했다.

"그거야 그렇지만, 이 더위에 민속마을 찾는 손님 없어요."

"알겠습니다. 그럼 내일 뵙지요."

나는 "여기는 안 돼요." 하는 할머니의 외침을 뒤로 하고 주차된 곳으로 갔다. 나는 차의 시동을 걸며 할머니가 팔지 않는 토마토, 수박, 자두를 팔기로 즉석에서 결정했다. 토마토, 수박, 자두는 농수산물센터에서 한꺼번에 사는 것이 손쉬울 것같아 당초 옥천을 들러 참외밭을 찾기로 했던 계획을 바꿔 바로 시장에 들러 돗자리, 플라스틱 바구니, 밀짚모자와 간이의자를 샀다.

다음날 새벽, 나는 농수산물센터에 들러 토마토 두 상자, 자두 두 상자, 수박 스무 동이를 샀다. 8만 3천원이 들었다. 수박의 부피가 커서 자동차 트렁크에 겨우 실었다.

곱장사만 하여도 하루 10만 원은 벌 수 있다는 계산이 나왔다. 비 오는 날 공친다 해도 한 달에 20일은 장사를 할 수 있고, 200만원은 거뜬히 번다. 그러면 예금을 안 깨고도,……, 저절로 신이 났다.

'장사가 궤도에 오를 때까지 영란에게 절대 비밀로 하자!'

나는 과일을 차 트렁크에 가득 실어놓은 채 집에 들어와 고사를 지내는 심정으로 깨끗이 온몸을 씻고, 생활인으로 돌아온 들뜬 마음을 감추며 아침 수련을 하였다.

나는 좀이 쑤셔 집에 그대로 있을 수가 없어 9시도 되기 전에 집을 나섰다. 문화재 단지 주차장에 도착하니 너무 일러서인지 노점상은 한 사람도 보이지 않았다. 나는 어제 봐놨던 할머니 옆자리에 돗자리를 깔고 뒷줄에 수박을 쌓아놓고, 그 앞줄에 토마토와 자두 상자를 나란히 놓고, 그 앞줄에 토마토 다섯 개씩, 자두 열 개씩 담은 플라스틱 바구니를 각각 세 개씩 늘어놓았다. "찰토마토 2,000원", "꿀자두 3,000원", "꿀수박 5,000원", A-4용지에 쓴 가격표를 바구니와 수박 덩이 앞에 세웠다. 내가 보아도 장사준비가 그럴 듯하게 된 것 같았다.

열시 반이 넘어 할머니가 나타났다. 과일을 실은 리어카는 건장한 청년이 끌었다.

"나오지 말랬더니 정말 나왔네."

할머니가 정색을 하였다.

"아시는 분이요?"

리어카를 끌던 청년이 물었다.

"아니, 어제 와서 묻기에 장사 안 된다고 했는데 굳이 나왔구먼."
할머니가 젊은이에게 응원을 청했다.
"그래 젊은 양반이 할머니랑 경쟁할 거요?"
청년이 시비조로 나왔다.
"아니 그게 아니고, 어제 할머니께 물으니 누구나 허가 없이 나와도 된다고 하시던데요."
나는 밀짚모자를 벗어 들고 주눅이 든 목소리로 말했다.
"그거야 그렇지요. 여기 세 낸 자리는 아니니. 그래도 그렇지, 어떻게 장사도 안 되는데 할머니랑 경쟁을 하려고 해요. 오늘은 나왔으니 별 수 없고 내일은 다른 자리로 옮기쇼."
청년이 명령조로 말했다.
나는 멍청히 청년을 쳐다봤다.
"할머니. 저녁 때 올게요. 장사 잘 하쇼."
청년이 할머니에게 인사를 하고 나를 한 번 노려보고 자리를 떴다.
"할머니 아들이요?"
나는 과일을 진열하는 할머니에게 물었다.
할머니는 힐끗 나를 건너다보고 못 들은 척했다.
나는 하루 종일 자리를 지키며 겨우 수박 한 덩이와 자두 다섯 바구니를 팔았다. 토마토는 딱 두 바구니 팔았다. 점심은 옥수수 장사와 같이 국수를 시켜먹었다.
할머니는 장사 수완이 나아서인지, 단골이 있어서인지 나보다 훨씬 많이 팔았다.
할머니는 하루 종일 나를 무시했다.
해가 서산에 걸쳤다. 나는 내일까지 다 안 팔리면 큰일인데 걱정을 하며 팔다 남은 과일을 차 트렁크에 실었다.
"내일 뵙지요."
나는 처지고 허탈한 마음으로 자리를 뜨며 하루 종일 나를 백안시한 할머니에게 그래도 예의는 차려야겠다고 생각하고 인사를 하였다.
"오늘은 그렇고 내일은 다른 데로 옮기쇼."

할머니가 고개도 들지 않고 퉁명스럽게 말했다.

팔다 남은 수박 한 덩이를 들고 집에 들어서자 영란은 어제도 수박을 사오더니 냉장고에 넣을 자리도 없는데 또 웬 수박이냐고 타박을 하며 하루 종일 어디 다녀왔는지 추궁했다. 나는 아침에 산에 다녀온다고 했잖느냐고 큰 소리를 치며 세면대로 갔다.

나는 햇볕에 익어 화끈거리고 쓰린 얼굴과 팔의 고통을 숨기며 밤을 보냈다.

다음날, 나는 아침을 먹자마자 영란에게 학교에 볼 일이 있어 좀 늦을 거라고 거짓말을 하고 바로 장사를 나섰다. 시간이 일러 나는 대청호 댐에 올라 파란 호수 물을 내려다보며 제발 오늘은 장사가 잘 되게 해달라고 기원했다.

햇볕은 뜨겁고 바람도 없어 온몸이 더위로 파김치가 되었다. 이 더위에 문화재를 보러 오는 사람이 드물었다. 주중이라 등산객도 별로 없었다. 나는 더위에 과일이 푹푹 썩어가는 것같아 초조했다.

"젊은이는 뭐하다 이 장사를 시작했소?"

국수로 점심을 때우고 자리에 앉자 할머니가 먼저 말을 걸어왔다.

"아이엠에프로 직장 쫓겨나고 벌어놓은 돈 다 까먹고 별 수 없이 장사라도 할까 시작했어요."

"보아하니 장사는 처음인 것 같은데 잘못 시작했어요. 과일 장사가 대표적으로 앞으로 남고 뒤로 밑지는 장사요. 하루 해 봐서 알겠지만 장소도 잘못 잡았고, 수박이 뭐요? 이런 데서 누가 수박 사 먹어요? 손님도 없는데 두 사람이나 있으면 둘 다 망해요. 내일도 또 나올 거요?"

"그럼 시작했는데 어떻게 해요."

"그럼 같이 망합시다."

할머니는 푸 한숨을 내쉬며 입을 닫았다.

주차장에 승용차가 들어올 때마다 혹시나 하며 기대에 찬 시선을 보냈으나 차에서 내린 관광객은 아예 노점상은 거들떠보지도 않고 덥다고 투덜대며 매표소로 갔다. 나는 지열까지 가세한 더위에 멍청해져 사고능력을 잃은 채 앉아있었다.

"이 수박 얼마요?"

머리를 깎은 학생이 손가락으로 수박을 가리켰다.

"오천 원입니다."

나는 오후에 처음으로 값을 물어 오는 손님이 반가워 눈이 번쩍 떠졌다.

"너무 비싸네요. 이천 원만 해요."

"이천 원 안 돼요, 학생이니 사천 원에 줄게요."

"삼천 원 줘요."

"삼천 오백 원."

학생이 지갑을 꺼내는 시늉을 하였다.

나는 수박을 망에 집어넣었다.

"그렇게 싸게 팔면 어떻게 해요?"

할머니가 시비를 붙었다.

"죄송합니다."

나는 고개를 숙여 인사를 했다.

"장사도 할 줄 모르는 뜨내기가 와서."

할머니가 종알거렸다.

학생이 수박을 받아들었다.

나는 돈을 받으러 손을 내밀었다.

학생이 내 손을 탁 치고 튀기 시작했다.

나는 "돈 주고 가야지." 외치며 학생을 좇았다. 학생은 무거운 수박을 어깨에 매고도 빨리 달렸다. 나는 이백여 미터를 좇다가 제풀에 지쳐서 헉헉거리며 멈춰 섰다. 온몸이 땀으로 목욕을 했다. 저만치 앞서 달려가던 학생이 나를 쳐다보며 수박을 흔들었다.

"학생 그러면 안 돼. 돈 주고 가야지."

나는 소리를 질렀다.

"에이 더럽다. 수박 여기 있어요."

학생이 길에다 수박을 내팽개치고 달아났다.

나는 숨을 몰아쉬며 몇 걸음 다가가다가 산산조각이 나 붉은 속살이 터져 나온 수박을 보며 전신에 힘이 쭉 빠졌다.

나는 터덜터덜 빈손으로 돌아왔다.

'어, 저게!'

벌겋게 터져 나뒹그러진 수박들이 눈에 들어왔다.

걸음이 빨라졌다.

처참하게 깨진 수박이 토마토와 자두와 뒤엉켜 난장판이 되었다.

"할머니 어떻게 된 거요?"

나는 모른 척 앞만 보고 앉아있는 할머니에게 물었다.

"아저씨가 학생을 뒤쫓아 가자 바로 다른 학생들이 몽둥이를 들고 와서 마구 부수던데."

할머니의 목소리가 너무 담담했다.

"말려 주셔야죠."

"말려? 맞아 죽게."

'망했다, 텃세, 어떻게 한다…….'

한꺼번에 머리에서 생각들이 뒤엉켜 회오리바람을 쳤다.

"신고를 해야 하는데……."

옥수수 장사가 다가오며 위로의 말을 건넸다.

"허가 받을 필요 없다고 했는데요."

내가 멍청하게 말했다.

"세상 물정 어둡기는."

옥수수 장사가 혀를 찼다.

나는 멍한 시선으로 옥수수 장사를 건너다보았다. 백지가 된 머리에 그의 말이 들어오지 않았다.

눈앞에 벌어진 일이 내일 같지가 않았다. 한 편의 코미디를 보는 것 같았다.

나는 그 자리에 더 서 있기가 싫어졌다. 무서웠다.

나는 슬금슬금 뒷걸음치며 그 자리를 도망쳤다.

"이거 치워야지."

할머니가 고함을 쳤다.

나는 할머니의 외침에 깜짝 놀라 죄를 지은 사람같이 허겁지겁 자동차로 도망쳐서 시동을 걸었다.

나는 누가 나를 잡으러 쫓아오는 것같아 계속 백미러로 뒤를 힐끔거리며 대청호를 끼고 난 꼬불꼬불한 도로를 마구 달렸다.

급커브를 돌 때마다 아찔했다. 이대로 달리다가는 사고라도 낼 것 같았다. 나는 현암정 휴게소 간판을 보며 차를 몰고 들어가 주차장에 차를 세웠다. 나는 양손으로 핸들을 잡고, 고개를 처박고 눈만 내밀고 누가 쫓아오지 않나 입구쪽을 쳐다봤다. 한참을 지나도 아무도 쫓아오는 것 같지 않았다.

나는 천천히 차에서 내렸다. 목이 탔다.

나는 휴게소에서 음료수를 사서 마실까 하다가 '밑천을 다 날린 놈이 무슨 음료수' 하며 휴게소 건너편에 있는 현암정으로 올라갔다. 현암정은 팔각정 모양의 정자로 대청호가 잘 내려다보이는 위치에 서있다. 나는 낙상을 방지하기 위하여 설치한 난간을 잡고 멍청하게 시선을 허공에 깔았다.

생각이 도망쳐 버린 텅 빈 내 시선 오른편으로 대청댐 뚝 위에 물 홍보관이 조그맣게 들어왔다. 대통령의 별장인 청남대는 왼편에 있을 텐데 낮은 산에 가려 보이지 않았다. 황토색 진흙 벨트를 둘러친 산등성이 사이로 길게 대청호가 누워 있었다.

눈 밑에 일렁이는 파란 호숫물이 나를 유혹했다. 난간을 뛰어넘어 호수로 풍덩하면 물살을 따라 발전소 취수구로 빨려들 것이고, 그러고…… 끝!

난간을 뛰어내려도 나무에 걸려 호수까지 떨어질 것같지 않았다. 그러다……, 온몸에 상처만 입고 다리라도 부러지면 치료비만 날리고…….

죽기는 싫은 모양이지. 이 판에도 공대생답게 계산을 하는 자신이 우스워 픽 웃었다.

허공에 가득 잠자리가 날았다.

좋은 날 잠자리를 봤으면 어린 추억에 젖어 행복했을 텐데……, 기분 더러운 날에 잠자리는 시끄럽다.

댐 너머 우거진 숲을 건너다보다 2년 전 진급에서 탈락하고, 처참한 기분으로 대청댐 계단을 오르던 기억이 떠올랐다.

49계단에 멈춰 서서, 위쪽에 가마득히 남은 계단을 올려다보며 살아온 49년을 돌아보고 남아있는 30여년을 생각하며 남아 있는 생을 위하여 참고 또 참자며 용기를 불어넣던 기억이 아스라이 떠올랐다.

지금은 그 때보다 두 계단을 더 올라왔지만 아직도 올라가야 할 계단이 많이 남아 있다.

그 때는 비록 진급에서 탈락은 했지만 30년을 배우고 닦은 기술을 써 먹을 터전은 있었는데, 2계단을 더 올라온 지금 그 기술은 내 인생과 전혀 관계가 없는 휴지가 되었다. 그 기술을 써 줄 사람도 없고 쓸 곳을 찾을 수도 없다.

1+1은 2라는 수학공식만 믿고 전공도 아닌 장사를 시작했다가 1+1이 영이 되는 현실에 부딪혀 황당하게 죽음이나 생각하고 있다니!

뜨거운 햇볕에 머리 껍질이 벗겨질 것 같았다. 손바닥으로 햇볕을 가리며 차에 두고 온 밀짚모자가 생각났다.

'그래도 죽을 수는 없잖아. 기계공학 박사로 먹고 살던 시절은 갔고, 아직 살날이 많이 남았는데 무엇인가 다시 시작해야지.'

나는 두 손으로 햇빛을 가리며 차를 향해 걸어갔다.

소쩍새가 울었다.

38...

나는 치밀한 준비도 없이 과일 장사를 시작했다 코미디로 끝난 한여름 낮의 꿈같은 해프닝을 뒤로 하고 제2의 인생을 여는 각오로 내가 창안한 호흡법 수련에 정진하며, 어머니를 치료하며 터득했던 경험을 내 홈페이지 www.sigong-beugi.com에 수록해 갔다. 'sigong' 은 반야바라밀다심경에 나오는 '색즉시공' 에서 따온 것이다.

나는 내가 창안한 호흡법이 심신을 수련하는 데 고금의 선사들이 고안한 호흡법과 비교하여 결코 뒤지지 않고 효과도 탁월하다고 자신하면서도, 기계 쟁이 공돌이가 그런 탁월한 호흡법을 창안했다면 남이 잘 믿어줄 것 같지 않았다. 계룡산이라도 입산해서 30년 수도를 닦고 터득한 비법이라고 해야 권위가 서는 현실을 감안하여, 나는 내 호흡법에 무게를 더하기 위하여 홈페이지의 첫 장을 기(氣)의 일반론으로 열며, '단군성조로부터 심안(心眼)으로 호흡의 비법을 전수받았다' 는 수식어를 추가했다.

나는 '기(氣)는 우주를 구성하는 기본 에너지로, 기가 변화함에 따라 우주의 변화가 온다.' 는 거창한 말로 내 홈페이지를 시작했다.

'인간은 우주의 중심으로 인간은 몸과 마음과 영혼으로 이루어졌으며, 그 마음은 기를 담는 그릇으로 그 크기가 무한하다. 몸과 마음과 영혼이 조화를 이룰 때 인간은 건강하고 행복하며, 그 상호작용을 이끄는 것은 바로 '기' 다. 기는 음양으로 이분되어 조화를 이루고, 상생 상극하며, 마음은 그

가장자리가 없다.

기는 주로 호흡에 의해 우리 몸을 순환한다. 단군성조부터 전해져 내려와 고구려의 조의선인, 백제의 문무도, 신라의 화랑도 등은 다 축기(蓄氣)를 기본으로 하고 있다. 한단고기에도 고구려의 조의선인은 평소에 축기를 즐겨하는 것으로 기록하고 있다.

기운은 마음의 그림자로 기운을 잘 다스리면 건강과 행복이 오나 그 균형이 깨어지면 건강을 해치게 된다. 기운을 잘 다스리는 법으로 단군은 홍익인간의 정신을 반포하셨으며, 유가에서는 중용의 덕을, 도가에서는 우주의 기운을 내 몸의 일부로 만들어 신선이 되는 길을, 불교에서는 불공을 드려 진아(眞我)를 찾는 길을 제시하였다.

단무도, 국선도, 불가기공……, 등 현재 도장에서 가르치는 여러 기 수련 방법은 흡지호지(吸止呼止)의 시간을 조절하며 축기를 하여, 축기한 기를 12경락, 365경혈로 순환하여 기의 균형을 이루고 만병을 치유한다.

나는 여기 저기서 주워 모은 위와 같은 내용의 서두를 두 페이지 가득 채운 후 내 이론을 적어갔다.

몸 속에 나쁜 기운이 쌓이면 몸의 고유진동수가 조화를 잃고 파탄을 일으켜 균형이 깨져 발병한다. 그러므로 몸 속에 생긴 나쁜 기운을 몰아내고 고유진동수를 찾아주면 병은 저절로 치유된다. 일반 선가에서는 수련으로 축적된 기를 혈을 통해 순환하여 나쁜 기운을 몰아내며 병을 치료하나 그 수련 기간이 너무 오래 걸린다. 호흡을 통하여 바로 나쁜 기운을 뱉어내는 방기(放氣)의 방법이 수련하기도 쉽고 배우기도 쉬워 바로 익힐 수 있다. 기를 들이마시고 내보내는 주경로는 코를 통한 호흡이다. 기존 단전호흡법은 들숨(吸)과 날숨(呼)의 길이가 같으나, 들숨의 길이보다 날숨의 길이가 길어지면 몸 속의 나쁜 기운이 빠져 나간다.

호흡법의 첫 단계, '인자 삼재 제자리 호흡법' 은 왼발에 힘을 주고 내쉬고 오른발에 힘을 주고 내쉬며 머리를 들고 들이쉬어, 사람 인(人)자를 그리며 호흡을 한다. 처음 삼재 호흡법을 익힐 때 호흡을 나눠 내쉬는 것이 쉽지 않으나 보통 사람은 일주일이면 배울 수가 있다.

다음 단계인 '오행 걷기 호흡법' 은 천천히 세 걸음 걸으면서 숨을 내쉬고 두 걸음 걸으면서 숨을 들이쉰다. 오행 걷기 호흡법에 익숙해지면 다음 단계로 '칠성 밟기 호흡', '구궁 돌기 호흡', '무극 춤추기 호흡' 을 차례대로 익힌다. 칠성 밟기 호흡은 불두칠성의 위치를 밟으면서 네 걸음은 내쉬고 세 걸음은 들이쉰다. 구궁 돌기 호흡은 서서히 원을 그리면서 다섯 걸음은 내쉬고 네 걸음은 들이쉬며, 무극 호흡은 걸으면서 여섯 걸음은 내쉬고 다섯 걸음은 들이 쉰다. 일상생활을 하면서 자유자재로 수련할 수 있으므로 무극이라 이름을 붙였으며, 호흡을 할 때 어깨와 몸동작에 율동을 주면 더욱 효과가 크다. 단계가 높아질수록 들이쉬고 내쉬는 호흡의 길이가 길어진다. 구궁 돌기 호흡을 수련할 때면 입안에 단침이 가득 고인다.

어머니를 치료할 때 나는 무극 춤추기 호흡법으로 내 몸에 나쁜 기운을 버린 후 몸이 너무 허약하여 스스로 자정능력을 잃은 어머니에게 비우기 안마시술을 하여 어머니의 몸에 있는 나쁜 기운을 내 몸으로 받아내고, 내 몸에 쌓이는 나쁜 기운은 어머니를 치료한 후 무극 춤추기 호흡을 하여 대기로 뱉어냈다.

매일 비우기 안마 치료를 하여 의사가 두 달을 넘길 수 없다고 한 어머니를 반 년 가까이 살릴 수 있었다.

뜸 치료는 어머니의 생명을 연장하는 또 하나의 치료 방법이었다.

우리 가족은 말기의 유방암 수술을 하라는 의사의 권고를 뿌리치고 어머니를 대전 내 아파트로 모셔왔다. 병문안을 온 한의대를 갓 졸업한 조카는 부황기로 부황을 뜨고, 왕뜸을 뜨며 지성으로 하루 종일 어머니를 치료해 주었다. 나는 그녀가 하루 종일 어머니 곁을 떠나지 않고 치료하는 것을 보며 그녀의 정성을 고맙게 받아들이면서도, 그녀가 개업을 하고도 저렇게 하루 종일 한 환자만 치료하다가는 딱 굶어죽기 알맞겠다는 생각을 하며 그녀의 성의를 폄하하는 것같아 미안한 마음이 들었다. 그녀는 어머니 배꼽과 위아래로 세 곳에 뜸을 떴다. 나는 그녀가 뜸뜨는 자리를 유심히 보며 머리에 새겼다.

나는 기동이 불편한 어머니를 한의원에 모시고 가지 않고 집에서 내가 직접 치료를 하기로 하였다.

나는 인터넷에 들어가 '뜸' 항목을 찾았다. 뜸에 대한 상식을 알 수 있는 해설이 나왔다.

'뜸은 사람의 겉면에 흐르고 있는 경락과 혈 자리 또는 아픈 부위에 쑥뜸을 떠 경락에 따뜻한 기운을 불어 넣음으로써 기혈의 순환을 원활하게 조절하여 질병의 예방과 치료의 목적을 달성하는 우리 전통적인 요법으로 그 역사가 수천 년에 이른다. 뜸을 신봉하는 사람은 일뜸, 이침, 삼약이라 하여 침이나 약물 치료보다 우선으로 친다.'

'뜸을 뜨면 백혈구 적혈구가 늘어나 병에 대한 저항을 높이고, 인터페론 생산을 증진하며, 심장 박동을 강화시켜 피의 순환을 고르게 하고 멜라토닌 호르몬 생산을 증가하여 암 억제와 면역력을 증가함은 물론 노화를 방지하고, 아픈 사람의 혈류를 좋게 하여 통증을 해소하는 등의 효능이 있다고 한다.

'암세포는 열에 약하여 설암의 경우는 39.5℃에서 암세포가 죽으며, 보통 암도 41℃ 이상이 되면 세포의 변성을 일으켜 암이 제거된다.'

1974년 영국의 의사 베지구구 ; 소화기 계통 암을 치료하기 위해 41.2℃의 열기를 발산하는 파이프를 입에 넣어 매일 8시간 이상 치료를 하여 암을 치료

일본 대학 강전 교수 ; 방광암 환자를 치료하기 위해 요도에 관을 집어넣고 45℃의 온탕을 매일 한두 시간씩 유입시켜 60여명의 환자 중 15명을 치료

일본의 삼포 박사 ; 취두암에 걸린 56세의 여인을 개복한 결과 암이 간에 전이된 것을 발견하고 배를 그대로 덮고 극초단파 온열요법으로 6주 만에 완치

나는 암세포가 열에 약한 것을 알게 되고, 허준이 뜸으로 김병조의 반위를 치료한 것이 과학적으로도 일리가 있는 치료방법이라고 생각했다.

쑥뜸의 효능을 기술한 과학적인 글이 내 눈을 끌었다.

'쑥뜸을 떠 쑥 기운을 몸 속에 침투시키면 쑥의 약 기운과 열기가 몸 속 깊이 들어가 원자와 분자를 진동시켜 파장을 일으키며 그 파장의 공명 흡수에 의해 열 반응이 일어나 피하심층 깊은 곳에서부터 온도가 상승하여 미세혈관의 확장, 혈액 순환의 촉진, 원활한 신진대사로 장애 제거, 조직세포 부활, 효소 및 호르몬 분비가 촉진되며, 암 부위에 고열이 전달되고 쑥의 약 기운이 환부에 전달되어 암 치료가 가능하다.'

내가 의학 서적을 읽고 뜸에 대한 지식을 넓혀 가며 어머니를 치료하기에는 너무 어머니가 위독하셨다. 나는 우선 조카가 시술한 자리에 뜸을 뜨기로 하였다.

나는 내 손이 선천적으로 염력을 지닌 약손이라고 자신하고 있다. 내가 고안한 비우기 안마로 어머니 몸에 쌓인 나쁜 기운을 뽑아내어 기의 조화를 회복하여 면역력을 높이고, 뜸 시술을 보조치료로 하기로 하였다.

나는 조카가 알려준 약재거리에 가서 약쑥, 쑥뜸 절구와 격염구를 샀다.

나는 삼각뿔 모양의 쑥뜸을 조카가 시술을 했던 배꼽과 배꼽 위 아래 두 부위에 매일 5장씩 떴다.

나는 내가 뜨는 뜸자리가 제대로 된 것인가를 확인하려 동의보감을 들쳐봤다. 내가 뜨는 뜸자리가 모태로부터 기혈을 받는 신궐혈(배꼽), 인체의 기관을 관장하는 중완혈, 원기의 바다인 기해혈인 것 같았다. 그 부위에 뜸을 뜨면 오장육부가 튼튼해지고, 인체의 기의 흐름을 촉진하고, 원기를 왕성하게 한다는 치료 효과를 읽으며 뜸 치료로 어머니 몸 속에서 스스로 유방암을 치료할 수 있는 기운이 생길 것 같은 믿음이 갔다.

쑥뜸을 하면서 불편한 점은 뜸을 뜰 동안 항상 내가 어머니 옆에서 시중을 들어야 하는 것이었다.

내가 잠시 자리를 비운 사이 배꼽에 뜬 뜸이 무너져 어머니 배꼽을 다 태워먹고 별 수 없이 병원을 찾아 화상을 치료했다.

나는 돌보는 사람이 없이도 환자가 직접 뜸을 뜨고, 원하는 신체 부위에 뜸 기운을 쐴 수 있는 개량된 쑥뜸기의 개발에 착수하였다. 몇 가지 시작품을 만들어 어머니에게 실제 사용한 끝에 사용하기에 편리하고 효과도 우수한 뜸 항아리를 개발하였다.

뜸 항아리는 두 손으로 감싸기에 적합한 크기의 2중벽의 옹기 항아리이다. 항아리 안쪽에 밤톨만한 크기의 쑥뜸을 넣고 불을 붙이면 쑥 기운이 항아리 입구를 타고 위로 올라오며, 치료가 필요한 부위에 뜸 기운을 쏘일 수 있다. 이중으로 된 항아리의 빈 공간이 온도 절연 효과가 있어 항아리 외부는 손으로 잡을 수 있을 만큼 따끈해진다. 따끈한 항아리로 환부에 마사지를 하면 안마의 효과가 있다.

어머니는 내가 고안한 뜸 항아리를 사용하여 다른 사람의 도움 없이도 손쉽게 뜸과 마시지를 즐기시면서 '박사 아들' 이라 이런 발명품도 다 만들 수 있다며 흐뭇해 하셨다.

나는 내가 만든 뜸 항아리를 보급하여 환자 곁에 붙어 앉아 고생하는 간병인을 해방시키고 싶었다.

과일 장사를 실패하고 돌아오는 길에 뜸 항아리가 돈이 될지도 모른다는 생각이 떠올랐다.

나는 뜸 항아리를 소개하는 글을 홈페이지에 올리며 특허출원도 준비하였다.

나는 단군신화를 나 나름대로 해석한 글을 뜸 항아리를 소개하는 글 첫머리에 올려 뜸 항아리의 효능이 돋보이도록 하였다.

'환웅천왕은 왕권을 강화하기 위하여 재가녀(在家女)를 부인으로 맞을 필요가 있어, 웅녀(熊女)와 호녀(虎女)를 최종 후보로 간택하였다. 환웅은 두 여인에게 마늘과 쑥을 주고 100일 동안 동굴에서 기거하며 참고 버티는 여인을 신부로 맞이하겠다고 하였다. 웅녀는 동굴 속에서 옷을 벗은 채 은밀한 부위에 뜸 기운을 쏘이면서 기를 순환하고 생식기능을 강화하였다. 호녀는 20일도 참지 못하고 동굴을 뛰쳐 나갔으나 웅녀는 끝까지 견디어 환웅의 신부가 되고 뜸으로 강화된 생식기에서 단군 같은 성군을 낳을 수가 있었다. 웅녀는 은밀한 부위에 직접구 방식의 뜸 치료를 할 수가 없어 뜸 기운을 쏘이고, 뜸 안마를 하며, 뜸 좌욕을 하는 복합적인 치료를 하였다.

내가 고안한 쑥뜸기, 뜸 항아리는 웅녀가 시술한 뜸 치료, 뜸 기운 쏘이기, 뜸 안마, 뜸 좌욕, 뜸 수술, 뜸 체조를 모두 할 수 있는 능동적인 기구로 단군시대에 널리 쓰이다 단절된 여러 뜸 치료 방법을 재현할 수 있는 획기적인 기구이다.'

나는 홈페이지에 두 페이지가 넘는 해설을 실어 내가 발명한 뜸 항아리를 선전하였다.

내가 홈페이지에 소개문을 올린 지 이틀 후에, 서울서 공무원을 한다는 김대식이라는 사람으로부터 뜸 항아리를 사고 싶다는 이메일이 왔다.

39...

나는 매일 새벽 우성이산을 올라 춤추듯 산등성이를 걸으면서 무극 호흡을 수련했다.

기승을 부리던 여름이 한풀 꺾였다. 섭씨 20도 내외의 알맞은 온도와 아침 산의 푸른 기운이 융화되어 걸음걸이와 호흡이 저절로 조화를 이루었다. 아침 수련을 마치고 차를 몰고 집으로 돌아오며 몸과 마음이 날 듯이 가벼웠다.

며칠 후면 가을학기 개강을 한다. 이승연 교수를 만날 생각을 하니 단전으로부터 등골을 따라 대추혈까지 짜릿한 열기가 솟아올랐다. 승연의 매력적인 반사팔뜨기 눈이 영상으로 눈앞을 아른거렸다. 승연이 보고 싶고, 그녀를 으스러지도록 안아주고 싶다. 손닿는 곳에 그녀가 없으니 마구 뻗치는 힘을 달래려면 당장 영란이라도 안아야 했다.

나는 허겁지겁 현관문을 열고 집안으로 들어섰다. 항상 이 시간에 소파에 앉아 연속극을 보던 영란이 보이지 않았다. 거실에도 화장실에도 그녀가 없었다. 터질 듯한 정열을 풀 곳을 찾지 못한 나는 찬물이라도 들이켜 정염의 불을 끄려 부엌으로 갔다. 식탁 위에 유니랩으로 포장한 반찬 접시 세 개와 그 옆에 놓인 메모지가 보였다. 나는 얼른 메모지를 들었다.

'친구들과 놀러 가요 밥솥에 밥해 놓았고 찌개는 냄비에 조리해 놨으니 끓여드세요. 저녁에 늦을 거요.'

전기밥솥에 보온 재가열 표시등이 켜져 있고, 유니랩을 통해 정갈하게 담아놓은 김치, 나물, 콩자반이 보이고, 가스레인지 위에는 냄비가 올려져 있었다. 내 몸이 그녀를 필요로 할 때 사전에 아무 말도 없이 집을 비운 영란을 향하여 잠시 투덜대다가 나는 냉수를 들이키고 소파로 와서 티브이를 켜고 영화 채널을 돌렸다.

수진은 아빠가 차려준 저녁을 먹고 제 방으로 들어갔다. 거실에 혼자 달랑 남은 나는 평소와 달리 영란이 차지하고 있던 공간이 텅 빈 것을 느끼며 서성대다 서재로 들어가서 십이경맥 기회전 수련을 하며 시간을 보냈다. 한 시간 이상 수련을 하고 나와도 아내가 들어오지 않아 티브이에 매달려 채널을 이리저리 돌리며 시간을 보냈다.

저녁 9시 뉴스가 끝나도 영란은 집에 오지 않았다. 나는 열시를 가리키는 벽시계의 시침과 분침을 보며 이 여편네가 모처럼만에 놀러 나갔다 교통사고라도 당한 건 아닌지 방정맞은 상상을 하다가, 혹시 딴 남자와 놀러가 이렇게 늦는 건 아닌지 영란을 의심하기도 하였다.

행선지도 밝히지 않고 이렇게 밤늦게까지 다닌 적이 없던 영란이 걱정이 되어 집안에서 기다릴 수가 없었다.

나는 두 손을 포켓에 찌르고 아파트 현관에서 정문까지 왔다 갔다 하며 그녀가 나타나기를 기다렸다. 이웃 사람들이 내 옆을 스치며 나를 힐긋힐긋 쳐다봤다.

열시 반이 넘었다. 좀스런 생각들이 머리를 오갔다. 나는 아파트 정문에서 저만치 보이는 버스정류장 쪽을 주시했다. 도로변에 늘어선 가게에서 비취는 불빛을 받아 버스에서 내리는 승객들의 윤곽이 흐릿하게 보였다. 나는 버스정류장에서 그녀를 기다릴까 하다가 행선지도 밝히지 않고 외출한 아내를 정류장까지 나와서 기다리는 것은 남편의 체통을 깎는 일로, 아내의 버릇을 잘못 들이는 것같아 그만 두었다.

나는 밤늦게 귀가하는 부인을 마중 나온 남편의 여린(?) 마음을 들키지 않으려고 정문 기둥 뒤에 숨어 서서 그녀가 버스에서 내리나 봤다.

다리가 저려올 만큼 기다렸을 때 영란이 버스에서 내리는 것이 보였다. 그녀가 무사한 것을 보고 반가움이 울컥 솟았다. 그녀는 느릿느릿 걸어왔다. 나는 사전에 양해도 없이 집을 비운 여자가 밤늦게 귀가하면서 전혀 서두르는 기색도 없이 천천히 걸어오자 화가 치밀었다. 나는 혼자 휭 하니 아파트로 가서 엘리베이터를 타고 집으로 올라갔다. 나는 티브이를 크게 틀어놓고 그녀를 기다리지 않은 척하였다.

"이렇게 밤 늦게 어디 다녀오는 거야?"

나는 열쇠를 따고 들어서는 영란에게 날이 선 목소리로 추궁했다.

"식사했어요? 수진이는?"

그녀가 착 가라앉은 목소리로 말했다.

"차려 먹였어. 이렇게 늦게 다니려면 연락이라도 해야지."

나는 짜증을 냈다.

"그렇게 됐어요."

그녀는 세상만사가 다 귀찮은 사람같이 무표정했다. 그녀는 한 마디 해명도 없이 세면장으로 들어갔다.

그녀가 실업자가 된 나를 완전히 무시하는 것같아 나는 화가 치밀었다.

"당신 어디 갔다 온 거야?"

세면장에서 나오는 그녀에게 나는 목에 힘을 주며 물었다.

"나 지금 고단해, 내일 이야기해."

그녀는 나를 쳐다보지도 않고 안방으로 들어가서 방문을 뒤로 닫았다.

나는 울컥 화가 치밀어 안방으로 두어 걸음 달려가다가 제자리에 멈춰 서며 숨을 몰아쉬고 주먹만 흔들었다.

나는 소파로 돌아와 털썩 주저앉아 티브이 화면에 일렁이는 그림을 건성으로 보며 내 신세를 쥐어뜯었다. 나는 나를 완전히 무시하는 영란과 한 침대에 눕기가 싫어 소파에 누워 새우잠을 청했다.

안방에서 신음소리가 들렸다.

나는 한참 신음소리를 무시하다가, 영란이 병이라도 들었으면 하는 걱정이 그녀에게 무시당했다며 삐졌던 마음을 눌렀다. 나는 엉금엉금 안방으로 들어갔다. 그녀는 깊은 잠에 빠져 내가 들어오는 것도 몰랐다. 나는 계속 신음을 하는 그녀의 이마에 손을 얹었다. 이마에 땀이 흥건했다. 나는 이맛살을 찌푸리며 그녀가 하루 종일 어디서 무엇을 하였기에 이렇게 녹초가 되었을까 고개를 갸웃하며 세면장으로 가서 수건을 가져와 그녀의 얼굴에 난 땀을 닦아줬다.

다음 날 아침, 잠을 설친 나는 일부러 아침 수련을 쉬고 소파에 앉아 영란이 어젯밤 늦은 사유를 설명해 주기를 기다렸다. 그녀는 한 마디 해명도 없이 지친 표정으로 아침을 준비했다. 그녀는 자주 허리를 세우며 주먹으로 두드렸다.

"어제 어디 간 거야?"

나는 밥상을 다 차릴 때까지 한 마디 해명도 없는 그녀에게 치미는 감정을 억제하며 목소리를 깔고 물었다.

"오늘 또 가야 하니 다녀와서 저녁에 이야기할게."

그녀가 감정이 말라 버린 목소리로 대답했다.

"밤새 끙끙 앓던데 뭐 좋은 일이라고 있었나?"

나는 비아냥거림을 보냈다.

"좋은 일? 그래 좋은 일 있었지. 아침 차려 놨으니 혼자 들어. 나 조금 쉬다가 나갈 거야. 저녁에도 늦을 거야."

그녀는 나에게 눈도 주지 않고 안방으로 들어갔다. 그녀로부터 완전히 무시당한 나는 그녀를 어떻게 할 수도 없어 닭 쫓던 개가 되어 멍청히 소파에 앉아 있었다.

그날 밤도 그녀는 11시가 다 되어 구부정한 자세로 집에 들어섰다. 한눈에 그녀는 파김치였다. 제대로 허리를 펴지 못했다. 그녀에게 외출을 따지려고 단단히 벼르던 나는 피로로 파랗게 물든 그녀의 눈자위를 보고 안쓰러워서 따질 수가 없었다.

"당신 취로사업이라도 하고 오는 거야?"

나는 세면장으로 향하는 그녀에게 엉뚱한 질문을 하였다.

"이렇게 늦게까지 하는 취로사업 어디 있어?"

세면장에 한 발을 들여놓고 고개를 돌리며 그녀가 반문했다.

"당신 이틀 연속 어디 간 거야?"

나는 세면장에서 나오는 그녀를 끌고 소파로 가며 물었다.

"나 물 한 컵 줘."

그녀는 털썩 소파에 앉으며 허공에 멍한 시선을 둔 채 말했다. 나는 냉장고를 열고 머그 컵에 가득 냉수를 따라서 가져다주었다. 그녀는 벌컥벌컥 찬물을 마시고 컵을 탁자 위에 놓았다.

"나 어디 다녀온 것같아?"

그녀가 자포자기한 말투로 말했다.

"설마 식당 나가는 것은 아니겠지?"

그녀가 조리사 자격을 딴 후 식당에 일자리를 찾는 것을 알고 있던 내가 앞질렀다.

"식당에 취직했어."

"그럼 조리사로?"

"조리사는. 아무 경력도 없고 나이도 많은 나를 누가 조리사로 써줘."

"그럼?"

"식당에서 허드렛일 해."

"뭐라고? 허드렛일?"

"그것부터 해야 언젠가 조리사 될 것 아냐. 나이 많아 서빙은 못하고 빈 그릇 치우고 그릇 씻고 청소하고."

"당신이 어떻게 그런 일을."

"왜 그런 일할 사람 따로 있어? 먹고 살아야 하는데 무슨 일은 못해."

"그래도 그렇지 그런 일을 하려면 나랑 먼저 상의를 해야지."

"당신은 과일 장사 하면서 나랑 상의했어?"

"내가 과일 장사를 했다고?"

"당신 차 트렁크에 과일이 잔뜩 들어 있던데 그럼 누구한테 선물 줄 거였어?"

"그게……."

"당신도 나한테 말 않고 했잖아. 집에 칩거하는 것을 보니 과일 장사는 때려치운 것 같고. 정기예금 깨먹는 판에 뭐라도 해서 보태야지."

"그렇다고 당신이 식당에 나가야 해?"

"그럼 공학박사가 수박 장사해야 해?"

나는 말문이 막혔다.

"당신이 이틀 연속 아침부터 산에 간다고 나가고 매일 수박을 들고 들어오기에 이상하여 당신 차 트렁크를 열어 보니 수박이 가득 들어 있었어. 당신같이 자존심 센 사람이 과일 장사를 시작한 것을 보고 얼마나 속으로 울었는지 알아? 당신한테 아는 척하면 자존심 상해 할 거고. 그래서 모른 척했지. 얼굴이 햇볕에 다 익어 쓰려서 잠을 못 자는 것을 보고 나도 한잠을 못 잤어. 당신이 산에 간다는 것을 그만둔 것을 보고 과일 장사하다 망한 모양이다 하고 차 트렁크를 열어 보니 과일이 없었어. 그래서 나라도 돈을 벌어야겠다고 맘먹고 식당을 알아봤어. 조리사는 어림없고 막일 하는 자리는 있어 취직했어. 몸은 고되지만 그래도 한달에 70만원은 받으니 먹고 사는 돈은 되잖아. 당신 말릴 생각 말아. 며칠 고비만 넘기면 몸이 적응할 거고. 당신 매일 점심 저녁 못 챙겨줘 미안한데 어쩔 수 없어. 나 고단해서 그만 잘래."

그녀는 맺힌 말을 다한 듯 자리를 털고 일어나 안방으로 갔다. 멍청해져 말을 잊은 나는 한 마디 위로의 말도 못하고 안방으로 걸어가는 그녀를 쳐다봤다.

그녀는 침대에 '반듯이' 누워 있었다. 나는 차마 아내에게 '널브러져 있다'는 표현을 쓰기가 민망해서 '반듯이'라는 용어로 바꿔 썼다. 나는 한참을 그녀의 지쳐서 잠든 모습을 내려다보다가 그녀의 오른손 팔목을 잡고 비우기 안마를 시작했다. 그녀는 앞뒤로 몸을 흔들며 그녀의 팔을 잡고 있는 나를 실눈을 떠서 올려다보았다.

"나 지금 넘 피곤해요. 건드리지 말아요."

그녀는 내 동작을 그녀에게 섹스를 요구하는 몸짓으로 착각한 것 같았다.

"당신 피로를 풀어주려는 거니 편히 자."

그녀는 내 말에 대답할 힘도 없는지 눈을 감고 가벼운 신음소리를 냈다. 그녀의 눈 가장자리로 눈물이 죽 흘러 내렸다. 그녀의 눈물을 본 순간 윽, 하고 슬픔 같은 것이 치밀어 올라 제대로 호흡을 할 수가 없었다. 안마를 할 수가 없었다. 나는 온몸으로 밀려오는 오열을 감추려 이를 악물었다. 내 몸의 떨림을 감지한 그녀가 가만히 손을 뺐다. 나는 살며시 거실로 나와 창가로 가서 창밖을 내다봤다. 빌딩들이 온통 하늘을 막아 하늘이 보이지 않았다. 내 인생같이 사방이 콱 막혔다.

나는 거실을 오가며 무극 춤추기 호흡을 시작했다. 나는 흐트러진 마음을 다잡고 다시 안방으로 들어가서 아내의 손을 잡고 비우기 안마를 시작했다. 10분도 지나기 전에 그녀의 코고는 소리가 들렸다. 나는 두 시간이 넘도록 정성을 다하여 그녀의 오체를 안마해 줬다.

"이틀 만에 몸이 일에 적응됐나 봐. 자고 났더니 피로가 싹 가셨네."

아침을 차리며 영란이 신기해 했다. 나는 차마 비우기 안마를 한 때문이라는 말을 할 수가 없어 "당신 몸이 생각보다 건강하군." 하고 그녀를 격려했다.

40...

김대식이 먼저 나와 나를 기다리고 있었다.

"비우기님이시지요?"

내가 그랜드 백화점 5층 식당가에 위치한 커피숍에 들어서자 줄무늬의 티셔츠를 입은 30대 후반의 남자가 나에게 다가왔다. 그는 개량한복을 입은 나를 쉽게 알아본 모양이다.

"네. 김대식 씨?"

"네, 선생님 존함은?"

"손상훕니다."

우리는 악수를 나누었다. 그의 손이 찼다.

"손 선생님. 만나뵈어 반갑습니다."

우리는 김대식이 잡아놓은 자리에 앉았다.

"무슨 차를 드시겠어요?"

김대식이 공손한 자세로 말했다.

"커피나 한 잔 하지요. 뜸 항아리 사용법은 아주 간단해요. 제가 아예 쑥도 좀 가져왔습니다."

나는 뜸 항아리와 뜸쑥이 들어 있는 봉투를 그에게 건넸다.

"네 홈페이지에서 봤어요. 여기까지 가져다주시고. 고맙습니다. 얼마를 드려야?"

"아니, 친구 병문안 오는 길에 들렀습니다. 이거 파는 거 아니니 돈은 필요 없습니다."

나는 완강히 손을 흔들었다.

"그래도?"

그가 지갑을 꺼내다가 주춤했다.

"어떻게 아프세요?"

나는 지나가는 말로 물었다.

"네, 허리가 안 좋아서 3개월 휴직을 하고 정형외과에 다녔는데 수술을 하라고 하여 한방에 가보니 침과 뜸으로 치료할 수 있으니 수술은 마지막 수단이니 하지 말라고 하여 한방 다니면서 침도 맞고 뜸도 뜨고 정골 치료도 받고 있어요. 차도가 있어 곧 출근할 수 있었는데 하루라도 빨리 나아 출근을 하고 싶어 그만 욕심을 부렸어요. 우리 동네에 연변에서 한의사를 하던 의사가 면허가 없어 병원은 못 차리지만 귀신같이 지압을 하는데 허리 아픈 것도 몇 번만 지압을 받으면 낫는다고 하여 돈도 싸고 하여 집에 불러 지압을 받았어요. 한두 번 받았을 때는 정말 바로 낫는 것 같았는데 갑자기 침이 넘어가지 않고 목이 잠겨 밥을 먹을 수가 없어요. 다니던 한의사한테는 자기 몰래 다른 의사한테 다녔다고 할 수가 없어, 제가 다니는 병원 의사가 지독히 자기 의술에 자부심이 대단해요, 자기 치료 중에 다른 의사를 찾았다면 펄펄 뛸 거요, 그래서 아직 말을 못했는데 한의사는 침이 넘어가지 않는 이유를 찾아내지 못하고 자기 치료가 잘못된 것이 없다고만 되풀이하며 더 지독하게 왕뜸을 놓아요. 등이 온통 뜸 자국이에요. 선생님 뜸 항아리는 몸에 직접 뜸을 하지 않는다는 홈페이지 기사를 읽고 연락 드린 겁니다."

몸이 성치 않아 마음이 약해진 그는 처음 만난 나에게 하소연을 하였다.

"연변 의사는?"

"사라졌어요. 침이 안 나오고 목이 아파 밥을 제대로 못 먹는 것이 벌써 5일째예요. 이렇게 목에 검은 선이 생기고."

그는 쓰게 웃었다.

"지압을 할 때 혈 자리를 잘못 눌러서 그렇게 된 것 같습니다."

"한의사도 자기는 지압을 한 적이 없는데 이상하다고 혼자 중얼거리는 것을 들었어요. 지압을 받았다고 말할까 하다가 의사 자존심 상할까 봐 말을 못했어요. 도사님께서는 망진만으로도 제 증상을 바로 알아보시는 것을 보니 치료법도 아실 것 같은데, 부탁입니다."

그는 나의 손을 잡고 나를 '선생님' 에서 '도사' 로 격상시키며 매달렸다.

계룡산이 위치한 대전에서 개량한복을 입고 나타난 내가 그의 눈에 도사로 보였던 모양이다.

"혈 자리를 잘못 눌러 나쁜 기가 뭉쳐서 그렇게 됐으니 나쁜 기운을 빼내면 될 거예요."

난생 처음 도사 칭호를 듣고 어리둥절해진 나는 즉흥적으로 말을 뱉고 아차 했다.

"제 증상을 다 아시는 도사님을 만난 것도 제 복입니다. 한 번만 봐주시고 가시지요. 부탁입니다. 계룡산에서 수도하셨어요?"

그가 비약을 했다.

"실은 친구가 췌장암 수술을 하여 서울대 병원에 병문안 왔어요. 지금 가봐야 해요. 그럼."

나는 도사가 아니라 직장에서 쫓겨난 공학박사라고 구차하게 설명할 수도 없어 자리를 피하려고 일어섰다.

"병문안은 한두 시간 늦어도 되니 저를 좀 봐주고 가세요."

그가 내 소매를 잡고 매달렸다. 그런 그가 측은하게 보였다.

나는 순간 어머니와 아내에게 시술했던 비우기 안마를 그에게도 실험해 보고 싶어졌다. 한 시간 쯤 비우기 안마를 한다고 전혀 건강에는 나쁜 영향은 없을 것이다.

내가 머뭇거리자 그는 물에 빠진 사람이 지푸라기라도 잡는 심정으로 나에게 매달렸다.

그의 아파트는 그랜드 백화점 길 건너편에 있었다. 아이들은 아직 학교에서 돌아오지 않았고, 초등학교 선생님인 부인은 학교에 가고 없었다.

나는 그를 잠옷으로 갈아입도록 했다. 나는 두 손으로 그의 왼팔, 오른팔을 차례로 비우기 안마를 해갔다. 10분쯤 지나자 그가 잠에 빠져 들었다. 오랫동안 치료를 하며 지친 심신이 짜증으로 변해 잠이 든 그의 얼굴에 그대로 나타나 있었다.

"제가 잠을 잤어요? 어 한 시간도 더 잤네."

내가 두 팔과 왼쪽 다리의 안마를 마치고 오른쪽 다리를 안마할 때 그가 눈을 뜨고 벽시계를 올려다보며 미안해 했다.

"편히 주무셨어요. 숙면은 병을 치료하는 데 보약이에요."

"네, 도사님. 오랜만에 푹 잤어요. 어, 침이 넘어가네."

그가 자리에서 벌떡 일어나 앉았다.

"곧 끝나요. 마지막으로 목만 안마하면 돼요. 누우시지요."

나는 '오체 영통 안마법' 이니 하는 거창한 이름으로 내 안마법을 설명하고픈 얄팍한 마음을 접고 목을 안마하기 시작했다. 안마를 하는 중에 그는 자주 침을 삼키며 실험을 하였다. 막히지 않고 침이 넘어가자 신기해 했다.

목을 둘러 생겼던 테두리가 조금씩 벗어졌다. 비우기 안마를 해 가며 환자에게 나타나는 효과에 나도 놀랐다. 그의 몸으로부터 나쁜 기운을 받아낸 나는 차차 피로해지기 시작했다.

"목의 테두리가 거의 없어졌어요. 짓눌렸던 혈 자리가 정상으로 돌아와 혈액과 홀몬이 흐르기 시작했어요. 그만 가보겠습니다."

안마를 마친 나는 전신에 퍼지는 피로를 감추며 서둘러 자리에서 일어섰다. 더 이상 머물다 내 안마의 효과가 일시적인 것이라 병증이 원상태로 돌아가면 낭패를 볼 것 같았다.

"도사님 감사합니다. 제가 치료를 받으러 대전으로 가겠습니다. 연락처를 알려주시면."

그가 일어서는 나를 잡고 사정했다.

"오늘은 인연이 있어 치료를 해 드렸습니다만 저는 직업적으로 치료를 하지 않습니다. 연락 사항이 있으면 제 홈페이지에 글을 남기시지요."

공대 출신으로 1+1은 2라는 세계에 살며 철저히 원칙주의자인 나는 면허도 없는 의료행위를 계속할 의사가 없었다. 환자를 집에까지 끌어들여 의사 의료 행위를 하고 싶지 않았다. 내 수련을 못마땅하게 여기는 영란에게 잔소리를 들으며 가정 분란을 일으키기 싫었다.

"전화번호라도."
그가 매달렸다.
"급한 치료는 된 것 같으니 병원에 가셔서 치료 잘 받으시고 속히 쾌유하시길."
나는 구두를 신었다. 이중 잠금장치가 된 현관문이 열리지 않았다.
"어떻게 문을 열지요?"
그는 "잠깐만" 하며 안방으로 들어갔다.
"이거 약소하지만 차비라도……."
그는 안방에서 들고 나온 흰 봉투를 나에게 디밀었다.
"됐습니다. 저 돈 안 받습니다. 인연 따라 만나 인연 따라 치료를 해 드린 것뿐입니다."
나는 나도 모르게 도사 투의 말을 던지곤 속으로 웃음을 삼켰다.
"네, 도사님 압니다. 저 때문에 병문안 가시는 것도 늦어지셨는데 택시라도 타고 가셔야지요. 겨우 택시비 넣었습니다."
그는 잠옷 차림으로 엘리베이터 입구까지 따라 나오며 봉투를 건넸다. 내가 받지 않자 그는 옷차림에 개의하지 않고 길에까지 따라 나와 택시를 잡아 주고, 운전기사에게 서울대 병원까지 잘 모시라고 지시하고, 봉투를 나에게 안겼다. 택시가 아파트 입구를 벗어나서 큰길에 들어서자 나는 봉투를 열어보았다. 10만 원짜리 수표 두 장이 들어있었다. 나는 택시를 바로 돌려 사례비를 돌려 주려 생각했으나, 당장 쓸 돈에 궁핍한 나는 차마 택시를 돌리지 못했다.

나는 동대문을 지나 이화여대 부속병원 입구에서 택시를 내려 서울대 병원까지 약 2km를 걸어서 갔다. 나는 너울너울 춤추는 자세로 무극 호흡을 하여 김대식을 치료하느라 몸에 쌓인 나쁜 기운을 품어냈다. 개량한복을 입고 허우적허우적 걸어가는 중년의 사나이, 손상호를 행인들이 구경삼아 힐끗힐끗 쳐다봤다. 자동차에서 내품는 매연이 호흡을 방해했지만 걷는 동안 나는 80%의 공력을 회복할 수 있었다.

가볍게 노크를 하고 특실에 들어서자 병원복을 입은 초췌한 모습의 김유찬 사장이 나를 반갑게 맞았다. 나는 병원 매점에서 산 과일 바구니를 부인 박미선에게 건넸다. 박미선은 화장기가 없어도 미스 대전 출신답게 아름다웠다.

김유찬은 나와 초등학교 동창으로 고향 친구이다. 그는 운을 타고 났다. 나는 농부의 아들로 태어나 가난과 싸우며 어렵게 학교를 다녔지만, 의사를 아버지로 둔 그는 가난을 모르고 젊은 시절을 보냈다. 초등학교 때부터 피아노를 배워 음악시간에 반주를 하여 동급생들의 기를 죽였으며, 중학교부터 부산으로 유학을 가 우리들의 선망의 대상이 되었다. 당연히 일류대학에 들어갔다. 훤칠한 키에 신체가 건강해 보였는데 무슨 이유인지 군대에서 빠졌다. 대학을 졸업하고 바로 미국 일류대학으로 유학을 가서 박사 학위를 받고, 미국 굴지의 전자회사에 다니다가, 과학기술원에 조교수로 스카우트되어 귀국을 하였다. 그는 과학기술원의 우수한 학생들을 잘 부려서 반도체 메모리 칩 소자를 만드는 획기적인 최첨단 신기술을 개발하여 특허를 받고 벤처기업을 차려 일년 매출이 100억을 넘는 큰 회사로 키웠다. 그는 미스 대전을 신부로 맞아 가정을 꾸리고 일남 일녀를 두었다. 부모의 극진한 뒷바라지 탓인지 아이들도 공부를 잘하였다. 그는 이공계 출신답지 않게 활달하고 통이 커서 친구들에게 돈 쓸 줄을 알았다. 가끔 월급쟁이들이 구경할 수 없는 고급 술집에 친구들을 불러내 미인을 끼고 술을 마실 수 있는 기회를 마련해 주었으며, 미인인 아내를 두고도 풍류를 즐기며 공공연히 외도도 하였다. 한 마디로 그는 친구들 사이에 기린아였으며 부러움의 대상이었다.

그는 간 기능을 체크하려 입원했다가 쉽게 발견되지 않는 췌장암 증세를 발견하는 행운을 잡고 수술을 받았다.

"대전서 멀리 오느라 고생했다."

김유찬은 명랑한 표정을 지으려고 애썼다.

"너 수술했다는데 거리가 문제냐."

나는 박미선이 건네는 홍삼정을 마시며 말했다.

"그래도 운이 좋아 일찍 췌장암이 발견되어 다행이지. 보통 말기나 되어야 발견된다는데. 수술은 잘 됐단다."

"다행이다. 그럼 곧 퇴원하겠네."

"이번 주말쯤 가능할 것 같다. 실은 황달기가 있어 입원을 했었는데 담에는 문제가 없고 췌장이 부풀어 담즙 나오는 길을 막았대. 췌장암 수술을 받았는데 잘 됐다고 다음 주초쯤 퇴원할 수 있을 것 같다고. 그런데 꼭 그렇지만은 않은 것같아. 뭔가 문제가 있는 낌새인데 의사들이 말을 안 해 줘. 잘 되겠지. 지금까지 원도 없이 살았으니 어떻게 돼도 문제는 없지만."

말하는 도중 그는 통증을 누르느라 얼굴 표정이 일그러졌다.

"당신 말 많이 하면 안 돼요."

남편 발치의 의자에 다소곳이 앉아있던 박미선이 남편을 막았다.

"반가운 친구가 왔는데. 몇 마디 한다고."

그가 아내의 말을 받았다.

"그래 말하지 마. 아파하는 것 같은데 진통제를 달라고 하시지요."

나는 박미선을 쳐다보며 말했다.

지금까지 화장한 얼굴만을 보아오다가 화장기 없는 그녀의 생얼을 보고 바탕도 예쁘다고 감탄했다. 내 말에 이맛살을 찌푸리는 그녀의 자태가 너무 고혹적이어서 순간 그녀에게 끌리며 무슨 망상하며 가볍게 고개를 흔들었다.

"네 진통제를 쓰는 데도 아파해요. 잠을 제대로 주무시지도 못하고. 췌장암은 굉장히 아픈 거래요."

그녀가 이맛살을 찌푸린 채 한숨을 내쉬었다. 수심에 찬 눈동자가 너무 깊었다.

"요새 나온 진통제는 잘 들을 텐데……, 내가 안마 좀 해줄까?"

나도 모르게 무심결에 안마 이야기가 튀어나왔다.

"안마? 참 네 손이 약손이라고 했지. 암에 걸린 어머니 수명도 연장시킨."

대화를 듣고 있던 박미선이 고개를 저으며 반대 신호를 남편에게 보냈다.

"그래 안마 좀 해 주라."

친구가 아내의 신호를 무시했다.

"너한테 효과가 있을지 모르지만 어머니한테는 효과가 있었어. 비우기 안마를 하면 환자의 몸 속에 깨진 고유 진동수의 밸런스를 복원하여 스스로 치료할 수 있는 힘을 길러 주지. 기혈을 막고 있는 나쁜 기운을 빼내고. 얼마 전 혈맥이 잘못 눌려 침이 나오지 않고 밥을 삼키지 못하는 환자가 있었는데 한 번 안마로 낫게 한 적이 있어."

나는 그날 오후 김대식을 치료한 것을 며칠 전 일로 꾸며서 말했다.

"니 말이 무슨 말인지는 모르겠고, 나도 치료 좀 해 주라."

김유찬은 아내가 손을 흔들며 보내는 신호를 못 본 체하였다. 나는 침대 옆에 붙은 핸들을 조작하여 김유찬을 침대에 반듯이 눕혔다. 나는 그의 오른팔부터 비우기 안마를 해 갔다. 잠시 후 그가 가볍게 코고는 소리가 들렸다. 못마땅한 눈으로 내 동작을 보고 있던 박미선의 눈이 커졌다.

나는 어렸을 때부터 친구인 그를 정성과 사랑을 담아 안마를 계속해 갔다. 두 팔과 왼쪽 다리의 안마를 마치고 오른쪽 다리의 안마를 시작했다. 그때 간호원이 병자의 상태를 체크하려 들어왔다. 간호원은 눈을 크게 뜨고 병자의 발목과 허벅지를 잡고 눈을 감고 노젓는 자세로 흔들거리는 개량한복을 입은 나를 노려보았다.

"지금 뭐하시는 거예요?"

간호사가 날카로운 목소리로 물었다.

나는 눈을 뜨고 소리 나는 곳을 올려다보았다. 간호사 복장의 30대 여인이 나를 노려보고 있었다.

"안마를 하고 있어요."

나는 안마를 계속하며 말했다.

"수술한 지 사흘밖에 안 됐는데 의사 선생님 말씀도 안 듣고 안마를 하면 어떻게 해요?"

간호사가 날카롭게 추궁했다.

"내 친군데 내가 해달라고 했어요."

시끄러운 소리에 잠에서 깨어난 김유찬이 거들었다.

"그래도."

간호사가 한 발 물러섰다. 그녀는 혈압과 체온을 재었다.

"체온과 혈압이 정상으로 돌아왔어요."

간호원이 놀라는 표정을 지었다.

"모처럼만에 통증도 모르고 잘 자서 그런가 봐요. 어 한 시간 이상 잤네."

김유찬이 평안한 목소리로 말했다.

"통증도 없으셨어요?"

간호사가 의외라는 반응을 보였다.

"네. 그렇게 센 진통제로도 통증이 가시지 않아 제대로 잠을 못 잤는데 불알친구의 사랑이 담긴 손길이 보약이 된 모양이에요."

간호사는 불알친구라는 말에 얼굴이 굳어졌다.

"다행이에요. 의사 선생님께 말씀 드릴게요. 저녁 식사 후에 다시 오겠습니다."

간호사가 의아한 표정을 감추지 못한 채 물러갔다.

"상호야, 니 덕분에 정말 잘 잤다. 니 손이 정말 약손인데……."

김유찬이 신기해 했다.

"잘 잤다니 다행이다."

"너 내일 바쁘니?"

"하루 놀고 하루 쉬는 처지에 바쁘기는."

"너 내일도 와서 안마 좀 해 주라."

친구가 단정적으로 말했다.

"내일도?"

"그래. 대전서 오려면 멀지. 아예 내 차 타고 와. 내가 기사한테 이야기할게. 참 오늘 내려갈 때도 내 차 타고 가서 내일 내 차 타고 올라오면 되겠다."

"니 마음이 편하다면 그렇게 할게."

"당신 기사한테 손 박사 모시고 대전 갔다 내일 오후에 모시고 올라오라고 해. 상호 너 공장 설계만 잘 하는지 알았더니 대단한데. 정말 도사 같다. 너 다시 봐야겠는데."

박미선은 환자인 남편의 말을 거스를 수가 없어 내키지는 않았지만 기사에게 나를 모시고 가라고 핸드폰을 했다.

41 ...

"내일 퇴원하래. 일주일째 매일 하루도 안 빼고 와줘서 너무 고맙다."

내가 오지 영통법 비우기 안마를 끝내고 자리에서 일어서자 김유찬이 내 손을 잡으며 눈물을 글썽거렸다. 항상 자신만만하게 여유를 부리며 살아온 그가 병마에 시달리며 유약해졌다.

"친구 사이에."

나는 같이 울먹일 수도 없어 고개를 돌렸다.

"고마워요."

박미선이 고새를 숙이며 나에게 감사를 표했다. 나를 돌팔이로 치부하고 적대시하던 그녀가 이제 나를 반쯤은 믿는 모양이다. 어깨로부터 전신으로 퍼지는 피로를 긴 호흡으로 내뱉으며 나는 초췌한 아름다움을 풍기는 그녀를 멀건이 쳐다보며 그녀의 아름다움을 마음 속으로 찬탄했다.

"이렇게 일찍 퇴원하게 된 것이 다 네 덕이야. 한빛아파트 102동이지?"

"응."

"모레부터 시간 있지? 아침 10시에 차를 보낼게, 완전 회복될 때까지 와줄 수 있지?"

친구에게 부탁이라기보다는 명령에 가까웠다.

"알았어. 내가 도움이 된다면 당연히 가야지."

나는 그의 고압적인 말투를 암 투병하는 환자의 오기로 받아들였다.

"정말 고맙다. 친구밖에 없어. 정말 네가 와서 치료를 해 줘서 잠도 잘 자고 치료가 잘 되어서 이렇게 빨리 퇴원하게 된 거야. 여보, 그거."

김유찬이 부인을 불렀다.

"너 이상하게 생각 마라. 너 너무 애써서 내가 제수씨 화장품이라도 선물해야 하는데 이렇게 누워 있으니 그것도 못하고……, 정을 담았으니 이거 받아."

그는 부인이 전하는 봉투를 나에게 건넸다. 봉투는 얇았다. 수표가 든 모양이다.

"야, 우리 사이에."

나는 질색을 하며 봉투를 거절했다.

"아니 너 매일 대전서 여기까지 오느라 너무 고생했어. 내가 퇴원하고 코가 비뚤어지게 한 잔 살게. 이건 너 주는 것이 아냐. 매일 남편 서울 보내고 기다리신 제수씨께 주는 선물이야."

그는 봉투를 내민 손을 거둬들이지 않았다. 식당에 출근하는 영란은 내가 일주일째 매일 서울 다녀온 것을 전혀 모른다.

"수진이 아빠, 이게 제가 드리자고 한 거예요. 제가 백화점에 가서 수진이 엄마 선물을 사야 하는데 환자 곁을 떠날 수가 없고……, 이렇게 드려서 죄송해요."

박미선이 나섰다.

나는 봉투에 2~3십만 원쯤 넣었겠지 계산하며 너무 사양하는 것도 예의가 아닌 것같아 봉투를 받았다. 박미선은 다시 한 번 감사를 표시하고 자동차 타는 데까지 나를 배웅해 줬다. 화장기가 없는 그녀의 청초하고 아름다운 자태에 내 마음이 가볍게 팔랑였다. 병든 친구의 부인을 넘보는 것같아 죄책감이 들었다.

운전기사가 볼 리도 없고 보아 봐야 자기 주인이 준 돈이라는 것도 모르겠지만 차 속에서 봉투를 열어보는 것이 마음에 내키지 않아 봉투를 열지 않고 집까지 왔다. 집에 들어와 세수를 하고 나서도 봉투의 내용에 관심이 없는 척 뒤뚱대다가 봉투를 열었다.

백만 원짜리 수표 두 장이 들어있었다!

나는 수표에 그려진 동그라미 수를 다시 한 번 확인하고, 친구 간에 특별히 해준 것도 없이 이렇게 큰돈을 받는 것은 말도 안 되는 일이라고 흥분하며, 내일 모레 시술을 가서 돌려주기로 하고 수표를 넣은 봉투를 개량한복 속주머니에 잘 챙겼다.

이 돈은 당연히 돌려줄 돈이라는 마음 위에, 부자한테 이 정도 돈은 아무것도 아닌데, 이왕 받은 것, 돌려주기도 뭐하니 어려운 판에 그냥 쓰자는 유혹이 겹치며 오후 내내 나를 괴롭혔다. 마음이 흔들려 제대로 수련을 할 수가 없었다.

10시를 훨씬 넘어 영란이 현관에 들어서며 "오늘은 손님이 너무 많아 힘들었어." 하며 휘청거렸다. 나의 비우기 안마를 받으며 그녀는 끊임없이 끙끙 앓는 소리를 냈다. 그녀의 비명들 들으며 나는 남편 구실을 제대로 못한 자괴감에 한숨을 삼키다가 자리에서 벌떡 일어나 한복 주머니에 간수한 봉투를 꺼내 그녀에게 내밀었다.

"이게 뭐야?"

그녀가 몸을 반쯤 일으키며 나를 올려다보았다.

나는 생각 없이 "열어 봐." 하다가, 순간 친구를 배신한 것같아 봉투를 도로 빼앗으려 손을 내밀다가 거둬들였다.

"이거 백만 원짜리 수표잖아? 어디서 났어?"

수표를 꺼내 든 그녀의 눈이 커졌다.

"또 나 몰래 장사한 거야?"

그녀가 자리에서 완전히 몸을 일으켰다.

"장사는……, 며칠간 특강 나갔어."

"특강? 내 세 달치 월급보다 많네."

그녀는 수표를 앞뒤로 살피며 순진하게 내 말을 받아들였다.

"당신 매달 이런 특강 나가면 나 식당 안 나가도 되겠다. 박사 남편이라 다르다."

그녀는 눈을 감고 수표를 꼭 껴안았다. 눈물이라고 쏟을 것 같았다. 나는 그녀를 쳐다보고 있을 수가 없어 거실로 나왔다. 하루 종일 고민했던 갈등이 너무 싱겁게 풀려 허탈했다. 수표를 마누라한테 바친 것이 잘한 일 같기도 하고, 내가 현실과 타협하며 타락한 것 같기도 하여 마음이 착잡했다. 나는 김유찬으로부터 다시는 봉투를 받지 않겠다고 결심하며 봉투를 마누라에게 건넨 내 행동을 스스로 합리화했다.

김유찬의 선전으로 내가 치료하는 환자가 한 명 더 늘었다.

김유찬을 치료하고 집으로 돌아와 오후 수련을 하고 있을 때 인터폰이 울렸다. 나는 한낮에 집이나 지키는 실업자의 몰골을 보여주기 싫어서 인터폰 소리를 못들은 척하다가, 무엇에 끌리듯 문을 열었다. 머리를 빡빡 깎은 피골이 상접한 남자와 그를 부축한 여인이 서 있었다.

"저 조영진이에요. 한국엔지니어링 같이 다닌."

남자가 자기를 소개했다.

"조영진?……, 어서 들어와요."

이름을 듣고서야 나보다 더 늙어 보이는 회사 후배를 알아보았다.

"어떤 일로?"

나는 부인의 부축을 받으며 소파에 앉는 그에게 물었다.

"두 달 전 후두암 수술하셨어요. 김유찬 사장님이 박사님 안마 받고 효험을 보았다고 하여……."

부인이 대신 대답했다.

"김유찬 사장을 어떻게 알아요?"

"대학교 선배님이에요."

조영진이 힘없는 소리를 냈다.

"그래요?"

"저 어려운 부탁인 줄 알지만 제 남편도 치료 좀 해 주세요. 사례를 할게요."

부인이 매달렸다.

"저 돈 받고 치료하는 의사 아니에요."

"알고 있어요. 선배님, 벌써 병가기간이 반이나 지났어요. 부탁해요."

조영진이 눈물을 글썽였다.

나는 그의 눈물을 보고 거절할 수가 없었다.
"그럼 오후에 시간을 만들어 봅시다. 그런데 조건이 있어요."
"네?"
"사례비 이야기를 꺼내면 저 절대 안 할 거요."
"그래도……."
부인이 동의하지 않았다.
"저는 저 나름대로 뜻이 있어 수련을 하는 거고 돈은 받지 않습니다. 집은?"
"예에에, 2백 2백팔 동 509호예요."
내 단호한 말투에 주눅이 들었는지 조영진이 더듬거렸다.
"우리 아파트?"
"네."
"환자가 여기 오시기 힘들 테니 내일 오후 네 시에 갈게요."
나는 부인에게 말했다.
"제가 모시고 와도 되는데."
"바로 옆 동이니 제가 갈게요."
조영진의 집을 방문하는 일이 하나 더 추가되어, 실업자에 걸맞지 않게 내 하루일과가 빡빡하게 줄을 섰다.
오전, 아침 수련, 영란이 식당에 출근하면 바로 김유찬의 저택으로 출근 안마시술, 가정부가 차려주는 점심을 들면 기사가 나를 집까지 모셔다 준다. 오후, 수련, 조영진의 집을 방문하고 집에 돌아와 저녁을 짓는다. 수진의 저녁도 차린다. 2학기 강의 준비, 영란이 돌아오면 그녀의 피로를 풀어준다. 수시로 내 홈페이지를 방문하는 고객의 문의에 답을 한다.

8월 하순, 김유찬의 차에서 내려 현관에 들어서며 나는 시끄럽게 우는 전화벨 소리를 듣고 발신자 전화번호를 확인하니 이승연의 전화번호다. 반가움이 울컥 밀려 왔다.
"여보세요?"
"오빠가 받네."

"어쩐 일이야?"

"조금 전 다음 학기 강의 때문에 과 사무실에 전화하면서 지난 학기처럼 오빠랑 같은 날 강의가 있겠지 하며 확인했더니 오빠 강의가 없어졌다고 하던데 그게 무슨 말이야?"

승연의 목소리가 숨가쁘다.

"나한테 연락 없었어. 일학기 때랑 같은 시간에 하는 걸로 알고 있는데……. 이번 주말 쯤 개강을 8월 말에 하나 9월 초에 하나 전화하려 했는데."

나는 그녀의 말을 이해하지 못했다.

"뭔가 착오가 있었던 것 같으니 오빠가 확인해서 바로 알려 줘. 차 하나로 가면 기름 값 세이브할 수 있잖아. 수진이 엄마는?"

"외출했어."

"나는 수진이 엄마가 받으면 어쩌나 했는데."

그녀가 먼저 전화를 끊었다.

나는 바로 과 사무실로 전화를 했다.

"네, 기계설계과입니다."

여사무원의 목소리가 들려왔다.

"김민아 씨요?"

"네."

"방학에도 나왔네. 논문 준비해요? 나 손상호 교순데 일학기와 같은 날 강의하는 거지요?"

"손 박사님. 그게……, 학과장님 연락 안 하셨어요?"

불길한 예감이 전신을 감쌌다.

"아무 연락 없었는데……."

"그게 학생들 평가가……."

"학생들 평가가 좋다고 했잖아?"

"그게……, 어쨌든 강의가 취소됐어요. 학과장님에게 확인하시면……."

김민아는 내가 전화 끊기를 기다렸다.

"알았어. 수고해."

순간 배신감에 분노가 끓어올라 나는 분풀이라도 하듯 난폭하게 수화기를 던졌다.

'시간 강사를 잘렸다고? 설마 통보도 없이 자를까?'

학교 강사 자리를 강퇴 당한 현실이 바로 두뇌에 접수되지 않았다.

'왜 잘렸지? 잘랐으면 과 사무원에게 전화하여 창피당하지 않도록 미리 알려는 줬어야지.'

나는 학과장 전화번호를 찾다가 이렇게 더러운 기분으로 통화를 하면 욕찌꺼기가 나올 것같아 그만 두었다.

'내 강의가 형편 없었나? 학생평가가 나쁘다고? 시간강사도 사례를 해야 하나? 그 친구 학점을 안 줘서인가? …….'

나는 교통비도 안 나오는 그깟 강사 자리 잘리면 어때 하며 스스로를 다독거렸으나 난도질을 당하고 피를 철철 흘리는 자존심이 불퉁거렸다.

완전히 무시당한 '손상호 박사의 자존심'이 부글부글 끓어올라 그냥 자리에 앉아 있을 수가 없었다. 온 세상을 들부수고, 욕지거리라도 막 퍼붓고 싶었다.

나는 손에 잡히는 대로 옷을 걸치고 거리로 나섰다. 늦여름 햇볕이 사정없이 머리에 쏟아졌다. 나는 아파트 단지를 휭 하니 벗어나 네거리를 건너 갑천 산책로에 들어섰다. 산책로는 텅 비어 있었다. 작열하는 태양이 우레탄 산책로를 달궈 그 열기가 가랑이를 타고 얼굴로 품어 올라왔다. 냇물이 증발한 수증기와 열기와 뒤섞였다. 노천 한증막이다.

나는 한증막 속을 뚫고 걷고 걸으며 땀으로 목욕을 했다. 망가진 마음을 태우며 나를 볶았다. 얼굴이 따가워지고 갈증이 왔다. 두 다리가 리듬을 잃었다. 어깻죽지에 매달린 두 팔이 무게를 이기지 못하고 흐느적거렸다. 동공에서 힘이 빠져 나갔다. 생명을 지탱하는 에너지가 땀으로 증발되어 대기로 흩어졌다.

'조영진에게 못 간다고 연락은 해야지…….'

오후에 해야 할 일이 희미하게 떠올랐다.

'승연이도 연락을 기다릴 거고.'

그녀의 사팔뜨기를 닮은 눈이, 그녀의 앙증스런 몸매가 눈앞을 스쳐 갔다. 그녀에 대한 그리움이 온몸을 휘감고 지나갔다. 그녀의 품에 쓰러져 어머니의 젖을 만지듯 그녀의 젖을 만지며 어리광을 부리고, 얼굴을 묻고 엉엉 울고 싶었다.

전화를 해야 한다는 희미한 의무감을 빌미로 완전히 녹초가 된 나는 노천 한증막을 벗어났다. 건물 그늘로 들어서자 너무나 시원했다.

한참을 헤매다가 공중전화 부스를 찾았다. 동전이 없었다. 음식점에 들러 동전을 바꿨다.

나는 승연의 전화번호를 눌렀다. 한참을 기다려 그녀가 전화를 받았다. 그녀는 알지 못하는 전화번호라 망설였다며 전화를 늦게 받은 것을 사과했다.

"승연이 말이 맞던데."

나는 남의 이야기를 전하듯 했다.

"나쁜 사람들. 오빠 지금 집에 있어?"

그녀의 목소리가 커졌다.

"아니 케이비에스 앞."

그녀가 다급하게 묻는 바람에 엉겁결에 내 위치를 말했다.

"그럼 거기 계세요. 제가 바로 나갈게요."

"올 것 없어."

"신촌 설렁탕 집 앞 육교 있는 데로 바로 갈게요."

그녀는 내 답을 기다리지 않고 전화를 끊었다.

나는 이런 마음, 이런 모습으로 그녀를 만나기가 싫었다. 그렇다고 그녀가 오고 있는데 도망칠 수는 없다!

아니, 간절히 그녀를 만나고 싶었다. 만나서 응어리를…….

육교 밑에서 어정거리는 내 옆에 그녀의 빨간 승용차가 섰다.

"오빠 집에서 걸어온 모양이네."

그녀는 내 몰골을 훑어보며 눈을 크게 떴다. 그녀는 냉방을 올리고, 일차선으로 차선을 바꿨다.

"몰골이 말이 아니지?"

나는 손으로 얼굴의 땀을 훔쳤다. 그녀가 휴지 뭉치를 나에게 건넸다.

"괜찮아. 지금 오빠 열불 날 텐데 대청호나 가서 식히자."

그녀는 갑천 다리를 건너며 말했다.

"수진이 엄마는 알아?"

승연은 나와 단둘이 드라이브하며 수진이 엄마가 걸리는 모양이다.

"아니, 지금 집에 없어."

승연은 손상호 박사의 부인이 식당에 설거지 나가는 것을 모른다.

갑자기 열탕에서 냉탕에 노출된 두뇌가 얼얼해졌다. 정신이 아물거렸다.

"나 센다이 다녀왔어. 오빠랑 같이 가자고 했었는데 오빠가 노 했었잖아."

그녀의 말이 먼 나라에서 흘러 오는 것 같았다.

"그랬어?"

"옛날 다니던 대학 갔었는데 많이 바뀌었던데. 우리나라는 대학이 양적으로는 많이 늘어났지만 질적으로는 오히려 후퇴하는 느낌인데 일본은 미국 대학을 따라잡으려고 노력하는 것이 눈에 보였어. 이렇게 싸구려 시간강사에 의존하며 시간강사를 파리 목숨으로 취급해서 대학이 제대로 되겠어?"

승연은 내 기분을 돌리려고 계속 떠들며 차를 몰았다. 나는 정신이 흐릿하여 그녀의 말을 반도 듣지 못하며 그냥 입으로만 응응 했다.

차가 신탄진을 지나 대청호로 연결된 강물을 왼쪽에 끼고 달릴 때 겨우 더위로 말라 버렸던 정신이 돌아왔다. 그녀가 옆자리에서 운전한다는 것을 인식하기 시작했다. 화상을 입은 얼굴이 화끈거렸다.

"너무 뜨거워 대청댐에 오를 수는 없고 청남대나 가볼까?"

대청호 댐 주차장으로 들어서는 길을 비켜서 문의면으로 가는 다리를 건너며 승연이 말했다.

"청남대 들어갈 수 있나?"

"아니. 청남대 입구까지만 갔다 오면서 맥주나 한 잔 해. 들어가는 입구도로의 경치가 아주 좋거든."

"이거 너무 미안한데."

나는 진실로 그녀에게 미안했다.

"오빠 그런 말하면 섭섭한데."

승연이 손을 뻗어 내 손을 꼭 잡아줬다. 나는 감전이 된 듯 움찔했다.

대청호를 끼고 도는 구불구불한 도로에 들어서자 그녀는 내 손을 놓고 운전에만 전념했다. 그녀에게 잡혔던 내 손이 허전해졌다. 나는 허전함을 달래려 마음 속으로 그녀의 손을 잡고 그녀에게 잡혔던 손을 폈다 접었다 했다. 마음이 흔들거렸다. 나는 고개를 돌려 힐끗 그녀를 쳐다보았다. 앞길에 시선을 집중한 그녀의 눈동자가 파란 호수보다 아름다웠다. 나는 파란 호수에 빠지고 싶은 유혹에 온몸이 굳어졌다. 나는 내 마음의 동요를 들킬 것같아 얼른 고개를 돌렸다. 나는 이 비참한 순간에도 나에게 호의를 베푸는 여자를 품고 싶어 하는 내 주제넘은 욕망에 어이가 없었다.

"여기 문의민속마을 와봤어?"

문의민속마을 입구를 지나며 그녀가 건성으로 물었다.

"응, 양성산 다녀오다 들렀지."

문득 그녀에게 과일 장수를 하며 쇼를 했던 이야기가 하고 싶어졌다.

"나랑 같이 퇴직한 박사 친구가 여기서 과일 장사를 했는데 이틀하고 때려치웠대."

"왜?"

"이틀간 수박 한 덩이 팔았다나?"

내 삼류 만화와 같은 이야기에 승연은 전혀 흥미를 보이지 않았다. 나는 머쓱해져 이야기를 접었다.

온몸에 으스스 한기가 왔다. 갈증이 왔다. 땀이 증발하며 온몸의 열기를 다 빼앗아 가서이겠지. 과학적인 해석은 때려치워. 승연을 안고 싶은 육체적인 욕망을 정신력으로 누르며 긴장하는 데서 오는 한기, 갈증이잖아?

"더 갈 것 없이 저기 동동주 파는 집이 있는데 목도 마른데 잠시 쉬어갈까?"

나는 이대로 차를 타고 가면 내가 먼저 그녀의 손을 잡고 유혹을 할 것같아 차에서 내릴 구실을 찾았다.

"그럴까?"

음식점에서 파전, 도토리 묵 등 안주와 동동주, 맥주, 음료수를 팔았다.

나는 동동주 한 사발을 마지막 방울까지 단숨에 들이키며 갈증을 삼켰다.

"앞에서 보니 오늘 오빠 너무 멋있네."

승연이 나를 빠끔히 쳐다보며 킥킥 웃었다.

"내가 피에로같이 보여?"

나는 땀에 절어 꾀죄죄할 내 모습을 상상하며 말했다.

"오빠 그렇게 있으니 섹시하다."

승연이 계속 키들키들 웃었다.

나는 그녀의 웃음의 뜻을 짐작하고 허둥지둥 화장실로 갔다.

거울에 비친 나는 완전히 거지꼴이었다.

땀줄기로 지저분하게 문신을 한 얼굴, 햇볕에 익은 붉은 코, 퀭한 눈, 산발한 머리, 땀에 흠뻑 젖었다 마른 퇴색한 티셔츠…….

노동판에서 막 나온 노동자 같았다. 지하도 입구에서 구걸을 하는 거지같았다. 이런 몰골로 승연의 앞에 앉아 있었다니! 너무나 창피했다. 그냥 이대로 도망쳐 버리고 싶었다.

나는 수도꼭지를 틀어 흐르는 물로 얼굴의 땀자국을 지우고, 손가락빗으로 머리를 빗었다. 손바닥으로 티셔츠를 문지르며 다렸다. 그렇다고 몰골이 바뀌나?

나는 이런 모습으로 승연의 앞에 가기가 싫었다. 승연을 실망시키기 싫었다. 그렇다고 도망칠 수도 없고…….

"오빠 그런 모습 보니 너무 인간적이다."

내가 한참을 머뭇거리다 그녀의 앞에 앉자 그녀가 눈을 가늘게 뜨고 코멘트 했다. 나는 그녀의 말을 어떻게 해석해야 할지 몰라 멍청하게 동동주만 마셨다. 수분이 증발된 몸과 마음이 알코올을 쪽쪽 빨아들여 바로 취기가 밀려 왔다. 마음이 헤퍼지려 하였다. 앞에 앉은 그녀가 화사하게 보였다. 만용을 부릴 것만 같았다.

"승연아, 다 마셨으니 그만 가자."

나는 조금 전 거울 속에서 보았던 내 몰골을 떠올리며, 승연에게 더 이상 추한 내 모습을 보이기 싫어 자리에서 일어섰다.

"그래요, 내 앞에 있는 잔 비우고."

승연이 나를 빤히 쳐다보며 말했다. 그녀의 눈이 그녀가 좋아했던 남자를 쳐다보는 눈이 아니었다. 초점이 없고 공허했다.

"그래 그것만 비우고 가자."

나는 엉거주춤 앉았다. 그녀가 나를 떠나 날아간 것같아 슬픔 같은 것이 밀려 왔다.

"오빠 그런 모습 보니 나 시집가고 싶다."

나는 그녀의 말이, 어릴 때부터 꿈속의 남자로 선망하던 나의 망가진 모습을 보고 실망하여 나를 떠나겠다는 말로 받아들여져, 아끼던 보물이 스르르 손아귀에서 빠져 나가는 것같아 가슴이 메어졌다. 그녀로부터 절교 선언을 당한 것같아 가슴이 뻥 뚫렸다. 나를 떠나려는 그녀가 너무나 아름답고 고혹적으로 보여 마음이 아팠다.

"그래 시집가라. 그만 가자. 오후에 할 일이 있어."

바로 돌아가서 조영진을 치료해 줘야겠다. 그라도 치료하며 나도 할 일이 있다고 자위하자!

승연은 술값을 계산하고, 차에 시동을 걸었다.

운전을 하는 동안 그녀는 내내 말이 없었다. 나는 자괴감으로 움츠러든 달팽이가 되어 앞만 쳐다봤다.

"손 박사님 학교 사정으로 별 수 없이 이번 학기 강의가 빠졌어요. 미리 말씀드리지 못해 죄송해요. 내년에 사정이 좋아지면 다시 연락 드릴게요."

새 학기가 시작되자 걸려온 학과장의 변명이다.

나는 며칠을, 며칠을 백제대학을 찾아 헤매는, 백제대학이라는 이름까지 잊어버리고 학교를 찾아 헤매는 꿈에 시달렸다.

42...

나는 광화문에서 펼쳐지는 새천년맞이 경축행사를 생중계하는 티브이를 보다가 힐끗 고개를 들어 벽시계를 보았다. 11시가 넘었다. 항상 10시 반이면 들어오던 영란이 오늘은 늦는다.

나는 IMF라는 폭탄을 온몸에 뒤집어쓰고 상처를 입은 채 갈 길을 잃고 완전히 멈춰 서 있는데, 정치권에서는, DJ는 세계 유례없이 IMF를 2년만에 조기에 졸업했다며 수만 관중을 광화문에 불러 모아놓고 비싼 예산을 축내며 축제를 벌이며 쇼를 하고 있다. 굿판을 열고 선전에 열을 올리고 있다.

불꽃이 터지고, 레이저 빛이 번쩍거리는 무대 위에서 노래와 춤이 뒤엉키고, 하늘에서는 우주인이 내려왔다.

나는 정치인들의 얄팍한 눈가림 선전이 싫어 티브이를 끄고 베란다로 갔다. 유리에 눈을 내고 아래를 내려다봤다. 길 저쪽 끝까지 영란은 보이지 않았다. 베란다 찬 바닥에 열을 빼앗긴 맨발이 얼어왔다. 시린 발을 동동거리며 거실로 들어와 소파에 털썩 앉았다.

'새 천년이 한 시간도 안 남았네. 새 천년에는 무엇을 한다?'

문득 승연이 그립게 가슴을 채웠다.

승연과의 마지막 데이트(?)에서 보인 추한 모습이 떠올랐다. 부끄러움이 가슴을 후볐다.

'그녀를 만나 깨진 이미지를 다시 살릴 수는 없을까? 신랑감은 구했나? 아니, 결혼을 했겠지.'

날아가 버린 참새가 허공에서 맴돌았다. 그리움이 울컥 설움으로 밀려 왔다.

현관문이 열리는 소리가 나고 영란이 들어섰다.

"늦었네."

나는 마음의 외도를 들킨 것같아 흠칫하며 영란을 맞았다.

"당신 티브이도 안 보고 있었네? 오늘 일 끝나고 우리끼리 망년회했어."

영란이 목욕탕으로 들어서며 등 뒤로 말을 던졌다.

나는 영란이 사라진 목욕탕 문에서 눈을 돌리며 티브이를 켰다. 서울 종로 2가 종각에서 열리는 제야 타종행사를 생중계하고 있었다.

서울에는 참 사람이 많은 모양이다. 종각 주위에도 수많은 인파가 모였다. 군중은 웅성거리고, 사제 폭죽이 하늘에 꼬리를 이었다. 모두들 새 천년을 향해 숨 가쁘게 달려가고 있었다.

"금년도 몇 분 안 남았네. 수진이는?"

영란이 내 곁에 앉았다.

"내내 공부하다가 10시 넘어 한두 시간 놀고 온다고 나갔어. 어디 시내에서 놀고 있겠지."

"희진이는 연락 왔고?"

"10시 반쯤 전화 왔었어. 엄마 아직 안 들어 왔다니까 새해 건강하시라고 전해 달래. 나한테는 안부도 안 묻고."

희진이는 어머니가 식당에 나가는 것을 알고 바로 입주 아르바이트 자리를 구하여 고3을 가르치고 있다. 입시철이라 입시가 끝나면 내려오겠다고 했다.

"부모 잘못 두어 고생이 많구먼. 나 내년부터 자리를 옮기게 됐어."

영란이 차분하게 말했다.

"식당을 옮겨?"

"아니, 서빙하던 아줌마가 아들 따라 서울 가서 내가 서빙하기로 했어. 진급한 거지?"

영란이 웃으며 나를 쳐다봤다. 나는 그런 영란이 너무 안쓰러워 손을 뻗어 그녀의 두 손을 꼭 잡아줬다.

"새 천년 카운트 다운한다."
그녀가 손을 빼며 수줍어 했다.
"열, 아홉, 여덟, 일곱,……, 셋, 둘, 하나."
우리 부부도 카운트 다운을 합창했다. 보신각종이 울렸다. 새 천년이 열렸다. 가슴이 울컥했다.
"그래도 당신이랑 새 천년을 맞네. 돈은 없지만 가족 모두 건강해서 좋다."
그녀가 나에게 다가왔다. 나는 그녀를 꼭 안아줬다. 그녀의 머리에서 갈비 냄새가 났다.
"나 내일도 출근해야 해. 당신 안 잘 거야?"
그녀가 내 품에서 빠져 나가며 말했다.
"그래 자야지."
나는 그녀의 손을 잡고 안방으로 갔다. 서로에게 익숙한 우리는 편안한 자세로 새천년맞이 사랑을 나누었다.
사랑의 행위가 끝나자 그녀는 바로 잠에 빠졌다. 나는 멀뚱멀뚱 어둠을 응시하다가 자리에서 일어나 거실로 나왔다. 나는 거실의 등을 켜지 않은 채 안락의자에 앉았다.
새천년맞이로 웅성거리던 주위가 조용해졌다. 아파트 단지가 잠이 들었다. 실업자(?)로 살아온 지난 일년이 눈앞을 지나갔다.
백수로 살아가는 세월도 내 인생의 일부인데 나는 그 시간을 꼭 덤으로 사는 인생같이 너무 허술하게 살아왔다!!!
'앞으로 살아갈 세월이 쇠털같이 많이 남았는데, 몇 년을 몇 십 년을 덤으로 사는 인생같이 하늘만 쳐다보며 살 거야? 더구나 새 천년도 열렸는데……. 무엇인가 해야지, 무엇인가 나를 채워줄 일을 해야지.'
나는 주먹을 폈다 오므렸다 했다.
그래, 새 천년에는 나를 위한 일을 하자!!!
수련은? 그게 내 일인가? 내 일이지. '비우기 안마' 로는 한계가 있는 중환자들을 위해 '채우기 안마' 를 완성하고, 김유찬의 생명을 구해 보자.

김유찬은 퇴원한 지 2주일 만에 경과를 체크하려 병원을 찾았다가 그 날로 다시 입원을 하고 재수술을 받았다. 김유찬은 나에게 구체적인 설명도 없이 "재수술까지 집도한 의사가 태연히 잘해야 3개월을 더 살 수 있다고 하더라." 고 쓸쓸하게 말했다.

"의사는 계약에 의해 돈 받고 수술 칼로 환부만 오려내는 그런 직업은 아니잖아? 환자에게 육체적인 치료 말고 정신적인 희망을 줘야 하는데 어떻게 그렇게 쉽게 당신 3개월도 안 남았어 하지?"

그는 수술 자리가 아물자 집에서 조용히 마지막을 기다리겠다며 바로 퇴원을 했다.

하루에 세 번씩 수술한 의사의 처방전에 따라 간호사가 그의 집으로 와서 주사를 놓고 갔다. 이미 의사에 대한 신뢰를 놓은 그는 나에게 의지해 왔다. 미신과 같은 맹신인가? 그런 남편의 뜻을 박미선도 따랐다.

나는 그를 지성으로 치료했고, 의사의 선고와는 달리 그는 7개월째 생명을 유지하고 있다. 죽음을 코 앞에 두고 생에 대한 애착에 매달리는 친구를 보며 나는 삶에 대하여 더 많은 생각을 하며 그를 치료했다.

그를 치료하면서 생명의 원천이 소진되어 가는 환자에게 기를 비우는 방기(放氣)만으로는 치유가 어려움을 알게 됐다. 방기로 기가 빈 자리를 축기(蓄氣)할 수 있도록 외부에서 환자에게 기를 불어넣는 치료를 병행해야 할 것 같았다. 나는 그 방법으로 내가 고안한 뜸 항아리를 이용하여 배꼽에서 수술한 부위까지 뜸 길을 트고, 치료 경락, 응시혈(의서에는 없는 내가 발견한 혈이다.)에 뜸 기운을 쏘여갔다.

마지막으로 암을 수술한 부위에 뜸 기운을 쏘여 암세포의 동작을 멈추게 했다. '비우기 안마' 로 몸 속에 머물며 임파구의 활동을 저해하는 나쁜 기를 빼내 몸의 고유진동수를 회복하고, 뜸 치료로 암세포의 준동을 막고, 환자의 비워진 기를 채우는 것을 도울 수 있는 '채우기 안마' 를 고안해 갔다. 채우기 안마는 비우기 안마와 반대의 개념으로 숨을 덜 내쉬고 더 들이쉬며 기를 축적하여 노젓기 동작으로 안마를 하여 기를 상대방에 불어넣는다. 비우기 안마와 채우기 안마의 시간은 7:3 또는 6:4의 비율로 한다.

나는 새 천년에는 어떻게든 내가 창안한 뜸치료, 안마치료를 완성하여 김유찬과 조영진을 살려내야겠다.

창업에 투자는 신중히 해야겠지.

지난 연말, IMF 사태 후 막 구조조정이 논의될 때 운이 좋게 호북대학 교수로 전직을 했던 김성수 원장이 옛 부하 간부들을 저녁에 초대했다. 그는 고급 두뇌들이 백수로 노는 것은 국가적인 손해라며 용역회사를 설립하여 일감을 찾고 경험을 살리자고 했다. 김성수 원장은 그 자리에 불러낸 박정호 처장에게 "회사에 다니는 처지에 투자는 할 수 없을 것이고 회사에서 일거리를 찾으라."는 임무를 줬다. 박정호는 "원장과 협의하여 일거리를 찾아보겠다."고 약속했다.

회사를 설립하려면 자본금이 최소 5천만 원은 있어야 하니 나에게도 천만 원을 투자하라고 했다. 나는 일거리를 찾지 못하면 시간 버리고 천만 원만 날릴 수도 있는 투자에 선뜻 화답을 못하고 며칠만 시간을 달라고 했다. 그날 밤 식당에서 돌아온 영란을 안마하며 원장의 제의를 전했더니 그녀는 당신이 알아서 하라고는 하면서도 시원하게 동의해 주지 않았다. 투자를 할 것인지는 다음 모임에서 박정호의 이야기를 듣고 결정하자.

시간강사도 잘렸으니 강의 준비할 것도 없고, 기(氣) 수련을 하고 남는 시간에 무엇을 도전한다?

공인중개사 시험은 경쟁률도 세지만 제털 뽑아 제 구멍에 꼽는 재주밖에 없는 내가 복덕방을 여는 것은 김철한 박사가 국수집을 여는 것과 같을 것이다.

어렵기는 하지만 변호사보다 낫다는 변리사에 도전할까? 일년에 몇 십 명밖에 안 뽑으니 희소가치가 있잖아? 나는 시험과목을 죽 훑어봤다.

영어?

이 나이에 미국 박사 학위까지 가진 처지에 영어 토익시험을 보는 것이 멋쩍기는 하지만 시험 경향만 훑어보면 쉽게 합격점수를 받을 수 있을 거고, 민법이나 산업재산권 법 등은 책을 사서 공부하면 되고, 정 어려우면 막판에 두어 달 학원에 다니면 될 거고, 이공계를 전공한 내게 자연과학개론은 어렵지 않겠지. 그러면 1차 시험 준비는 된 셈이고…….

2차 시험 과목이 특허법, 상표법, 민사소송법이라, 난생 처음 법률 공부 좀 하겠네. 전공으로 기계설계를 선택하면 대학 강의 준비를 하느라 교과서까지 쓴 처지에 크게 공부를 하지 않아도 될 거고…….

새 천년이 열렸는데, 21세기가 열렸는데, 내 인생을 덤으로 살았던 20세기 방식으로 살아서 되겠어?

변리사 합격을 새 천년 목표로 하자! 용역회사를 설립하면 준비가 어려울지도 모르지만 외국 가서 박사까지 한 처지에 이 정도야.

평생 시험에 낙방해 본 적이 없는 나는 변리사 시험쯤은 우습게 보였다.

그러나 몇 번의 실패가 자신감을 긁었다.

'인간 손상호가 여기서 죽을 수는 없지. 날 수는 없지만 뛸 수는 있잖아.'

나는 창밖의 어둠을 내다보며 주먹을 꼭 쥐고, 이름을 댈 수 없는 절대자에게 간절히 앞날을 기원했다.

양창국 장편소설

덤 인생

•

지은이 / 양창국
펴낸이 / 김정희
펴낸곳 / 지구문학

110-122, 서울시 종로구 종로2가 39 뉴파고다빌딩 215호
전화 / (02)764-9679
팩스 / (02)764-7082

등록 / 제1-A2301호(1998. 3. 19)

초판발행일 / 2008년 9월 30일

값 10,000원

E-mail/jigumunhak@hanmail.net

ISBN 978-89-89240-23-5 03810